SUPERMAN

Glen Weldon

Superman

Uma biografia não autorizada

tradução
Débora Guimarães Isidoro

LeYa

Este livro foi revisado segundo o Novo Acordo Ortográfico da Língua Portuguesa.

Título original
SUPERMAN: THE UNAUTHORIZED BIOGRAPHY

Produção editorial
OLIVEIRA EDITORIAL | ANNA BEATRIZ SEILHE

Revisão de tradução
THIAGO BRAZ

Revisão
MARIANA OLIVEIRA

Diagramação
ABREU'S SYSTEM

Curadoria
AFFONSO SOLANO

Capa
LEANDRO DITTZ

CIP-BRASIL. CATALOGAÇÃO NA PUBLICAÇÃO
SINDICATO NACIONAL DOS EDITORES DE LIVROS, RJ

W474b
Weldon, Glen
A biografia não autorizada do Superman / Glen Weldon ; tradução Débora Guimarães Isidoro. – 1. ed. – São Paulo: Leya, 2016.
384 p.

Tradução de: Superman, an unauthorized biography
ISBN 978-85-441-0448-4

1. Super-herói - História de quadrinhos. I. Título.

16-34623 CDD: 741.5973
CDU: 741.5(73)

TODOS OS DIREITOS RESERVADOS À
LEYA EDITORA LTDA.
AV. ANGÉLICA, 2318 – 12º ANDAR
01228-200 – CONSOLAÇÃO – SÃO PAULO – SP
WWW.LEYA.COM.BR

Para Don Weldon

E assim começam as mais surpreendentes aventuras do mais sensacional personagem de quadrinhos de todos os tempos: Superman! Uma maravilha física, um fenômeno mental, Superman está destinado a transformar o destino do mundo!

— *Action Comics*, nº1, junho de 1938

Como expliquei várias vezes, nossa empresa tem bem pouco a ganhar financeiramente com a publicação desse material.

— Carta de Jack Liebowitz, publisher da DC Comics, para Jerry Siegel, 1938

SUMÁRIO

INTRODUÇÃO

Se parar para pensar, Lex Luthor tem razão: tudo é fácil para o Superman. Na verdade, isso é a base de toda sua conduta: superioridade designada.

Nós andamos com dificuldade no chão, ele paira no céu. Para evitar os efeitos da idade, grunhimos levantando peso e suamos em cima de esteiras; ele joga vans de um lado para o outro como se fossem de papelão e nunca perde o tanquinho perfeito. Somos coisinhas sem graça, fora de forma e desleixadas; ele é bonitão, dono de um queixo impressionante, e tem uma mecha de cabelo em forma de S descendo sobre a testa como a cauda de um lêmure. (Para os leitores de suas primeiras aventuras, na época áurea do Brylcreem, um cacho fora do lugar na cabeça de um personagem deve ter servido para indicar coragem heroica: "Aqui está um homem de ação! Olhe! Veja como seu cabelo não pode ser controlado por uma insignificante pomada da Terra!")

E o cara não se inventou, como o Batman, nem adquiriu seus poderes em um acidente bizarro, como o Homem-Aranha. Não, suas incríveis habilidades são simplesmente congênitas, codificadas em seus genes assim como seu cabelo preto-azulado e esquisito.

O Superman é bonito e atlético, canta pneu com seu conversível no estacionamento do colégio enquanto o suéter amarrado em seu pescoço flutua ao vento. Por que uma bobagem como essa durou 75 anos?

Este livro se dispõe a responder a essa pergunta. Ou melhor, perguntas. Por que, é claro, há muitas, algumas mais dignas de estudo que outras. O *status* de propriedade intelectual altamente licenciada, na qual milhões de dólares em marketing foram enterrados, por exemplo, pode ser a razão mais importante para ele ainda existir. Porque, depois de 75 anos, o Superman se tornou mais uma função de sinergia de plataforma cruzada e fluxos otimizados de receita.

Ele sobrevive porque há muito tempo transcendeu as várias mídias que o trazem até nós; ele entrou na consciência coletiva do nosso planeta. Isso significa que cada um de nós tem na mente e no coração uma ideia única de Superman. A mistura precisa de combustível idiomático varia. Para muitos, ele é simplesmente George Reeves; para outros, Christopher Reeve ou Bud Collyer, ou aquele entojado sem senso de humor que costumava dar sermão em Wendy e Marvin sobre nossos preciosos recursos naturais nos velhos episódios de *Superamigos*. Para alguém como eu, que cresci devorando quadrinhos do Superman e colocando todos os meus bonecos de ação na sua pose clássica de voo (inclusive, pecaminosamente, os que não voavam, como Batman e Homem-Aranha), ele é bem parecido com a representação feita por Curt Swan (seu desenhista definitivo nos quadrinhos das décadas de 1960 e 1970): bondoso, atencioso e maravilhosa e encantadoramente careta.

Como este livro irá detalhar, a posição do Superman como figura estática da cultura popular, um ícone imutável de heroísmo em roupa de malha, é uma ilusão. Examinar o Homem de Aço ao longo de seus 75 anos revela que tudo que tem a ver com ele existe em um estado de fluxo perpétuo. As especificidades de sua origem e de seus poderes mudaram muito. Então, sua *persona* também evoluiu continuamente: em seus primeiros anos de vida, ele era nosso irmão mais velho: protetor e nervosinho; nas décadas de 1940 e 1950, assumiu o papel do pai friamente distante; nos anos de 1960 e 1970, transformou-se no tio confuso e inacessível; e ele até foi, felizmente por pouco tempo, o primo caipira de cabelo mullet, na malfadada década de 1990.

A galeria de inimigos também mudou. Nos primeiros anos, o Superman era o míssil balístico envolvido em brigas de facas, quando seu escritor Jerry Siegel colocava seu sorridente Homem de Aço para confrontar bandidos comuns, capangas e arrombadores de cofres. Quando isso começou a ficar chato, o que era inevitável, o Superman passou a enfrentar trapaceiros e cientistas malucos munidos de equipamentos mortais. Mais tarde, quando o programa de rádio introduziu uma substância misteriosa que poderia matar o Homem de Aço, a situação se complicou muito. Desde então, as ameaças à existência do herói, ao mundo e, em última análise, ao cosmos, só aumentaram e em escala exponencial.

Até a coisa que é mais imediatamente reconhecível nele, a roupa, não é imune à mudança. Em 2011, ele até perdeu a cueca vermelha. Dá para acreditar?

Porém, para quem não é fã, o Superman existe primariamente como uma lembrança da infância, e temos a tendência de pensar nas coisas de que gostamos nessa época como se estivessem conservadas em âmbar, preservadas exatamente como eram na última vez em que pensamos nelas. Esse foi um dos motivos pelos quais a decisão do editor de matar temporariamente o Homem de Aço em 1992, concebida como pouco mais que uma estratégia publicitária, provocou uma surpreendente onda coletiva de nostalgia e protesto: para quem acreditava que a DC o manteria morto, e eram muitos, isso foi como um ataque quase pessoal contra algo bom, inocente e lembrado (mesmo que pouco) com carinho.

O Superman muda quando nossa cultura muda. A única coisa nele que permaneceu intocada, inviolada desde que o nº 1 da *Action Comics* chegou às bancas em abril de 1938, é sua motivação. Essa motivação é a mais simples de todas e ao mesmo tempo a mais difícil de destrinchar: ele é um herói. Para ser mais específico:

1. Coloca as necessidades dos outros acima das dele.
2. Nunca desiste.

Esses são seus dois atributos essenciais, os elementos que compõem uma história genuína do Superman. Como veremos, mesmo quando todas as outras peças mais reconhecíveis da supericonografia estão em seus lugares, a roupa, os poderes, o cabelo na testa, e assim por diante, se um ou dois elementos fundamentais estiverem ausentes, nossa mente se rebela; rejeitamos o conjunto numa reação instintiva. Simplesmente não é o Superman.

O Homem de Aço continua sendo a figura mais reconhecível do gênero super-herói, que por sua vez continua dominando o mercado dos quadrinhos (e, recentemente, as bilheterias de cinema também). Mas esse é um tempo de incertezas. Quanto mais artistas e escritores tentam contar uma maior variedade de histórias, mais se diversifica o meio dos quadrinhos. Isso, combinado ao aumento da distribuição digital, quando os quadrinhos voam pelo éter e surgem em tablets e smartphones, significa que a revista mensal em quadrinhos com a história do super-herói não é mais para este mundo. Enquanto isso, críticos de cinema e plateias exibem sintomas cada vez mais avançados de fadiga da roupa de malha.

Mas, como veremos, o Superman é maior que os quadrinhos que o criaram, maior até que os filmes e séries de televisão que o disseminaram por nossa cultura. Ele sobreviverá de algum jeito a outros 75 anos e mais, porque, diferente do Homem-Aranha e do Batman, não é o herói com quem nos identificamos; é o herói em quem acreditamos. É o primeiro, o mais puro, o ideal. Enquanto características do personagem, como altruísmo e perseverança, terem valor cultural, precisaremos de um Superman para nos mostrar como elas são.

Antes de começarmos, porém, quero falar sobre alguns detalhes: é impossível contar a história do Superman sem reconhecer as dificuldades legais, financeiras e emocionais de Jerry Siegel, Joe Shuster e seus respectivos bens para reclamar o reconhecimento e a remuneração merecidos. Esse, porém, não é o assunto deste livro, que trata do Superman como um fenômeno cultural. Sugiro que os interessados na história de Siegel e Shuster leiam o excelente *Homens do amanhã: geeks, gângsteres e o nascimento dos gibis*, de Gerard Jones (Conrad Editora, 2006), e considerem a ideia de fazer uma doação à Hero Initiative (www.heroinitiative.org), uma organização não governamental que oferece suporte para autores de quadrinhos que, idosos, precisam de tratamento médico emergencial e ajuda financeira.

Também tenho uma grande dívida com os diversos historiadores de quadrinhos e cultura pop que me antecederam e abordaram o impacto do Homem de Aço. Incluí esse impacto onde ele pode ser informado de maneira significativa por intermédio dos comentários dos escritores, editores e artistas que deram vida ao herói.

Para evitar confusão, tenha em mente que a data de publicação na capa de uma revista em quadrinhos costuma estar dois meses à frente daquela em que a edição realmente apareceu nas bancas. O nº 1 de 1938 da *Action Comics*, por exemplo, foi posto à venda no meio de abril. Exceto em situações específicas, como quando é necessário citar eventos do mundo real do mesmo período em que um número chegou às bancas, usei sempre as datas de capa.

A DC Comics foi fundada em 1934 como National Allied Publications e mais tarde se tornou National Comics e National Periodical Publications. O nome da corporação é DC Comics desde 1977 e, para simplificar as coisas, a editora é chamada de DC Comics neste livro.

1

"E ASSIM COMEÇA..."

É primavera de 1938. Fim de abril. Você tem 10 anos e acabou de ganhar dez centavos para uma revista em quadrinhos.

Com essa moedinha suada, podia ter passado a tarde no cinema, no parque, ou tomando refrigerante no Woolworth. Mas preferiu comprar uma revista em quadrinhos. Não é incomum, é claro; todo mundo que você conhece os lê. Porém, desde que consegue se lembrar, as ofertas nas bancas consistiam, basicamente, de tirinhas nos jornais, coisas reimpressas e reembaladas: *Tarzan* e *Popeye*, *Flash Gordon* e *Buck Rogers*, *Terry e os Piratas*. Você prefere ler esse material organizado dessa forma. É mais fácil de carregar, dá para dobrar e enfiar no bolso de trás, e é mais fácil de acompanhar, se resolver mergulhar em várias semanas de publicação de *Annie, a pequena órfã* de uma vez só.

Essa revista é diferente e, portanto, é uma aposta. Como os outros quadrinhos na banca, é uma antologia, contém onze números diferentes. Mas você não reconhece nenhum desses personagens das tirinhas cômicas. Não, são histórias novas protagonizadas por caras de queixo quadrado com nomes como Sticky-Mitt Stimson, Chuck Dawson, Pep Morgan e Scoop Scanlon. Tem uma história sobre um mágico chamado Zatara que parece promissora, mas as outras não entusiasmam. Uma página chamada "Stardust" traz fofocas de Hollywood sobre Fred Astaire e Constance Bennett (bocejo), e tem uma linha do tempo do tipo "toma seu remédio" sobre Marco Polo.

O que realmente chama sua atenção, porém, é a capa. Ela traz um fortão de circo levantando e arremessando um carro verde contra uma grande rocha. Vários homens correm da cena do desastre, temendo por suas vidas. Agora sim!

Quando começa a ler, você descobre que a primeira parte é uma breve apresentação do homem na capa, que não é de um circo, nem do planeta Terra. Esse prefácio de uma página é uma coisa estranha, junta ficção científica ("Quando um planeta distante foi destruído, um cientista pôs o filho pequeno dentro de uma aeronave projetada às pressas e o mandou para a Terra!"), fanfarronice (um pincenê voa do nariz do funcionário de um orfanato quando ele vê uma criança de fralda levantando uma cadeira) e fatos científicos (um painel cujo título é "Uma explicação científica da força espantosa de Clark Kent" oferece exatamente isso ao comparar o ser alienígena a uma formiga e um gafanhoto).

Em um só pacote

No primeiro quadro da história que começa na página seguinte, uma silhueta escura corta o ar da noite. Sua pose poderosa é a de um corredor saltando um obstáculo: cabeça projetada à frente do corpo, flexionado na cintura, dobrado como uma navalha. O tronco se projeta formando um ângulo tão extremo que encontra a parte superior da perna esquerda, que está paralela ao chão. A perna direita, tendo fornecido a força que o lançou para cima, se alonga atrás dele como a cauda de um avião.

Abaixo da figura, bem abaixo, impossivelmente abaixo, tem um campo envolto pela escuridão. No primeiro plano, uma estrada solitária faz curvas entrando e saindo das sombras projetadas pelo luar entre as árvores. Na parte inferior do quadro tem uma casa branca. Olhamos de cima, por isso vemos o telhado vermelho e o grande terreno em que ela se ergue. Além da casa tem um bosque, bem distante, e outra casa.

Riqueza. Não dá para deixar de notar. Você é jovem demais para lembrar como eram as coisas antes da crise de 1929, quando era mais fácil ganhar dinheiro. É difícil imaginar aquele mundo, mas devia ser muito parecido com esse bairro verdejante e bem cuidado, que fica afastado dos prédios lotados da cidade e das tempestades de areia que ainda varrem a pradaria americana.

Sua atenção retorna à figura capturada no meio do salto. A expressão daquele rosto é impassível, ilegível, duas rápidas pinceladas horizontais de tinta para realçar olhos e nariz, uma pincelada mais grossa para sugerir a boca entreaberta no esforço do exercício. Ele veste uma roupa apertada que, combinada com o ângulo das pernas fortes, confere um ar de graça dramática, quase de balé. Não dá para distinguir os detalhes da roupa, mas você vê o suficiente para se lembrar dos macacões coloridos usados por levantadores de peso e acrobatas. E essa não é a única coisa nessa estranha figura que faz pensar numa lona de circo.

Ele usa uma capa, uma coisa vermelha, brilhante e bem ridícula, para ser sincero: o tipo de toque espalhafatoso preferido pelos artistas do trapézio quando sobem à plataforma, mas que eles sempre têm o bom senso de tirar com um floreio antes de pularem no vazio.

Mas é aquela capa, ou, mais especificamente, como ela esvoaça atrás de seu corpo, que transmite mais alguma coisa sobre esse homem, algo que as letras que o acompanham anunciam numa prosa urgente, ofegante: "Uma figura incansável corre pela noite. Segundos contam. A demora significa a perda de uma vida inocente."

Velocidade. É isso que diz a capa. A pose do homem expressa poder e propósito, mas aquele pedaço de pano bobo e melodramático mostra, mais que tudo, que esse homem está correndo contra o tempo. Quase dá para ouvir o farfalhar do pano contra o vento.

Tem mais alguma coisa na imagem, algo misterioso e excitante, até sinistro, e tem a ver com o que a figura veloz carrega nos braços: uma mulher amarrada e amordaçada. Ele a segura pela cintura como se transportasse um tronco de árvore ou uma lança que aponta para um inimigo invisível. No que parece ser um toque cruel, segura sua cabeça para que ela olhe para o chão que se aproxima. A bainha do vestido fino dela é erguida pelo vento; vemos os braços nus amarrados atrás de suas costas.

Nas páginas seguintes, você vai saber mais sobre a loira no vestido esvoaçante. Ela é uma assassina que escolheu como vítima uma mulher inocente. Essa mulher inocente será eletrocutada à meia-noite, daí a urgência da missão do nosso herói: entregar a verdadeira assassina na mansão luxuosa do governador e convencê-lo a perdoar a condenada no último minuto.

Essa ação, inclusive a parte em que o homem de macacão justo invade a mansão do governador, passa por um mordomo armado e arranca a porta de aço do quarto onde dorme o governante, só ocupa as três primeiras páginas da história. Nas nove seguintes, ele vai deter um homem que espanca a esposa, vai sair com uma bela repórter, saber que a mesma foi raptada por uma gangue de bandidos, jogar o carro dos bandidos contra a encosta de uma montanha, resgatar a mocinha, receber a missão de ajudar em uma guerra na América do Sul, viajar para Washington para desmascarar um senador desonesto e ameaçar brutalmente um esperto magnata das armas.

Mas tudo isso vem depois. Antes tem aquele quadro, a figura musculosa de roupa espalhafatosa; a imensa propriedade lá embaixo; a mulher indefesa. Poder. Dinheiro. Sexo.

É um tipo sombrio de gratificação de desejos totalmente exposta, do tipo que existe no momento confuso em que os sonhos tranquilos de criança começam a ganhar a profundidade das vontades adolescentes.

Você nunca viu ou sentiu nada parecido. Você quer mais.

Jerry e Joe

Os dois jovens que prepararam pela primeira vez aquela fórmula poderosa sabiam sobre vontades adolescentes.

Quando se conheceram, em 1931, Jerry Siegel e Joe Shuster eram dois sossegados judeus, alunos do ensino médio em Cleveland, que tinham em comum a paixão por um gênero literário surgido havia pouco tempo e era chamado de ficção científica.

Siegel era um garoto tímido, um solitário de óculos que não praticava esportes e suspirava pelo tipo de garota que desprezava rapazes como ele. Siegel canalizou essa paixão para a escrita, e passou a escrever para o jornal semanal da Glenville High, no qual fazia críticas de livros e paródias elaboradas, debochadas e eloquentes das revistas que adorava: paródias *noir*, pastelões Doc Savage, sátiras de aventuras na selva. Sua criação mais popular, "Goober, o poderoso", unia seu adorado Tarzan e o movimento da "cultura física", com suas dietas de gérmen de trigo e rotinas de levantamento de peso promovidas pelo Charles Atlas de Bernarr Macfadden.

Shuster, amigo de Siegel, era um garoto baixinho e míope cuja principal válvula de escape, além da própria devoção àquelas práticas de levantamento de peso que Siegel adorava ridicularizar, era desenhar quadrinhos. Ele e Siegel colaboravam com ideias para as tirinhas cômicas do jornal e enviavam a diversos periódicos maços e mais maços de histórias sobre detetives armados com equipamentos, homens das cavernas, estrelas menores de Hollywood e aventuras futuristas, tudo irrevogavelmente rejeitado.

Enquanto esperava o mundo notar seu talento, Siegel autopublicou uma revista com o título adequadamente forte de *Science Fiction: The Advance Guard of Future Civilization* [*Ficção científica: a vanguarda da civilização futura*]. Nas páginas mimeografadas do que foi uma das primeiras "fanzines", Siegel escrevia editoriais, críticas e histórias sob vários pseudônimos, tudo acompanhado por ilustrações de Shuster e outro colega do colégio; ele cobrava quinze centavos de dólar por exemplar.

Esse ato simples colocou Siegel na vanguarda de um movimento inteiramente novo, personificado por homens e mulheres cuja abordagem de elementos específicos da cultura pop era mais profunda, mais obsessiva que a de seus seguidores. Para eles, a "cultura junk" que outros consideram descartável podia provocar intensas discussões e profundos desacordos, tudo em um jargão impenetrável aos olhos daquelas pessoas. Esse movimento não teve nome naquele período, mas, nas décadas seguintes, muitos surgiriam: Nerd. Geek. Fanboy.

No segundo número de *Science Fiction*, publicado em 1932, Siegel fez a resenha de um romance de dois anos, *Gladiator*, de Philip Wylie, um trabalho violento e bruto com pretensões de crítica social. O enredo: um cientista injeta na esposa grávida um "soro alcalino de radicais livres", o que faz a mulher dar à luz um filho de força e intelecto superiores. ("Sou como um homem feito de aço, em vez de carne", diz o jovem.) Balas ricocheteiam em seu peito. Ele é capaz de levantar pesos enormes. Os pais o aconselham a esconder suas habilidades do mundo quando ele se aproxima da puberdade. Quando chega à idade adulta, o jovem tenta usar seus dons para ajudar os colegas, mas é temido e odiado. Quando, no fim do romance, ele ousa confrontar Deus, é atingido e morto por um raio em uma passagem satírica da prosa bíblica. ("A loucura estava com ele e a amarga ironia, a de seu sangue correr negro, estava dentro dele.")

Siegel, nerd que era, devorou a história.

E a deglutiu: o número seguinte de *Science Fiction* (de janeiro de 1933) trazia uma história chamada "O reinado do Superman", escrita por Siegel sob pseudônimo e ilustrada por Shuster. O professor Ernest Smalley tira um "vagabundo faminto" de uma fila para comprar pão e injeta nele um elemento que isolou de um meteoro. O sujeito da experiência (chamado o tempo todo de "super-homem") ganha imediatamente o poder da percepção extrassensorial, mata seu criador e começa a escravizar outras pessoas com a mente. Seu plano: gerar pensamentos de ódio que fariam a humanidade se voltar contra ela mesma.

Como Wylie antes dele, Siegel concluiu seu *machina* invocando um Deus: quando o Superman é confrontado por um repórter que faz uma prece de salvação para o "Onipotente", o soro perde o efeito, deixando apenas um "homem desiludido e caído", duramente punido por seus atos.

Origem secreta

Meses mais tarde, Siegel teve uma ideia. Fez do Superman um homem bom, não um vilão. Ele pediu a Shuster para desenhar a ideia; durante os anos seguintes, os dois brincaram com o conceito, até que ele tomou sua forma atualmente conhecida.

O que sobrevive da primeira tentativa do que se tornaria o Superman como conhecemos é um esboço apressado para propor a uma tira de jornal. Ele ainda não é um lutador fantasiado contra o crime, é só um homem musculoso de regata justa e calça social levantando um criminoso sobre a própria cabeça. Atrás dele, dois bandidos esvaziam inutilmente uma metralhadora contra seu corpo hercúleo. A seus pés está o tronco de uma árvore (que, somos induzidos a pensar, nosso herói arrancou do chão com as mãos). Sobre sua cabeça está gravada a expressão *Superman* (aqui, pelo menos, o artigo definido foi eliminado).

"Gravada" é o termo certo, as letras do nome têm uma forma que compunham uma versão mais simples e crua do logotipo reconhecido no mundo todo. Mas suas raízes são vistas claramente. A letra S é maior que as seguintes, e que estão arranjadas em uma curva suave, mas perceptível, um arco *art déco*. Aqui também tem a ilusão tridimensional característica; Shuster usa perspectiva de ponto de fuga para dar a impressão de que as letras se erguem da página.

Ao lado da figura musculosa, um balão simples flutua no ar:

Um gênio no intelecto —
Um hércules na força —
Um inimigo dos malfeitores —
O Superman!

O nome original permanece, mas a motivação mudou e, com ela, inevitavelmente, o conjunto de poderes. Siegel e Shuster viam esse novo personagem como um heroico homem de ação, e heróis não dominam as pessoas usando controle mental. Esse território é dos vilões.

Então o que fazem os heróis? Inspiram as pessoas com sua atitude ousada, dinâmica. Demonstram seus poderes de forma dramática (leia-se: divertida para Shuster desenhar).

Construindo o herói: superforça

Mesmo naquela época, havia um grande precedente de personagens que realizavam façanhas incríveis usando força muscular. Quando Siegel desenhou o primeiro esboço, o superdurão e ultramusculoso Doc Savage havia acabado de estrear na ficção. Como o Gladiador de Wylie, Doc era um "super-homem" (uma expressão que os editores usavam para anunciar suas aventuras) criado por uma "equipe de cientistas" para ter perfeição mental e física.

A ciência, mais especificamente a física, também teve participação nas incríveis façanhas de dois heróis da ficção bem conhecidos pelos rapazes. John Carter, de Edgar Rice Burroughs, era um terráqueo cuja força humana normal foi intensificada ao ser transportado para Marte, devido à gravidade inferior. John Carter existia havia décadas quando Siegel e Shuster começaram a criar seu herói, e quando chegou a hora de explicar a força fantástica do Superman, eles decidiram inverter a fórmula de Burroughs.

E não foram os únicos. Nas páginas de um número da primavera de 1935 da revista *Astounding Stories*, a história "The Mightiest Machine" [A máquina mais poderosa], do influente escritor de ficção científica John W. Campbell, trazia um personagem chamado Aarn Munro. Nascido em Júpiter, Munro adquiriu força descomunal quando viajou à Terra, devido à menor gravidade no planeta.

E, é claro, tinha o Popeye.

O personagem apareceu pela primeira vez em 1929, mas em 1933 estreou a primeira versão animada dos Fleischer Studios, cheia de loucas descrições de superforça e poder muscular que Siegel e Shuster adoravam. "Eu achei [*Popeye*] realmente ótimo", Siegel contou ao entrevistador Tom Andrae anos mais tarde, "mas... e se fosse a história de um personagem de aventura?".

A evidência do estágio seguinte da criação de Siegel e Shuster aparece em uma única folha de papel sobrevivente, uma página de desenho cheia de anotações rabiscadas na linguagem rápida de Shuster, trechos de uma cópia promocional que os rapazes criaram para ajudar a vender sua criação para os jornais. Hoje, essas linhas se traduzem, mais ou menos na mesma medida, em uma propaganda bombástica e uma declaração de propósito sinistramente presciente.

> *O maior evento desde o nascimento das tirinhas de quadrinhos!*
> *Uma tira que, acreditamos sinceramente, vai arrebatar a nação!*
> *A supertira de todas!*
> *A tira do maior super-herói de todos os tempos!*

Perceba como Siegel introduziu o prefixo "super" antes da palavra "herói" quase como um último toque e, assim, trouxe à existência um gênero americano único, inteiramente novo.

Eles também criaram no mesmo momento a indústria caseira mais duradoura do gênero de super-herói: o merchandising. Nessa mesma página, Shuster desenhou o rosto do Superman em caixas de biscoitos, kits de modelagem e camisetas. Os rapazes eram espertos o bastante para saber que, em um mundo de armas de raio do Buck Rogers e fivelas para cabelo com decodificador secreto de Annie, a pequena órfã, licenciar sua criação seria um jeito de ganhar mais dinheiro e ajudar a garantir que o Superman daria certo.

Persona

Apesar do surgimento de algumas tiras de quadrinhos, como *Buck Rogers*, a maioria das tirinhas de jornais da época se mantinha fiel às raízes "engraçadas" do meio – sequências de pastelão, personagens amplos e piadinhas bobas. Portanto, Siegel e Shuster se esforçaram para garantir que seu personagem de "aventura" mantivesse um pé no humor. A solução estava relacionada ao amor de Siegel pela comédia; ele faria do Superman um herói que contaria piadas.

A versão do Superman que Shuster desenhou naquele pedaço de papel é muito parecida com a que seria apresentada ao público dois anos depois. Ele está em pé com as mãos nos quadris, exibindo um sorriso tão largo que os olhos se tornam frestas estreitas. É o sorriso do aventureiro fanfarrão que se diverte com as próprias proezas, o sorriso de Douglas Fairbanks nos filmes que Shuster e Siegel adoravam quando eram meninos: *A Marca do Zorro* e *Robin Hood.*

É um sorriso que diz: aqui está um herói que literalmente ri do perigo.

Roupa

Nesse estágio inicial, a roupa típica do herói ainda estava tomando forma. A camiseta e a calça social do desenho de 1933 desapareceram, substituídas por um macacão de trapezista: macacão, short, cinto e aquela capa surpreendente, idiossincrática. As "brilhantes botas vermelhas" que seriam associadas ao personagem só apareceriam anos depois.

Para o público, um personagem de macacão justo invocaria o circo, que, mesmo com a crise do país na Grande Depressão, era maior que nunca na psiquê americana. Era o auge dos Wallendas Voadores e do domador de leões Clyde Beatty; *O rei do blefe*, de 1934, levou o alegre mascate da lona de Wallace Beery aos cinemas de todo o país. Os leitores estavam acostumados a ver levantadores de peso e trapezistas espremidos em roupas justas e coloridas, que serviam para tornar suas façanhas mais visíveis aos que estavam nas fileiras do fundo.

Só que a roupa de cores primárias usada pelo Superman também tinha um antecedente mais direto; em seus quadrinhos de jornais, Buck Rogers e o Flash Gordon de Alex Raymond alternavam entre uniformes militares e trajes de voo que eram essencialmente macacões justos e coloridos. Algumas roupas do Flash tinham até um distintivo no peito, raios em um círculo luminoso. Com as cores ousadas e o corte indecoroso que revelava os músculos, aqueles trajes de voo devem ter pulado das páginas dos jornais de domingo recheados com detetives de queixo forte vestidos com paletó marrom amarrotado e gravata.

Ao visual de macacão e short, Siegel e Shuster acrescentaram uma capa que tremulava ao vento e ajudava a expressar a tremenda velocidade e o poder do Superman (Siegel pensou pela primeira vez na combinação de macacão, short, capa e emblema no peito em uma história de 1936 estrelando o Dr. Oculto, um dos primeiros personagens que os rapazes venderam para a DC Comics enquanto colecionavam rejeições para o Superman).

Nos anos seguintes, o comprimento e o desenho da capa do Superman continuariam mudando, mas ela se tornaria parte do aparato icônico do personagem, tanto quanto a insígnia no peito. Nesse estágio, era apenas um simples triângulo amarelo invertido –, sem nenhuma indicação do emblema de cinco pontas com o "S" que levaria anos para evoluir e se tornar um dos símbolos mais reconhecidos do século XX.

Identidade secreta

A adição de um traje singular ajudou a dar forma a outro conceito, que já fazia parte do DNA criativo do personagem desde o início. "Enquanto todos os pensamentos surgiam na minha cabeça, apareceu o conceito de que... o Superman poderia ter dupla identidade, e que em uma delas ele seria manso e moderado, como eu era, e usaria óculos, como eu", contou Siegel.

Essa existência dupla diferenciaria o Superman dos Tarzans, Buck Rogers e Flash Gordons do mundo. Até o Fantasma, que estreou em 1936, havia praticamente desativado sua identidade civil quando se dedicou a lutar contra o crime usando um macacão justo e roxo.

Não, a adoção de uma identidade secreta pôs o Superman nos moldes de personagens como o Sombra (um personagem de sucesso que apareceu pela primeira vez no rádio em 1930). Mas nos livros, pelo menos, o Sombra usava várias identidades (Kent Allard, Lamont Cranston, Henry Arnaud) em sua guerra contra o crime. Antecedentes mais semelhantes à identidade dócil de Clark Kent podem ser encontrados no Pimpinela Escarlate (que apareceu pela primeira vez em uma peça da Baronesa Emmuska Orczy, de 1903) e no Zorro (que estreou em 1919).

Os dois personagens eram comprometidos com causas políticas. O Pimpinela planejava resgates ousados de aristocratas franceses condenados à morte durante o Período do Terror. Zorro se dedicava a "vingar os indefesos, punir os políticos cruéis" e "ajudar os oprimidos" no sul da Califórnia durante a colonização espanhola. Os dois homens escondiam suas identidades heroicas adotando *personas* públicas diametralmente opostas a suas verdadeiras personalidades, viviam como inúteis e decadentes sem nenhum interesse nas cruzadas sociais que ocupavam seus alteregos.

Pimpinela e Zorro protagonizaram filmes populares na época em que Siegel e Shuster criaram o Superman, logo a ideia de um herói se protegendo atrás do disfarce de um covarde para evitar suspeitas estava bem à mão. Surge Clark Kent.

Shuster baseou a aparência de Clark na de outro nerd, o comediante do cinema Harold Lloyd, e Siegel deu a ele uma personalidade tímida e cômica que, como muita gente apontou ao longo dos anos, poderia ser lida facilmente como uma caricatura menos que lisonjeira das nossas fraquezas, um vislumbre do quanto nós, humanos, devemos parecer fracos para um Homem de Aço.

E, no entanto, ao incorporar tão perfeitamente o elemento da gratificação do desejo na essência do personagem, essa dualidade Clark/Superman deu a nós, humanos pequenos e ávidos, o "acesso" de que precisávamos, uma participação em suas aventuras grandiosas. Em seu ensaio provocador "The Great Comic Book Heroes", o cartunista Jules Feiffer resume: "A falsa identidade [do Superman] era nossa identidade verdadeira. Por isso o amamos tanto."

A influência do Pimpinela e do Zorro não para na identidade secreta. Tanto o filme de 1934, *O Pimpinela Escarlate*, quanto o de 1936, *A Marca do Zorro*, incluem mais uma coisa que faria parte dos mitos do Superman, um triângulo amoroso com um toque ligeiramente masoquista. Nos dois filmes, a heroína despreza a pose pública e pacata do herói, mas é fortemente atraída por seu verdadeiro eu sorridente e fanfarrão.

Disfarces e induções ao erro, é claro, são elementos da farsa clássica, mas Zorro e Pimpinela ridicularizavam cruelmente as paixões da mulher (sem mencionar sua capacidade de observação). Para os dois adolescentes encharcados de hormônios que idealizavam mulheres de forma nada realista, e se ressentiam amargamente com as lindas garotas inacessíveis que os ignoravam para suspirar pelos garotos do time de futebol, essa era uma visão de mundo bem interessante.

A identidade secreta do Zorro e a do Pimpinela eram parecidas, latifundiários ricos, mas esse não era o estilo de Siegel e Shuster. A Depressão havia atingido duramente a família deles. Então, no lugar do homem rico e urbano, o alterego que Siegel e Shuster tinham em mente era o trabalhador honesto, um repórter.

O filme *A primeira página*, de 1931, fez a redação de um grande jornal metropolitano parecer um lugar onde homens durões e mulheres independentes trocavam farpas antes de arregaçar as mangas para perseguir a notícia e denunciar a corrupção. E do ponto de vista do enredo, um repórter poderia monitorar a faixa de rádio da polícia e ficar alerta para os crimes que aconteciam e outras emergências, dando ao herói um meio conveniente de estar sempre no meio da ação.

Um estranho visitante de outro planeta

Em 1937, Siegel e Shuster haviam vendido vários personagens para a DC Comics, principalmente homens violentos em quadrinhos como *Spy* e *Slam Bradley*. Mas o amor deles pela aventura de ficção científica sobrevivia (os quadrinhos *Federal Men*, de autoria dos dois, permitiu que eles expressassem o amor por naves espaciais e robôs gigantes), motivo pelo qual eles não desistiram, mesmo com as cartas de recusa que consideravam a ideia de um alienígena com superpoderes muito rústica, juvenil ou peculiar para ser aceita pelos leitores. (Na verdade, Siegel teve um breve período de frustração, ou impaciência, com as rejeições repetidas, e foi trabalhar com outros dois artistas no tratamento de um Superman ligeiramente alterado. Nessas versões, não era um cientista alienígena, mas o último homem na Terra no futuro distante que enviava o filho pequeno de volta no tempo para o então presente, quando sua fisiologia avançada conferia a ele uma força tremenda. Esses tratamentos não tiveram mais sucesso que os anteriores, e Siegel logo se reuniu a Shuster para trabalhar no conceito original da dupla.)

Como mencionei, a fórmula da origem extraterrestre do Superman e de seus poderes foi uma simples inversão das histórias de John Carter, escritas por Edgar Rice Burroughs. Em vez de um terráqueo adquirindo poderes fabulosos em outro mundo, um alienígena de um planeta mais avançado chegava na Terra e desenvolvia força impressionante. Em vez de transportar um humano comum para um cenário fantástico, eles trouxeram um fantástico super-humano para o nosso mundo e o fizeram realizar façanhas incríveis nas ruas e nos becos da cidade. Nos primeiros anos de existência do Superman, Siegel e Shuster tiveram o cuidado de contar histórias reconhecíveis, de crime e corrupção comuns no planeta, nas quais a existência do Homem de Aço era o único elemento de ficção científica ou fantasia. Essa separação, eles concluíram, proporcionaria a excitação e grande parte do humor.

A decisão de fazer do herói um órfão e um imigrante emprestou ao personagem uma ressonância emocional que não existia em heróis de ação como Flash Gordon. O passado trágico do personagem seria deixado em segundo plano até a década de 1950, quando escritores (inclusive Siegel) se dedicariam a explorar o condenado planeta Krypton. Esse movimento daria origem a todo um elenco de personagens e introduziria sobretons sombrios, enobrecedores, que se tornariam parte do Superman para sempre.

Pelo menos no início, Siegel e Shuster não se importaram tanto com toda essa coisa de história triste. No começo, o "planeta distante" de onde saiu seu herói nem tinha nome; é como se, apesar de toda a paixão pela ficção científica, Siegel e Shuster considerassem a origem intergaláctica do Superman pouco mais que um detalhe da história a ser eliminado, alguma coisa que tinha que ser mencionada para explicar por que o Homem do Amanhã era capaz de façanhas tão incríveis.

O Superman que eles vislumbraram era muito agitado — e muito ocupado — para perder tempo com introspecção e culpa de sobrevivente. Ele tinha coisas para fazer. E também era, simplesmente, a essência do americano: um Gatsby que chegava a um novo e radiante litoral, tendo se locomovido até ali usando o próprio passado como combustível. O Velho Mundo não podia mais tocá-lo, e agora cabia a ele abrir o próprio caminho.

Apresentando: Superman

A história de como Siegel e Shuster finalmente venderam todos os direitos do Superman (por 130 dólares, dez por página) para a DC Comics, e as décadas de ultraje, angústia e manobras legais que seguiram, foi contada com detalhes em todos os lugares. Os leitores interessados em um relato elegante e abrangente dessa história devem começar por *Homens do amanhã*, de Gerard Jones (Editora Conrad, 2006).

Siegel e Shuster esperavam vender uma tirinha de jornal, que renderia uma entrada constante de royalties, mas a DC pediu que eles reformulassem o formato de lançamento e criassem uma história em quadrinhos de treze páginas, que seria a principal atração do novo livro chamado *Action Comics*. O resultado surgiu nas bancas em 18 de abril de 1938, ou mais ou menos isso, com uma data de capa de junho.

Siegel e Shuster decidiram dedicar a primeira página inteira à história da origem do herói. Na verdade, é só um relato simples dos fatos, sem espaço para nomes próprios, tais como Krypton, Smallville, Metrópolis, Jor-El, Lara ou os pais Kent. Todos eles surgiriam mais tarde.

Quadro um: enquanto uma cidade desmorona, um foguete vermelho é lançado pelo telhado de um arranha-céu. Legenda: "Quando um antigo planeta foi destruído pela velhice, um cientista colocou o filho pequeno dentro de uma nave espacial projetada às pressas e lançada para a Terra!"

Quadro dois: de cima, vemos a luz dos faróis de automóveis iluminando o foguete no local onde ele aterrissou. "Quando a aeronave pousou na Terra, um motorista que passava pelo local encontrou o bebê dormindo lá dentro e levou a criança para um orfanato." Quando Siegel usou a expressão "bebê dormindo", inscreveu no DNA criativo do Superman um subtexto bíblico que permaneceria para sempre; o leitor pode pensar em Moisés entre os juncos ou Jesus na manjedoura. Isso não é algo que Siegel ou Shuster fariam deliberadamente, mas é um elemento do personagem que inspiraria escritores de quadrinhos e cineastas nos anos futuros.

Quadro três: uma criança de fralda fica em pé segurando um carro vermelho sobre a cabeça com uma das mãos, enquanto um homem de barba e uma enfermeira assistem a tudo boquiabertos. "Os funcionários, sem saber que a estrutura física da criança era milhões de anos mais avançada que a deles, ficaram chocados com sua força."

O quadro quatro é dividido em três imagens que mostram o adulto (ainda sem nome) em ação ("Ao alcançar a maturidade, ele descobriu que podia facilmente..."). Na primeira imagem, um homem de terno azul é visto voando pelo ar ("...saltar 200 metros e pular sobre um prédio de vinte andares") sobre dois arranha-céus. Voar viria mais tarde. Por ora, ele só pulava de um lugar ao outro, e durante os primeiros três anos de vida, aquela estatística de "200 metros" apareceria com destaque em qualquer menção feita a seus poderes nos quadrinhos, no rádio e em qualquer lugar.

Na imagem seguinte, o homem veste macacão vermelho em um canteiro de obras, onde levanta, sem nenhum esforço, uma viga de aço sobre a própria cabeça ("...levantar pesos fabulosos..."), diante do olhar estupefato de um colega operário.

Em seguida, o homem é visto novamente em um terno azul, correndo ao lado de uma locomotiva ("...ser mais rápido que um trem expresso...") – e vencendo a corrida. Não era suficiente, para Siegel e Shuster, que o Superman fosse mais forte e mais rápido que outros homens. Eles queriam mostrar que ele também era melhor que as máquinas construídas pelos homens. Em poucos números, ele seria mais veloz que um avião, por garantia.

Com o passar dos anos, e aquelas máquinas se tornando mais fortes e mais rápidas, o Superman também melhorou. Mas a imagem dele apostando corrida com um trem seria aquela a que escritores e artistas voltariam muitas e muitas vezes.

O quadro das superfaçanhas termina com a legenda: "...e nenhuma bala pode penetrar a pele do Superman".

O quadro seguinte não tem imagem, só a primeira menção ao nome desse personagem e uma explicação de sua motivação, tudo muito direto: "Cedo, Clark decidiu que devia direcionar sua força monumental para canais que beneficiariam a humanidade. E assim foi criado..."

E lá, no quadro seguinte, nós o vemos pela primeira vez: "Superman! Defensor dos oprimidos, a maravilha física que jurou dedicar sua existência a ajudar os necessitados!" Ele está ali em toda sua glória, vestido com um macacão azul justo e sunga vermelha, com uma capa da mesma cor dançando ao vento. Não conseguimos ver os detalhes do emblema amarelo no centro de seu peito. A pose é estranha, francamente: joelhos levemente dobrados, braços abaixados e meio afastados do corpo. A intenção da pose é dar a ele o ar de um homem entrando em ação, mas o efeito é de uma marionete, ou de um espantalho fortão.

É estranho que Shuster tenha desenhado um Superman de aparência tão tensa e desconfortável, porque seu estilo era mais cinético. Ele trabalhava depressa, e isso aparecia em seus desenhos: a linha de trabalho era fina e, com o aumento da demanda e a visão piorando, até irregular. Ele nunca se tornou o desenhista preciso que eram seus contemporâneos Milton Cainiff e Alex Raymond, mas a execução grosseira (ele sempre se concentrava na ação em primeiro plano, e só indicava um cenário de fundo) dava aos quadrinhos uma ideia clara de urgência.

O último quadro da apresentação é dedicado a "uma explicação científica da incrível força de Clark Kent":

> Kent veio de um planeta cuja estrutura física dos habitantes era milhões de anos mais avançada que a nossa. Ao alcançar a maturidade, as pessoas de sua raça eram dotadas de força descomunal. Incrível? Não! Porque até hoje em nosso mundo existem criaturas com "superforça"! A formiga é capaz de carregar algo centenas de vezes mais pesado que ela. O gafanhoto salta o que, para um homem, seria o espaço de vários quarteirões.

Essa explicação, a de que o Superman compartilhava seus dotes físicos com todos os outros membros de sua super-raça kryptoniana, não se sustentaria por muito tempo. No começo da década de 1950, escritores atribuíam os poderes do Superman a diferenças de gravidade e atmosfera entre a Terra e Krypton.

Mas, naquele momento, era o suficiente.

Primeira saída

Em sua primeira aventura, o Superman não tinha muito em comum com o "Grande Escoteiro Azul" que se entronou na memória cultural coletiva graças à televisão e ao cinema. Ele era um fortão de fala dura e punho rápido que não economizava sorrisinhos irônicos e comentários sarcásticos. Era impaciente, propenso a ataques de raiva e violência. Era briguento com quem gostava de brigar, e ganhava todas. Na verdade, ele era meio canalha. E permaneceria assim por um tempo.

Sua primeira ação: atravessar os gramados da riqueza a caminho da propriedade do governador no meio da noite, carregando uma mulher amarrada e amordaçada como se fosse um saco de batatas. Ele pousa e deixa a mulher, ainda amarrada, encostada em uma árvore. "Fique à vontade!", provoca, correndo para a casa do governador. "Não tenho tempo para garantir seu conforto!"

Ele bate na porta e acorda o mordomo.

"Preciso ver o governador!", grita. "É uma questão de vida ou morte!"

Quando seu pedido é recusado, o Superman arranca a porta. O mordomo saca uma arma, e o Superman grita: "Guarde esse brinquedo!"

"Eu avisei", diz o mordomo. "Mais um passo, e eu atiro."

Superman dá o passo, e o mordomo cumpre a ameaça. E ali, pela primeira vez, "a bala ricocheteia na pele dura do Superman!". Nos anos seguintes, esse ato se tornará sinônimo do Homem de Aço. Cada episódio do programa de televisão *Aventuras do Superman*, da década de 1950, mostra uma cena em que bandidos atiram contra o ator que faz o Superman, George Reeves, enquanto ele revira os olhos e parece constrangido, como se sentisse vergonha da inexperiência de seus agressores.

Mas aqui, pelo menos, não vemos a bala acertar o alvo: Siegel posiciona o observador atrás da ação, olhando por cima do ombro do Superman. O foco do quadro é o mordomo em seu roupão de banho, sorrindo de um jeito sombrio quando atira.

Superman desarma rapidamente o mordomo, convence o governador a dar o perdão e desaparece.

Agora vemos Clark Kent pela primeira vez, descendo a escada da frente de sua casa: terno azul, chapéu marrom e óculos. Ele espia a primeira página do *Estrela Diária* ("Curry é solta!", anuncia a manchete) e sussurra para si mesmo: "Que bom! Não fui mencionado!"

Aqui, Siegel e Shuster introduzem na receita duas ideias muito improváveis; uma, a de que um homem vestido com macacão justo e capa, realizando façanhas que exigem força sobre-humana, tem a chance de não chamar atenção, e a outra, a de que pessoas que viram um homem vestido com macacão justo e capa, realizando façanhas que exigem força sobre-humana, não contam a ninguém o que viram.

Na redação do *Estrela Diária* (levaria dois anos [*Action* #22] para o nome mudar, sem nenhuma cerimônia ou explicação, para *Planeta Diário*), Kent é chamado à sala de seu editor, ainda sem nome, que pergunta se ele já ouviu falar do Superman. No que vai se tornar rapidamente uma parte de todos os retratos do Homem de Aço, o diálogo de Clark passa pelos outros personagens na cena para dar uma dica ao leitor: "Olha, chefe, se eu não conseguir descobrir alguma coisa sobre esse Superman, ninguém consegue!"

Um colega informa Kent sobre "uma dica por telefone, uma esposa espancada na avenida Court, número 211!", e ele sai correndo da redação.

Quando chega à cena da agressão, o Superman domina o homem que batia na esposa com um martelo, o levanta sobre a cabeça com um braço (já é seu movimento característico), grita que "isso é pouco, para o tratamento que você vai receber", e arremessa o homem contra a parede com tanta força que pedaços de gesso voam.

"Quando ouve as sirenes da polícia, o Superman veste rapidamente roupas comuns sobre o uniforme." E, enquanto se veste, resmunga que "seria péssimo se decidissem me revistar".

E assim começa outro conceito central do personagem: Kent usa o uniforme de Superman (chamado de "super-roupa" e "fantasia de ação") embaixo das roupas. Sem essa ideia, uma das imagens mais icônicas e mais repetidas do Homem de Aço, a de Clark Kent rasgando a camisa para revelar o escudo com o S, jamais teria existido.

Nas décadas de 1930 e 1940, uma época de calças largas e paletós de lã grossa, os leitores nunca questionaram o conceito. Mas escritores e artistas que vieram mais tarde brincariam com essa ideia para dar tensão às histórias (e se alguém, ou alguma coisa, rasgar a camisa do Clark?) e desenvolver explicações geniais para as perguntas dos fãs, como: onde o Superman deixa as roupas do Clark? Ele enfia a capa dentro da calça?

Até esse ponto, Clark não parecia brando ou moderado. Na verdade, já o vimos exibindo sua coragem jornalística para o editor, correndo para cobrir uma história que poderia ser perigosa e brincando com um policial que se debruça sobre o agressor da esposa, então inconsciente. Mas Lois Lane entra na história e, assim, delineia para sempre um elemento-chave na personalidade de Clark Kent. Ou até 1986, pelo menos.

Vemos Clark se aproximando da mesa de Lois. Shuster o desenha diferente do que havia feito até aquele momento: ombros encurvados, queixo baixo, atitude de súplica. "O que vo... você acha de um... ah... encontro hoje à noite, Lois?", gagueja ele.

Lois, miúda e graciosa, ergue os olhos da máquina de escrever sem se alterar. "Acho que vou te dar uma folga... para variar."

Naquela noite, os dois dançam juntos em uma boate, Clark com seu terno azul, Lois num vestido vermelho e justo. Quando ele pergunta por que Lois o evita na redação, ela desvia o olhar. "Por favor, Clark!", suspira. "Tenho passado os dias escrevendo 'matérias tristes'. Não me peça para criar mais uma."

O que equivale a dizer: quando foi apresentada, Lois Lane não era uma repórter durona e de discurso rápido, *à la* Hildy Johnson de Rosalind Russell. Ela era uma "irmã chorosa", uma expressão pejorativa para descrever mulheres jornalistas que escreviam histórias com ganchos emocionantes, sentimentais. Só na primeira aventura de rádio do Superman, e, não por coincidência, até *Jejum de amor* chegar aos cinemas, Lois começou a assumir uma atitude mais firme, mais competitiva.

Um bandido chamado Butch está sentado em uma mesa próxima com os capangas, nota a bela Lois e decide agir. "Sai daqui, eu assumo!", rosna ele para Clark.

Clark oferece uma resposta que soa estranha aos ouvidos mais modernos: "Mas isso não é a dança do ladrão!"

A dança do ladrão é uma dança folclórica da Eslováquia, realizada em volta da fogueira e só por homens. Clark está brincando, fingindo que acha que Butch quer dançar com ele. (Não é a reação de um covarde, é preciso notar.)

Butch demonstra seu ultraje falando como um ator que tinha participado da peça *Dead End*, em 1935, na Brodway ("Fazendo graça? Vai logo, se sabe o que é bom para você!"), e Lois se ofende com Clark ("Vai permitir esse tipo de coisa?").

Ali, o dócil e brando Clark se manifesta verdadeiramente pela primeira vez. Ou, como diz a legenda: "Relutante, Kent desempenha o papel de fraco." Ele não reage, e Lois se enfurece. "Pode ficar e dançar com ele, se quiser", ela diz para Clark com as mãos na cintura, "mas eu vou embora agora!"

Quando Butch tenta levá-la à força para a pista de dança, ela o esbofeteia, para alegria secreta de Clark ("Muito bem, Lois!", pensa) e horror aparente ("Lois, não!", grita).

Butch se volta contra Clark. "Lute, seu fracote covarde!", diz, aproximando a mão do rosto do jornalista.

"Francamente", diz Clark, "não estou com vontade!"

Enquanto isso, Lois já pegou o casaco e o chapéu e entrou em um táxi. "Você me perguntou por que o evito", comenta ela pela janela do carro. "Vou responder agora: porque você é um covarde sem fibra e insuportável!"

Ela dirá coisas bem piores a Clark nos meses e anos seguintes. Aos poucos, o relacionamento entre eles se tornará mais cheio de nuances e adulto, mas aqui, no começo, a atitude de Lois em relação a Clark é o mais frio desprezo. Não é uma descrição particularmente esclarecedora da pisquê feminina, mas Siegel e Shuster estavam perpetuando uma visão da mulher que a cultura – em especial os filmes de comédia da época – usava. E foi uma imagem que impressionou aquelas primeiras leitoras muito jovens: as garotas como criaturas distantes, desdenhosas, propensas a explosões e insultos.

Na boate, Butch vai embora com os parceiros, decidido a ir atrás de Lois e ensinar a ela uma lição. Mal sabiam eles que, enquanto perseguiam o táxi no carro verde, eram seguidos por uma figura misteriosa...

O carro de Butch joga o táxi de Lois em uma vala. Ele a leva à força para dentro de seu carro e parte. Superman ultrapassa o carro, então seguem três quadros dinâmicos sem nenhum diálogo que são o centro daquela edição, uma cena tão emblemática que Shuster a adaptou para a capa.

Superman levanta o carro verde sobre a cabeça e o sacode violentamente com uma das mãos para jogar os ocupantes no chão (enquanto usa o outro braço para pôr Lois delicadamente no chão). Ele joga o carro contra uma colina, pulverizando-o, enquanto os três bandidos fogem correndo e gritando pela noite.

Superman pendura Butch pelo paletó no alto de um poste de cabos telefônicos e pousa ao lado de Lois, que se encolhe. Ele se debruça sobre ela com um sorriso cruel no rosto de traços definidos: "Não precisa ter medo de mim. Não vou fazer mal nenhum a você." O leitor percebe que uma alça do vestido dela escorrega provocante do ombro, pelo braço.

Superman deixa Lois nos limites da cidade, e a previne sobre a necessidade de "não publicar nada sobre o episódio".

Ele não precisava ter se preocupado. No dia seguinte, o editor de Lois debocha da matéria: "Tem certeza de que não foram elefantes cor-de-rosa que você viu?" Lois volta triste à mesa dela. Quando Clark se aproxima para pedir desculpas pelo comportamento covarde, ela o ignora, o rosto transformado na máscara de reserva fria e aristocrática.

O editor de Clark o chama em sua sala para dizer que "as manchetes da primeira página estão tão sem graça, que até comecei a publicar jogos de cartas" (o que, levando em conta a falta de conteúdo relacionado ao Superman, parece bem provável). Clark é incumbido de ir à pequena república sul-americana de San Monte para "cavar notícias... Leve uma câmera e tente trazer algumas fotos boas com seus artigos".

Naquela noite, inexplicavelmente, Kent pega um trem para Washington, em vez disso. Lá, no prédio do Capitólio, ele fotografa, escondido, uma reunião secreta entre o senador Barrows e um homem de aparência sombria (Shuster o desenha com faces cadavéricas e um bigode fino, para garantir) e ouve os planos de se encontrarem mais tarde na casa do senador.

O homem, Clark descobre, é o "lobista mais habilidoso de Washington", embora ninguém saiba para quem ele trabalha. Naquela noite, mais tarde, o Superman se pendura no parapeito da janela do apartamento do senador, bem acima das movimentadas ruas da capital (a Washington de Shuster, um lugar de arranha-céus, não tem nenhuma semelhança com o verdadeiro Distrito de Columbia). Lá, ele escuta a conversa entre o lobista e o senador.

Superman intercepta o homem quando ele sai do prédio do senador e pergunta para quem ele trabalha. O lobista finge ignorância. O leitor já pode prever que nosso herói vai arrancar dele a informação que deseja usando a força física, tudo em nome da justiça, é claro.

De fato, Superman agarra o homem pela perna e decola, chegando a altura de um fio de telefone. O lobista grita, apavorado com a possibilidade de ser eletrocutado. O herói se movimenta ao longo do fio carregando o homem como se fosse uma bola, fazendo um sereno discurso científico enquanto isso: "As aves pousam nos fios de telefone e não são eletrocutadas, a menos que encostem em um poste de telefone ao mesmo tempo". Nesse momento, é claro, o Homem de Aço paira sobre um poste de telefone e se aproxima muito de sua extremidade, provocando mais gritos.

Em seguida, ele salta do poste para a cúpula do prédio do Capitólio. "Que vista magnífica!", provoca, olhando para a cidade. "Acha que podemos pular para aquele prédio?"

No último quadro dessa primeira história, voltamos à imagem do Superman no ar, carregando um frágil humano, mas dessa vez é diferente. "Errei!", diz o Homem de Aço, tentando em vão pousar no prédio que está além de seu alcance. "Não consegui!"

E é aí que a primeira *Action* deixa nosso herói e sua carga indefesa, mergulhando para a rua da cidade lá embaixo. "E assim começa a surpreendente aventura do mais sensacional personagem de quadrinhos de todos os tempos: Superman!", apregoa um anúncio no fim da página. "Um prodígio físico, uma maravilha mental, o Superman está destinado a mudar o destino do mundo! Só na *Action Comics* você pode viver as ousadas façanhas dessa criação soberba! Não perca nenhum número!"

E acaba. Na página seguinte, começa uma tira de quadrinhos em preto e branco com "Chuck" Dawson, a pistola mais rápida do Oeste.

Nossa história até aqui

Então, foi isso que os jovens leitores daquele abril de 1938 encontraram: um visitante de um planeta sem nome com a força do Popeye, vestido como o Flash Gordon. Um cara durão em uma cidade não identificada que gostava de espancar valentões e não tinha problema algum em castigar criminosos, se assim conseguisse o que queria.

Pelo menos isso ele tinha em comum com muitos paladinos da justiça encontrados nas publicações da categoria. Mas, por alguma razão, e inteiramente diferente daqueles policiais e detetives particulares confusos, esse cara se disfarçava de fraco. E, quando isso acontecia, ele se deixava superar até por alguém mais fraco.

Mas, é claro, tinha a ação, os saltos pela noite, os carros arremessados como se fossem feitos de papel, a exposição da corrupção em Washington e... espera, o quê? Por que ele foi para Washington?

Nenhuma explicação para isso. O que Washington tinha a ver com sua missão na América do Sul? E o que aconteceria quando ele e o lobista chegassem ao chão?

Qualquer que tenha sido o motivo, a fantasia, as superfaçanhas, o humor, a dupla identidade, as mulheres bonitas, ou uma combinação de tudo isso, a coisa deu certo.

Em semanas, a maioria dos 200 mil exemplares impressos da primeira *Action Comics* foi vendida.

2

VERDADE, JUSTIÇA... (1938-1941)

Marcos

1938: *Action Comics* é lançada
1939: estreia a tirinha de jornal diária *Superman*
1940: começa a série de rádio *Superman*
1941: lançados os primeiros desenhos do Superman pelo Fleischer Studios

Primeira aparição do Superman/Clark, Lois Lane, Krypton, o *Estrela Diária/Planeta Diário*, Metrópolis, Lex Luthor, Jimmy Olsen (na série de rádio)

Levaria vários meses para os executivos da DC Comics perceberem o que tinham nas mãos. Os poucos números seguintes da *Action Comics* tinham capas de revistas em quadrinhos mais convencionais, com homens pulando de paraquedas de bimotores, aventuras na selva e assim por diante. De fato, Superman nem apareceria na capa até a edição nº 7, mais ou menos o mesmo tempo que os varejistas demoraram para informar a editora de que a garotada ia às lojas em bandos implorando pela *Action Comics*. Não que pedissem pelo nome.

Na primavera e no verão de 1938, esse pessoal conhecia a *Action* como "a revista em quadrinhos que tem o Superman".

Por quê? Ao que eles reagiam com tanta intensidade? Para responder a essa pergunta, vamos examinar as histórias que compuseram o primeiro ano de existência do Homem de Aço.

Superman, valentão pela paz

A *Action Comics* nº 2 traz um Superman decididamente antimilitarista muito diferente do superpatriota que se tornaria em poucos anos. Depois de sobreviver à chegada na Terra sem sofrer nem um arranhão, ele descobre que um poderoso magnata de armamentos chamado Norvell está financiando um lobista corrupto que tenta criar um mercado para os produtos de seu financiador. O Superman confronta o fabricante de armas (depois de sobreviver a uma rajada de metralhadora e espantar os guardas com as armas enroladas no pescoço). "Viu como amassei aquela barra de ferro com a mão?", ele rosna para Norvell. "Aquela barra poderia ser seu pescoço!"

Ele coage Norvell a embarcar em um vapor para a república sul-americana de San Monte, devastada pela guerra, ou ele vai "arrancar seu coração cruel com as mãos!". No dia seguinte, Norvell embarca no navio indicado, assim como Clark e Lois, que é enviada à zona de guerra para "mandar matérias coloridas com meu distinto toque feminino!"

Naquela noite, quando Superman, vestido com seu traje completo (!), para junto do parapeito do navio e olha triste para o oceano (!), dois capangas de Norvell se aproximam sorrateiros e o empurram para o mar. Sem se abalar, o Homem de Aço simplesmente nada até San Monte, chega antes do navio e recebe o assustado Norvell no porto. Mais uma vez, ele ameaça o fabricante de armas com violência, a menos que ele se aliste no exército de San Monte. Superman também se alista para ter certeza de que Norvell não desertará.

Ali, pela primeira vez, Superman tira o "uniforme de ação" para surgir como alguém além de Clark Kent. Como veremos ao longo dos próximos meses, ele se disfarça frequentemente na busca pela justiça, tanto que, nesses estágios iniciais, é praticamente um superpoder auxiliar.

Superman salta para dentro do acampamento inimigo, fotografa generais reunidos em suas barracas e manda as fotos para "o *Evening News*... Cleveland, Ohio". (*Action* nº 1 havia determinado que Clark trabalhava para o *Estrela Diária*, então, isso é um erro ou, mais provavelmente, uma gracinha deliberada de Siegel e Shuster para o jornal de sua cidade natal.

Ao mesmo tempo, uma "mulher misteriosa" planta um documento roubado no quarto de hotel de Lois, e ela é acusada, levada a julgamento e condenada à morte em um único quadro. Superman chega na última hora, se joga na frente do esquadrão de fuzilamento e decola levando a grata Lois em segurança.

A seguir, a segunda interação entre eles:

Lois: Superman!
Superman: Sim! Ainda no papel de salvador galante!
Lois: Que tipo de criatura é você?
Superman: Guarde as perguntas!

A caminho do navio, onde vai deixar Lois, Superman interrompe um soldado que torturava um prisioneiro. Essa cena é importante porque ressalta a noção básica de justiça do Superman e sua implacabilidade, duas coisas que, nesse estágio inicial, estão intimamente ligadas. O Homem de Aço pega o torturador, prometendo "dar o destino que você merece, seu demônio torturador!" e o arremessa no ar para a morte, aparentemente. ("O torturador desaparece atrás de um bosque distante com um grito de dar dó.")

Como último gesto antes de concluir a missão, Superman rapta os comandantes dos dois exércitos. "Decidi acabar com essa guerra colocando vocês dois para lutar um contra o outro", ele diz. Quando os dois homens não conseguem lembrar o motivo da guerra entre os dois exércitos, Superman assume o comando: "Cavalheiros, é evidente que vocês só estão lutando para promover a venda de munições! Por que não apertam as mãos e fazem as pazes?"

É, por que não? Os dois homens se cumprimentam, enquanto um orgulhoso Superman assiste à cena, e Clark volta para a redação com a matéria.

Sem fantasia

Os números 3 e 4 da *Action Comics* contêm o que olhos modernos enxergam como histórias muito incongruentes do Superman.

Em *Action* nº 3, o leitor vê o Superman fantasiado em um quadro do total de 95. A história é sobre um industrial ganancioso que ignora medidas de segurança em suas minas. Superman se disfarça de mineiro e resgata vários trabalhadores presos em uma escavação. Mais tarde, Clark Kent interroga o proprietário sobre as condições na mina, mas é posto para fora do escritório do homem, que ri de sua atitude.

Na mesma noite, Superman veste novamente a roupa de mineiro e se deixa capturar tentando invadir um baile elegante na propriedade do industrial. De maneira conveniente, embora implausível, o dono da mina decide realizar a festa em uma mina perigosa. Enquanto os convidados bêbados se divertem, Superman provoca um desmoronamento, expondo o perigo. O dono da mina se arrepende do comportamento egoísta.

A história traz pouco do que aprendemos a associar com o Superman. Não tem saltos no ar, nem Lois, só alguns feitos notáveis de força física, e nenhuma fantasia. O que a história mostra, porém, é seu senso de justiça e seu ressentimento arraigado com a falta de consideração dos poderosos que tiram proveito da posição que possuem para explorar trabalhadores honestos.

Em *Action* nº 4, voltamos ao básico, embora Lois continue desaparecida da ação. Mais uma vez, vemos Superman saltando sobre arranha-céus, apostando corrida com outra locomotiva, mas a história conta com um motorista que provoca um acidente e foge para se concentrar em defender a correção na sociedade universitária local. Superman retoma a arte dos disfarces, recorrendo a "um pouco de maquiagem com graxa" para personificar um jogador de futebol sem importância que nunca sai do banco, alguém que ele dopa e rapta para tirar do caminho até pôr em prática seus planos. A ideia é: usar seu imenso poder para ganhar jogos, expor o treinador corrupto e reconquistar a namorada do jogador, que terminou o relacionamento por se envergonhar de ser vista com um fracassado. (A garota, é preciso ressaltar, tem uma aparência e um comportamento incrivelmente semelhantes aos de Lois Lane.)

Todos os elementos no lugar – até as botas

É na *Action* nº 5 que vislumbramos pela primeira vez a fórmula que será duradoura:

1. Uma crise que coloca Superman em uma corrida contra o tempo (nesse caso, um dique está se rompendo, ameaçando milhares de vidas).
2. O trabalho de Clark como dispositivo de enquadramento (o editor do *Estrela Diária* designa Clark para cobrir a história).
3. Lois, inteligente e ardilosa (ela manda Clark ir atrás de uma história falsa sobre sétuplos e vai ela mesma fazer a reportagem verdadeira).
4. Façanhas ousadas (Superman aposta corrida com outra locomotiva, usa a força para impedir que uma ponte caia e evita o rompimento do dique enquanto pode).
5. O resgate de Lois (cujo carro foi arrastado pela enchente).

Quando decola com Lois nos braços, ela o beija e suspira. "A primeira vez que me carregou desse jeito eu senti medo, e também tive medo de você. Mas agora eu o amo, e amo muito." Superman não se abala, mas Clark perdoa Lois por tê-lo enganado.

Lois, de sua parte, não se impressiona, proporcionando o sexto elemento clássico: a rejeição de Lois. Nesse estágio inicial, ela é bem ríspida (acha que Clark é um "verme sem fibra").

Esse número também traz a primeira aparição do traje completo do Superman como o conhecemos hoje, com as botas vermelhas substituindo pela primeira vez os pés nas meias azuis das edições anteriores.

"Você é um Superman"

A *Action* nº 6 brinca com o leitor várias vezes ao ampliar sua perspectiva, oferecendo o primeiro ponto de vista real do mundo que cerca o Homem de Aço, e quanto esse mundo está disposto a abraçá-lo.

Muito antes de venderem o personagem, Siegel e Shuster imaginavam o rosto do Superman em caixas de cereal e kits de montar. Nesse número, eles levam essa ideia adiante, intimando involuntariamente a indústria de produtos, que reage rápido e passa a comercializar a imagem do Superman.

Um vigarista fingindo ser empresário do Superman vai procurar Clark Kent, "repórter genial e comedido do *Estrela Diária*". Ele anuncia que autorizou o uso da imagem do Homem de Aço para um programa de rádio, uma marca de gasolina, um carro, roupas de banho, fantasias, "Exercícios de desenvolvimento físico" e para o cinema. "Até provisionei uma aparição dele nos quadrinhos!"

Clark se diverte quando o vigarista marca um horário para o repórter conhecer e entrevistar o Superman. A conversa é ouvida por um office-boy parado atrás da porta (primeira vez que vemos o personagem que se tornará Jimmy Olsen), que vai contar tudo a Lois Lane. Ela manipula Clark, propõe um encontro com a condição de ele levá-la à entrevista com o Superman. Clark se mostra eufórico. Por dentro, ele se diverte.

Os dois começam a noite em uma boate, onde um cantor apresenta uma canção chamada "Você é um Superman". (Quando Siegel e Shuster criaram essa cena em algum momento do verão de 1938, a ideia de que sua criação impregnaria a cultura pop a ponto de fazer parte da letra de uma música, mesmo que fosse uma música fictícia criada por Siegel, era quase absurda. Isso mudaria.)

Determinada a enganar Clark, Lois mistura uma droga em sua bebida. Quando ele finge desmaiar, ela vai ao encontro do vigarista. Clark não se incomoda com o comportamento de Lois e vai atrás dela. Juntos, Lois e Superman desmascaram o trapaceiro e o impostor que ele contratou para fingir ser o Superman.

Superman *versus* decadência urbana

Em *Action Comics* nº 7, Superman aparece na capa pela primeira vez desde o nº 1; um banner anuncia que ele "faz parte desta edição e de todas as outras", sugerindo que os editores começaram a perceber que têm um fenômeno nas mãos. Neste número, Superman, com botas amarelas por causa de um erro de gráfica, salva um circo à beira da falência entrando para o elenco.

Superman não aparece na capa da *Action Comics* nº 8, nem é mencionado. Mas essa edição inclui vários desenvolvimentos notáveis, entre eles a primeira menção ao superpoder que à essa altura havia se estabelecido no personagem: a superaudição.

Esse nome não será usado por um tempo, e ela não é tão poderosa quanto será em algumas décadas, quando o Superman vai se tornar capaz de ouvir através do vácuo (onde o som não existe) e detectar eventos que se desenrolam a muitos anos-luz de distância.

Nesse estágio, sua audição é suficiente para permitir que ele escute os resmungos de alguns espectadores na sala do tribunal onde ele está, jovens que foram pegos em flagrante. Ele captura os delinquentes (libertando alguns da custódia policial, o que faz dele um homem procurado) e os leva de volta aos cortiços imundos que chamam de casa. Quando falar com eles não dá resultado, ele os pega no colo e repete a tática de assustar o bandido com a ameaça de "parar pendurado nos cabos de telefone". Depois, para em um momento de super-reflexão: "A culpa de você ser delinquente não é totalmente sua, é desses cortiços, das suas condições miseráveis de vida. Se eu tivesse um jeito de reparar tudo isso...!"

Logo ele encontra um jeito. "Então, o governo reconstrói áreas destruídas com apartamentos modernos de aluguel barato, é?", diz, demolindo um prédio com as mãos. "Tenho trabalho aqui! Quando eu terminar, essa cidade estará livre desses cortiços imundos e infestados de criminalidade!"

As autoridades chamam a Guarda Nacional para impedir a destruição, e o Superman vai embora. Os cortiços destruídos são substituídos por "habitações de condições esplêndidas" e a polícia declara publicamente guerra ao Homem de Aço, enquanto o chefe de polícia conta a Clark Kent em uma conversa sigilosa que "acho que ele fez uma coisa maravilhosa e gostaria de apertar sua mão!".

O triângulo Clark/Lois/Superman

A capa da *Action Comics* nº 9 traz um carro desgovernado batendo em uma cerca de frente para o leitor, e, de maneira reveladora, as palavras: "Neste número: outra aventura excitante do Superman!" Na imagem que abre a história, o Superman joga no chão um tanque militar, como fez com o carro verde na capa da *Action* nº 1. A guerra na Europa nunca saiu da cabeça dos criadores do Superman, ou de seus leitores.

Enquanto isso, o desprezo de Lois por Clark se torna venenoso ("Clark Kent, eu desprezo você... detesto você! Seu covarde desprezível! Não se atreva a falar comigo nunca mais!"). Magoado, Clark pergunta se existe outra pessoa e, pela primeira vez, o bizarro triângulo amoroso toma forma ("Sim! Tem outra pessoa! Ele é grande! É glorioso! É incrível! É tudo que você não é! Corajoso, arrojado, bonito... soberbo!... Superman!")

Clark se desculpa e vai procurar uma sala vazia. "Mas, assim que ele entra e fecha a porta, uma coisa incrível acontece: a expressão ferida some! Ele segura a barriga e se dobra! E tem um ataque de... riso!"

Essa é a dinâmica que será mantida por décadas: Lois se jogando em cima do Superman, ignorando Clark; Clark fingindo dar em cima de Lois, enquanto a ignora como Superman. Conforme a concepção de Shuster e Siegel, o triângulo existia por uma razão: projetar Lois como uma boba, alguém de quem Superman, e o leitor, ririam.

Futuros escritores diriam que Superman resiste às investidas de Lois porque quer que ela o aceite como ele "realmente" é, o Clark. A óbvia falha desse raciocínio é que, na imaginação de Siegel e Shuster, Clark não é o lado "real" do Superman, ele é uma caricatura, um pateta, uma imitação grosseira de uma espécie que, evidentemente, considera fraca e ineficiente.

Superman contra tortura, corretores da bolsa e... direção perigosa?

A *Action Comics* nº 10 traz Superman na capa outra vez, lutando contra um avião de guerra de origem desconhecida. O vilão da história é um detento cruel que brutaliza os companheiros de prisão. Mais uma vez, Superman se disfarça, dessa vez de membro de gangue, para expor as deploráveis condições do presídio.

Em *Action Comics* nº 11, o Homem do Amanhã investiga um suicídio e descobre uma corretora corrupta que vende ações de um poço de petróleo inexistente. O normalmente explosivo Superman inicia uma cadeia de eventos tortuosa, que inclui se disfarçar de "Homer Ramsey" (que, sem o chapéu fedora inclinado, tem uma forte semelhança com Dick Tracy) para comprar ações sem nenhum valor, apostar corrida com outra locomotiva, construir um poço e achar petróleo, vender as ações, agora valiosas, de volta para os corretores e raptá-los vestindo pijama. Ele leva os golpistas até o campo de petróleo que era deles e destrói o poço.

Nesse processo, o herói usa pela primeira vez um superpoder até então não mencionado: "A visão de raio X e a superaudição do Superman davam a ele a capacidade de ouvir e ver tudo na sala."

A *Action Comics* nº 12 mostra o Homem do Amanhã travando uma guerra solitária contra a direção perigosa. Ele invade uma emissora de rádio para transmitir um aviso terrível. Visita uma área cercada para destruir os carros dos infratores de trânsito, acaba com lojas de carros usados que vendem automóveis sem segurança e destrói uma fábrica de veículos, porque "você usa metal e peças de qualidade inferior para ter lucros mais altos que custam vidas humanas!".

No fim, ele pega o prefeito e se pendura com ele no parapeito de uma janela do necrotério da cidade, forçando o homem a olhar os corpos de pessoas que morreram em acidentes de automóveis. "Você pode tomar providências para que as leis de trânsito sejam cumpridas e as licenças de motorista sejam concedidas somente a motoristas responsáveis!", ele declara.

O último quadro da história é o anúncio de uma "nova e excitante tirinha de aventura" que será lançada na edição de maio da Detective Comics: *Batman!*

O dilúvio

Um ano depois de sua primeira aparição, Superman era um fenômeno. A revista *Time* declarou: "Superman está se tornando a principal moda entre os jovens nos Estados Unidos."

As vendas mensais da *Action Comics* mais que dobraram; a tiragem ultrapassava um milhão de exemplares.

Bonecos de papel, bonecos de ação em madeira, jogos de pintura, quebra-cabeças, livros de colorir e jogos do herói começaram a invadir as lojas do país. (Em uma jogada de marketing astuta, a Daisy Manufacturing lançou a pistola oficial de krypto-raios do Superman no Natal de 1940, uma lanterna em forma de arma que "projeta na parede uma cena excitante de uma história de aventuras do Superman com 28 quadros cada vez que você aperta o gatilho!". Em uma coincidência menos que surpreendente, a edição da *Action Comics* que chegou às bancas na época mostrava Clark recorrendo ao seu laboratório, que nunca mais foi mencionado, e saindo com a "pistola de krypto-raios, uma surpreendente invenção com a qual ele pode tirar fotos que são reveladas na própria arma e projetadas na parede!"). Logo os pais podiam comprar para os filhos mocassins, cuecas, brinquedos e calções de banho do Superman.

Em abril de 1939, a *Superman* nº 1 chegou às bancas.

Um livro só dele

Superman foi algo que nunca havia existido antes: um quadrinho dedicado exclusivamente a um personagem. Era pesado com suas 64 páginas, e a capa da edição trimestral (a demanda era tanta, que logo se tornou bimestral) prometia "a história completa das ousadas empreitadas do primeiro e único Superman!", e cumpria essa promessa recuperando o início original da história que Siegel e Shuster prepararam para a *Action Comics* nº 1, mas foram forçados a resumir para respeitar o formato de treze páginas da publicação.

No lugar do tratamento rápido e apressado de uma página da *Action*, *Superman* nº 1 dedica duas páginas ao relato da superorigem. O espaço extra deixa a arte de Shuster respirar: conseguimos ver os rebites do "foguete experimental" que corta o espaço, deixando para trás o planeta condenado.

Embora mal tenha sido mencionado na *Action* nº 1, aqui, pela primeira vez, conhecemos o casal de idosos que o adota. Eles o aconselham a esconder sua força para não assustar as pessoas, mas usá-la para ajudar a humanidade "quando a hora certa chegar".

Em seguida, o menino descobre seus poderes (um quadro mostra o jovem Clark de calça curta saltando sobre arranha-céus), que incluem a então inevitável corrida com a locomotiva.

Vemos um Clark enlutado ao lado das sepulturas dos pais adotivos, primeira vez que esse aspecto agora crucial da história do personagem é mencionado.

A história de estreia revela como Clark conseguiu o emprego no *Estrela Diária*: ele ouve o editor enviando repórteres para cobrir uma revolta na prisão do condado, corre para o local no traje de Superman e, violentamente, impede uma multidão de linchar um prisioneiro.

"Quem é você?", pergunta o xerife.

"Um repórter", responde o homem de macacão azul e capa vermelha.

O detento agradecido conta ao Superman que uma cantora de boate o incriminou em um assassinato e também a uma mulher, cuja execução está marcada para aquela noite. Clark telefona para o editor, oferece a matéria e é contratado imediatamente.

Ele procura a cantora, que o ameaça com uma arma. Ele dobra o cano como se fosse de papel e a obriga a assinar uma confissão. Ele a amarra, a pega no colo e pula pela janela no mesmo instante em que um boletim de rádio anuncia que a mulher que ela incriminou está prestes a ser eletrocutada.

Desse momento em diante, a história é exatamente como na *Action Comics* nº 1, com a propriedade do governador, o homem que espancou a esposa, o encontro de Clark e Lois na boate e a viagem dele a Washington. O restante de *Superman* nº 1 simplesmente republica a *Action Comics* nºs 2-4, além de dedicar uma página inteira à explicação dos poderes de Clark (com a imagem de uma cidade kryptoniana futurista, com os habitantes saltando pelo ar numa pose bem conhecida).

Aqueles primeiros números de *Superman* também incluíam duas páginas de histórias em prosa sobre as aventuras do Superman, escritas por Siegel. Era uma jogada para fazer as remessas das edições pelo valor mais baixo de postagem, reservado para revistas que pudessem comprovar "mérito literário".

Por dez centavos de dólar, a criança podia fazer parte do Fã-Clube Supermen da América, receber um broche do super-herói, carteirinha de membro com o lema "força-coragem-justiça" e um livro de códigos para decifrar mensagens encontradas nos quadrinhos.

Superman nº 1 teve três edições e vendeu 900 mil exemplares. Menos de um ano depois, as vendas alcançavam 1,3 milhão de exemplares por número.

Vejo você nas tirinhas do jornal

Apesar de todas as realizações estonteantes daquele primeiro ano, o desenvolvimento que mais entusiasmou Siegel e Shuster foi a venda para a McClure, uma cooperativa de jornais, de uma tira diária do *Superman*, que estreou em 6 de janeiro de 1939 (uma tira dominical começaria a ser publicada em novembro). No fim do ano, a tira do *Superman* era publicada em sessenta jornais do país, e esse número continuaria crescendo.

Era o antigo sonho de Siegel e Shuster se realizando, e como eles sempre previram, a cooperativa de jornais era muito mais lucrativa que os quadrinhos, mas isso significava mais trabalho. Shuster já produzia páginas de quadrinhos em velocidade vertiginosa: além de Superman, ele e Siegel produziam *Slam Bradley*, *Spy*, *Federal Men* e *Radio Squad*, e o esforço prejudicava ainda mais sua visão. Para atender a demanda explosiva, Shuster criou um estúdio de arte em Cleveland e contratou Paul Cassidy e Wayne Boring (e mais tarde Leo Novak, John Sikela, Ed Dobrokta e outros) como desenhistas "fantasmas" dos quadrinhos por 64 dólares por semana. Em entrevistas ao longo dos anos, Siegel sempre afirmou que Shuster esteve intimamente envolvido com a arte fantasma, muitas vezes refazendo os desenhos do artista contratado. Mesmo com a visão piorando, ele pintava o rosto de todos os personagens principais, para dar ao produto sua característica.

Uma primeira olhada em Krypton

As primeiras duas semanas da tirinha do *Superman* no jornal deram a Siegel e Shuster espaço para explorar a origem do Superman de um jeito que aprofundou a história do personagem ao trazer as primeiras pinceladas do mundo que ele deixou para trás e apresentar seus pais kryptonianos.

"Krypton, um planeta distante tão avançado que abriga uma raça de super-homens, seres que representam a raça humana em seu ponto máximo de desenvolvimento perfeito!", anuncia a legenda sob o mundo gigantesco que flutua no espaço. O que vem a seguir é pura ópera espacial do tipo que *Action* e os quadrinhos *Superman* evitavam com rigor, preferindo manter as aventuras do Superman bem firmes na vida comum.

Mas nessa primeira versão de Krypton, cada cidadão é capaz de façanhas incríveis – de fato, vemos primeiro Jor-L (o nome mudaria para Jor-El na romantização de 1942), o "principal cientista" do planeta, correndo e saltando centenas de metros até a sacada de seu quarto, onde a esposa Lora (depois Lara), espera com o filho recém-nascido, Kal-L.

Enquanto o feliz casal admira o bebê, um terremoto destrói seu lar. Jor-L salva a esposa e o filho dos destroços e parte para sua "outra residência" (os L eram ricos, aparentemente). O desenho de Jor-L saltando no ar com Lora e Kal-L (ele a segura pelo pulso) sugere que as kryptonianas não têm as mesmas habilidades impressionantes dos homens do planeta, ou que Lora deixa o comando nas mãos do marido.

Jor-L decide investigar a causa dos recentes terremotos que castigaram o planeta e desaparece em seu laboratório. Como cabe a um homem que reconta um mito de criação, Siegel se entrega ao gosto por parafrasear a Bíblia. "E então, no quinto dia, Jor-L descobre a terrível verdade..."

Ele conta a Lora que o mundo onde vivem está condenado. Perturbada, Lora olha para as estrelas "livres e distantes". Isso inspira Jor-L, que decide construir uma grande arca espacial para levar toda a população de Krypton a um lugar seguro. O último quadro das tiras da primeira semana mostra Jor-L e a esposa de perfil enquanto ele gesticula para o céu, uma imagem que poderia ser tirada de um mural sociorrealista.

Jor-L leva sua conclusão ao "conselho", que julga seus temores infundados e se recusa a ajudá-lo a construir a nave. Implacável, Jor-L constrói um modelo de foguete e se prepara para enviá-lo em uma viagem experimental ao planeta Terra. Porém, quando ele se prepara para lançar o foguete vazio, um último e cataclísmico terremoto sacode o planeta. O modelo de nave é pequeno demais para salvar todos eles. O foguete é lançado levando a bordo o pequeno Kal-L; vemos a última imagem de Jor-L e Lora abraçados quando o fim chega.

A nave corta o espaço e escapa por pouco dos meteoros e da "morte derretida" no centro de um sol gigantesco, até aterrissar inteira na Terra. A última tira de duas semanas relatando a origem reitera a versão da *Action Comics*. Também aqui um motorista que passava pelo local resgata o bebê, funcionárias do orfanato se assustam com a força descomunal da criança de fralda, o menino cresce e decide ajudar a humanidade.

Nenhuma menção é feita aos Kent ou ao seu papel na formação da identidade do rapaz.

Durante os vinte anos em que foi publicada, a tira de jornal do *Superman* tomou emprestados personagens, enredos e, em muitos casos, quadros inteiros de aventuras publicadas antes, mas as reforçou de maneira engenhosa para contar histórias autocontidas que se desdobravam ao longo de um período de três semanas a quatro meses.

Estreia em páginas cômicas (outro estilo no original)

Foi na tira de jornal do *Superman* publicada em 13 de novembro de 1939 que o *Estrela Diária* se tornou *Planeta Diário* sem nenhuma cerimônia. (A mudança de nome só aparece na *Action* e em *Superman* na primavera seguinte.)

Em 7 de junho de 1939, Clark Kent, durante uma missão em "Boravia", manda ao seu editor um telegrama endereçado para "Metrópolis, NY". No número da *Action Comics* de setembro de 1939 (que teria ido para as bancas em junho), Clark Kent faz a pergunta: "Como é possível que o jogo não seja proibido na cidade de Metrópolis?" Esses exemplos concorrentes representam as primeiras vezes que a cidade onde mora o Homem de Aço é nomeada.

Foi na tira de jornal, em 16 de novembro de 1940, que o arquivilão Luthor (que então havia brigado com o Superman várias vezes nos quadrinhos) ganhou sua aparência característica pela primeira vez.

Até aquele momento, sempre que enfrentava o Homem de Aço nos quadrinhos, o cientista maluco Luthor era uma figura magra com cabelos vermelhos e um sorriso de lábios finos, mas, na primeira aparição na tira diária, ele é mostrado como um homem careca, encorpado e de cara feia, vestido com um jaleco. Alguns acham que foi um engano, que o artista pesquisou rapidamente a primeira aparição de Luthor nos quadrinhos e o confundiu com outro personagem, um corcunda encorpado e careca vestido com um jaleco. Meses depois, quando apareceu mais uma vez nos quadrinhos, ele foi desenhado como na tira diária e assim permaneceria por décadas. Duas décadas mais tarde, depois de uma série de prolongadas batalhas legais com a DC, Jerry Siegel voltaria a escrever histórias do Superman. Em uma das mais antigas, ele transformaria a calvície de Luthor na motivação central por trás do ódio do vilão pelo Superman. (Mais sobre isso adiante.)

A tira de jornal também viu a primeira aparição, no começo da primavera de 1944, da maléfica e mágica peste de outra dimensão, Mr. Mxyztplk, que só apareceu pela primeira vez nos quadrinhos vários meses depois, em *Superman* nº 30.

A partir de 1949, a tirinha também passa a apresentar um longo enredo no qual Clark Kent se casa com Lois Lane sem contar a ela seu segredo. Nos quadrinhos, Superman, Lois e Clark continuam presos no triângulo amoroso, mas na tira de jornal o supercasamento durou dois anos e meio, até os escritores decidirem que tudo havia sido um sonho.

Para o alto e avante: as aventuras no rádio começam

A DC Comics contratou o ex-escritor de ficção sensacionalista Robert Maxwell (nome verdadeiro: Robert Joffe) para comandar a "Superman Inc.", uma divisão encarregada de levar as aventuras do Homem de Aço nos quadrinhos para o rádio e outros formatos de mídia. Em 1939, Maxwell se associou ao publicitário Allen Ducovny para escrever e gravar demos de quatro episódios de quinze minutos para o rádio, um material que poderia atrair patrocinadores. Esses episódios se afastaram das tiras de maneira sutil, mas significativa: o jornal era o *Flash Diário*, não o *Estrela Diária*, seu editor era Paris White, não George Taylor; uma personagem conhecida apenas como srta. Lane era uma telefonista, não uma repórter, e o Superman chega à Terra já adulto e com o traje característico.

Maxwell e Ducovny resolveram escrever uma apresentação que orientaria os jovens leitores e os atrairia para a história. Para isso, misturaram trechos que Siegel usou nas apresentações de seus quadrinhos mensais e acrescentaram um pouco de prosa ofegante criada por eles. Essa apresentação seria reformulada de forma contínua ao longo dos anos; os ritmos e as cadências penetrariam todos os meios tocados pelo personagem, tornando-se um elemento que era marca registrada nos desenhos, na série de filmes, nos quadrinhos e nos programas de TV, mas, mesmo aqui, em sua primeira encarnação, contém frases que ainda seriam associadas ao personagem 75 anos mais tarde.

Narrador: Meninos e meninas, sua atenção, por favor! O "Bank Corporation" apresenta um programa de aventura novo, que traz empolgantes histórias de uma personalidade fascinante e incrível! Mais rápido que um avião! Mais poderoso que uma locomotiva! À prova de balas!
Menino: Lá no céu... olha!
Menina: É um pássaro!
Menino: É um avião!
Menino: Não, é o Superman!
Narrador: Superman! Um ser que não é maior que um homem comum, mas que tem poderes e habilidades jamais vistos antes na Terra. Capaz de saltar no ar a uma altura de 200 metros com um só impulso, pular com facilidade sobre um prédio de vinte andares, chegar antes que uma bala ao alvo, levantar pesos tremendos e dobrar aço sólido com as mãos como se fosse papel. Superman! Estranho visitante de um planeta distante. Defensor dos oprimidos! Extraordinária maravilha física, que jurou dedicar sua existência à Terra para ajudar os necessitados.

Atores foram contratados, muitos deles já atuando no programa de rádio *Terry and the Pirates*, inclusive Agnes Moorehead, que fazia parte do Mercury Theatre de Orson Welles e interpretou o papel de Lara, mãe do Superman!

Maxwell pensou em usar dois atores diferentes para os papéis de Clark Kent e Superman, mas ficou impressionado com a audição de Clayton "Bud" Collyer, um dos atores mais procurados do rádio, que já fazia parte de *Terry and the Pirates* e *Road of Life*, da NBC, e também de *Listening Post* da ABC. Collyer se candidatou para o papel duplo, mas quando leu os roteiros desistiu, temendo que parecessem muito juvenis. "A ideia toda me constrangia", ele disse.

Mas não havia dúvida na mente de Maxwell ou Ducovny. "Nenhuma outra audição chegou perto da dele. A leitura de Collyer criou com perfeição a essência da identidade dupla do Superman", Ducovny contou ao escritor Anthony Tollin anos mais tarde.

Collyer conseguiu essa perfeição adotando uma simples mas genial inflexão vocal, que desde então foi adotada e repetida por todos os atores que vestiram o macacão azul. Ele empregou um tenor levemente juvenil para Clark, e um grave profundo para o Homem de Aço. Vários atores conseguiram repetir esse truque simples, é claro. O que diferenciava Collyer era a habilidade com que ele fazia a transição de Clark para Superman, permitindo que o ouvinte a imaginasse claramente, percorrendo a distância entre o covarde e o machão descendo dois degraus da escada vocal: "Isto parece um trabalho/*para*/ O SUPERMAN."

Isso é algo que os quadrinhos não conseguiram capturar, o som de uma transformação repentina: fraqueza em força, timidez em coragem, insegurança em decisão. Ela demonstrava em um intervalo de segundos por que o personagem agradava a tantos pré-adolescentes. Ali havia uma promessa de que a masculinidade chegaria e, quando chegasse, "cuidado".

Collyer estava preocupado com sua reputação e continuava resistindo; Maxwell pressionava. No fim, Collyer cedeu e tornou-se o primeiro ator a representar o Superman, e os quatro episódios demo foram gravados. O som do Superman saltando para o ar era produzido com uma máquina de vento rústica.

Os dois primeiros episódios demo, que contam a origem do Homem de Aço, contêm passagens longas que seriam reutilizadas com frequência ao longo da série de rádio. "O bebê de Krypton" mostra Jor-L prevenindo o Conselho Governante do planeta de que "Krypton está condenado!", mas ninguém acredita na previsão. O episódio termina com a nave do bebê Kal-L deixando o planeta, que explode e se desintegra.

No episódio seguinte, um Superman adulto chega à Terra e prontamente para uma carroça desgovernada, salvando a vida de um homem e seu filho. Seguindo o conselho dos dois, ele arruma um emprego em um "grande jornal metropolitano". Nos dois últimos episódios demo, Superman luta contra o Tubarão, um sabotador astuto cujo alvo é um avançado submarino.

Maxwell e Ducovny mostraram o programa a todas as redes de rádio, Mutual, CBS, NBC Red e NBC Blue. As redes não se interessaram, alegando que o horrível destino de Krypton (e a condição de órfão do Superman) era assustador demais para crianças pequenas. E com os Estados Unidos ainda neutros na guerra que se alastrava, a ideia de alguém sabotando embarcações norte-americanas poderia provocar desconfortos que as emissoras preferiam evitar.

Então, o cereal de aveia da Hecker manifestou interesse. Os episódios da sabotagem foram refeitos, passaram a tratar de uma locomotiva desaparecida; uma equipe de roteiristas foi contratada para produzir scripts adicionais. Um desses escritores, George Lowther, seria narrador e autor da primeira romantização das aventuras do Superman.

Nos novos roteiros de rádio, o *Flash Diário* se tornou *Planeta Diário*, Paris White virou Perry White. (O poder do programa de rádio era tão grande que alterou definitivamente a continuidade dos quadrinhos de várias maneiras. Em menos de um ano, o *Estrela Diária* e seu editor, George Taylor, seriam substituídos para sempre e sem cerimônia nas páginas dos quadrinhos por *Planeta Diário* e Perry White, respectivamente.) O som dos saltos que desafiavam a gravidade também foi modificado, misturado com gravações de arquivo de uma tempestade de vento e uma bomba cortando o ar. (Quase imediatamente, o programa eliminou as referências dos quadrinhos a saltos e pulos e passou a descrever essa movimentação do Superman como "voar". Os desenhos de Fleischer tiveram desenvolvimento semelhante, no início, descreviam um Superman que saltava, mas depois passou a descrevê-lo voando no ar. Parecia menos bobo. Os quadrinhos, porém, só tomariam a decisão entre saltar ou voar anos mais tarde, às vezes mostrando o personagem pairando no ar, outras vezes, escalando prédios para alcançar andares mais altos. Só em 1943 ele foi desenhado voando na página dos quadrinhos.)

Finalmente, às 17h15 de 12 de fevereiro de 1940, uma segunda-feira, em dez estações de rádio ao longo da Costa Leste e em uma em Los Angeles, Superman estreou. O programa ia ao ar três vezes por semana e tornou-se rapidamente uma sensação, embora as críticas fossem variadas.

Billboard: "Uma coisa inteira, completa, total e absolutamente incrível... tremendo."

Variety: "Desafia todas as medidas de realismo, sanidade ou senso... lotado de inconsistências e absurdos."

Em dois meses, *Superman* era o programa infantil que ia ao ar três vezes por semana de maior audiência, e os números só aumentavam. Um patrocinador na Filadélfia criou o "pão Superman", anunciando "vitaminas adicionais, mais minerais e fibras".

Superman, a arma secreta

Menos de uma semana depois da estreia de *Superman*, a edição de 17 de fevereiro de 1940 da revista *Look* chegou às bancas. Na capa, uma voluptuosa Rita Hayworth sorri para o leitor sacudindo um par de maracas vermelhas, com os títulos dos artigos flutuando no escuro sobre sua cabeça: "O que significa ser neutro, por Dorothy Thompson", "Adoro dançar Jitterbugs...", "Tommy Dorsey responde a Artie Shaw". E, finalmente, bem em cima da guirlanda de flores vermelhas na cabeça de Hayworth, as palavras "'Superman captura Hitler e Stálin".

Os editores da *Look* encomendaram para Siegel e Shuster uma história de duas páginas contando "Como o Superman poria fim à guerra". Nas páginas de *Action* e *Superman*, referências ao conflito crescente na Europa e em todos os outros lugares eram mantidas nas entrelinhas deliberadamente. Mesmo em uma história dividida em dois números, na qual Lois e Clark são enviados à Europa como correspondentes de guerra, os quadrinhos se recusavam a tratar da realidade cada vez mais sombria da guerra europeia: as nações em conflito eram fictícias (Galonia e Toran), e a causa das hostilidades era um maluco chamado Luthor, que, armado com um misterioso raio verde e um dirigível militarizado, trama envolver a humanidade em uma guerra global que a deixará enfraquecida, permitindo que ele assuma o controle do mundo. (Em outro número, Luthor está por trás da Grande Depressão. O homem não desistia.)

Nas páginas da *Look*, porém, Siegel e Shuster usaram sua tática favorita, algo que os inspirou no início: eles poderiam levar sua criação de poderes fantásticos a uma situação do mundo real e deixar esta desconexão alimentar a ação e o humor.

Assim, vemos Superman enfrentando rajadas de balas quando pousa nos fortes e *bunkers* da Linha Siegfried ao longo da fronteira ocidental da Alemanha ("Os nazistas afirmam que a Muralha Ocidental é invulnerável. Bom, olha só o que eu descobri!"), dando nós nos canos das armas e rasgando as estruturas de cimento com as mãos. "Vão pegá-los!", ele grita para as forças francesas que estão esperando, mas, para diminuir o trabalho das tropas, ele entra pelo telhado do refúgio de Hitler na montanha.

"Matem o porco!", grita o Führer. "Não deixem que ele me toque!"

Mas Superman toca nele, o agarra pelo pescoço e tira do chão. "Gostaria de acertar um soco estritamente não ariano no seu queixo, mas não tenho tempo para isso!" Então, como fez com muitos vigaristas baratos antes, Superman decola levando um Adolf Hitler aos berros, carregando-o como se fosse um saco de lixo.

Ele interrompe Joseph Stálin no meio de uma revista das tropas, o captura e decola ("Próxima parada: Genebra, Suíça!"), levando os dois para a Liga das Nações. "Cavalheiros, trouxe os dois canalhas loucos por poder responsáveis pelos atuais males da Europa." Os dois ditadores são acusados formalmente de agressão contra países indefesos, tudo diante dos olhos do Homem de Aço.

Não era o tipo de coisa que os nazistas, conhecedores que eram da força da propaganda, deixariam passar em branco.

"Superman é judeu!", gritava a manchete de um editorial no jornal semanal da SS dois meses depois. "Jerry Siegel, homem circuncisado física e intelectualmente, morador de Nova York, é o criador de uma figura colorida... O criativo israelita deu a esse sujeito agradável de corpo e mente subdesenvolvidos o nome de 'Superman'. Ele anunciou sem reservas o senso de justiça do personagem, bem adequado à imitação da juventude americana. Como podem ver, não há nada que os saduceus não façam por dinheiro!"

A guerra contra a Alemanha parecia cada vez mais inevitável, e o programa de rádio, mas não os quadrinhos, começava a adotar uma atitude fortemente antinazista. Sinistros agentes alemães se tornaram adversários comuns.

A primeira aparição pública

Em 30 de abril de 1939, 150º aniversário da posse de George Washington, foi aberta a Feira Mundial de Nova York de 1939-1940. Franklin Delano Roosevelt e Albert Einstein discursaram. Mais de 200 mil pessoas compareceram.

Para coincidir com o evento, a DC Comics publicou uma revista de 96 páginas, colorida, chamada *World's Finest Comics*, na qual se destacava uma história do Superman (mas um erro de coloração o deixou loiro na capa). Na história, Clark e Lois são enviados para cobrir a Feira Mundial. Ao chegar, Clark fica sabendo que uma exposição que beneficiaria crianças com paralisia infantil não seria concluída a tempo para a abertura da feira. A seguir, vemos duas páginas do mais estranho passo a passo, com Superman entrando em ação e cavando o local, fincando estacas no solo pantanoso, misturando cimento e revestindo o chão com ele, construindo a exposição e até se dedicando a um momento de superpaisagismo ao transplantar algumas árvores, só porque quis.

No ano seguinte, a DC Comics lançou uma segunda história comemorativa, dessa vez chamada simplesmente de *New York's World Fair Comics 1940 Issue*. Na capa, um Superman sorridente acena ao lado de Batman e Robin. No interior, Clark e Lois são novamente enviados à Feira Mundial e conseguem encontrar tempo para prender uma gangue de ladrões de joias enquanto visitam as exposições.

Em 3 de julho de 1940, o publicitário da Superman, Inc., Ducovny, organizou o "Dia do Superman no Mundo do Amanhã", um evento de um dia inteiro na Feira Mundial para promover os quadrinhos. O preço do ingresso na feira foi baixado de 25 para 10 centavos de dólares nesse dia. Crianças competiram em eventos esportivos, Charles Atlas julgou uma competição pelo título de "Supermenino e Supermenina", e o programa do herói no rádio levou ao ar um episódio ao vivo diretamente da feira, e depois dele houve uma parada: "12h45 do Dia do Superman, parada de carros alegóricos, elefantes, minicarros, escoteiros, supermeninos e o próprio Superman do Theme Center, na área da ponte Empire State. Serão soltos 10 mil balões, alguns com cupons que darão aos detentores prêmios do Superman."

"O próprio Superman" era o ator Ray Middleton vestido com a primeira fantasia do Superman confeccionada. Não era exatamente igual à versão dos quadrinhos. A túnica tinha a palavra *Superman* bordada sobre a insígnia, e Middleton calçava botas de lutador com cadarço, mas funcionou. Ele desfilou pela feira apertando mãos e posando com crianças e adultos. Alto e magro, vestindo um short vermelho que mais parecia uma fralda em seu corpo adulto, conseguiu (com a ajuda de enchimentos de espuma nos lugares certos) exalar masculinidade sempre que parava naquela que já havia se tornado a pose clássica do Superman: pernas ligeiramente afastadas, mãos na cintura e peito estufado.

Naquele mesmo ano, mais tarde, um balão do Superman de 25 metros de comprimento flutuou sobre a parada de Ação de Graças da Macy pela primeira vez.

Desenhos animados de Fleischer

Em 1940, a Republic Pictures procurou Maxwell para falar de uma ideia para uma série de filmes com pessoas, mas o momento ainda não era ideal. A Republic tinha dificuldade para levar às telas a habilidade do personagem de saltar sobre prédios altos. A Paramount abordou Maxwell e ofereceu uma série de curtas animados produzidos pelo Studio Fleischer. A combinação da reputação de Fleischer (o estúdio de animação era conhecido pelos curtas de Betty Boop e Popeye) e a rede de distribuição da Paramount era boa demais para ser recusada, e eles fecharam negócio.

Mas Max e Dave Fleischer hesitaram diante do desafio. Betty Boop e Popeye eram desenhos comuns, mas Superman exigia atenção minuciosa a detalhes exagerados da anatomia humana. Esse receio foi aplacado, ou pelo menos diminuído, pelo orçamento de cada curta, surpreendentes 50 mil dólares, o que fez deles os mais caros desenhos animados já produzidos (o orçamento para um desenho animado normal do Popeye, por exemplo, se aproximava de 14 mil dólares). Os atores do rádio emprestavam as vozes, e Sammy Timber, compositor do tema de Popeye, preparou uma música animada e forte para os créditos de abertura. O tema logo foi adotado pelo programa de rádio, embora notas que pareciam vigorosas e vibrantes quando executadas por uma orquestra soassem mais fracas quando produzidas pelo órgão do programa de rádio.

A Paramount colocou seu poder de marketing a serviço do Superman. Trailers foram divulgados, e foi a primeira vez que um curta animado mereceu esse tratamento. O primeiro curta, chamado simplesmente de *Superman*, chegou aos cinemas em setembro de 1940. A animação era impressionante: cores ricas, vibrantes, sombras que davam aos personagens uma profundidade incomum e peso, um esquema de design *art déco* e cenários que pareciam tridimensionais.

Uma sequência pré-título conta a origem do herói ("Nos confins infinitos do espaço havia um planeta conhecido como Krypton, um planeta que brilhava como uma estrela verde nos céus distantes"), antes de entrar a abertura do programa de rádio acrescida de efeitos visuais incríveis: "Mais rápido que uma bala!" (um tiro é disparado), "Mais poderoso que uma locomotiva!" (um trem corre em direção ao espectador), "Capaz de saltar prédios altos com um só impulso!" (Uma silhueta paira sobre um arranha-céu), "A criança de Krypton é agora o Homem de Aço – *Superman*. Para poder usar suas incríveis capacidades na luta interminável por verdade e justiça, ele adotou o disfarce de Clark Kent, repórter tímido de um grande jornal".

É nessa apresentação que as expressões "mais rápido que uma bala" e "batalha interminável" entram nas crônicas do Superman pela primeira vez. Os estúdios Fleischer produziram nove curtas, que foram exibidos em intervalos de mais ou menos um mês entre setembro de 1940 e julho de 1941.

Foram os curtas de Fleischer que acrescentaram outro elemento ao cânone do Superman infiltrado na memória cultural coletiva: a cabine de telefone.

Tanto em *The Mechanical Monsters* (que chegou aos cinemas em 28 de novembro de 1941) quanto em *The Bulleteers* (27 de março de 1942), Clark entra em uma cabine telefônica para trocar de roupa. Só raramente o Superman dos quadrinhos usava cabines telefônicas, preferindo becos escuros e depósitos afastados. Nas raras ocasiões em que usou uma cabine telefônica para acelerar a transformação, ele fez questão de reclamar: "Este definitivamente não é o lugar mais confortável do mundo para trocar de roupa", diz em uma tirinha dominical em 1941. "Mas preciso mudar de identidade, e estou com pressa!"

Nos curtas de Fleischer, Lois Lane compartilha com suas versões do rádio e dos quadrinhos a propensão para se meter em encrencas, só que também é mais esperta e determinada. No primeiro curta-metragem de Fleischer, Lois fica furiosa quando Clark é designado para uma cobertura que ela acredita poder fazer melhor, então, freta um avião e vai sozinha a uma ilha deserta para investigar o "raio eletrotanásia" de um cientista maluco. Raios, robôs e meteoros do espaço sideral são os principais inimigos do Superman nos nove primeiros curtas; depois da entrada dos Estados Unidos na Segunda Guerra Mundial, mais oito curtas-metragens com o Superman seriam produzidos (não mais pelo Fleischer Studios), e eles se concentrariam quase que com exclusividade em ameaças do Eixo.

Os curtas de Fleischer descrevem Lois tomando atitudes impulsivas, mas decisivas, várias vezes: ela sobe nas costas de um robô gigantesco, descarrega uma metralhadora contra ladrões de trem, embarca escondida em um foguete que ameaça a cidade e tenta sabotá-lo, e se joga entre um gorila furioso e uma garotinha assustada. Nos curtas de Fleischer, ela é uma mulher autossuficiente e uma repórter de primeira.

Enquanto isso nos quadrinhos

No fim de 1941, *Superman* e *Action Comics* vendiam juntos 2,5 milhões de exemplares por mês. O herói provocou uma explosão dos quadrinhos, e as bancas estavam cheias de super-heróis fantasiados.

Superman ainda perseguia vigaristas baratos, políticos corruptos e os que exploravam trabalhadores honestos. Nos primeiros dois anos e meio de sua existência, ele pendurou criminosos em janelas e ameaçou assassinar industriais ricos que economizavam em materiais de construção. "Ou responde às minhas perguntas", ele berrou para um desafortunado incitador de guerras, "ou seu cérebro vai acabar espalhado pela parede!".

Nesse período, ele gosta de cruzadas. Em *Superman* nº 5, ele preserva a virtude de um grupo de meninos destruindo todos os caça-níqueis da cidade e alertando os leitores de que não joguem dinheiro fora em máquinas de jogo. Nesse mesmo número, se infiltra entre as pessoas mais próximas de Luthor usando pela primeira vez um superpoder agora esquecido. Ele sequestra o lacaio de Luthor, um homem de meia-idade chamado Mosely, e depois: "Analisando com atenção os traços de Mosely,

Superman contorce o próprio rosto até os dois ficarem idênticos." Nos anos seguintes, o personagem quase não vai usar o poder de "distorcer seus traços plásticos" para alterar a própria aparência, e essa habilidade jamais entrou para a relação de superpoderes permanentes, desaparecendo dos quadrinhos depois de 1947.

Em *Action Comics* nº 16, Superman declara guerra contra todo tipo de jogo de azar e, sorrindo com frieza para um infeliz frequentador de cassino, sugere que ele doe seu dinheiro para obras de caridade, em vez de gastá-lo no jogo.

A moralização não para por aí: na mesma história, ele impede um homem de se enforcar. O homem fica perplexo ao descobrir que foi salvo: "Quem... quem é você?" "Alguém que acha que a vida é preciosa demais para ser destruída!", responde o herói, que os leitores viram no número anterior derrubando um avião cheio de agentes inimigos.

O espectro do suicídio surge em muitas dessas histórias anteriores à guerra. Muitas e muitas vezes, o Homem de Aço frustra a intenção de homens infelizes dispostos a pôr fim à própria vida. Em *Superman* nº 2, ele impede um boxeador de se matar e pouco depois faz a mesma coisa pelo presidente de um banco nos quadrinhos e na tira de jornal. Em *Superman* nº 4, encontra cheio de culpa o corpo de um cientista suicida e quando, em *Superman* nº 11, ele chega tarde demais (um homem que havia sido enganado por corretores de ações desonestos e perdeu toda sua fortuna acabou com a própria vida), o próprio ultraje o incentiva a lutar com todas as armas por justiça.

Mais ou menos nessa fase, porém, a consciência social New Deal do Superman começa a perder força, e sua atitude quanto a malfeitores "terem o que merecem" começa a abrandar. A DC criou um conselho de orientação editorial para garantir que o conteúdo correspondesse aos padrões de moralidade e integridade.

Desde o início, a correspondência entre Siegel e a DC foi marcada pelo mal-estar. Jack Liebowitz, editor, demonstrava irritação diante das repetidas exigências de Siegel por mais dinheiro ("Como expliquei várias vezes, nossa empresa tem bem pouco a ganhar financeiramente com a publicação desse material"), e a editora Whitney Ellsworth sentia prazer em apontar defeitos no trabalho de arte:

> No primeiro quadro, o físico do Superman está meio diferente, e eu, particularmente, gosto do traseiro grande e gordo.
>
> Tive que dedicar um dia inteiro e usar meus talentos medíocres para tentar encurtar braços que pareciam de macaco, remover mechas exageradamente curvas da testa do Superman e dessexuar Lois.
>
> [Lois] parece estar grávida. Murray [Boltinoff] sugere que você providencie rapidamente o aborto ou o parto e devolva a ela o corpo perfeito que deve ter. Ela está muito atarracada e muito, MUITO, desagradavelmente sexy.
>
> Já escrevi várias vezes sobre como a sunga dele está caída, e até agora nada foi feito.

O primeiro supervilão

Aos poucos, Siegel e Shuster começaram a incluir cada vez mais conceitos de ficção científica às histórias. Ver o herói arremessar mafiosos para todo lado era divertido, e ainda era excitante quando as balas ricocheteavam naquele grande S vermelho, mas era hora de elevar o padrão, dar ao Superman algo que ele nunca havia enfrentado: um desafio. É por isso que, um ano depois da estreia, Superman enfrentou seu primeiro – e falando mais precisamente, o primeiro – *supervilão*, um cientista brilhante conhecido apenas como Ultra-Humanoide. (Para criar o oposto do Superman, Siegel não teve que ir muito além do dicionário mais próximo: super = ultra, homem = humano.)

A aventura começa de um jeito bem prosaico, com Superman decidido a destruir uma rede de extorsão que oferece proteção às empresas de táxi da cidade. De repente, a ação toma um rumo inesperado quando ele segue o rastro do chefe dos gângsteres até um chalé isolado e lá descobre que foi atraído por um cientista careca cujos "olhos ferozes [...] brilham com um ódio terrível e uma inteligência sinistra", e se entrega a monólogos perversos como:

> Então, finalmente nos encontramos, não? Era inevitável! [Eu sou] o chefe de uma vasta rede de empreendimentos do mal [...] Você interferiu muitas vezes nos meus planos, e é hora de ser eliminado

> [...] Você pode ter uma força inacreditável, mas está enfrentando uma grande mente!
>
> Sou conhecido como o Ultra-Humanoide! Por quê? Porque um experimento científico me deu o cérebro mais ágil e desenvolvido da Terra! Infelizmente para a humanidade, prefiro usar esse grande intelecto para o crime. Meu objetivo? *Dominar o mundo!*

Superman se liberta, mas Ultra escapa e volta a atormentá-lo. O vilão é difícil – Superman expõe o esquema de extorsão praticado contra um fabricante de trens e uma companhia de navegação, mas, nas duas vezes, Ultra consegue fugir. O Ultra parece chegar ao fim, porém, quando ameaça destruir a cidade com uma doença que causa lesões roxas infecciosas e morte (a história tem uma legenda que é, talvez, a mais maravilhosa da era de ouro: "Uma fantástica aeronave de criação do Ultra sobrevoa a cidade para espalhar sua carga de morte roxa!"), mas, apesar da morte do corpo, o cérebro maléfico do Ultra sobrevive.

Quando vai visitar Hollywood, Clark embarca em um cruzeiro que é sequestrado pela bela estrela do cinema Dolores Winters. Quando Superman a desmascara... bom, o diálogo de filme ruim fala por si mesmo:

> *Superman:* Esses olhos brilhantes e maus! Só uma pessoa na Terra pode ter esse olhar... Ultra!
>
> *Ultra-Dolores:* Meus assistentes me reviveram com adrenalina [sic] e colocaram meu poderoso cérebro em seu corpo jovem e cheio de vida.

Aí está: o primeiro inimigo real do Superman tem a mente do Mengele e o poder de ataque de Grable. Dá para imaginar que um escritor na posição de Siegel, produzindo histórias e mais histórias para atender a uma demanda cada vez maior, apreciaria as infinitas possibilidades narrativas de uma criação como essa.

Mas não é bem assim: duas páginas depois de revelar sua identidade, Ultra-Dolores se joga na cratera de um vulcão. Como é típico dos quadrinhos, o personagem vai retornar, mas só depois de várias décadas, e só depois de passar por outra transformação física ainda mais extrema.

Surge... Luthor

Só dois meses depois de o Ultra-Humanoide cometer suicídio na lava, o personagem que se tornará o maior inimigo do Superman entra em cena. Em muitos aspectos, o Ultra-Humanoide foi um primeiro esboço de Luthor; ambos eram cientistas malucos, e os dois são equipados com o pacote básico de motivação desse tipo: o desejo de dominar o mundo. Mas Ultra era todo ódio sibilante e gritos de vingança com olhos arregalados, e as primeiras aparições de Luthor foram marcadas por seu intelecto glacial, desdenhoso. Se Ultra era um cientista *maluco*, Luthor era um *cientista* maluco.

Em abril de 1940 (*Action Comics* nº 23), Superman, tentando impedir uma guerra terrível entre os países europeus Galonia e Toran, descobre que uma mente maléfica chamada Luthor (ele não teria o primeiro nome senão em vinte anos) provocou a guerra por motivos próprios e perversos. Superman encontra o covil de Luthor, uma vasta cidade suspensa no ar por um dirigível, e é levado à sala do trono do vilão.

Sempre cientista, Luthor obriga Superman a se submeter a uma série de exames para avaliar sua invulnerabilidade.

Logo Superman frustra os planos do vilão, destrói seu dirigível com as mãos e o arremessa, com Luthor e milhares de capangas, no chão. "Chega de Luthor!", diz Superman, embora ele mesmo e o leitor não acreditem nisso.

Alguns meses depois, em *Superman* nº 14, Luthor volta e sequestra um cientista para descobrir o segredo de sua máquina de terremoto. De novo, ele pretende testar as habilidades do Homem de Aço e propõe uma série de desafios que envolvem sua tecnologia contra a força do Superman. O herói aposta corrida com os aviões do cientista maluco, dá a volta ao mundo, chega à estratosfera, levanta enormes rochas com mais facilidade que a mais avançada tecnologia do vilão e enfrenta todos os ataques, as granadas, os tiros de canhão, o gás venenoso, sem que um fio de cabelo cheio de gel saia do lugar.

A cidade-dirigível havia sido só o começo. Desse ponto em diante, a presença de Luthor deu a Siegel e Shuster licença para criar voos mais arrojados e grandiosos da mais pura fantasia e ficção científica. No mesmo número, os terremotos de Luthor são explicados como uma antiga cidade sob o mar, um lugar que ele envolveu em "glassolite" e transformou em um enorme submarino. Como se isso não bastasse, ele solta seus dinossauros de estimação contra o Superman. Quando o herói destrói a cidade flutuante, Luthor é dado como morto.

Quando reaparece, é apontado como o arquiteto de nada menos que a Grande Depressão.

No verão de 1940 (*Superman* nº 5), os homens mais ricos de Metrópolis foram expostos a uma droga que os faz escravos de Luthor. Através desses homens, ele manipula os preços de ações e provoca um índice recorde de desemprego. Superman frustra os planos de Luthor e joga no mar o avião em que ele tentava fugir. "O fim de Luthor!", ele anuncia, mas está errado.

Luthor voltaria a atormentar o Homem de Aço mais quatro vezes nos meses seguintes. Em maio/junho de 1941 (*Superman* nº 10), ele chega com aviões propelidos por foguetes e campos de invisibilidade, além de uma cabeça recentemente careca para combinar com o Luthor da tira diária do jornal. Em setembro/outubro de 1941 (*Superman* nº 12), ele volta com bestas cientificamente alteradas e uma ilha misteriosa. Em novembro do mesmo ano, retorna com mais uma cidade flutuante e disfarçado de Zytal, um explorador de outro universo. E em novembro/dezembro de 1941 (*Superman* nº 13), volta disfarçado como o criminoso mascarado Dr. Luz, que hipnotiza homens poderosos, inclusive Superman, com raios coloridos.

O ponto crucial

Quando o *Superman* nº 13 estava nas bancas, um número cuja capa retratava o herói socando a proa de um navio de guerra alemão, os japoneses atacaram Pearl Harbor. O ataque envolveu os Estados Unidos na guerra que mudaria de forma irrevogável a visão do país sobre si mesmo e seu lugar no mundo. Superman também mudaria.

Ele começou como uma fantasia adolescente de poder criada por dois garotos inexperientes que aspiravam a algo mais. Agora, era hora de ele se tornar a fantasia de poder de toda uma nação sitiada.

3

...E O ESTILO AMERICANO (1942-1945)

Marcos

1943: romantização de *Aventuras do Superman*

1944: primeira aparição do Superboy em *More Fun Comics;* Lois Lane ganha mais uma característica em *Superman;* primeira aparição da kryptonita (na série de rádio), da Fortaleza da Solidão (mencionada), do Homem-Brinquedo, do Superboy, do Mr. Mxyztplk (mudança para Mxyzptlk em 1955) e do Galhofeiro; poderes: voo, adição de "supercérebro", mais força

Em uma série de tiras de jornal publicada em 16 de fevereiro de 1942, Clark Kent se apresenta ao centro de alistamento do Exército dos Estados Unidos em sua localidade, ansioso para se alistar. Porém, ao fim do exame, o anúncio do médico é um golpe devastador.

> *Clark*: Deve haver algum engano! Disse que o Exército não me quer?
>
> *Médico*: Fisicamente você está ótimo, exceto por ser cego como um morcego. Quando pedi para ler as linhas do gráfico em voz alta, você embaralhou todas!

Clark havia usado a visão de raio X e lido o gráfico da sala vizinha. Os médicos o declararam inapto, o que manteve Clark, e o Superman, em casa até o fim da guerra.

Essa sequência foi criada para resolver um problema que a revista *Time* chamou de o "dilema do Superman":

> Superman está agora em uma situação muito difícil da qual nem ele consegue sair. Seu patriotismo é impecável. Como o mais poderoso combatente americano, ele deveria se alistar. Mas não pode. Nas linhas de combate, ele destruiria japoneses e nazistas em um piscar de olhos, porém a guerra não vai acabar tão cedo. Por outro lado, ele não pode correr o risco de perder o respeito de milhões deixando de cumprir seu dever ou permitindo que a guerra continue.

Siegel e Shuster achavam que Superman deveria participar do esforço de guerra, mas não sabiam bem como abordar essa participação. Nas páginas da revista *Look*, eles já haviam demonstrado como o herói poderia vencer a guerra sozinho; em outras histórias, ele havia reunido generais para que resolvessem suas diferenças pessoalmente. Mas agora que soldados dos Estados Unidos punham a vida em risco, Superman não podia ser tão sutil. Balas alemãs não ricocheteavam no peito dos soldados, e histórias sobre um sorridente Homem de Aço destruindo com facilidade armamentos nazistas poderiam ser interpretadas como banalização do trabalho duro dos soldados.

Portanto, ficou decidido que Superman seria transformado em um símbolo, um ícone para elevar o moral, deixando a guerra para ser travada por aqueles que ele chamava de "os maiores de todos os heróis, os combatentes americanos".

Nascimento de um superpatriota

Durante os anos de guerra, Superman incentivou os leitores a comprar bônus de guerra e guardar selos, doar sangue e juntar aparas de metal. Nos quadrinhos, ele visitava bases militares e participava de jogos de guerra. Em *Superman* nº 23 (julho/agosto de 1943), sua chegada em uma base militar é recebida com aplausos, e ele se sente honrado ("Soldados americanos me aplaudindo, quando todos os povos civilizados do mundo os aplaudem e torcem por eles! É a maior homenagem que já recebi!").

O processo de transformação em símbolo aparou arestas do Superman e fez dele alguém mais seguro e confiável. Sua consciência social se transformou em ufanismo. O sorriso sarcástico se tornou autêntico. Antes atormentado como um vigilante "homem misterioso", ele passa a trabalhar com a polícia ("O que a polícia faria sem você?", pergunta um sargento em *Superman* nº 16, maio/junho de 1942).

Havia uma guerra em andamento, por isso o tempo das cruzadas sociais chegava ao fim. Se antes ele agitava e combatia o *status quo*, agora Superman o defende.

Como aponta o historiador de quadrinhos Gerard Jones em seu já mencionado livro, Superman — e os heróis fantasiados por ele inspirados —assumiu esse papel tão diferente durante a guerra por um motivo: "Super-heróis transformam ansiedade em alegria. Com o mundo mergulhado em um conflito e um desastre grande demais para ser compreendido, eles se apoderavam dos sentimentos mais sombrios dos leitores e os levavam para o céu com eles. Faziam a violência e a destruição serem excitantes, mas, ao mesmo tempo, pequenas e possíveis de conter."

O estilo americano

Os quadrinhos explodiram durante a guerra, vendendo mais de 25 milhões de exemplares por mês, graças ao ávido grupo de leitores formado por garotos e militares em serviço, e eram adequados à natureza "corre e espera" da vida militar, fáceis de transportar e trocar, com histórias bizarras e extravagantes que animavam o espírito e podiam ser devoradas rapidamente. O *New York Times* publicou na época que uma a cada quatro revistas enviadas aos soldados no exterior todos os meses era em quadrinhos, e 35 mil delas eram do *Superman*.

Nas capas desses quadrinhos, os militares americanos encontravam, eufóricos, um ideal patriótico no qual se inspirar. Os artistas que faziam as capas de *Superman* começaram a produzir descrições propagandísticas do Homem de Aço antes mesmo da entrada dos Estados Unidos na guerra; na capa de *Superman* nº 12 (setembro/outubro de 1941), ele anda orgulhoso ao lado de um soldado e marinheiro americano.

Agora que a guerra eclodira, os artistas não economizavam. Na capa de *Superman* nº 14 (janeiro/fevereiro de 1942), o Homem de Aço posa na frente de um escudo enorme com a bandeira americana, enquanto uma águia pousa em seu braço musculoso. Em *Superman* nº 17 (julho/agosto de 1942), ele está em pé sobre a Terra, segurando Hitler e Hirohito pela gola das jaquetas e dando a entender que vai bater a cabeça de um na do outro. Na capa da edição seguinte, ele conduz uma bomba a caminho de um acampamento invisível ("bônus de economia de guerra e selos resolvem com os japonazistas!", anuncia a revista). *Superman* nº 23 (julho/agosto de 1943) traz uma das imagens mais famosas do herói em tempos de guerra: estamos no interior de um U-Boat alemão vendo dois soldados nazistas em pânico quando o periscópio mostra o navio que eles acabaram de afundar e o Superman nadando na direção deles, com o rosto contorcido por uma expressão de fúria assassina. No número seguinte, ele aparece em sua pose característica segurando a bandeira americana.

Nas capas da *Action Comics*, Superman destrói tanques alemães e depósitos de munições, dá nó em canos de armas e em periscópios de submarinos alemães, e cola enormes selos de guerra nacionalistas em uma máquina impressora ("Superman diz [...] você pode bater na cara de um japonês com bônus de guerra e selos!").

Nas capas dos quadrinhos *Worlds's Finest* — a HQ da Feira Mundial de Nova York havia se tornado uma antologia trimestral de 96 páginas das histórias do crescente grupo de super-heróis da DC — Superman, Batman e Robin plantam um jardim da vitória, vendem bônus de guerra, cumprimentam recrutas e viajam montados nos canos das armas de grosso calibre de um navio de guerra.

As imagens dessas capas, o jeito como elas unem com habilidade Superman e a América, encontrando afinidades entre a capa e a bandeira, e entre o vermelho, o amarelo e o azul do uniforme com o vermelho, o branco e o azul da bandeira, se infiltraram na consciência americana. Quando a guerra começou, Superman era um personagem infantil muito popular. Quando ela terminou, ele era um ícone americano.

A boa luta chega à telona

O último dos nove desenhos animados de Fleischer sobre Superman, *Terror on the Midway*, chegou aos cinemas em 24 de julho de 1942. A maioria dessa primeira leva mostrava Superman enfrentando fortes inimigos de ficção científica, monstros, robôs gigantes, raios mortais e assim por diante.

Mas na segunda e última leva de curtas, produzidos pelo Famous Studios depois de a Paramount depor os Fleischer do estúdio que tinha o nome deles, vários filmes abordavam a guerra.

No primeiro, *Japoteurs*, que estreou nos cinemas em 18 de setembro de 1942, o Superman frustra a tentativa de espiões japoneses de sabotar um bombardeiro americano. Em *The Eleventh Hour*, que chegou aos cinemas em 20 de novembro, Clark e Lois vão para o Japão a trabalho, e Superman afunda navios de guerra japoneses. Em *Jungle Drums*, de 26 de março, um curta que mostra um camafeu de Adolf Hitler, Superman descobre que um templo africano é, na verdade, um quartel-general nazista. No último curta-metragem, *Secret Agent*, que estreou em 30 de julho de 1943, o Homem de Aço salva a vida de uma mulher que trabalhava disfarçada para frustrar os planos de um bando de sabotadores.

Dias de rádio

Em fevereiro de 1942, quase dois anos depois do início da produção e depois de completar 325 episódios publicados, o programa de rádio do *Superman* foi interrompido. Nessa época, ele ia ao ar em 85 estações de rádio do país, mas Robert Maxwell sempre teve a esperança de que o programa fosse transmitido por uma rede nacional de rádio. A Mutual Broadcasting Company tinha um espaço em sua programação e queria uma série do Superman.

Em uma segunda-feira, 31 de agosto de 1942, essa nova série, agora chamada de *As aventuras do Superman*, estreou. Maxwell modificou o prelúdio dos desenhos animados, acrescentando uma linha sobre o personagem ser capaz de "mudar o curso de rios poderosos". E fez outra pequena mudança para refletir o humor dos tempos, mas essa alteração se tornaria parte indelével do personagem durante décadas. (Maxwell voltaria a essa nova versão do prelúdio anos mais tarde, quando escrevesse o roteiro das aventuras para a TV.)

Os desenhos animados começavam com um narrador dizendo: "Superman luta uma batalha interminável pela verdade e pela justiça!" Maxwell corrigiu para "uma batalha interminável pela verdade, pela justiça e pelo estilo americano!"

Episódios de *As aventuras do Superman* duravam quinze minutos e iam ao ar nas tardes de segunda a sexta-feira, às 17h. O cereal Pep Wheat Flakes da Kellogg assinou contrato de patrocínio e exigiu que os produtores aparassem as poucas arestas de incorreção que ainda restavam no Homem de Aço. Entre o trabalho sério de deter sabotadores e espiões, o humor se tornou mais dominante, com mais tempo no ar para a fanfarronice de Perry White ("Pelo fantasma de Júlio César!" se tornou seu bordão) e para a incompetência desastrada do jovem Jimmy Olsen.

Uma subida meteórica... e a queda

Em 3 de junho de 1943, o programa de rádio começou um novo arco de histórias chamado "O meteoro de Krypton".

Quando escreveu a romantização de *Superman* em 1942, George Lowther, escritor-chefe do programa, teve acesso aos arquivos da DC Comics. Lá ele encontrou o roteiro de uma história que Jerry Siegel havia mandando para os editores três anos atrás, que fora rejeitada. No conto, "The K-Metal from Krypton" [O meteoro de Krypton], um estranho meteoro transforma o Superman em um homem comum e reduz seus superpoderes a características quase terráqueas. Na época, o editor de Siegel recusou a história porque ela era ligada à cena na qual Clark revela sua identidade secreta a Lois.

Inspirado pelo conceito de um Homem de Aço sem poderes, Lowther redigiu um roteiro no qual um cientista descobre um meteoro brilhante que exerce um estranho efeito sobre o Superman. "Quando ficou a um metro e meio de distância da massa de metal que brilhava como um diamante verde, ele se sentiu fraco de repente, como se toda sua força houvesse sido drenada [...] ali estava um inimigo muito mais letal que qualquer coisa humana."

O metal também provoca no Superman visões de uma cidade cintilante de torres incrustadas de pedras preciosas, o que desencadeia uma surpreendente constatação. “Doutor, agora estou lembrando de tudo! Essa cidade! É Krypton!”

A ideia de que a kryptonita foi introduzida para deixar o Superman inconsciente e, portanto, dar férias a Collyer, tornou-se uma lenda persistente, mas esse primeiro arco de kryptonita durou só sete episódios, todos protagonizados por Collyer.

Lowther descobriu um jeito de fazer o Homem de Aço descobrir algo que ouvintes e leitores sabiam desde o início: sua origem. “Sei pela primeira vez quem realmente sou, de onde vim.”

Mas o preço desse autoconhecimento é caro. Nesse caso, é a introdução de uma substância que tem um poder nunca antes visto em nada que ele já havia enfrentado, capaz de fazer algo que nada na Terra pode fazer: matá-lo.

Um símbolo verde brilhante

De uma perspectiva de narrativa, a kryptonita, ou alguma coisa parecida com ela, teria aparecido mais cedo ou mais tarde. Até aquele momento de sua vida, o Superman não tinha um calcanhar de Aquiles, e um herói que não é desafiado não é um herói. Mais cedo ou mais tarde, ele teria que se deparar com uma ameaça mais significativa que gângsteres baratos e suas armas ineficazes.

Mas, além dessa inevitabilidade da narrativa, a presença da kryptonita faz um sentido maior, mais simbólico.

Siegel e Shuster criaram o Homem de Aço como o imigrante definitivo, a personificação da promessa do que a América representava para eles. Suas habilidades são metáforas para oportunidades ilimitadas, para novos horizontes que se estendem diante de nós: o estilo americano.

Parece apropriado, então, que a única coisa capaz de o prejudicar seja um lembrete do Velho Mundo que ele deixou para trás, um passado irrevogavelmente encerrado. Só o passado, nosso passado, pode nos machucar.

Anos mais tarde, a saudade do Superman de seu mundo condenado alimentaria uma de suas histórias mais duradouras. Porém, por mais trágico e emocionante que seja o conto, o carinho do Superman pelas lembranças do passado estará para sempre acompanhado de uma dor aguda e uma amarga ironia: tudo que resta de sua amada e perdida Krypton é uma substância que, para ele, é letal.

Até hoje, a kryptonita funciona no mito do Superman como a manifestação física da culpa do salvador e um tipo particularmente tóxico de nostalgia, um lembrete de que, quando nos dedicamos ao que perdemos, podemos perder o que temos.

Depois dessa breve introdução de sete episódios, a kryptonita não é mencionada novamente no programa de rádio até depois do fim da guerra. Uma razão para essa ausência: segurança nacional.

Superman e o supersecreto supercolisor

Durante a guerra, os roteiros de rádio do Superman foram submetidos à revisão do Departamento de Guerra dos Estados Unidos. Discussão sobre elementos radioativos era um assunto delicado, e o governo alertou os produtores do programa para isso. A kryptonita não voltaria a aparecer até setembro de 1945.

A censura não era um problema só para o programa de rádio. Em 1944, representantes do Departamento de Guerra visitaram o escritório da DC para discutir uma história programada do Superman que mostrava Luthor utilizando um aparato fantástico que ele chamava de "bomba atômica". Os editores da DC suspenderam a publicação dessa história, que foi lançada depois do fim da guerra em *Superman* nº 38 (janeiro/fevereiro de 1946).

Uma história para a tira de jornal que envolvia um equipamento imaginário chamado de "destruidor de átomo" também foi censurada, e o Departamento de Guerra pediu oficialmente a McClure, a agência que distribuía o material para publicação nos jornais, que evitasse qualquer menção a energia atômica.

Escapismo... em marcha!

Apesar de as capas dos quadrinhos do Superman terem imagens patrióticas cujo objetivo era esquentar o sangue, o conteúdo evitava menções à guerra. Nos meses seguintes à entrada dos Estados Unidos no conflito, as histórias foram gradual, mas perceptivelmente, adotando um tom cada vez mais estranho, juvenil. Superman sempre teve a ver com gratificação de desejo, mas o personagem havia realizado suas proezas em ambientes conhecidos, até corriqueiros. Agora, esse mundo se expandia e incluía pastelões bobos, piadas bobas e tramas cada vez mais enganosas, bizarras, que levavam o personagem para o domínio da pura fantasia escapista.

Não era por acaso. Os administradores do Superman sabiam que uma proporção cada vez maior de sua audiência era formada por soldados preocupados e desconfiados do mundo e sentiam que ele devia ser uma fonte de diversão. Levando em conta que o conselho editorial recém-formado desaprovava atos de violência, o Superman se tornou menos agressivo, e sua presença passou a ser suficiente para desencorajar malfeitores, embora antes ele tivesse que recorrer a sérias ameaças para isso. (Às vezes, ele consegue unir extravagância e guerra, como quando, em uma tira de quadrinhos no jornal, ele resgata o Papai Noel das garras dos diabólicos sequestradores Hitler, Mussolini e Hirohito.)

Capitão Marvel: o grande queijo vermelho

Os editores notaram que, apesar da crescente e contínua popularidade do Homem de Aço, um usurpador havia aparecido nas bancas. Desde que esse arrivista publicado pela editora concorrente, a Fawcett, estreou em 1940, as vendas subiam a ponto de ele passar a vender todos os meses milhões de exemplares a mais que o Homem de Aço.

As razões para o sucesso estrondoso do personagem eram muitas, inclusive uma arte fantástica de um grupo de ilustradores liderado por C.C. Beck. Porém, diferente do Homem de Aço, o Capitão Marvel quase nunca enfrentava problemas como golpes envolvendo propriedades e políticos corruptos. Seus quadrinhos tinham um tom mais leve e arejado, e eram criados especificamente para meninos de 10 anos.

Com esse propósito, a identidade secreta do herói não era um substituto simbólico para o leitor, ele *era* o leitor: o corajoso Billy Batson, 10 anos.

Se as crianças gostavam de como Clark se transformava no Superman, vendo nesse ato alguma coisa semelhante ao tipo de transformação pela qual queriam passar, o Capitão Marvel era bem menos sutil com relação a seu elemento de gratificação de desejo. O que era subtexto no Superman era o texto do Capitão Marvel. Nada de se encolher em armários de suprimentos e becos escuros. Billy Batson literalmente "falava uma palavra mágica" para se transformar em um adulto musculoso e superpoderoso em um raio de luz.

Operação: extravagância

Siegel, de sua parte, aceitou a nova direção mais extravagante. Ele e Shuster sempre quiseram fazer do Superman uma tira cômica e, se o humor não podia mais vir do Homem do Amanhã jogando gângsteres por todos os lados como se fossem bonecas de pano, Siegel era capaz de se adaptar. Ele adorava escrever comédia quando trabalhava no *Glenville High Torch* e se jogou de cabeça no desafio. O humor se intensificou e o tom cuidadoso se tornou mais amplo e mais apropriado para as crianças.

Enquanto isso acontecia, Superman passava por outra espécie de mudança: ele ficava mais forte. Se antes a gravidade mais fraca da Terra o deixava saltar sobre prédios altos, agora ele desafiava abertamente as leis da física voando pela estratosfera, pairando no ar e alcançando velocidades "que se igualavam à da própria luz!" (*Superman* nº 16, maio/junho de 1942). Se antes ele se contentava com arremessar carros por cima da cabeça e dobrar barras de aço, agora sua força era tamanha que ele atravessa uma montanha usando só os punhos (abril de 1942, *Action* nº 47). Em julho de 1943 (*Action* nº 62), o "supercérebro" do Homem do Amanhã é mencionado pela primeira vez.

A vez dos palhaços

Considerando o crescimento constante de sua formidável força física e mental, os criadores do Superman começaram a introduzir inimigos que existiam para irritá-lo e incomodá-lo, não para enfrentar seu poder.

Action Comics nº 51 (agosto de 1942) introduziu o Galhofeiro, o primeiro dos inimigos desajeitados e chatos do Superman. Um vilão com uma inclinação vaudevilliana, o Galhofeiro é um homem baixinho e roliço que usa chapéus de palha, grandes gravatas borboletas e terno xadrez, e adora fazer o Homem de Aço parecer bobo.

Em *Superman* nº 19 (novembro/dezembro de 1942), Siegel e Shuster fizeram metacomentários divertidos. Em uma história, Superman luta contra o Funnyface, uma cabeça flutuante que dá vida aos vilões das páginas de humor dos jornais para que eles cometam crimes. Ele engana o Homem de Aço muitas vezes, até que a difícil Lois Lane usa o misterioso equipamento de raio do vilão para dar vida aos heróis das tirinhas, e assim equilibra a disputa. Superman derrota os bandidos e desmascara o Funnyface, que é... um amargurado criador de tiras de quadrinhos que nunca foram vendidas, e que tem uma impressionante semelhança com Jerry Siegel.

No mesmo exemplar, Clark e Lois vão juntos ao cinema, a uma sessão de um dos desenhos animados de Fleischer para o Superman, *The Mechanical Monsters*. "Ouvi dizer que a Paramount fez um trabalho maravilhoso", comenta Clark, em um dos primeiros exemplos *cross over*. Segundos depois, surge na tela a mensagem "Superman está na *Action Comics* e na revista *Superman* todos os meses". A reação de Lois: "Acho que nunca vi essas revistas."

Desanimado, Clark percebe rapidamente que o desenho vai revelar a Lois sua verdadeira identidade, por isso a distrai derrubando seu bloquinho de anotações, de forma que ela perde a cena em que Clark se transforma no Superman na tela; mais tarde, ele finge uma vertigem para impedi-la de ver a conclusão.

Siegel e Shuster ignoram as questões lógicas propostas por essa história introduzindo um aviso na primeira página: "Nossa primeira *história imaginária*!" Não foi a última. O conceito de "história imaginária" logo se transformaria em algo a que os escritores de Superman retornariam com frequência, o que permitia que explorassem uma variedade estonteante de possibilidades do tipo "E se...?", desde um casamento entre Superman e Lois a um Lex Luthor heroico. Como veremos, "histórias imaginárias" eram um recurso tão frequente nos anos 1950 e 1960 que se transformariam em enredos inteiramente separados e contínuos.

Nascimento de uma ideia

Durante os primeiros anos desde que se conheceram, Lois Lane desconfiou de que Superman pudesse ter outra identidade e até especulou, na edição de julho/agosto de 1941 (*Superman* nº 11), que ele poderia ser

Clark Kent. Porém, só um ano mais tarde (*Superman* nº 17) que a ficha cairia pela primeira vez – e de um jeito que alteraria para sempre a dinâmica Lois-Clark.

Quando Clark a envolve em uma matéria que tem a ver com Superman salvando um trem de metrô, Lois fica desconfiada. Ela interroga Clark, cujos protestos gaguejados só alimentam sua convicção. "Ainda não estou convencida da explicação de Clark", ela resmunga sozinha. "Ele parecia muito agitado, como se quisesse esconder alguma coisa. Pensando bem, é muito estranho que ele nunca esteja presente quando o Superman entra em ação, e em várias ocasiões notei uma leve semelhança entre os traços deles! Será que são mesmo a mesma pessoa? A simples ideia parece absurda. No entanto..."

No fim da história, o Superman conseguiu realizar uma série de trocas de identidade mais rápidas do que a vista pode acompanhar, e com isso parece tê-la despistado, até que, no último quadro, ela se vê envolvida mais uma vez em uma história sobre o herói. "Mas as suspeitas de Lois sobre a verdadeira identidade de Clark sumiram?", pergunta a legenda de encerramento. "Só os próximos lançamentos da sua tira favorita revelarão!"

A resposta, é claro, é não, de jeito nenhum. A desconfiança de que Clark Kent é o Superman vai se tornar uma obsessão que definirá a personalidade de Lois Lane nas décadas seguintes, e fornecerá munição narrativa para centenas de histórias do Superman.

Uma mudança da guarda

Em 1943, Jerry Siegel foi recrutado. (A miopia de Joe Shuster o manteve fora do serviço militar.) A DC contratou vários escritores para substituí-lo, inclusive Don Cameron, Alvin Schwartz e Bill Finger, embora Siegel continuasse mandando histórias de Fort Meade, para onde foi designado. O estúdio de artistas "fantasmas" de Shuster para o Superman continuou crescendo e também incluiu Paul Cassidy, John Sikela, Stan Kaye, Jack Burnley e outros.

Nessa época, a mão de Shuster sofria com a sobrecarga de trabalho (o médico receitou uma luva para imobilização), e ele delegava cada mais seus trabalhos de arte, especialmente para Wayne Boring. A conhecida linha rabiscada de Shuster havia desaparecido dos quadrinhos. Substituída por outras mais fortes e grossas, que davam ao Superman uma sensação de tranquilizante solidez e confiança.

Aos poucos, o físico do Superman mudou. A paixão de Shuster por fisiculturismo o inspirou a dar ao Homem de Aço um corpo que poderia vencer qualquer disputa: deltoides grandes e arredondados, peitorais grossos, um tronco que estreitava na linha na cintura formando um V drástico. Pelo lápis de Boring, o herói começou a se tornar mais corpulento. Na década de 1950, o Superman de Boring, com peito largo e arredondado e cintura grossa, se tornaria a norma.

A legião de superchatos cresce

Em setembro de 1943 (*Action Comics* nº 64), outro inimigo bizarro apareceu pela primeira vez. O Homem-Brinquedo, um produtor de brinquedos já idoso, jura que vai fazer o mundo pagar caro por tratá-lo como um "velho excêntrico e inofensivo" e começa a cometer crimes usando soldados de brinquedo, um caminhãozinho e bonecas de controle remoto com dedos finos envenenados, como agulhas. Superman captura o Homem-Brinquedo, mas o gênio enlouquecido jura vingança: "Como o mundo vai rir quando o Superman for derrotado por um brinquedo! Há-há-há-há-há-há-há-há!" Como o Galhofeiro, ele retornaria sempre para importunar o Homem de Aço, criando confusões que afetariam vidas inocentes e distrairiam o Superman por tempo suficiente para que ele cometa seus crimes.

Em janeiro/fevereiro de 1944 (*Superman* nº 26), o Homem de Aço enfrenta pela primeira vez o mais famoso vigarista de Metrópolis, J. Wilbur Wolfingham. De cartola, monóculo e o eterno cigarro, Wolfingham invoca visualmente W.C. Fields (em quem foi baseado) e os industriais gananciosos que o Superman costumava arremessar pelos ares. Mas suas tentativas de tirar o dinheiro suado de gente ingênua sempre eram frustradas e acabavam beneficiando justamente as pessoas que ele queria extorquir.

No outono de 1944 (*Superman* nº 30), o duende da quinta dimensão chamado Mr. Mxyztplk apareceu pela primeira vez nos quadrinhos. Embora já houvesse aparecido na tira de jornal no começo do ano, sua estreia na série de revistas em quadrinhos mostra seu primeiro encontro com o Superman. Em suas primeiras aparições, ele usa terno roxo, gravata-borboleta verde, polainas e chapéu-coco. Anos mais tarde, ele preferirá um traje de túnica/vestido laranja e roxo que tem muito a ver com a aproximação com a ficção científica.

A presença de Mxyztplk introduz no universo do Superman um conceito que vai ajudar a definir o personagem por décadas ao estabelecer sua segunda vulnerabilidade, que vem logo atrás da kryptonita: magia.

Mxyztplk tem poderes sem limites significativos, graças à sua origem na quinta dimensão. O que ele apronta ao aparecer pela primeira vez – por exemplo, animar uma estátua de Rodin, O *Pensador*, fazendo jorrar água dos rádios – é bem inofensivo, mas logo fica claro que, na ânsia de provocar respostas do Homem de Aço, ele sempre cria confusões sem se importar com vidas inocentes.

Mxyztplk diz ao Superman que em sua dimensão ele é um bobo da corte que descobriu duas palavras mágicas: uma, "Mxyztplk", que se falada em voz alta o transporta para outra dimensão; e a outra, Klptzyxm (a palavra anterior escrita ao contrário), que o manda de volta para casa. "E quando você pretende voltar ao seu mundo?", pergunta o Superman.

"Nunca!", responde o duende. "Acho esse seu mundo tridimensional muito mais divertido! Com meus poderes da quinta dimensão, eu poderia tranquilamente conquistá-lo e governá-lo!

As aparições de Mxyztplk davam aos artistas a oportunidade de desenhar façanhas mágicas malucas e os escritores podiam mostrar alguma coisa além da força bruta do Superman. Para derrotá-lo, Superman tem que induzir o duende a dizer seu nome ao contrário, o que o devolve a sua dimensão por um determinado período (os criadores acabaram decidindo que seriam noventa dias). A cada nova aparição, Superman é forçado a criar artimanhas mais e mais elaboradas para induzir Mxyztplk a dizer seu nome ao contrário.

Entra em cena... o menino de aço

Superman foi, sem dúvida, a criação mais popular da DC Comics, mas, a essa altura, a maioria dos heróis uniformizados que ele inspirou já tinha se associado a companheiros infantis. O Robin de Batman, o Ricardito do Arqueiro Verde, o Sandy de Sandman e Pinky de Mr. Scarlet. Os publicitários acreditavam que parceiros infantis davam às crianças alguém com quem se identificar. Até o Capitão Marvel, que ultrapassou todos os limites por ter uma criança como seu alterego, tinha o Capitão Marvel Jr.

Em 1941, Jerry Siegel entregou ao editor uma série de quadrinhos com o Superman menino. Isso daria aos leitores uma ideia de como era o Homem do Amanhã antes de se dedicar à luta pela verdade e pela justiça, quando ele ainda era um superbagunceiro que gostava de usar seus grandes superpoderes para pregar superpeças em terráqueos desavisados. A proposta foi rejeitada. Siegel tentou de novo dois anos mais tarde com um enredo mais detalhado, e foi rejeitado outra vez.

Porém, quando Siegel estava em serviço militar, o número de janeiro/fevereiro de 1945 de *More Fun Comics* (nº 101) incluiu uma breve história de cinco páginas sobre um personagem chamado Superboy, apresentado com o típico estilo animado dos quadrinhos:

> Milhares de fãs do grande Superman pediram respostas para essas perguntas: "Qual é a história da origem do Superman?" "Como ele era antes de crescer e se tornar homem? Só um menino comum, ou um 'supermenino'?" Nessa história, você vai encontrar respostas para essas perguntas e, nós acreditamos, vai ficar ansioso pelas próximas aventuras do jovem cujo destino era se tornar o ídolo de milhões como o grande Superman! Porque essas histórias são sobre o... Superboy!

A história reconta a origem: Krypton, nave, orfanato. Nenhuma menção é feita a um "motorista de passagem" que encontra a nave. Desse ponto em diante, aquele elemento da superorigem desaparece. Nas versões subsequentes, serão os Kent que encontrarão e esconderão a nave do bebê.

Eles adotam a criança, que aos poucos descobre seus superpoderes enquanto cresce. Quando levanta um carro para libertar o homem preso embaixo dele, o jovem Clark decide que, se as pessoas descobrirem do que ele é capaz, "esse conhecimento pode ser perigoso". Na última história da sequência, vemos o Superboy pela primeira vez. A legenda anuncia: "Clark Kent cria em segredo um traje vermelho e azul, e assim nasce o Superboy."

O historiador de revistas em quadrinhos Bob Hughes apontou que, com exceção dos últimos dois painéis, o enredo dessa história é tirado de uma versão da origem do Superman escrita por Siegel para a tira do jornal de domingo. Hughes acredita que, sem o conhecimento de Siegel, a DC pediu para Shuster desenhar a história e incumbiu outro escritor de preencher os painéis finais, que mostram Superboy já com o traje.

O personagem passaria de secundário em *More Fun Comics* para principal em *Adventure Comics*, em abril do ano seguinte, e teria sua própria revista em quadrinhos em 1949. Nessas primeiras aventuras, ele parece ser um menino de 10 anos; as façanhas se resumem em fazer boas ações no lugar onde ele mora (ainda não é o Kansas, ainda não é Smallville, é só um lugar chamado "bairro de Metrópolis").

Superman, o fenômeno

Ao longo dos anos da guerra, referências ao Superman começam a saturar a cultura pop americana.

Superman, Inc., ajudou a gerar boa parte dessa comoção. Além de produzir toneladas de mercadoria com a marca Superman, a DC mudou o texto do logo de sua empresa em novembro de 1941 de "Uma publicação DC" para "Uma publicação Superman-DC", para garantir que os leitores saberiam que eles eram os donos do Homem de Aço.

Em 1942, George Lowther, escritor, narrador e diretor do programa de rádio do Superman, publicou uma romantização chamada simplesmente *Superman*, e foi a primeira vez que um personagem criado para os quadrinhos inspirou um romance em prosa. No livro, Lowther faz modificações na origem do Superman. Algumas dessas mudanças durariam (ele mudou os pais do Superman de Jor-L e Lora para Jor-El e Lara), e algumas não se manteriam (como os nomes Eben e Sarah para os velhos Kent).

Enquanto isso, o nome do Superman se tornou abreviação para uma variedade de diferentes significados. Repórteres policiais podiam transmitir para os leitores a informação de que um mafioso famoso como Anthony "Dukey" Maffetore era pouco culto mencionando seu gosto pelos quadrinhos *Superman*. No filme *Balas contra a Gestapo*, de 1942,

Humphrey Bogart tenta convencer um policial cético de que ele identificou um grupo de espionagem nazista, o que faz o policial responder: "Está me assustando. Parece a próxima história do *Superman*. Meus filhos vão adorar."

Não demorou muito para o personagem se tornar alvo de sátira. Em março de 1941, o desenho animado *Goofy Groceries* incluiu uma cena na qual o mascote fantasiado do cereal "Superguy Soap Flakes" ganha vida e pula da embalagem para entrar em ação, mas fica apavorado com um rugido de leão e é transformado em bebê.

Em 1942, um personagem chamado Supersnipe, escrito e desenhado por George Marcaux, começou a aparecer em quadrinhos produzidos pela Street and Smith Publications. As histórias do Supersnipe eram estreladas pelo fã de super-heróis Koppy McFad, de 10 anos ("O menino com mais histórias em quadrinhos na América! Ele as lê! Ele respira quadrinhos! Ele dorme com elas!"), que se veste com uma ceroula comprida e uma capa e enfrenta o crime do bairro onde mora. Em uma sátira do apelido do Superman, Homem do Amanhã, Supersnipe era chamado de Homem de 1953, ano em que o jovem Koppy se tornaria um homem.

No mesmo ano, o desenho animado *The Mouse of Tomorrow* [O Rato do Amanhã] apresentou o personagem do Super-Rato, um roedor voador que vestia uma roupa azul e vermelha e costumava cantar ópera enquanto salvava o dia (depois de sete desenhos, a roupa do personagem mudou, como seu nome, que passou a ser Mighty Mouse). A Publisher Standard Comics apresentou um personagem sem nenhuma relação chamado "Super-Rato, o Grande Queijo" nas páginas de sua antologia *Coo Coo Comics*. O Super-Rato desenvolvia seus poderes comendo superqueijo.

Mas o Homem de Aço tem seu momento de glória quando o Pernalonga o leva para sua história. O coelho veste o supertraje pela primeira vez nas páginas da revista em quadrinhos *Looney Tunes and Merrie Melodies Comics* nº 5, de 1942, na história "Super-Duper Rabbit" (Super-Hipercoelho). E, no ano seguinte, o desenho animado *Super-Rabbit*, da Merrie Melodies, chegou aos cinemas, começando com uma paródia quadro a quadro dos desenhos do Superman de Fleischer/Famous:

Voz 1: Olha! Lá no céu!
Voz 2: É um boid!
Voz 3: Não, não é um boid, é um dive-boomah!

O desenho animado do Popeye de 1944, *She-Sick Sailors*, mostra Brutus vestido de Superman para impressionar Olívia Palito (o Homem de Aço é "meu super-hiper-homem dos sonhos!", diz Olívia Palito, enquanto seus olhos se transformam em corações pulsantes). O Famous Studios produzia o Superman e o Popeye, por isso as frases da letra da "Marcha do Superman" oficial de Fleischer são citadas com liberdade.

Também em 1944, a Warner Bros. produziu o desenho animado *Snafuperman* como parte de sua série de desenhos animados Private Snafu, encomendada pelo Exército dos Estados Unidos para treinar e entreter recrutas com déficit de leitura. Em *Snafuperman*, o Soldado Snafu, um eterno confuso que nunca lê seu manual de campo e está sempre fazendo tudo errado, se vê com o poder e a roupa do Superman. Ansioso, ele pega uma bomba e vai para Berlim sem um mapa. Quando o desenho termina, ele quase bombardeou Washington, atacou um tanque americano e foi explodido por bombardeiros alemães.

A guerra acaba: a batalha interminável continua

Com o lançamento de bombas atômicas em Hiroshima e Nagasaki, o mundo de repente se viu dentro de uma das histórias de ficção científica bizarras que Siegel e Shuster costumavam despejar sobre as crianças. A ciência havia criado uma arma do juízo final de verdade. Metais estranhos radiavam doença e morte. Milhares de seres humanos podiam ser reduzidos a pó em um instante.

A ameaça do Eixo havia chegado ao fim e uma onda de alegria triunfante dominava a América, mas pairava no ar a sombra da mais nova, menos apreensível, ameaça atômica. Enquanto a guerra se prolongava, Superman era uma distração colorida e espalhafatosa. Mas a era atômica trazia aflições próprias e o Superman, como todo mundo, teria que mudar para lidar com elas. Até uma olhada rápida e passageira para uma banca de jornal dos Estados Unidos durante os últimos meses de 1945 deixaria uma coisa bem clara: a era do super-herói estava chegando ao fim.

4

"ESTRANHO... E-EU SINTO TODA A MINHA FORÇA SENDO DRENADA..." (1946-1949)

Marcos

1948: série de filmes *Aventuras do Superman*, com atores.

1949: estreia a revista em quadrinhos *Superboy*. Na tira diária de jornal *Superman*, Clark Kent se casa com Lois Lane. O casamento nunca é reconhecido nos quadrinhos *Superman* e, dois anos mais tarde, o leitor é informado de que foi um sonho.

Primeiras aparições: Fortaleza da Solidão no Ártico (nomeada), viagem no tempo, primeiro robô Superman, visão de calor.

Não havia nenhum soldado esperando pelo Homem de Aço depois da guerra, embora ele precisasse. O fascínio da nação pelo Superman desaparecia depressa.

Era inevitável. Mais de 125 novas tiras de quadrinhos foram lançadas nos jornais só em 1946, e com as páginas dos quadrinhos mais ocupadas nos anos pós-guerra, os jornais começaram a deixar de lado o *Superman* para abrir espaço para *Steve Canyon*, *Pogo* e outros. Coisa semelhante acontecia nas prateleiras das bancas: as vendas de *Superman* e *Action* caíram 20% entre 1944 e 1946, e continuariam caindo.

Mas, para os quadrinhos de maneira geral, a época era de crescimento. A *Publishers Weekly* divulgou que 540 milhões de revistas em quadrinhos foram publicadas em 1946, e um estudo feito pela Market Research Company of America revelou que cerca de metade da população norte-americana, 70 milhões de pessoas, as lia: 95% dos meninos e 91% das meninas entre 6 e 11 anos. Adultos também: 41% dos homens e 28% das mulheres entre 18 e 30 anos eram leitores de quadrinhos.

Então, por que o Superman foi deixado para trás?

A incrível audiência encolheu

Para começar, com o fim da guerra, a imensa base de leitores representada pelos soldados havia desaparecido. O que fazia dele um sucesso nas barracas, suas aventuras coloridas, patrióticas, fáceis de ler e embaladas em um formato portátil e simples de trocar, só servia para lembrar os homens cansados que voltavam para casa de um tempo difícil e sombrio. O trabalho comparativamente agradável de construir uma família e ingressar no mercado de trabalho não exigia distrações coloridas e, se exigisse, era para isso que serviam o rádio e essa nova invenção chamada "TV". Se os homens da nação tivessem um tempinho livre para ler, prefeririam o último número da *Collier's*, o *Saturday Evening Post* ou a *Life*.

Enquanto isso, os garotos de 10 anos que compraram aqueles primeiros números de *Action Comics* em 1938, que alimentaram o sucesso rápido do Superman e dos heróis fantasiados que o seguiram, entravam na puberdade. Superman era coisa de criança. Eles preferiam experimentar alguns outros gêneros de quadrinhos que agora inundavam as bancas de jornais, humor adolescente como *Archie*, romance adolescente como *Katy Keene*, títulos de terror como *Eerie Comics* e, em especial, quadrinhos de crimes lúgubres como *Crime Does Not Pay*.

Quanto à nova leva de crianças de 10 anos, elas também perderam o interesse pelos heróis fantasiados, preferiam os recém-lançados *westerns* e títulos "divertidos de animais". O único super-herói da DC que realmente fez sucesso foi a Mulher Maravilha em 1941. O Lanterna Verde foi ofuscado em sua própria revista por Streak, o Cão Maravilha, em 1948, e as vendas de títulos relacionados a outros super-heróis continuavam a cair. Superman, Batman e Mulher Maravilha conseguiriam sobreviver, mas muitos de seus compatriotas menos populares – Sandman, Gavião Negro, Flash, Lanterna Verde e Boy Commandos – não veriam o fim da década.

Aflições atômicas

Durante a guerra, Superman e seus colegas fantasiados na luta contra o crime eram diversões coloridas, mas também serviam para aplacar a ansiedade americana com relação à situação do mundo. Havia os bons (os Aliados) e o mal (o Eixo), e cada vez que Batman acertava um soco no queixo de um bandido, ou Superman jogava um vilão de roupas extravagantes na cadeia, era a guerra por procuração, projetada para reassegurar. Número após número, os bons venciam.

Mas a ameaça atômica não era tão redutível ou definida. Agora, tínhamos o poder de destruir o mundo, e logo os russos, que nos ajudaram a derrotar Hitler, eram revelados como um vilão menos teatral, e mais ardilosamente sinistro, com agentes à espreita em nossas comunidades e, pasmem, em nossas escolas públicas.

No começo, o Superman refletia os sentimentos cada vez mais conflituosos da nação sobre a bomba atômica. Em outubro de 1946 (*Action Comics* nº 101), ele, temporariamente enlouquecido por uma fórmula química secreta de uma associação secreta maléfica, abre um caminho de destruição pelo mundo, até a explosão de um teste nuclear no oceano Pacífico clarear suas ideias. A imagem impressionante da capa ("Neste número! Superman vê teste de bomba atômica!") é do Superman virando em direção a uma enorme nuvem em forma de cogumelo e tirando uma fotografia "para todos os homens que falam contra a paz!".

Em setembro de 1948 (*Action* nº 124), o Superman é surpreendido por uma explosão de um reator nuclear e se torna temporariamente radioativo, o que o obriga a ficar longe de Metrópolis, desencadeando uma onda de crimes. Ainda era possível, para os escritores, tentar associar poder atômico e o Homem de Aço, apresentando ambos como forças poderosas usadas para o aperfeiçoamento da humanidade, mas reconhecendo o perigo que tal poder representava. Mas logo os russos também teriam a bomba, e a ameaça de aniquilação nuclear se tornaria horrível demais para ser tratada pelo Superman. Com o passar do tempo, ele lidaria com o espectro da bomba atômica apenas rara e indiretamente.

Confusões domésticas

Nos primeiros anos após a guerra, o Superman lidou com a habitual galeria de ameaças bizarras, inclusive os mágicos baratos Hocus e Pocus e a sobrinha encrenqueira de Lois Lane, a menina Susie Tompkins, de 8 anos. O vigarista J. Wilbur Wolfingham, Mr. Mxyztplk, o Homem--Brinquedo e o Galhofeiro apareciam com frequência. Entre os enredos, havia o Superman fazendo papel de babá, adotando um filho, capturando criminosos com uma câmera de TV ("o mais moderno dos milagres científicos") e conhecendo celebridades, como o apresentador de *Truth or Consequences*, Ralph Edwards, e a estrela Ann Blyth. Robôs e extraterrestres começaram a aparecer mais vezes, um presságio da enxurrada de ficção científica que estava por vir. Na maior parte, porém, nenhum novo adversário significativo, aliado ou local foi adicionado às crônicas durante esses anos de pós-guerra; era um tempo de exaustão narrativa.

É claro, era a imagem de uma certa capa de revista em quadrinhos que determinava se ela seria folheada e comprada ou devolvida à editora, e com as revistas do *Superman* a DC apostava na extravagância.

A superpalhaçada era cada vez mais presente – muitas capas mostravam o Superman fazendo papel de bobo, equilibrando pinos de boliche, tocando em uma banda de um homem só, levando uma torta na cara do Galhofeiro, ou sendo esguichado com água enquanto, de avental, segura um espanador de penas.

O público havia rejeitado os super-heróis, e os escritores do Superman modificaram sua mistura de combustível, reduzindo o "super" para ampliar o "homem". Aos poucos, imagens do Superman em situações cômicas foram se tornando mais comuns, refletindo o estado pós-guerra da masculinidade americana, da mesma forma que as capas exibindo um Homem de Aço marcial refletiam os tempos de guerra. Soldados voltaram para casa e, aos poucos, se ajustavam aos deveres diários de chefes de família. Portanto, cada vez mais capas invocavam o relacionamento romântico entre Lois e Superman ("Superman prefere Lois loira, ruiva ou morena?" "Dá para criticar Lois por sentir ciúmes quando Superman encontra *a garota mais perfeita do mundo*?") e abordavam o imaginário de felicidade doméstica, ou coisas desse tipo. Na capa de *Superman* nº 36 (setembro/outubro de 1945), o Homem de Aço ajuda Lois a descongelar o refrigerador; no nº 51 (março/abril de 1948), ela derruba um muffin caseiro no pé dele, o que o faz pular de dor.

Essas imagens de Lois usando avental, cuidando de várias tarefas domésticas, contrastam com a da garota durona que era repórter no fim da década de 1930. Mas, na verdade, durante os anos de guerra, a Lois retratada nos quadrinhos se apaixonava cada vez mais pela ideia de se casar com o Superman. Embora ainda fosse descrita como uma repórter corajosa e impulsiva, a fixação amorosa no Superman começava a marcar presença no texto com mais frequência. Era comum a personagem demonstrar ciúmes de supostas rivais, e Superman passava a usar seus poderes para "ensinar uma lição a Lois". Essa dinâmica se tornaria a característica central e o recurso de condução do relacionamento entre eles durante os anos de 1950 e 1960, quando se completaria a transformação de Lois de Rosalind Russell para Doris Day.

Pistas infelizes

Jerry Siegel e Joe Shuster estavam muito infelizes com a DC. Eles sabiam que o contrato terminava em 1948 e tinham fortes suspeitas de que a DC os queria fora do caminho. E estavam certos.

Essa constatação só alimentou um ressentimento que crescia havia anos. Os dois se sentiam explorados e percebiam que a DC escondia os lucros obtidos com o Superman e o material relacionado ao personagem para não ter que pagar o que devia a eles. Ambos acreditavam que deviam ser compensados por terem criado o que era, para eles (embora não para a editora), o personagem inteiramente diferente do Superboy.

O problema, como coloca o historiador de quadrinhos Gerard Jones, é que "escritores e artistas acreditam na propriedade que transcende dinheiro e contratos, mas vendedores e contadores não pensam da mesma maneira".

Em abril de 1947, Siegel e Shuster processaram a DC pedindo 5 milhões de dólares e a devolução de todos os direitos do Superman. Perderam. Os bolsos da DC eram mais fundos, seus advogados, mais numerosos e altamente capacitados para proteger os direitos da companhia. Em maio de 1948, o tribunal decidiu que Siegel e Shuster não tinham direito algum sobre o Superman, mas sugeriu que as partes entrassem em acordo sobre o Superboy. No fim, Siegel e Shuster receberam 100 mil dólares pelos direitos do Superboy, e boa parte dessa quantia foi devorada pelos custos legais.

O domínio da DC sobre a dupla chegava ao fim, e o nome deles foi removido dos quadrinhos do Superman. Joe Shuster abandonou o gênero definitivamente, e a arte ficou a cargo de Wayne Boring, Al Plastino, John Sikela e outros profissionais que a DC contratou no estúdio de Shuster anos antes. Jerry Siegel voltaria a DC anos mais tarde para rescrever histórias que enriqueceriam a mitologia do Superman de maneira significativa, mas a batalha legal dele e Shuster contra a DC estava apenas começando.

Sangue novo

Siegel e Shuster estavam fora havia um ano, mas a era pós-Jerry e Joe chegou oficialmente com grande pompa na história de décimo aniversário em *Superman* nº 53 (julho/agosto de 1948), cujo título era "A origem do Superman".

Não era a primeira vez que a origem do personagem era contada, é claro, e estaria longe de ser a última. Porém, ela serviu como uma espécie de ano zero, assinalando o fim dos laços com Siegel e Shuster, e com seu sorridente e arrogante Superman.

Até hoje, sempre que a origem de um super-herói é recontada, isso serve como uma declaração de princípios, uma chance para a nova equipe de criação deixar sua marca no personagem. Reiterar a origem no espaço de alguns anos se tornou uma ferramenta importante para os editores manterem vivo um determinado personagem. Ao longo de décadas, por exemplo, os detalhes da juventude do Superman, indicações culturais como o carro que os Kent dirigiam quando encontraram a nave de Kal-El, a moda usada pelos colegas de escola de Clark, a música que ele ouvia enquanto pensava no futuro, eram atualizados a cada nova versão.

Mas essa primeira grande revisão da superorigem teve pouca coisa a ver com acertos temporais e tudo a ver com dar uma nova direção ao personagem. Bill Finger, cocriador e escritor de Batman, era agora escritor regular do Superman, e Wayne Boring, que desenhava a tira dos jornais e a revista em quadrinhos havia anos, alterando sutilmente a aparência do personagem, comandava a arte. Quando eles terminassem o que estavam fazendo, Superman nunca mais seria o mesmo. Anos mais tarde, na era dos computadores pessoais, o ato de redefinir um personagem apagando a lousa e começando do zero passaria a ser chamado de "reboot", como o ato de reiniciar um equipamento eletrônico. Nenhum personagem dos quadrinhos teve mais "reboots" que o Homem de Aço.

A mudança drástica na disposição é evidente na página inicial da história. Vemos a então conhecida nave (colorida pela primeira vez em icônicos vermelho e azul) se afastando de Krypton destruído, mas com algo diferente. Vemos uma imagem de Jor-El e Lara emoldurada dentro do planeta que explode, como uma foto guardada em algum tipo de pingente cataclísmico. Eles sorriem enquanto veem o filho voar para a segurança; Lara levanta a mão delicada para se despedir.

Enquanto isso, em primeiro plano, vemos um Superman nunca visto antes, ou nunca imaginado por nós. Ele está sentado e inclinado para frente, a cabeça entre as mãos, devastado pelo sofrimento. Os olhos estão baixos, tristes, cheios de lágrimas, e ele lembra da família e do lar que perdeu para sempre. (Aqui Boring se vale de uma licença artística, porque, embora os leitores soubessem de sua origem extraterrestre, o Superman dos quadrinhos ainda não tinha conhecimento dela, e ainda levaria um ano para saber.)

A primeira página dessa nova versão toma a forma então familiar de uma ladainha sobre superfaçanhas: voo e força ("O mundo todo sabe sobre a força descomunal do Superman!", anuncia a legenda, enquanto o Homem de Aço carrega um ônibus para um local seguro), invulnerabilidade e visão de raio X. Ele derrota um robô gigantesco de Luthor, e em uma homenagem a *Action Comics* nº 8, ele é visto voando e carregando um prédio velho ("Vou reconstruir essa área para as pessoas não terem que viver em cortiços!"). De maneira reveladora, porém, em vez de descrever esse ato como fizeram Siegel e Shuster, como um gesto engendrado pela dedicação do Superman à reforma social e uma atitude que o marcaria como um fora da lei, a legenda sugere outra perspectiva: "Ele usou seus maravilhosos poderes para ajudar causas dignas!"

Chegava a era do supercidadão.

Nova origem para uma nova era

As páginas seguintes tratam das questões habituais, Krypton, orfandade, descoberta de superpoderes, promessa de lutar contra o mal. Mas Finger dedica metade da história a explorar Krypton mais plenamente do que jamais foi feito antes, intuindo o papel maior que o condenado planeta do Superman teria nos anos futuros.

O Krypton de Boring é um mundo de minaretes muito altos e obeliscos distantes, misteriosos, dotados da modernidade do meio de século. Passarelas flutuantes descrevem curvas largas entre os prédios e através deles. Os kryptonianos se vestem de acordo com o código de Flash Gordon: os homens usam túnicas de mangas curtas e cores vibrantes com insígnias no peito e enchimento nos ombros, meia-calça e bota; as mulheres exibem vestidos de formatura futuristas. Alguns usam faixas na cabeça e capas, mas não todos, e isso pode significar aquisição profissional ou classe, *status* político ou só um gosto pelo uso de acessórios.

Depois de estabelecer os avançados dotes mentais dos kryptonianos, Finger mostra dois cientistas discutindo que um kryptoniano no distante planeta Terra "poderia desafiar a fraca gravidade quase inteiramente".

Entramos no "Hall da sabedoria", onde o "Conselho dos cinco esperava a chegada de Jor-El, o maior cientista de Krypton".

De repente, Jor-El surge diante deles vestido com túnica verde, sua adorada capa tremulando atrás dele de forma teatral. O emblema em seu peito é um planeta vermelho dentro de um círculo amarelo. Boring desenha Jor-El exatamente como desenha o Superman, robusto, de peito largo, semblante sóbrio, e coloca atrás de sua cabeça uma luz de fundo amarela para criar a impressão de que suas palavras fatídicas literalmente rasgam a escuridão no interior da sala do conselho: "Cavalheiros... Krypton está condenado!"

Jor-El explica aos incrédulos conselheiros que o centro de Krypton é composto de urânio, "que tem criado um ciclo de impulsos em cadeia, construindo força a cada momento! Logo... muito em breve... cada átomo de Krypton vai explodir em um último e definitivo estouro! Cavalheiros... Krypton é uma gigantesca bomba atômica!"

Essa é uma das modificações de Bill Finger na história, uma nova explicação para a destruição de Krypton, perfeitamente adequada à Era Atômica.

O conselho ri de Jor-El, mas, quando ele está voltando para casa para dar a notícia à esposa, Krypton entra em seus estertores. De novo, Lara se recusa a entrar com Kal-El na nave experimental; de novo, o infante é lançado no espaço momentos antes de "a fúria da natureza ganhar força e promover uma última erupção cataclísmica... e o antes poderoso planeta Krypton explodir e virar pó estelar".

A nave aterrissa em um campo da Terra, onde é encontrado pelos Kent (não são fornecidos nomes), que por ali passam em seu calhambeque (Boring os desenha nitidamente como um casal de idosos extraído diretamente do elenco central). Quando eles levam a criança para o carro, a nave explode em chamas e desaparece sem deixar rastro. Eles o levam para um "lar de crianças abandonadas" e manifestam o interesse em adotá-lo. No orfanato, vemos as indispensáveis travessuras do superbebê ("Doutor, venha depressa! É aquele bebê novamente!"), e os papéis para a adoção são preparados rapidamente. "Finalmente", diz a sra. Kent, "temos um filho!".

Durante a página seguinte, o jovem Clark se torna adolescente e vários poderes se manifestam. (Não é feita menção alguma à identidade do Superboy. É verdade, sem dúvida, que as aventuras leves do Menino de Aço não combinariam com o tom mais sombrio de Finger, mas, mesmo assim, elas foram mantidas com uma patente falta de atenção que não seria tolerada se tivessem aparecido um ano mais tarde, quando o editor Whitney Ellsworth e o editor assistente, Mort Weisinger, começaram a se dedicar a reunir e implementar a próspera superindústria e criar um universo mais coerente.) Um trator em disparada o atropela e é destruído pelo impacto. Ele volta para casa atrasado para o jantar e, correndo, descobre que consegue ultrapassar o trem expresso. Tenta pular uma cerca, mas acaba passando por cima da casa também. Além disso, ele descobre a visão de raio X quando a mãe perde os óculos, que caíram atrás de um armário.

A décima e última página da história é dedicada à morte de seu pai adotivo (a morte da mãe não é mostrada nos quadrinhos). Clark se ajoelha ao lado do leito de morte de Kent, que antes fizera um discurso ao qual os futuros escritores do personagem retornarão com muita frequência:

> Nenhum homem na Terra tem os poderes incríveis que você tem. Você pode usá-los para se tornar uma força poderosa do bem! Há homens maus nesse mundo [...] criminosos e contraventores que exploram pessoas decentes! Você deve combatê-los [...] em colaboração com a lei! Para lutar melhor contra esses criminosos, você deve esconder sua verdadeira identidade! Eles nunca devem saber que Clark Kent é um... super-homem! Não esqueça, porque é isso que você é!

Na história de Finger, a motivação do Superman é viver para cumprir o último desejo do pai. A semente da "luta pelos oprimidos" de Siegel e Shuster permanece, mas a decisão de Clark de dedicar a vida a fazer o bem agora ganha o peso de uma bagagem emocional mais patrilinear, que Siegel e Shuster nunca levam à mesa. Os fantasmas dos pais, biológico e adotivo, terão importância maior durante os anos de 1950 e 1960, dando à história maior profundidade psicológica, mesmo que apague da memória pública todos os traços da versão Robin Hood dissoluta de Siegel e Shuster.

No penúltimo quadro da história, Clark faz uma visita noturna ao túmulo dos pais adotivos e fala sobre suas perspectivas profissionais. "O emprego de repórter em um jornal vai me manter em contato com aqueles que podem precisar da minha ajuda! Vou usar óculos e fingir que sou tímido!"

No último quadro, o Superman de Boring conclui com as mãos na cintura, os pés meio afastados, a capa tremulando ao vento: "Mas quando precisarem de mim, usarei esta roupa, e o mundo saberá sobre o Superman!"

O Superman de Boring

Com Shuster fora da equipe, Boring podia fazer o Superman mais seu. Assim, como Finger havia modificado a história original, Wayne Boring decidiu mudar o físico do Homem de Aço.

Ele sempre achou que Shuster e os artistas sob seu comando desenhavam o Superman muito baixo e compacto – como o próprio Shuster. Para Boring, o Superman não devia ser de estatura mediana. Não, um Homem de Aço devia ter uma presença mais imponente. Boring fez Superman ser maior que todos os outros personagens e o manteve com os ombros largos. Em sua melhor versão, o Superman menos desenho animado e mais fotorrealista de Boring transmite impassibilidade e o honesto bom senso americano. Ele pode, no entanto, parecer posado, rígido, desconfiado, porque, apesar de um quadrinho de Wayne Boring ser composto de maneira artística, falta a ele a urgência e imperfeição, a noção de dinamismo e perigo que existia no trabalho de Shuster.

Shuster e seus "fantasmas" retratavam Superman voando, por exemplo, como um corredor de obstáculos no ponto mais alto do salto. O Superman de Boring não precisava se esforçar tanto. Normalmente, ele parece ter saído para uma corrida leve no ar sobre uma esteira flutuante invisível.

A kryptonita chega aos quadrinhos

Boring se tornaria o artista que assinaria o Superman pela próxima década, mas vários outros deixaram sua marca no Homem de Aço. Al Plastino foi um dos mais prolíficos e influentes.

Seu Superman de queixo quadrado e traços definidos era meio parecido com os soldados que retornaram a seus lares, para constituir família, vestir camisas de flanela cinza e gostar do Ike. Os olhos risonhos de Shuster desapareceram, substituídos por um par de penetrantes olhos azuis capazes de expressar a preocupação conosco, as responsabilidades que assumia. O Superman de Plastino parecia um pouco mais velho que o de Shuster e Boring. Ele era o pai da América, embora trocasse chinelos e cachimbo por botas e capa.

Em *Superman* nº 16, de novembro/dezembro de 1949, Plastino desenhou uma narrativa do herói escrita por Bill Finger que lançaria uma sombra sobre a história do personagem e abriria caminho para muitas mudanças.

A página de abertura é bem semelhante à reinvenção de Boring da origem do Superman, um ano antes: Krypton explode em um inferno verde, e uma imagem sobreposta do Superman reage com uma expressão de choque e desânimo. As palavras de introdução deixam claro que essa é uma história diferente, porém: "Agora todo mundo sabe que Superman veio de outro planeta, Krypton, que explodiu pouco depois de ele ter nascido lá! Sim, sabemos disso, mas o Superman não sabia! E agora, nessa sensacional história sobre um crime perturbador, o Homem do Amanhã rastreia sem querer o próprio passado! Sim, finalmente acontece quando... Superman volta a Krypton!"

Dois anos antes, o número de setembro/outubro de 1947 (nº 48) marcou a primeira viagem do Superman no tempo, quando ele recuou voando a uma velocidade maior que a da luz. Nessa edição, ele usa o mesmo truque para conhecer a história de um misterioso meteorito que mina sua força. Ele encontra sua origem, "um planeta muito distante do sistema solar da Terra", e aterrissa lá. (Uma nota do editor explica que o Superman deslocado no tempo é invisível para os habitantes do planeta, "porque ele não é daquele tempo e não existe para eles. Só pode vê-los como veria um filme mudo, mas ele sabe ler lábios".)

Superman se surpreende ao ver um homem que é exatamente igual a ele, então o segue até sua casa. Vê o cientista de túnica verde e sua esposa colocarem o bebê dentro de uma nave e mandá-la para o espaço, e depois o planeta explode. "A morte de um mundo!", pensa o Superman, seu supercérebro estranhamente lento para compreender tudo. "Será que a criança sobreviverá? Preciso saber!"

Ainda um fantasma, Superman segue a nave até a Terra e vê sua versão infantil ser resgatada pelos Kent. Finalmente a ficha cai. "Agora entendo por que sou diferente! Não sou da Terra, sou de outro planeta, o planeta que Jor-El chamou de Krypton!"

Quando joga o meteoro de kryptonita no fundo do rio Metrópolis, Superman olha para o céu. "Em algum lugar do espaço deve haver mais partículas de kryptonita! Espero que nenhuma outra caia na Terra. Talvez não aconteça nunca mais, mas é possível..."

É, você acha?

Operação intolerância

Se Superman era deixado de lado nas bancas de revistas do país, ele podia se contentar por saber que nas salas de costa a costa fazia ainda mais sucesso que nunca, e estava perto de se tornar ainda maior. Nos meses seguintes ao fim da guerra, mais de duzentas estações de rádio da rede Mutual transmitiam *The Adventures of Superman*; mais de 400 milhões de ouvintes sintonizados.

Durante os anos da guerra, as crianças acompanhavam com entusiasmo o Superman enfrentando incontáveis espiões e sabotadores do Eixo, bem como uma horda de inimigos que nunca fizeram a transição dos quadrinhos para as tiras de jornal, como Vulture, Barão Kronk, Der Teufel, Viúva Escarlate, Escorpião e Homem Atômico.

Com o fim da guerra, os produtores do programa de rádio começaram a procurar um novo flagelo para o Superman enfrentar. Havia uma mudança no ar.

Ouvintes mais atentos perceberam a natureza dessa mudança em 5 de fevereiro de 1946, primeira vez que a apresentação do programa incluiu uma pequena mas importante revisão. Depois da ladainha do "mais rápido que uma bala", veio:

> *Narrador*: Sim, é o Superman! Visitante estranho de outro planeta que chegou à Terra com poderes e habilidades muito além daquelas dos homens mortais.

Até aí, nada de extraordinário, mas então surge a mudança.

> *Narrador*: Superman! Defensor da lei e da ordem, dos direitos iguais, valente e corajoso lutador contra as forças do ódio e do preconceito!

De acordo com alguns relatos, foi a agência de publicidade da Kellogg, a Kenyon e Eckhardt, que, talvez sentindo a crescente inquietação dos pais que reclamavam da tendência do Superman para resolver todos os problemas com os punhos, propôs alterar o programa de forma que ele ensinasse lições sobre os perigos do racismo e a importância da tolerância. "Nosso ramo não é a educação. Vendemos cereal", disse o vice-presicente de propaganda William B. Lewis. "Mas gostaríamos de fazer as duas coisas. Certamente gostaríamos de fazer as duas coisas."

Robert Maxwell, da Superman, Inc., lembrou do episódio de um jeito bem diferente, e em entrevistas concedidas depois do sucesso alcançado com a nova direção do programa, inclusive na da edição de 29 de abril de 1946 da *Newsweek*, ele fez questão de mencionar que tinha que convencer tanto a Kellogg quanto a rede Mutual a deixarem o Superman enfrentar problemas sociais.

Os produtores recorreram a especialistas em educação infantil e a organizações religiosas, para criar mensagens que as crianças entenderiam e às quais reagiriam. Também lançaram uma campanha publicitária para conscientizar conselhos editoriais dos jornais de seu propósito elevado, o que rendeu a eles notícias laudatórias em publicações do ramo (que chamaram o esforço de "operação intolerância"), bem como o apoio do *New York Times*.

Em 16 de abril de 1946, o primeiro arco da nova iniciativa, "The Hate Mongers Organization" [A organização de religiosos raivosos], estreou. (Para indicar a nova direção, o programa incluiu pela primeira vez uma trilha sonora, embora só depois de alguns episódios essa música tenha tomado a forma da conhecida "marcha do Superman", de Fleischer.)

Na história, que foi desenvolvida ao longo de cinco semanas, um centro juvenil inter-religioso é ameaçado de violência por uma gangue de delinquentes juvenis que se autodenomina Guardiões da América. Jimmy Olsen se disfarça, desmascara a gangue e descobre que ela é comandada secretamente por um antigo nazista.

Com a enxurrada de elogios de organizações sociais e da imprensa, os índices de audiência aumentaram; quando essa primeira história chegou ao fim, *The Adventures of Superman* voltou a ser o programa infantil de maior audiência nos Estados Unidos.

Porém, embora a história tenha restringido suas possibilidades revelando que o vilão era um nazista, um enredo subsequente mirou a Ku Klux Klan. Tecnicamente, a organização racista que Superman enfrenta na história é chamada de Clã da Cruz de Fogo, mas a descrição do robe, do capuz, da cruz em chamas e das reuniões à meia-noite são inconfundíveis.

O primeiro episódio da história de dezesseis partes foi ao ar em 10 de junho de 1946. Os produtores criaram para a história um herói, um menino sino-americano que vira alvo do Grande Escorpião do Clã da Cruz de Fogo. Num golpe de astúcia, os autores revelam ao ouvinte que o propósito do clã é recrutar entre pessoas inocentes novos membros que, sem saber, vão pagar as vestes e os capuzes – na verdade, o objetivo é tirar dinheiro de "canalhas que acreditam nesse lixo de 100% americano... Vendemos um dos produtos mais antigos da terra, o ódio".

A *Newsweek* elogiou a história, declarando que "Superman é o primeiro programa infantil que desenvolve consciência social". Um artigo da *New Republic* divulgou que as transmissões do programa incluíam palavras-código da KKK que foram reveladas aos produtores pelo autor e ativista Stetson Kennedy, que havia se infiltrado na organização. "Como resultado, Samuel Green, Grande Dragão da KKK, teve que passar parte da tarde com a orelha grudada no rádio. Assim que Superman usou uma senha da KKK, Green teve que dar ordens urgentes para que outra fosse criada." Embora haja evidências de que Kennedy tivesse contado detalhes das reuniões da Klan, nada que pudesse sequer parecer uma senha foi divulgado nos episódios reais.

Os elogios continuavam, uma citação de mérito da VFW, uma comenda oficial do Comitê dos Veteranos Americanos, o prêmio de mérito distinto da Conferência Nacional de Cristãos e Judeus, notas de saudação dos Escoteiros, e assim por diante.

Em histórias seguintes no rádio, Superman enfrenta repetidamente Big George Latimer, chefe político corrupto de Metrópolis, um antissemita que se recusa a contratar veteranos. Ele luta contra uma sociedade secreta de supremacia branca conhecida como Cavalheiros do Cravo Branco. Bud Collyer foi integrado ao circuito das palestras, falando sobre tolerância para plateias de escolas públicas.

Com o tempo, porém, a audiência caiu. Em 1949, ficou decidido que o formato de quinze minutos diários mudaria – agora seriam episódios autocontidos de meia hora que iriam ao ar só três vezes por semana.

Sessenta desses episódios autocontidos foram transmitidos, mas não ajudaram a recuperar a audiência. Foi decretada outra mudança no formato e um novo horário no sábado à noite. O comunicado à imprensa para informar sobre a mudança drástica dizia: "*Superman*, um programa a princípio criado para jovens ouvintes, irá ao ar agora como um programa de mistério e solução de crimes destinado ao público adulto a partir de 29 de outubro, das 20h30 às 21h."

A ênfase era transferida do Superman para a *persona* do Clark Kent; o Homem de Aço aparecia para salvar Lois e Jimmy de um horrível destino, sempre na última hora. A *Variety* reclamou de "não haver nada particularmente 'adulto'" na nova encarnação e expressou dúvida sobre a "mudança *à la* Sherlock" ser suficiente para atrair uma plateia mais madura.

Não foi; a audiência despencou e, depois de treze semanas, *The Adventures of Superman* para adultos não foi renovada.

O Homem de Aço ainda teria um último retorno ao rádio em 5 de junho de 1950, no antigo horário vespertino e apropriado para crianças, com três programas semanais, mas o fôlego havia acabado. Cortes no orçamento forçaram a dispensa dos três atores mais bem pagos e a contratação de um novo patrocinador, um novo Jimmy Olsen e, em um movimento que assinalou a quem quisesse ver que o fim estava próximo, um novo Superman na pessoa de Michael Fitzmaurice. Depois de sessenta episódios extras, todos com um novo elenco lendo roteiros levados ao ar anteriormente, o último episódio do programa de rádio *The Adventures of Superman* foi ao ar em 1 de março de 1951.

Mas Robert Maxwell não se importou. Superman havia tido vida mais longa no rádio, onze anos, do que a maioria de seus compatriotas. A era atômica chegava. O rádio era o passado.

Ele tinha decidido: a TV, era o futuro. Que melhor lugar para um Homem do Amanhã?

Do cereal à série

Em 1940, a conversa com a Republic Pictures para levar Superman às telas dos cinemas do país em um filme com atores de verdade chegou ao fim sem sucesso, mas Robert Maxwell continuava tentando. Finalmente, em 1947, a Columbia Pictures decidiu filmar uma série de quinze capítulos cujo título era, simplesmente, *Superman*. Mesmo que os quadrinhos não vendessem tanto como durante a guerra, os brinquedos eram sucesso de venda, os desenhos animados de Fleischer/Famous também não ficaram atrás e o programa de rádio estava no auge de sua popularidade. As aventuras do Superman pareciam, aos olhos dos executivos da Columbia, extraordinariamente adequadas para o formato de série de ação. A produção tomou dois meses, um período bem curto para quatro horas de filme. Quando estreou em fevereiro de 1948, os filmes custaram mais de 350 mil dólares – a série mais cara já produzida.

Não que desse para perceber na tela.

O primeiro capítulo de vinte minutos, "Superman chega à Terra", é notável pela gravidade mortal com que conta a origem do Superman, tomando emprestado a romantização de 1942 de George Lowther. As cenas de Krypton têm um ar agradavelmente piegas; quando Jor-El chega à sala de conferência do Conselho de Governantes em uma toga esvoaçante para anunciar que Krypton está condenado, os membros do conselho, muitos deles com bigodinhos finos que fazem pensar se não se perderam a caminho da gravação de um filme de gângsteres, riem.

Fotografias de vulcões são inseridas nas cenas de Jor-El e Lara correndo pela sala como se fossem arremessados pela força de um terremoto. A destruição de Krypton e o voo do bebê Kal-El para a Terra são descritos em animações.

Uma vez na Terra, o restante da história da origem de Clark é resumido de maneira hilária. Para economizar tempo, os Kent (aqui chamados de Sarah e Eben, como no romance de Lowther) pegam a criança, que não é levada para um orfanato. Quando o jovem Clark cresce, é exibida uma sucessão de imagens em que ele puxa um trator, encontra o relógio da mãe em uma pilha de feno usando a visão de raio X e salva a vida do pai durante um tornado.

Quando chega a hora de os Kent mandarem o filho adotivo para fora do ninho, a ação é mostrada em uma cena cheia de emoção. Eben Kent faz um discurso para Clark, que está usando óculos por nenhum motivo discernível:

> Sr. Kent: Você chegou para nós do céu, de um lugar distante que nem podemos imaginar. É diferente das outras pessoas. Suas habilidades singulares fazem de você uma espécie de... super-humano. Por causa desses grandes poderes — sua velocidade, sua força, sua visão de raio X e sua audição supersensível —, você tem uma grande responsabilidade.

Anos mais tarde, Stan Lee destilaria esse sentimento, que está na essência do ideal super-heroico, na expressão consideravelmente vigorosa: "Com grandes poderes vêm grandes responsabilidades."

Clark: Sei o que vai dizer, pai. Devo usar meus poderes com sabedoria.

Para um homem que acabou de saber que é um alienígena vivendo entre seres inferiores, Clark reage com uma frieza espantosa.

A sra. Kent diz: "Aqui está um uniforme que fiz para você com os cobertores em que estava enrolado quando o encontramos. É um tecido estranho que resiste a fogo e ácido. Espero que o proteja sempre."

Essa não é a primeira menção que a sra. Kent faz ao supertraje, que foi citado no romance original de Lowther, quando ela fez para o jovem Clark uma fantasia para uma festa, mas é a primeira vez que fica claro que ela o fez com o tecido kryptoniano indestrutível em que o encontrou enrolado. (A imagem da frágil e velha Sarah Kent, com seu broche de camafeu e os cabelos grisalhos presos num coque, fazendo testes que envolvem fogo e ácido é engraçada.)

Como Superman, Kirk Alyn representa bem o papel. Ele era corista da Broadway e trabalhou duro até se tornar ator da Columbia. Seu porte atlético exigia pouco enchimento. (Se ele não se aproximasse da ilustração do pôster da série, no qual Superman é uma montanha esteroide de músculos, poucos homens da época se aproximariam.) Para um homem com um vasto passado, porém, seus movimentos são rígidos; quando o roteiro pede que ele corra, Alyn se movimenta com deselegância, um galope que dá a impressão de que o Superman é desengonçado. Vamos atribuir parte da culpa à fantasia restritiva, um pesado macacão de corrida feito de lã tingido de marrom e cinza para sugerir as cores fortes do Superman no filme em preto e branco, e à necessidade de fazer referência ao Superman dos quadrinhos: peito inflado, ombros para trás o tempo todo, mesmo quando está em repouso.

Diferente do Clark e do Superman de Bud Collyer no rádio, os de Alyn não parecem dois personagens diferentes. Quando tenta imitar a mudança no tom de voz de Collyer na troca de identidades, Alyn só faz parecer que Clark tenta disfarçar a voz, não reverter para a sua verdadeira. Mas, quando se trata de retratar a sinceridade íntegra de um jeito mortalmente sério, Alyn é imbatível.

Como a explosão de Krypton e a viagem para a Terra a bordo da nave, os voos do Superman são animações (cenas de teste filmadas com Alyn suspenso por cabos não ficaram convincentes, e a ideia foi abandonada). As transições de desenho animado para filme com atores são feitas com suavidade, e a qualidade da animação é bem alta. O resultado é um efeito nem de longe realista, mas ainda assim convincente. É fácil imaginar o cinema cheio de crianças aplaudindo e vibrando na primeira vez que "Superman" decola.

Noel Neill representa Lois Lane de um jeito que pretende sugerir a sagacidade mordaz de *Jejum de Amor*, mas que aparece na tela como simples mau humor. Tommy Bond, que foi ator infantil (fez o papel de Butch no curta *Our Gang*), empresta a necessária ingenuidade a Jimmy Olsen.

A série foi muito promovida em anúncios nos quadrinhos e no programa de rádio. A DC estava determinada a divulgar a estreia do filme nos cinemas para o público-alvo mais ansioso para vê-lo.

Quando o primeiro capítulo estreou nos cinemas em fevereiro de 1948, a Columbia sabia que tinha um sucesso nas mãos. No fim, a soma das bilheterias dos quinze capítulos chegaria a 1 milhão de dólares, fazendo dessa a série de filmes mais bem-sucedida até então. Os planos para uma sequência, cujo orçamento seria suficiente para efeitos de voo, foram postos em prática.

Enquanto isso, nos quadrinhos...

Se Superman era o rei da telona, esse fato em nada contribuía para reverter uma preocupante tendência nas prateleiras das bancas. As vendas das revistas do Superman continuavam caindo, enquanto quadrinhos de terror, crime, guerra e *western* iam de vento em popa. Os criadores do Homem de Aço tentaram sem muito entusiasmo se adaptar a essa nova moda editorial. A capa da *Action Comics* de julho de 1949 mostra Superman de chapéu de caubói, girando um laço para uma pequena plateia no rancho de um amigo ("Irra! Novas aventuras no Velho Oeste quando o Superman se torna um Supercaubói!"). Era evidente que o Homem de Aço olhava para trás.

Mas olhava na direção errada. Havia uma ameaça real muito maior e mais séria que a simples competição de mercado, uma ameaça que não só desferiria um duro golpe contra as revistas em quadrinhos, mas sujaria o nome do Superman e chegaria bem perto de virar todo o país contra ele.

Esse novo inimigo do mundo real ainda ganhava tempo, consolidava seu poder, reunia seguidores. Em março de 1948, ele deu uma palestra na Associação para o Avanço da Psicoterapia – e o título era "A psicopatologia das revistas em quadrinhos". Naquele mesmo mês, um artigo do *New York Times* levou sua cruzada contra os quadrinhos para os leitores em nível nacional. Ele voltou a defender sua teoria na edição de 29 de maio do *Saturday Review of Literature*. A plateia ávida que suas palavras encontraram era maior e continuava crescendo: por todo o país, comunidades, pais e organizações religiosas aprovavam medidas para proibir ou restringir a venda de revistas em quadrinhos e viam nesse homem um líder passional e articulado.

Seu nome era dr. Fredric Wertham, e ele estava prestes a fazer Lex Luthor parecer Shirley Temple.

5

PODERES E HABILIDADES MUITO ALÉM DAQUELES DOS HOMENS MORTAIS (1950-1959)

Marcos

1950: estreia a série *Superman contra o Homem Atômico*

1951: *Superman e os homens-toupeira*

1953: estreia o programa de TV *The Adventures of Superman*

1953: Superduperman, uma paródia na revista *Mad*, por Kurtzman e Wood

1954: lançada a revista *Superman's Pal, Jimmy Olsen*; esboços de *Superclod*, de Kovac

1957: Superman (George Reeves) é ator convidado em *I Love Lucy*; produzido piloto de *The Adventures of Superpup*.

1958: lançado primeiro número de *Superman's Girlfriend, Lois Lane*.

Primeira aparição de Krypto, o Supercão; Supergirl; A Cidade Garrafa de Kandor; Bizarro, Brainiac; Beppo, o Supermacaco; Lana Lang, Lori Lemaris; Legião dos super-heróis; Legião dos superanimais; relógio sinalizador do Superman para Jimmy Olsen, kryptonita vermelha

Em 1950, o Homem de Aço apareceu em nada menos que cinco títulos diferentes. Sua versão adulta em *Action*, *Superman*, e *World's Finest*, enquanto "Untold Tales" [Histórias não contadas] do Menino de Aço ocupavam as páginas de *Adventure* e *Superboy*. (Foi durante esse período, na verdade, que os leitores ficaram sabendo que Kal-El era atormentado por um amor persistente desde a juventude, e o nome da bela jovem era

Lana Lang.) Mas as vendas desses cinco livros somadas não alcançaram o número de leitores que *Action* e *Superman* tiveram isoladamente na época da guerra.

Os voos fantásticos dos anos pós-guerra cediam lugar para histórias mais prosaicas. Cada vez mais, o Superman dos quadrinhos e das tiras dos jornais volta sua atenção para assuntos domésticos – até bizarros: se esquivar do interesse amoroso de Lois Lane, criar tramas elaboradas para preservar sua identidade secreta e, quase que como uma ideia secundária, combater o crime.

Luthor aparece de vez em quando, mas os criminosos com quem Superman agora se ocupa, embora se torne mais rápido, mais forte e mais poderoso a cada edição, são ladrões de joias, assaltantes de banco e vigaristas. Com relação ao impulso das narrativas, foi um retorno à dinâmica dos primeiros dias de Siegel e Shuster, quando o fato de Superman superar tão completamente os adversários bastava para alimentar a história.

Uma exceção notável foi a história de julho de 1950, "Os Três Super-Homens de Krypton!", em *Superman* nº 65, em que o escritor William Woolfolk apresenta a ideia de que outros seres semelhantes ao Superman sobreviveram à destruição de Krypton. Esse é um conceito que alimentará diversos contos nas décadas de 1950 e 1960 e alterará para sempre o mito do Superman.

Uma espaçonave aterrissa em Metrópolis com três irmãos em trajes kryptonianos, incluindo ombreiras e faixas na cabeça. Em Krypton, os irmãos Kizo, Mala e U-Ban eram membros diabólicos do Conselho Governante e foram postos em animação suspensa e lançados no espaço depois de terem tentado tomar o controle do governo. Superman luta contra eles em vão, até derrotá-los usando seu superventriloquismo para enganá-los e induzi-los a lutar uns contra os outros até a exaustão. Então, ele os põe em animação suspensa e os lança de volta para a escuridão do espaço.

Ao contrapor o uso altruísta e equilibrado dos poderes do Superman contra a ganância destrutiva dos Três Maus em busca da dominação do mundo, a história ressalta algo fundamental sobre o Superman da década de 1950: a determinação de usar suas tremendas habilidades para defender o *status quo*. Ele pode ter começado a vida como um democrata New

Deal, mas em doze anos o ardor reformista esfriou e se transformou em um republicanismo do tipo normativo de Eisenhower, uma fúria pálida pela ordem.

Como aponta o historiador e escritor de quadrinhos Mark Waid, essa foi a época em que ele foi chamado pela primeira vez de "Grande Escoteiro Azul", e para aquela sociedade o apelido era um elogio. Quadro após quadro, não havia nada de tranquilizador no Superman de beleza tranquila de Plastino e Boring. Ele era como se queria ver uma nação de homens americanos, uma presença paternal tranquilizadora que sempre sabia o que era melhor.

Superman se mantém americano... de novo

Uma das coisas que Superman sabia bem era como ficar fora da Coreia. Durante a Segunda Guerra Mundial, ele havia ajudado a nação a localizar suas ansiedades refletindo a imagem que a América tinha de si mesma como o homem bom com o dever de triunfar sempre sobre o mal maior.

Mas a ação que teve início na Coreia no verão de 1950 não se prestava a esse espírito maniqueísta. Embora a presença do Superman tivesse oferecido uma segurança cifrada à nação durante a Segunda Guerra Mundial, na Guerra da Coreia a conexão simbólica entre o Superman e o combatente americano se tornara tênue e abstrata. Os garotos que voltavam a ser o principal público do Superman pouco entendiam da natureza do conflito, e os adolescentes mais velhos não precisavam mais de heróis fantasiados para serem seus representantes. Agora, eles tinham toneladas de revistas em quadrinhos relacionadas à guerra, como a *Front Line Combat*, de Harvey Kurtzman, publicações que abordavam o conflito de frente.

Portanto, Superman nunca invadiu Pyongyang. Em vez disso, contentou-se com ensinar a Lois mais uma lição sobre ser intrometida e resgatar Jimmy de mais um grupo de sequestradores. A Guerra da Coreia eclodiu, e Superman não deu a menor atenção a ela.

TV: a assassina em série

A tira de jornal *Superman* ainda era publicada, embora em menor número de cidades que antes, e a série de rádio dava seus últimos suspiros. A Columbia produzia uma sequência da série de Kirk Alyn, grande sucesso em 1949, chamada *Superman* versus *o Homem Atômico*, baseada, como a série original, em um arco de história do programa de rádio.

A trama envolve um esquema sinistro do Homem Atômico (que, na verdade, é Luthor com uma enorme cabeça brilhante de papel machê, o que produz um efeito de mascote de time sinistro). Quando Luthor reúne o material necessário para produzir kryptonita sintética, ele condena o Superman a uma existência fantasmagórica (o efeito é alcançado com a dupla exposição do filme, de forma que Alyn parece passar através de objetos sólidos). Esse mundo etéreo chamado "The Empty Doom" [O quarto vazio] é o precursor direto do que será uma das mais estranhas adições aos supermitos quando for introduzida nos quadrinhos mais de uma década depois: a Zona Fantasma.

Superman versus *o Homem Atômico* é diferente, mais idiossincrático que seu predecessor. Os produtores melhoraram um pouco os efeitos de voo da primeira série com truques básicos de câmera, embora cenas de voo mais prolongadas ainda fossem apresentadas com animação. Lyle Talbot tempera sua representação de Luthor/Homem Atômico com um sotaque interessante, vagamente associado à Transilvânia, e a Lois de Noel Neill é bem menos rabugenta dessa vez. Porém, o enredo é mais solto, os ganchos de suspense são menos pronunciados e, com isso, o ritmo é prejudicado.

Superman versus *o Homem Atômico* alcançou menos sucesso de bilheteria que seu antecessor. Séries de filmes, parecidas com as séries do rádio, eram cada vez mais vistas como produtos de outra era, um tempo menos esclarecido. A TV, por outro lado, prometia a euforia do cinema no conforto da sua sala de estar.

Superman e o Toupeira

Robert Maxwell, da Superman, Inc., estabeleceu uma fortaleza avançada em Hollywood para levar o Homem de Aço para a telinha. Ele resolveu, em vez de usar uma produtora, supervisionar pessoalmente a criação de um piloto em preto e branco do Superman para a TV. Se tivesse sucesso, a DC teria no ar uma série sobre a qual exerceria completo controle editorial.

Maxwell começou a delegar roteiros para a equipe de redação do programa de rádio, certo de que a versão para a TV de *The Adventures of Superman* (*As aventuras do Superman*) decolaria. Ele também procurou o editor do Superman, Whitney Ellsworth, que entrou no grupo como corredator e editor de história. Assim, garantiam que os quadrinhos e o programa de TV funcionariam em sintonia.

Mas essa autonomia toda teve um preço. Sem uma produtora para investir no projeto, o orçamento era muito apertado. Comparado ao preço das produções suntuosas de programas de TV como *O Cavaleiro Solitário* e *Cisco Kid*, *As aventuras do Superman* teria que ter uma produção barata, cerca de 15 mil dólares por episódio, e rápida (cinco episódios a cada duas semanas).

Depois de uma longa pesquisa de elenco que envolveu homens musculosos de várias classes, George Reeves foi contratado. Na época, Reeves era um ator grandalhão de 37 anos que sobrevivia em Hollywood havia anos com sucesso moderado, esperando o dia em que seria uma estrela. O fato de a chance surgir acompanhada de uma ceroula longa de lã grossa recheada com dez quilos de músculos de borracha causava um grande conflito em Reeves. Depois de um longo dia de pré-produção, quando suas têmporas prematuramente grisalhas foram tingidas de preto e as placas de espuma, que davam coceira, foram postas em seu peito, ele saiu para beber com sua Lois Lane, a recém-contratada Phyllis Coates. E ele propôs um brinde: "Bem, querida, é isso. Ao fundo do poço."

O roteiro que se tornaria o piloto recebeu o título de "Pesadelo" e tinha a ver com a cidade distante de Silsby, "lar do maior poço de petróleo do mundo". Quando toupeiras horríveis saem do poço, a população entra em pânico; só a intervenção do Superman impede uma multidão enfurecida de assassinar as criaturas a sangue frio. O povo toupeira volta ao seu reino abaixo da crosta terrestre, destruindo o poço de petróleo para garantir que as duas sociedades continuem existindo sem nenhum contato. A tolerância prevalece.

Porém, quando "Pesadelo" virou filme, as terríveis criaturas toupeiras se tornaram pequenos atores com falsas carecas e tufos de pelos sobre as orelhas – o que trazia à mente o Larry dos Três Patetas. Quando vinham à cidade em grupo, elas pareciam tão ameaçadoras quanto uma gangue de burocratas pequeninos e ligeiramente dispépticos. Quando os primeiros *dailies* foram filmados, o nome do piloto foi discretamente alterado para o mais direto *Superman and the Mole Men* [Superman e os homens-toupeira].

Os efeitos de voo são, em grande escala, limitados a Reeves pulando para dentro e para fora da cena, tudo acompanhado pelo barulho do vento. O truque e o barulho que o acompanhava se tornaria um dos elementos característicos do programa de TV.

Em uma cena em que o Superman tinha que correr mais que uma multidão enfurecida, o diretor posicionou a câmera bem acima da rua e a movimentou enquanto filmava os atores andando, como se mostrasse o ponto de vista do Homem de Aço. Outra cena breve envolvendo o Superman resgatando um homem-toupeira caído é feita com alguns quadros de animação de qualidade muito inferior ao que teria sido aceito para a série de Alyn. Os tempos haviam mudado.

Os efeitos de voo no piloto e nos episódios seguintes da série eram modestos, mas não exigiam que Reeves fosse suspenso por cabos que, às vezes, se partiam, machucando o astro.

A filmagem do piloto original de sessenta minutos se completou em apenas onze dias, no sábado, 21 de julho de 1951. Apenas dois dias depois começou a produção dos episódios de *As aventuras do Superman*.

Os 24 episódios restantes da primeira temporada foram filmados em velocidade vertiginosa. Para economizar tempo, cada membro do elenco principal de personagens tinha apenas um traje característico. Isso permitia que todas as cenas na mesma locação, no cenário do *Planeta Diário*, por exemplo, fossem filmadas de uma vez só, independentemente do episódio a que pertenciam. Era uma situação complicada para os atores. John Hamilton, que fazia Perry White, incluía páginas do roteiro nas pilhas de papel sobre a mesa de seu personagem, um truque para não perder as falas. Mas Reeves se sentia muito grato pelas cenas do *Planeta Diário*, porque nelas ele não precisava sofrer e suar no que ele e a equipe já haviam passado a chamar de "roupa de macaco".

Dá para perceber em seu desempenho: o Clark Kent de Reeves não é sem graça. Se nos quadrinhos, nas tiras de jornal e no programa de rádio, os atores faziam um repórter tranquilo, dócil, às vezes até covarde, Reeves não queria saber disso. Seu Clark é um cara másculo, de temperamento volátil e prático, um sujeito descolado. É Lois Lane quem (de repente, em voz alta e forçada) sempre atribui um motivo covarde ao fato de Kent nunca estar por perto quando surge o perigo, uma ideia que o Clark de Reeves acha bem divertida.

Reeves não se vale das distinções vocais e físicas de seus antecessores para Kent e o Superman, escolhendo fazer uma versão um pouco mais mão na massa de seu Clark. Por razões orçamentárias, o Superman costuma aparecer na cena final, e por isso Reeves confere a ele um jeito brusco e profissional, como um médico passando pela porta da emergência. Assim, ele resolve o problema que se apresenta e vai embora voando. Sempre que um teimoso infeliz dispara contra ele, vemos uma tomada média do Superman em pé, revirando os olhos enquanto as balas ricocheteiam em seu peito. "Ai, fala sério", ele parece pensar, "isso desvaloriza nós dois".

Nossa bandeira ainda estava lá

Depois do piloto, os episódios da primeira temporada teriam uma abertura com narrativa na linha da do programa de rádio, todo o catecismo do "mais rápido que uma bala", mas sem a manchete do rádio, de orientação tolerante ("Defensor da lei e da ordem, dos direitos iguais, valente lutador contra as forças do ódio e do preconceito!"), adotando mais uma vez "verdade, justiça e o estilo americano".

Não é difícil imaginar por quê. Embora o movimento contrário à revista em quadrinhos tenha se aquietado um pouco depois da comoção nacional relacionada ao dr. Wertham em 1948, uma nova onda de quadrinhos de terror e crimes violentos provocava uma segunda onda de hostilidades na guerra cultural. Pais e grupos religiosos organizavam a queima pública de revistas em quadrinhos, e Wertham não havia sumido, apenas se dedicava ao trabalho em seu *magnum opus*, ganhava tempo.

Enquanto isso, a Comissão do Crime de Kefauver no Congresso começava a farejar o ramo dos quadrinhos. Aquele era um bom momento para lembrar os leitores da boa vontade americana do Superman. Era como se Maxwell e Ellsworth exibissem a prancheta de desenhos do herói para inspeção; lembra aquele número cuja capa trazia Superman empunhando a banheira, durante a guerra? Lembra quando ele vendeu fundos de guerra? Lembra quando não dava para ver onde terminava a capa e começava a bandeira? Lembra disso?

Vendendo o Superman

Agora que Maxwell tinha 26 episódios completos, o trabalho começava a atrair patrocinadores que podiam ajudar a levar ao ar *As aventuras do Superman*. A Kellogg entrou no jogo, mas, como aconteceu anos antes no programa de rádio, a companhia tinha algumas... recomendações.

Os escritores daquela primeira temporada, que não se importavam com nenhuma opinião além da deles mesmos, e talvez estimulados pela violência dos quadrinhos de histórias sobre crime daquela época, queriam garantir um público adulto. O que produziam, portanto, era um conjunto duro e sombrio de aventuras do Superman, reminiscentes do programa de rádio. Para enfatizar a criminalidade do bandido, por exemplo, eles o retratavam jogando uma mulher na cama e batendo nela várias vezes. Atirar de dentro de um carro em movimento era comum. Bandidos morriam gritando de medo. Em um episódio, Superman deixa dois gângsteres morrerem de fome em uma ilha deserta.

A marca de cereal infantil pediu mudanças. As alterações foram feitas, mas só em negativos temporários duplicados, não nos originais. As versões que sobrevivem são as originais, mais sombrias, e os cortes editados desaparecem.

O primeiro episódio de *As aventuras do Superman* foi ao ar em uma afiliada da ABC em Chicago em uma sexta-feira, 19 de setembro de 1952, às 19h30. Aos poucos, outras emissoras menores aderiram ao programa. Em fevereiro uma emissora de Los Angeles começou a levar os episódios ao ar, e depois uma de Nova York. Jack Larson, que fazia o repórter Jimmy Olsen, morava em Manhattan quando o programa começou a ser exibido lá e logo passou a ser assediado pelas crianças a ponto de não conseguir mais tomar o café da manhã na rua.

As aventuras do Superman foi um sucesso.

Mudança da guarda

Quando a segunda temporada de *As aventuras do Superman* entrou em pré-produção, o produtor Robert Maxwell foi substituído pelo editor dos quadrinhos, Whitney Ellsworth, que inaugurou uma era de roteiros mais amenos, mais gentis, mais apropriados para os adolescentes e mais alinhados com o tom cada vez mais doméstico adotado pelos quadrinhos do

Superman. De fato, várias histórias das revistas em quadrinhos do Superman eram só recicladas para os episódios da TV; frequentemente, uma história passava pelos quadrinhos, pela tirinha do jornal e pelo programa de TV. Ellsworth acreditava que o programa devia ser uma tradução simples dos quadrinhos, e, considerando o modesto orçamento para efeitos especiais com que tinha que trabalhar, isso significava que os quadrinhos também tinham que conter suas ambições.

Com Ellsworth em Hollywood em tempo integral, o redator Mort Weisinger passou a editar os quadrinhos do *Superman* em Nova York. Ele parecia bem feliz por deixar o Homem de Aço se dedicar a vigaristas insignificantes. Muitas histórias giravam em torno do esforço do Superman para proteger sua identidade secreta de Lois e, a partir de outubro de 1952 (*Superman* nº 78), de sua namorada de infância, Lana Lang, que chega a Metrópolis e arruma um emprego no *Planeta Diário* ao convencer com seu jeito doce o inusitadamente crédulo Perry White.

Em junho de 1953, começaram as filmagens da segunda temporada de *As aventuras do Superman*. Os roteiros eram mais leves, o orçamento, maior, e o cronograma de gravações se tornou mais confortável, com episódios a cada três semanas. Como Phyllis Coates havia aceitado um papel em um sitcom durante o longo intervalo entre as filmagens, Noel Neill, a original da série, ficou com o papel de Lois Lane.

A queda de Fawcett

Foi durante essa segunda temporada que o Superman começou a reconquistar lentamente alguma coisa semelhante ao prestígio cultural que teve durante a guerra. Os produtores passaram a mandar Reeves para apresentações fantasiado de Superman (Reeves detestava esses eventos). Em revistas e programas de TV, especialistas em educação infantil discutiam os méritos das mensagens positivas do programa em oposição às descrições que ele fazia de criminalidade e violência, e o sistema legal deu ao Superman a vitória que elevou ainda mais seu prestígio.

Em 1941, a DC Comics havia processado a Fawcett Publications com a alegação de que o Capitão Marvel infringia os direitos autorais do Superman. O caso se arrastou por anos, até chegar à corte federal suprema presidida pelo juiz Learned Hand. Fawcett aceitou pagar 400 mil dólares de indenização e cancelar a publicação de todos os títulos da família Marvel.

O caso chamou a atenção de dois cartunistas de uma revista de humor chamada *Mad*. No número de abril/maio de 1953 (nº 4), Harvey Kurtzman e Wally Wood escreveram uma paródia de oito páginas na qual o manso Clark Bent luta contra o crime como o grande herói Superduperman, cujo emblema no peito muda de quadrinho para quadrinho: um selo de aprovação da boa dona de casa, uma placa de ALUGA, em outro quadro o logo da EC. Kurtzman e Wood dão muitas dicas de alguns pontos sensíveis do personagem (a troca de identidade na cabine telefônica dá errado, "Lois Pain", e assim por diante) antes de revelarem que o vilão da história, o "monstro desconhecido", que aterrorizava a cidade, não é outro senão o Capitão Marbles. (O jovem repórter Billy Spafon fala a palavra mágica "Shazoom!", que significa: *Strenght, Healthy, Aptitude, Zeal, Ox, power of, Ox, power of another, Money* [Força, Saúde, Capacidade, Ox, desligar poder, Ox, poder do outro, Dinheiro] No fim, o Superduperman vence o Capitão Marbles (cujo emblema no peito é um cifrão dourado) induzindo-o a socar o próprio rosto.

A paródia do Superduperman ajudou a colocar a *Mad* no mapa e dar o tom satírico da nova revista, que abordaria alguns alvos específicos da cultura popular. Quando a DC processou a revista pela paródia, inevitável, a *Mad* invocou com sucesso o "uso justo", uma doutrina que daria a revista a cobertura legal de que ela necessitaria para continuar no mercado por mais de três décadas.

O doutor está na área

Dr. Frederic Wertham começou sua campanha contra os quadrinhos no fim da década de 1940, escrevendo editoriais, palestrando para grupos de pais e em conferências de psicologia, oferecendo ardoroso testemunho profissional em audiências diante das legislaturas estaduais e do Congresso. Mas todos esses esforços não foram suficientes para garantir as reformas que ele esperava promover. No começo de 1954, ele leva seu caso ao povo pela arenga de quatrocentas páginas chamada *Seduction of the Innocent* [Sedução do inocente], na qual atribuía diretamente às revistas em quadrinhos o problema da delinquência juvenil no país.

O argumento é contestável: ao preparar o livro, Wertham entrevistou "jovens problemáticos" e perguntou se eles liam revistas em quadrinhos. A maioria respondeu que sim – em uma época em que de 80% a 90% dos adolescentes liam quadrinhos, independentemente de passarem suas tardes fumando atrás da quadra masculina. O equivalente contemporâneo seria entrevistar alguém que teve pensamentos suicidas e perguntar se a pessoa já assistiu a algum filme com o Adam Sandler.

A lista de acusações que Wertham faz contra os quadrinhos é poderosa: promovem comportamento violento e desvio sexual (uma das linhas mais famosas do livro, referente à vida de Bruce Wayne e Dick Grayson: "o sonho de dois homossexuais que querem viver juntos") e prejudicam os estudos. Ele escolheu dois quadros mórbidos e diálogo picante de revistas de crime e terror para ilustrar seus argumentos, mas, estranhamente, reservou o vocabulário mais forte e mais incitante para os poucos super-heróis que ainda conseguiam sobreviver em um mundo cada vez mais indiferente a eles. Superman era seu alvo principal. Para Wertham, o Homem de Aço era, claramente, um superfascista:

> Superman (com o S no uniforme, e acho que devemos agradecer por não ser um S.S.) [uma linha que parece ter sido criada para provocar os criadores e mantenedores judeus do Superman] precisa de uma procissão interminável de sub-humanos novos, criminosos e gente com "cara de forasteiro", não só para justificar sua existência, mas até para torná-la possível. Superman há muito tempo foi reconhecido como um símbolo de violenta superioridade de raça. O Superman da TV, que parece uma mistura de tenor de ópera sem sua armadura [aquilo é uma rachadura?] e atleta amador de anúncio de revista de saúde, não só tem "poderes super-humanos", mas, explicitamente, pertence a uma "super-raça".

Pelo menos, a criação de Wertham alcançou o público desejado e transformou sozinha um meio de comunicação que a maioria das pessoas considerava descartável em algo vergonhoso, até distorcido.

Ladies' Home Journal e *Reader's Digest* dirigiram sua retórica a milhões de leitores: grupos religiosos voltaram a queimar quadrinhos;

grupos de orientação ao consumidor incentivavam os pais a reclamar ao seu fornecedor local dos quadrinhos vendidos, em uma campanha bem-sucedida para convencer esses comerciantes de que as moedas que lucravam com os quadrinhos não compensavam a dor de cabeça. Houve mais audiências com congressistas e, em estados e comunidades do país, foram implementadas leis para impedir a venda de quadrinhos.

Tudo isso acontecia enquanto essas publicações se empenhavam na disputa por atenção com a TV e o fenômeno relativamente novo dos livros em formato brochura. Os editores dos quadrinhos sabiam qual seria o resultado da combinação de leis com um público cada vez menor e trataram de regular eles mesmos seus produtos, em vez de abrir espaço para a interferência do governo. Eles criaram um código dos quadrinhos (tecnicamente, acrescentaram regras mais severas a um conjunto de diretrizes gerais instituído anos atrás).

O novo código foi para os quadrinhos o que o código Hays foi para o cinema, uma tentativa de garantir que o conteúdo era íntegro e acima de qualquer reprovação. Dali em diante, o crime não compensaria em nenhuma circunstância, e torpeza moral seria punida.

Para os editores dos quadrinhos de crime e horror, esse movimento era um sinal do fim. Para a DC e o *Superman*, simplesmente ampliava e solidificava a tendência de histórias cada vez mais orientadas para o público adolescente.

De certa forma, foi um reconhecimento oficial de algo que Ellsworth havia decidido em relação ao programa de TV, uma verdade que todos na DC sabiam, mas raramente reconheciam: de agora em diante, Superman e quadrinhos eram para crianças.

O pré-amanhecer de uma era de prata

O programa de TV permitiu que os quadrinhos do Superman superassem o ambiente recentemente hostil e conquistassem leitores assíduos, de forma que o número de vendas se estabilizou em torno de 1 milhão de exemplares por mês.

Para lucrar com o sucesso do programa de televisão em geral e seu inovador personagem em particular, em 1954 a DC lançou um novo título, *Superman's Pal, Jimmy Olsen*, escrito por Otto Binder e desenhado por Curt Swan, que construía um nome com o trabalho a lápis bastante detalhista em uma revista especial Superman 3D, bem como em várias histórias do Superboy.

"Arrogante, corajoso e astuto, esse é Jimmy Olsen, repórter do *Planeta Diário*", anuncia a introdução da primeira história no nº 1. "Você já o viu na televisão como o destemido colega do Superman. Agora, acompanhe suas excitantes aventuras, nas quais ele vai em busca de um furo sensacional!" Esse número introduz três elementos que se tornarão rapidamente uma parte permanente do mito do Superman: o "Flying Newsroom" do *Planeta Diário*, um helicóptero enorme que transporta os repórteres ao local da ação; a propensão de Jimmy Olsen para adotar disfarces geniais; e a criação mais famosa dos quadrinhos, o relógio-sinal do Superman. Uma torção no mecanismo de corda manda um sinal ultrassônico (reproduzido, sempre, como "zi-zi-zi-zi") que só a audição do Superman pode detectar e que alerta o Homem de Aço de que o jovem repórter está com problemas de novo.

Nas páginas das revistas em quadrinhos, em meio às trapalhadas de rua que se tornaram o mundo do Superman, várias estreias importantes acontecem. Embora tenham aparecido em histórias separadas no título *World's Finest* por catorze anos, só no nº 76 de *Superman* (junho de 1952) Batman e Superman aparecem juntos em uma história. Bruce Wayne e Clark Kent embarcam separados no mesmo cruzeiro e descobrem que, devido à superlotação, os dois vão ter que dividir uma cabine (por que o milionário Bruce Wayne está no meio do povo, em vez de viajar no próprio iate, não é questionado). Naquela noite, quando surge a ameaça de perigo, os dois tentam assumir a personalidade heroica no escuro, mas uma luz brilhante entra pela escotilha nesse momento, revelando tudo. Os dois resolvem solenemente guardar o segredo um do outro, e é exatamente o que fazem a partir do nº 71 de *World's Finest* (julho de 1954), que mudou de formato para publicar histórias de cooperação entre os dois super-heróis, como ocorria com frequência no programa de rádio.

Na edição de março de 1955 de *Adventure Comics* nº 210, o Menino de Aço tem seu primeiro encontro com o toque de supernostalgia que passaria a consumir os supertítulos dentro de alguns anos. Um vira-lata superpoderoso protagoniza uma fuga em massa da carrocinha de Smallville. No fim, a revelação: o cachorro é o animal de estimação de Kal-El na infância, Krypto.

Retorno dos super-heróis

Enquanto isso, o editor da DC, Julius Schwartz, decide que o filão dos super-heróis já se manteve por tempo suficiente. Ele resolve lançar uma série de livros voltada para o mercado juvenil resultante do fenômeno "baby boom", com novos heróis criados especificamente para a era atômica. Para pôr em prática a difícil tarefa, ele criou um título chamado *Showcase* em março de 1956, que serviria para estudar o terreno para a criação de novos personagens, uma chance de avaliar o interesse para possíveis títulos solos.

Schwartz incentivou seus escritores a criar novos heróis baseados em ficção científica usando nomes dos antigos heróis da era da Segunda Guerra, sobre os quais a DC detinha os direitos. Assim, uma horda de novos combatentes do crime aos poucos se juntou às fileiras do Superman: Flash, Lanterna Verde, Átomo e muitos outros.

Os números 9 e 10 de *Showcase* (agosto e setembro de 1957) traziam uma heroína cujos superpoderes eram a coragem, o raciocínio rápido e a curiosidade, além de uma necessidade perene de resgate: "A namorada do Superman: Lois Lane." Em uma série de histórias, Lois se divide entre atrair a atenção do Superman, que encontra Lana Lang adulta pela primeira vez (o "primeiro encontro" em 1952 não é mencionado), tentar deduzir sua identidade secreta, sonhar ser a "sra. Superman", atrair superpoderes ao abrir uma caixa kryptoniana que não deveria ter aberto e causar ciúmes no Superman fingindo ser casada.

Se as histórias anteriores de Lois Lane pertenciam à era de extravagância e humor pós-guerra, esses novos contos embarcaram no vagão dos quadrinhos românticos. Tinham sofrimento, mal-entendidos e rejeições cruéis, e publicaram mais (choro) que um (soluço) episódio de *Queen for a Day*. Também foram suficientemente populares para dar a Lois Lane a própria revista em abril de 1958.

Superman (na televisão), silêncio

Quando Lois ganhou seu holofote em 1957 em *Showcase*, cinco temporadas de *As aventuras do Superman* foram ao ar; aquela que seria a última temporada do programa foi filmada do fim de setembro a começo de novembro daquele ano.

Nos cinco anos seguintes à estreia do programa, em 1952, o número de casas com televisão nos Estados Unidos havia mais que dobrado; o mundo havia mudado. Mesmo assim, a audiência era menor em relação ao pico do ano anterior, embora essa ainda fosse uma das séries mais populares da televisão. A natureza confortavelmente estereotipada do programa significava que os produtores podiam encaixar episódios das temporadas anteriores na atual e ainda manter o interesse dos espectadores, um fenômeno que incentivou a DC a juntar antigos episódios em pacotes com distribuição para os cinemas do país.

A cada ano que passava, Reeves se tornava mais rústico. Os enchimentos de espuma que imitavam músculos foram dispensados, e agora ele preenchia o supertraje de um jeito completamente diferente daquele dos tempos dos homens-toupeira. Havia desenvolvido o físico de um lutador e parecia, mais do que nunca, com o Homem de Aço de peito quadrado de Wayne Boring. Aos 43 anos, ele também tinha têmporas grisalhas mais difíceis de esconder.

O Superman de Reeves também havia mudado. A evolução pela qual ele passou refletia a da revista em quadrinhos. Na primeira temporada, Superman é um homem de fala dura: briga com gângsteres e está sempre pronto para jogar os bandidos de um lado para o outro. Mas os protestos contra a violência da televisão transformaram o Homem de Aço de Reeves em um herói passivo, reativo, que se contentava em deixar os inimigos se derrubarem, literalmente. No máximo, ele acertava um golpe rápido de caratê capaz de apagar o tipo de bandido fraco e flácido que o enfrentava naqueles tempos.

Reeves mantinha a agenda de aparições ao vivo com a fantasia, apesar da considerável apreensão, e fez uma memorável aparição em um episódio de *I Love Lucy* que foi ao ar em 14 de janeiro de 1957. O resultado final foi poderoso: para uma geração de garotos, Reeves havia se tornado Superman, e vice-versa.

O ator tinha consciência disso. Apesar do considerável tempo livre que o cronograma concentrado de filmagens permitia, ele via outros trabalhos chegando ao fim. Talvez, então, sua decisão de se juntar ao Director's Guild of America e dirigir o que seriam os últimos três episódios da série possa ser vista como reconhecimento, de sua parte, da necessidade de reajustar suas ambições em Hollywood.

Com o fim das filmagens da sexta temporada, os atores e a equipe esperavam os patrocinadores determinarem seu destino. Muitos contavam com uma sétima temporada, mas nenhum comunicado oficial foi feito. Um projeto de roteiro para um possível filme do Superman, cujo título seria *Superman and the Secret Planet*, foi escrito. Em 28 de abril de 1958, foi ao ar o último episódio de *As aventuras do Superman*.

Mais de um ano depois, em 16 de junho de 1959, Reeves foi encontrado morto em sua casa em Hollywood, vítima de um tiro na cabeça. O legista atestou suicídio. "Superman da televisão se mata", anunciou a manchete do *New York Post*. Nos meses e anos seguintes, surgiria uma persistente lenda urbana de que Reeves havia pulado de um prédio vestido com a roupa do Superman. Os que o amavam e trabalhavam com ele e sabiam o quanto Reeves achava a roupa desconfortável, literal, artística e profissionalmente, passaram as décadas seguintes atacando essa lenda sempre que tinham chance.

Nas semanas seguintes à filmagem do que seria o episódio final da série, Ellsworth se dedicou a desenvolver o que continua sendo uma das mais estranhas notas de rodapé dos anais da história do Superman: um piloto de televisão para um programa chamado *The Adventures of Super Pup*.

Ele não é o Krypto

A ideia de Ellsworth era criar um programa voltado para uma plateia ainda mais jovem que aquela de *As aventuras do Superman*. Filmado no cenário do programa de televisão do Superman, mas sem diálogo ou efeitos de som (introduzidos posteriormente), o piloto do Super Pup postula uma Metrópolis (desculpa "Pupópolis") totalmente povoada por cachorros que andam eretos.

Esse efeito era obtido, embora a gente hesite em usar esse termo, com a contratação de atores anões que eram vestidos com fantasias enormes e adoráveis máscaras de cachorro. A trama envolve Bark Bent, repórter de jornal, que se transforma em Super Pup quando a repórter Pamela Poodle é raptada pelo transtornado Professor Sheep-dip.

A DC não deu a Ellsworth e sua equipe muito dinheiro para produzir o piloto, por isso Ellsworth incrementou o orçamento com dinheiro do próprio bolso. Quando ele mostrou o projeto a DC, eles o tiraram de suas mãos na mesma hora... e trancaram no fundo do cofre para sempre.

Em 1958, o editor assistente de Ellsworth, Mort Weisinger, assumiu oficialmente o controle dos títulos do Superman. A mudança de posto desencadeou uma onda de mudanças permanentes e abrangentes nos quadrinhos do personagem. Essas mudanças pouco tinham a ver com o próprio Superman, que nos anos seguintes permaneceria o mesmo escoteiro azul de peito largo desenhado por Wayne Boring. Mas o mundo em torno dele se expandia e se enriqueceria em um ritmo sem precedentes. O último filho de Krypton de repente se tornaria o atormentado patriarca de uma família turbulenta vestida com ceroula azul. Novos amores o estimulariam, novos inimigos se dedicariam a destruí-lo de vez.

E onde antes não havia macacos, agora haveria. Muitos.

Depois de muitos anos de narrativa cansada, a era de prata encontrava o Homem de Aço.

Traumas, truques e transformações: a era de prata do Superman

O fim do programa de TV significava que o Superman dos quadrinhos podia abrir as asas. Não era mais necessário reduzir suas aventuras às prosaicas perseguições de bandidos e sequestradores que podiam se desenvolver com facilidade dentro de um estúdio. Inimigos baratos que irritavam o Homem de Aço, como o Galhofeiro e o Homem-Brinquedo, desapareceram. Afinal, a mídia dos quadrinhos tinha um orçamento ilimitado para efeitos especiais e qualquer coisa imaginada podia ser desenhada na página.

O que Weisinger e escritores como Otto Binder, Edmond Hamilton, Robert Bernstein, Leo Dorfman e outros imaginavam, agora que as amarras eram cortadas, era um enorme espetáculo de ficção científica. A era espacial estava ali, depois da esquina, e Weisinger ajudava a garantir que o Superman estaria pronto para ela enchendo suas aventuras de foguetes, discos voadores, monstros, alienígenas e paisagens exóticas de outros planetas, tudo a serviço do tipo de saga intergaláctica que dominava Hollywood.

Nenhum estúdio de maquiagem conseguia produzir o tipo de transformações físicas grotescas que começavam a atormentar o Superman e seu círculo mais próximo mensalmente. Lana Lang ganha um anel que permite a transformação de várias partes de seu corpo nos de um inseto ou aranha (ela não perde tempo, cria uma fantasia e adota o nome de Rainha Inseto). Lois Lane se torna "a garota mais gorda de Metrópolis" quando é exposta a um raio que incentiva o crescimento de plantas ("E se o Superman, o homem que eu amo, me visse agora? Devo evitá-lo a qualquer preço!").

Porém, é o colega do Superman, Jimmy Olsen, que sofre as mais extremas metamorfoses. Em uma aventura comum, o jovem Olsen fica invisível, ou é transformado em tritão, ou desenvolve uma gigantesca cabeça careca para acomodar seu cérebro "superevoluído", ou adquire uma barba tipo Rip Van Winkle da noite para o dia, ou troca de corpo com um gorila, ou se torna um arranha-céu humano, ou adquire o poder de se esticar em comprimentos fantásticos (e assumir prontamente uma identidade de super-herói ao vestir um macacão elástico roxo com as palavras "O Rapaz Elástico" bordadas no peito), ou ganha um nariz de Pinóquio que é um detector de mentiras, ou se transforma em um alien de escamas verdes que veio de Júpiter, ou sopra fogo, ou desenvolve quatro braços extras ou se torna um gênio, um lobisomem, um homem-tartaruga gigante ou um porco-espinho humano.

Ao mesmo tempo, nas páginas de *Adventure*, um novo elemento, literalmente, era introduzido sem alarde e alimentaria inúmeras histórias nos anos seguintes. Em setembro de 1958 (*Adventure* nº 252), o Superboy encontra a "K-vermelha", uma forma particularmente letal de kryptonita. Apenas três meses mais tarde, porém, em *Adventure* nº 255, a kryptonita vermelha desenvolve a característica que fará dela sinônimo da era de prata dos quadrinhos do Superman.

Quando um alien usa o estranho elemento para dividir o Superboy em dois seres – um Clark Kent do mal e um Superboy bom –, descobrimos que a kryptonita vermelha se formou quando uma chuva de kryptonita verde passou por uma "estranha nuvem cósmica radioativa" a caminho da Terra, o que deu a ela o poder de produzir efeitos imprevisíveis (embora previsivelmente esquisitos) nos kryptonianos.

Com a kryptonita vermelha, a era de prata ganha seu deus trapaceiro. Ao longo das décadas seguintes, a exposição à K-vermelha transformaria Superman de maneira muito inconveniente por períodos de 24 a 48 horas, e o efeito seria sempre diferente. Com relação às ferramentas de complicação da trama, a K-vermelha tinha tudo: criava absurdos elaborados para proteger a identidade secreta, e praticamente exigia que os redatores distorcessem a fórmula habitual da história para acomodar a transformação do dia. De maneira geral, porém, como vamos detalhar no próximo capítulo, ela parece muito legal.

Continuidade

Embora redatores como Hamilton tenham oferecido vislumbres da vida kryptoniana durante anos, foram só vislumbres. Um novo personagem podia ser apresentado em janeiro, mas desaparecia em fevereiro, provavelmente para sempre. No fim de cada edição, os personagens voltavam obedientes aos seus estados originais, como bailarinos retomando a primeira posição, e o *status quo* era mantido.

A diferença na era Weisinger era que, dali em diante, os roteiristas não deviam mais pensar nas aventuras mensais do Superman como uma série de histórias, mas como partes destacadas de um grande todo interconectado. Weisinger e sua equipe começaram a construir um universo coeso e em constante expansão de personagens e lugares recorrentes, onde o passado informava o presente e apontava o caminho para o futuro, um grande universo fictício que se tornaria conhecido, na crescente comunidade de fãs, como continuidade.

A mão mais pesada de Weisinger nas rédeas editoriais significa, por exemplo, que roteiristas de *Superman* ou *Adventures* não podiam mais ignorar a existência do Superboy. Porém, também significava que um novo personagem importante introduzido em um título poderia aparecer em outros, e apareceria, sem dúvida.

Weisinger garantia que o influxo de novos personagens, inimigos e lugares com que começou em 1958 fosse uma explosão controlada. "Eu introduzia um novo elemento a cada seis meses para manter a garotada, que era nossa plateia, cativada", contou ele anos mais tarde. Para se manter informado sobre o quanto essa garotada permanecia cativada, ou não, ele fazia uma pesquisa rotineira com o filho e as crianças do bairro; também acrescentou as primeiras páginas de cartas mensais a um quadrinho da DC, começando pelo *Superman* em setembro de 1958 (nº 124). Ele usava a página de cartas para responder às perguntas dos leitores e solicitar mais dúvidas, além de divulgar os outros títulos que editava para aquela crescente geração. Para isso, o fã de ficção científica Weisinger usou como guia as antigas tradições das revistas de ficção científica.

Instituindo tanto uma narrativa com continuidade coesa e um fórum público onde os leitores podiam comentar enganos ou deslizes, ou pedir aos criadores o retorno de um personagem favorito, Weisinger havia criado uma besta capaz de se alimentar sozinha. O mundo do Superman cresceria cada vez mais, e os fãs fariam parte do processo de mapear arduamente suas diversas, e cada vez mais complicadas, conexões.

Essa foi a época que começaram a dar respostas para perguntas propostas no texto – propostas, é preciso apontar, só para aqueles que levavam o texto muito a sério. Os adolescentes que liam as aventuras do Superman na década de 1940 nunca se deram ao trabalho de pensar em detalhes frágeis, como onde ele escondia as roupas do Clark Kent, ou por que os óculos do Clark Kent não derretiam quando ele usava a visão de raio X em sua identidade secreta. Mas, agora, essas perguntas poderiam ter respostas, ou na coluna de cartas (como na edição 127, quando Weisinger explica ao jovem Earl Zubkoff de Greenbelt, Maryland, que o "Superman esconde toda a roupa do Clark Kent em um compartimento secreto no forro da capa. Ele usa superpressão para compactar os trajes comuns em um pacotinho bem pequeno"), ou durante uma aventura (como quando, em janeiro de 1959, no nº 70 de *Superboy*, ficamos sabendo que a sra. Kent fez os óculos do jovem Clark com os fragmentos indestrutíveis do para-brisa da nave que o trouxe à Terra).

A fortaleza cresce

A edição de junho de 1958 da *Action Comics* (nº 241) – o número do vigésimo aniversário do personagem – é vista por muitos como o nascimento oficial do Superman da era de prata. Com certeza, a história "The Super-Key to Fort Superman" é estruturada como um clássico da era de prata, com um mistério central que parece ser um ato sinistro (Quem invadiu a Fortaleza e descobriu a identidade secreta do Superman?), mas se revela como um truque elaborado conduzido por um motivo inocente (É o Batman! E ele só está fazendo uma brincadeira para comemorar o aniversário do Superman!).

Mas o que faz essa história tão a cara da era de prata é o jeito como seus conceitos coloridos e apropriados para crianças abordam esperanças e medos inconscientes da mente das com menos de 10 anos. (Os termos "a era de ouro" e "a era de prata" foram cunhados por leitores na década de 1960 para distinguir o auge do clássico super-herói da era da Segunda Guerra [ouro] da então contemporânea era da extravagante ficção científica [prata].)

A Fortaleza da Solidão do Superman fora mencionada nos quadrinhos anteriores. Os leitores a visitaram várias vezes quando era só um retiro nas montanhas no entorno de Metrópolis. A partir de 1949, ele começou a se referir a ela como a Fortaleza da Solidão, "construída... no isolamento polar, porque o frio intenso afugentava os bisbilhoteiros". Porém, é só em 1958 que o leitor pode fazer a visita guiada.

Vemos Superman voando em direção a uma enorme flecha de metal amarelo sobre o topo de uma montanha no Ártico. "De cima", ele pensa, "isso parece um marcador luminoso para orientar os aviões nessa região solitária! Ninguém suspeitaria que, na verdade, é uma chave, uma superchave que pesa toneladas e que ninguém mais consegue levantar!"

Descobrimos que Superman passa seu tempo livre criando presentes extravagantes para os amigos. Um colar de pérolas delicadas que ele mesmo colheu para Lois, um carro esportivo para Jimmy, um computador para o Batman resolver crimes, coisas que ele guarda nos quartos dedicados a esses amigos, cheios de estátuas de cera em tamanho natural que os reproduzem.

"Fiz até um quarto para o Clark Kent!", ele pensa, e continua ultrapassando a linha tênue que separa precaução e paranoia. "Todo mundo sabe que Clark é amigo do Superman, e se algum terremoto inesperado abrir essa caverna secreta para um desconhecido, o Clark de cera vai ajudar a preservar minha identidade!"

A visita continua: uma sala onde ele pinta paisagens marcianas, um laboratório, um zoológico interplanetário, uma sala identificada como "armas proibidas da criminalidade" e um gigantesco diário de páginas de metal, no qual ele escreve seus registros com as unhas.

Apesar do nome, a Fortaleza da Solidão não permaneceria solitária por muito tempo. No mês seguinte começaria a explosão da população kryptoniana.

Lá vem a vizinhança: o influxo kryptoniano

Na edição de junho de 1958 da *Action* (nº242), a Cidade Engarrafada de Kandor é introduzida nas crônicas. A trama segue livremente um arco de história da tira de jornal do *Superman* que vai de abril a agosto do mesmo ano. Superman encontra um alien chamado Brainiac (Romado na tira de jornal) e seu animal de estimação, Koko (um macaco branco com antenas), que viaja pela galáxia em um disco voador, reduzindo grandes cidades a miniaturas e colocando-as em grandes potes fechados.

Superman fica chocado ao descobrir que uma das cidades da coleção de Brainiac é Kandor (na tira, Dur-El-Va), que já foi a capital do planeta Krypton. Depois de acabar com o esquema de Brainiac, Superman resgata a cidade engarrafada e dá a ela um lugar de honra em sua Fortaleza. "A miniatura da cidade de Krypton ficará segura para sempre! Talvez eu encontre um jeito de devolvê-la ao tamanho normal... e de viver com meu povo outra vez... um dia! Quem sabe?"

Lá estava uma cidade cheia de kryptonianos, uma população que poderia causar complicações na trama com as quais os roteiristas poderiam brincar. Assim que um deles saísse da garrafa, o que se tornou comum em poucos meses, aquele kryptoniano ficaria tão poderoso quanto Superman. Ali, de repente, havia toda uma Cidade de Aço.

De certa forma, era inevitável. Os poderes do Superman haviam atingido proporções divinas. Só um ano antes (*Superman* nº 110, janeiro de

1957), ele havia arremessado um planeta inteiro como se fosse uma bola e usado sua visão de telescópio para encontrar sua presa em um planeta a milhões de anos-luz de distância (*Action* nº 226, março de 1957). Os dias de Siegel e Shuster, quando as histórias podiam se limitar ao Superman realizando uma façanha fantástica ou exibindo sua força, tinham chegado ao fim. Se ter alguns milhares de superpessoas à mão podia abrir novas possibilidades no enredo, e podia, que a singularidade fosse para o espaço.

Kandor logo se tornou um elemento importante das histórias do Superman, tanto quanto fonte de novos inimigos (vários "cientistas kandorianos do mal" enfrentaram o Homem de Aço) ou como um cenário de aventuras (durante a década de 1960, a cidade engarrafada se tornaria um destino de férias para o Superman e Jimmy Olsen).

"Grande Krypton!"

O gênio havia saído da garrafa em uma nave espacial experimental; se onze anos se passaram sem uma referência passageira a Krypton, agora o espectro do planeta do Superman pairava todos os meses sobre os quadrinhos e, com ele, as notas da tragédia e do luto eram cada vez mais altas e mais sentimentais. A saudade que Superman sentia de seu mundo se tornaria o tema dominante da era de prata.

Em agosto de 1958 (*Superman* nº 123), Jimmy Olsen usa um totem mágico para fazer uma série de pedidos em nome do Superman. Ele começa desejando "que uma 'supergarota' com superpoderes iguais aos do Superman apareça e se torne sua companheira". No instante seguinte, uma garota de cabelo loiro e curto e uma fantasia baseada na do Superman (com saia vermelha e curta, em vez de calção) aparece e se dispõe a ajudá-lo em sua batalha interminável. Logo, porém, ela sacrifica sua vida para salvá-lo. (A história serviu como balão de teste. Uma Supergirl [seria esse o nome] loira vestindo saia se tornaria membro de um elenco cada vez maior de personagens um ano mais tarde.)

Jimmy usa seu desejo final de transportar Superman para Krypton antes do planeta explodir para permitir que o Homem de Aço conheça o rapaz e a moça destinados a se tornarem "meus futuros pai e mãe!". Esse não será o último encontro. Pouco mais de um ano depois, em *Superman* nº 132 (outubro de 1959), o redator Otto Binder e o artista Wayne Boring trazem a mais profunda exploração de Krypton já feita, em uma história de três partes na qual vemos Superman conduzindo uma simulação por computador de como teria sido sua vida se Krypton não houvesse explodido. Essa história, com suas alegres imagens da vida kryptoniana temperadas com tragédia ("Nessa outra vida, meus pais escaparam da desgraça da explosão de Krypton [...] e encontraram o mesmo destino na explosão de um asteroide! Então, nas duas vidas, meu destino era ser órfão!"), é a era de prata em sua forma mais radiante.

"Mim odeia Lois! Oi para sempre!"

Enquanto isso, nas páginas do *Superboy* nº 68 (novembro de 1958), Binder e o artista George Papp criaram um personagem que personificaria a era de prata: pegue um conceito engraçado (um monstro Frankenstein que fala como um bebê e usa uma fantasia de Superman), adicione um desvio ("Mim quer fazer amigos, mas pessoas contra mim!") e você tem o Bizarro.

Quando o raio duplicador de um cientista atinge acidentalmente o Menino de Aço, cria uma cópia imperfeita dele "feita de matéria 'não viva'" com pele branca como giz e dura como pedra.

> *Superboy:* Puxa, essa criatura é bizarra!
> *Criatura:* Ele chama mim [resmungando] bizarro! Esse... meu nome?

Segue uma sequência de desventuras, em cenas que recorrem aos medos inconscientes mais profundos de uma criança, os de ser mal interpretada e ficar sozinha ("Espera! Bizarro não faz mal você! Por que você medo de mim?" "Mim não mau! Por que eles odeiam mim?" e, sem querer exagerar nos exemplos: "Ela odeia mim também?... Minha mãe?... Ela me deixou... [soluço]!").

Menos de um ano mais tarde (julho/agosto de 1959, *Action* nº 254 e nº 255), Bizarro retornaria, quando Luthor recria o raio duplicador do cientista de Smallville e, valendo-se de um truque, coloca Superman diante dele. Quando a história termina, uma Lois Lane de raciocínio rápido criou uma versão Bizarro dela mesma, e Bizarro e Bizarro-Lois voam juntos para longe.

Acrescentando melo ao drama

Tem uma fórmula para contar as histórias da era de prata.

No nível da trama, os mecanismos são aqueles da comédia de situação, o humor da falta de direção e da falta de compreensão. Vemos alguém agindo de um jeito muito maluco, aparentemente cruel ou distante, por exemplo. Surgem complicações, pessoas são magoadas até que, na última página da história, o comportamento bizarro é explicado como um mal-entendido ou um truque elaborado posto em prática pela mais nobre das razões (salvar uma vida) ou para ensinar uma lição (para de bisbilhotar, Lois).

Cada edição era um novo enigma para solucionar, e esse fato simples ajudou a aumentar as vendas. "Mort não se interessava por uma história que não tivesse uma cena de capa atraente", disse o redator da era de prata, Jim Shooter, ao historiador de quadrinhos Michael Eury. "Para uma história ser aprovada ou vendida, o redator precisava, antes de tudo, criar a ideia da capa." Geralmente, essas capas descreviam com detalhes o surpreendentemente desenvolvimento da vez, deixando os leitores ansiosos para abrir a revista e descobrir por que Superman agia como um completo idiota.

Porém, por trás de todos os truques e espertezas, a essência de qualquer história do Superman na era de prata é um grande coração mole. A era Weisinger está em contato com os sentimentos. Na verdade, é como se ela não conseguisse interromper esse contato. Emoções exageradas são o motor das histórias, castigando os personagens desafortunados com culpa ("Não fosse por minhas super-habilidades, hoje meu pai e minha mãe estariam vivos!"), perda ("Estou sozinho sobre o precipício, olhando pela última vez para a única mulher que pedi em casamento!"), isolamento ("Se ela visse meu rosto, também teria medo de mim, como todas os outros! Mim nunca pode ter amigo de verdade...[soluço]"), ciúme ("Aquela oferecida... beijando o Clark em público! Ela não tem modos?"), luto ("Futuro fez um monumento espacial em memória da família Kal-El! [embargado]") e melancolia (Eu... eu queria ser mais que uma amiga próxima... uma esposa! [suspiro]").

Durante esse período, quando o pensamento cada vez mais sombrio e introspectivo do Superman se enche de "embargado" e "soluço" e paixões diversas às quais ele não ousa dar vazão, o artista Wayne Boring, ainda o especialista em Superman, principalmente para histórias importantes, deu retoques sutis no rosto do herói. A nota melodramática adotada pelas histórias da era de prata significava que o Homem de Aço teria que se emocionar, por isso Boring aprofundou a testa do herói e engrossou suas sobrancelhas (ficava melhor para deixá-las pesadas), estreitou o queixo e alongou os traços para permitir que todas aquelas expressões carrancudas de supermelancolia fossem transmitidas aos leitores.

É por isso que, em uma história como "The Girl in Superman's Past" [A garota no passado do Superman] (*Superman* nº 129, maio de 1959), descobrimos que, quando estava na faculdade, Superman conheceu e se apaixonou por uma jovem chamada Lori Lemaris, e que o Homem de Aço suspira de amor e se torna muito parecido com Montgomery Clift. (Lori, entenda, é uma sereia em missão a mando de Atlantis e deve voltar para seu povo. [embargado]")

A emoção suave e picante da era de Weisinger já está instalada no número de abril de 1958 da *Adventure* (nº 247), quando o Superboy conhece três adolescentes do futuro que pertencem a um clube chamado Legião dos Super-Heróis. Quando ele é reprovado em uma série de provas de iniciação, os garotos o atormentam sem misericórdia, e com uma boa dose de misoginia ("Você perdeu... para uma garota! Esse é o grande Superboy sobre quem aprendemos na escola?"; "Há-há! Só o povo atrasado do século XX poderia pensar que ele é um herói!") – o que faz o Superboy engolir as lágrimas, só para depois descobrir que as provas eram arranjadas, e o verdadeiro teste de iniciação consistia em descobrir como ele lidava com a derrota.

Nas páginas da revista em quadrinhos *Superman's Girlfriend, Lois Lane* (lançada em abril de 1958), o Homem de Aço passa mais tempo se esquivando dos avanços matrimoniais de Lois Lane e dos planos para expor sua identidade do que de ameaças alienígenas ou robôs gigantescos. Isso pedia um Superman que parecesse um romântico mais convencional, do tipo que, na visão das leitoras mais sonhadoras, faria Lois suspirar.

O artista Kurt Schaffenberger desenhou seu Superman para ser exatamente assim e usou linhas limpas e grossas para dar ao belo rosto do

Homem de Aço uma aparência forte, descomplicada e confiante que lembrava Cary Grant.

Mas o Superman dos quadrinhos de Lois Lane é ainda mais avesso a compromisso do que em seus outros títulos, e é muito mais cruel, sempre fazendo brincadeiras que a fazem parecer boba aos olhos dos colegas do *Planeta* e que arruinariam a reputação profissional de uma repórter de verdade. E todas as vezes ele justifica seu comportamento vingativo de *bad boy* lançando a máxima da era de prata: "Para ensinar a ela uma lição!"

Lois, de sua parte, fica mais carente e exigente com o constante fracasso dos planos para provocar ciúmes no Superman. Ler várias edições de *Superman's Girlfriend, Lois Lane* é ver, horrorizado, a relação mais tóxica do mundo se desenvolver com detalhes repetitivos e dolorosos. George e Martha de ceroula azul e chapeuzinho.

O relacionamento romântico, pseudoexcêntrico, que Clark e Lois mantiveram na era pós-guerra havia desaparecido, substituído por um desprezo mantido em banho-maria. Mas isso também contribui para formar uma ligação emocional psicossexual com os jovens: para garotos que pensam que as meninas são choronas, chatas, indefesas e acanhadas; e para as meninas que veem os garotos como desprovidos de consideração, cruéis, insensíveis e burros.

Planeta Diário dos macacos

Há um último ingrediente presente no Superman da era Weisinger, um último elemento que deu a era de prata um brilho singular: macacos.

Só nos primeiros dois anos da editoria de Weisinger, Superman lidou com King Krypton (apelidado de "O supergorila de Krypton!", março de 1958, *Action* nº 238) e Titano, o Supermacaco (*Superman* nº 127, fevereiro de 1959), que não é um macaco qualquer, mas um chimpanzé que, lançado em órbita, volta do tamanho de um mamute, entre outras modificações ainda mais absurdas e descabidas ("Céus! Aqueles raios verdes dos olhos de Titano [...] de algum jeito, ele desenvolveu *visão de kryptonita*!").

E havia Koko, é claro. O macaco espacial de Brainiac. E em *Superboy* nº 76 (outubro de 1959), o mundo descobriu que a nave espacial que trouxe o Superman à Terra tinha mais um passageiro, um dos animais do laboratório de Jor-El, Beppo.

Ou, como ele ficaria conhecido: Beppo, o Supermacaco. Camisa azul, capa vermelha, fralda vermelha.

A era de prata chegou.

Olhe de novo, Superman! Sou eu... Supergirl! E eu sou real!

Três vilões, um cachorro, um macaco e a população de uma cidade inteira, a Terra estava cheia de kryptonianos. Em maio de 1959, em *Action* nº 252, mais alguém chegou, e essa seria, com efeito, a maior mudança na linha da história do *Superman* desde a aparição da kryptonita. Pela primeira vez, Superman teria uma companhia de verdade, uma confidente... uma família.

O nome dela era Kara. Ela se tornaria a Supergirl. E, embora tenha chegado em 1959, sua história acontece na década seguinte.

6

NÃO É SONHO! NÃO É TROTE! NÃO É UMA HISTÓRIA IMAGINÁRIA! (1960-1969)

Marcos

1961: produzido piloto de TV da série *Superboy*, que nunca foi ao ar

1962: lançada revista em quadrinhos *Legion of Super-Heroes*

1966: musical da Broadway *It's a Bird! It's a Plane! It's Superman* estreia; estreia também o desenho animado *New Adventures of Superman*

1967: primeira corrida do Superman contra o Flash em torno do mundo nas páginas de *Superman*; Kinney National Company compra a DC Comics e, dois anos mais tarde, a Warner Bros.

Primeira aparição da Zona Fantasma, Mundo Bizarro, Superman-Vermelho/ Superman-Azul, Asa Noturna e Pássaro Flamejante, kryptonita (azul, branca, dourada, em joia, e assim por diante), o Parasita

"A mitologia do Superman." Quando conhecia um novo redator, era assim que Mort Weisinger descrevia a crescente e interligada rede de personagens, façanhas e histórias iniciada por ele em 1958. Em 1960, a explosão controlada da inovação narrativa seguia em frente num ritmo cada vez mais rápido.

E mais: estava dando certo. Quadrinhos de faroeste, guerra e romance ainda eram populares, mas as revistas de super-heróis ultrapassam novamente todas as outras e, embora a galeria de "novos" heróis de Julius Schwartz ajudassem a impulsionar essa ressurgência de capas e máscaras, era o Homem de Aço que vendia mais revistas que qualquer outro personagem. Quando as vendas dos títulos do *Superman* superaram as dos quadrinhos da Disney, poupados, em grande medida, da ira dos Werthams do mundo e instalados confortávelmente no topo do gráfico de vendas por mais de uma década, outros editores perceberam e começaram a criar os próprios heróis.

Os heróis de Schwartz se juntaram para formar a Liga da Justiça da América em *The Brave and the Bold* nº 28 (fevereiro/março de 1960) e conquistaram o próprio título em outubro daquele ano. Weisinger alegou que ter o Superman na equipe causaria uma superexposição do personagem, ressaltando de maneira conveniente que esse supercavalo, em particular, já havia saído do estábulo. O Homem de Aço aparecia de modo regular em sete títulos mensais, um número sem precedentes (*Action*, *Superman*, *Adventure*, *Superboy*, *Lois Lane*, *Jimmy Olsen*, *World's Finest* e também no especial *Superman Annuals*). É mais provável que Weisinger não quisesse deixar outro editor (mesmo que fosse o amigo próximo Schwartz) brincar no quintal do Superman. Um compromisso foi firmado: a presença do Homem de Aço nas histórias da Liga da Justiça seria mínima, e ele apareceria só uma vez ou outra nas capas da revista.

O redator Otto Binder teve um papel importante no estabelecimento do tom brilhante e zeloso da mitologia do Superman, e em muitos de seus aspectos bem-humorados. Anos antes, na Fawcett Comics, Binder ajudou a criar alguns dos mais inesquecíveis (e engraçados) aspectos do universo do Capitão Marvel, desde uma minhoca despótica com óculos pequeninos que atendia por Mr. Mind, até um nobre e elegantemente vestido tigre falante chamado, sem nenhum pudor, de Mr. Tawky Tawny. Sendo assim, um supermacaco chamado Beppo? Histórias mostrando um Superman criança, ou o Superbebê ("Mim pode voar! Mim forte também!")? Tudo cabia em um dia de trabalho.

Binder deixou a DC em 1960 (a reputação de Weisinger, conhecido como chefe mão de ferro, desempenhou seu papel), mas a superinfraestrutura já existia, e outros redatores, como Leo Dorfman, Bill Finger e Ed Hamilton estavam disponíveis para ampliá-la e enriquecê-la ainda mais.

Weisinger chamava de mitologia, mas o que realmente existia, claro, era uma família.

Antes de sair, Binder garantiu que a família do Superman fosse literal, pelo menos com relação a um personagem.

Surge: Supergirl

Quando a Supergirl foi apresentada aos leitores em *Action Comics* nº252 (maio de 1959), a história pegou. Uma nave cai na periferia de Metrópolis. Superman chega e encontra uma adolescente loira vestida com o uniforme, que o cumprimenta do meio dos destroços sem ter sofrido ferimento algum. Um flashback mostra a explosão de Krypton, que arremessou para o espaço "um grande pedaço do planeta, intacto e com pessoas nele". (Mais tarde, esse pedaço de Krypton ganharia o nome de Argo City.) "Podemos ser órfãos", diz Superman ao abraçar sua nova protegida, "mas temos um ao outro, agora! Eu vou cuidar de você como um irmão mais velho, prima Kara!".

Um irmão mais velho autoritário que não quer a irmã interferindo em sua vida. No quadro seguinte, Superman explica que a Supergirl não vai morar com ele, porque isso pode pôr em risco sua identidade secreta. Sua solução estranhamente dickensoniana: Kara vai adotar uma identidade secreta e morar em um orfanato. "Um dia, o mundo vai saber que você é a Supergirl! Mas, por um bom tempo, vai viver como uma garota 'comum' até se acostumar com as coisas da Terra!"

Essa é a dinâmica que os dois vão compartilhar durante a era de prata, com a Supergirl aparecendo em *Action*, o Superman como o "pai sabe-tudo", Supergirl como sua filha obediente que o idolatra. Antes do fim de sua primeira aventura, a desenvolta Kara ganha uma peruca de tranças castanhas e o nome de Linda Lee, e se dedica alegremente à vida no orfanato. Durante três anos, o Superman manterá a identidade da Supergirl em segredo, se entregando a façanhas equivalentes a várias edições nas quais personagens se descobrem ajudados como que por milagre por um "anjo da guarda", e nas quais a ideia meio barroca de uma identidade secreta ter sua própria identidade secreta vai alimentar muitas histórias.

Para o caso de as recentes leituras ainda terem dúvidas de que as histórias da Supergirl eram criadas especificamente para elas, logo ela recebeu a companhia de Streaky, o Supergato (um gato doméstico que ganhou superpoderes em *Action* nº 261 [fevereiro de 1960]) e o Supercavalo chamado Comet [*Action* nº 292, outubro de 1962], que é, na verdade, um centauro transformado em cavalo transformado em humano que, nessa última forma, se torna o namorado da Supergirl.

Afinal, se tratava da era de prata, quando toda emoção, até mesmo o carinho de uma menina por cavalos, podia gerar uma história com seu sombrio substrato freudiano.

Lá vem o Sol

No mesmo número que apresentou a Supergirl (e o vilão Metallo, um ciborgue alimentado por um pedaço de kryptonita que substituía seu coração), a mãe de Kara menciona que seu supertraje se "*tornará supertecido* indestrutível na Terra" (ênfase dada).

Essa é a primeira menção indireta a uma grande revisão no conjunto de poderes do Superman. Durante 32 anos, os quadrinhos se limitaram à explicação original de Siegel e Shuster de que suas habilidades eram resultado do *status* de membro da "super-raça" kryptoniana de seres capazes de saltar sobre prédios altos e aprender cálculo antes de sair do berçário, e também da gravidade menor da Terra. Mas em *Action* nº 262 (março de 1960), a ideia de uma super-raça kryptoniana desaparece de vez (as acusações de fascismo feitas por Wertham incomodaram?), substituída pela primeira vez por outra explicação. Como o Superman explica à Supergirl, seus poderes agora derivam em parte da gravidade menor da Terra e, em parte, de "raios ultrassolares que penetram a Terra dia e noite"!

A ideia de que um sol amarelo confere superpoderes (e de que um sol vermelho os remove) foi um desenvolvimento tardio na história do Superman, mas que permaneceu com ele desde então, mesmo quando muitas outras inovações da era Weisinger entraram e saíram da continuidade. Essa estranha, detalhada e pseudocientífica repartição de poderes, a necessidade de se debruçar sobre o explicar, não tomar nada como certo, é um tema importante do Superman da era Weisinger. Nas páginas de cartas, leitores mais sofisticados pinçavam, destacavam e debatiam detalhes que leitores de dez anos atrás nunca sequer consideraram. Esses leitores se encantavam com os *easter eggs* que Weisinger e seus redatores estavam sempre jogando nos textos, sendo o mais famoso, e mencionado frequentemente, a recorrência das iniciais L.L. no mundo do Homem de

Aço (Lois Lane! Lana Lang! Lori Lemaris! Lucy Lane! Lyla Lerrol! Linda Lee! Lex Luthor!). Um novo desejo de categorizar, subdividir e classificar surgia entre os fãs, o que, provavelmente, explica por que antes do fim da década de 1960 a kryptonita surgiria em verde, vermelho, azul, branco, amarelo, dourado, prateado, em joia, "anti", "magno" e "plus", cada versão com um efeito diferente.

Além da letal variedade verde, era a kryptonita vermelha, que produz um efeito imprevisível e nunca repetido no Homem de Aço a cada exposição, que os leitores mais adoravam. Ela podia dar ao Superman cabelo comprido e barba, ou telepatia, ou a cabeça de uma formiga gigante, ou transformá-lo em um monstro kryptoniano voador, ou fazê-lo soltar chamas pela boca. Os leitores devoravam tudo isso e pediam mais, por isso transformações mais estranhas, não relacionadas à kryptonita, começaram a surgir nos títulos do Superman; mais cedo ou mais tarde, todo membro do elenco de Superman havia desenvolvido um supercérebro, por exemplo, e uma enorme cabeça careca para acomodá-lo.

De longe o mais bizarro desenvolvimento da era de prata, o que conquistou a imaginação dos leitores e deu aos redatores e artistas a maior oportunidade de se entregar à criação, surgiu daquela história da *Action Comics* de 1959 que terminou com o Superman-Bizarro e a Lois-Bizarro voando para longe ao pôr do sol.

É o mundo do Bizarro, e só estamos morando nele

Em *Action* nº 263 (abril de 1960), o leitor descobre que as duas criaturas se instalaram num mundo, num distante sistema solar, que Superman, usando um "rolo compressor supergrande", mais tarde transforma em um cubo gigante.

Própria para crianças, a lógica do "dia ao contrário" comanda o Mundo Bizarro (nome verdadeiro: Thrae), e as histórias lá ambientadas exalam um charme bobo que conquista com facilidade. Restaurantes servem primeiro a sobremesa! Eles tomam banho na terra!

E todos os moradores do Mundo Bizarro, sejam garçons, carteiros ou jardineiros, vivem de acordo com a regra: "Fazemos o contrário de todas as coisas da Terra! Odiamos a beleza! Amamos a feiura! É um crime grave fazer qualquer coisa perfeita no Mundo Bizarro!"

Uma história no Mundo Bizarro é, essencialmente, uma sequência de piadas bobas e toscas unidas pela lógica do inverso. Então, faz sentido que muitas delas tenham sido escritas por um homem com grande experiência na redação de histórias do Superman e que também sabia produzir uma boa história engraçada.

Jerry Siegel estava de volta.

De volta às minas de sal

Desde que ele e Shuster abandonaram o projeto, Jerry Siegel trabalhava como diretor de arte para a editora de revistas Ziff-Davis, mas enfrentava dificuldades financeiras. A esposa de Siegel, Joanne, procurou Weisinger (em algumas versões da história, ela invadiu o escritório de Weisinger e exigiu que ele recontratasse seu marido) e, em 1959, o cocriador do Superman voltou a escrever histórias para os supertítulos. Mas ele escrevia por um pagamento mediano e sem assiná-las.

Se a situação era aflitiva, Siegel tinha o conforto de saber que, nesses anos depois de sua volta, escreveu algumas das mais importantes e emblemáticas histórias do Superman da era de prata, e acrescentou à continuidade vários elementos que ainda existem.

Em abril de 1960 (*Adventure* nº 271), Siegel contribuiu com sua segunda maior alteração para o mito do Superman (a primeira foi a ideia do Superboy, anos antes). Essas mudanças se tornariam conhecidas, anos mais tarde, como "continuidades retroativas" ou "retcons". Nessa história, ele revelou que antes de se tornarem arqui-inimigos, o Superboy e Luthor cresceram juntos em Smallville.

Não só essa história deu ao vilão seu primeiro nome ("Lex! Lex Luthor! Conhecer você, Superboy, é a coisa mais incrível que já me aconteceu!"), mas também justificou seu ódio fervoroso e eterno pelo Homem de Aço com uma motivação. Uma motivação "profundamente estranha", é claro, mas uma motivação.

Quando o Superboy usa seu supersopro para apagar um incêndio no laboratório do adolescente Luthor, onde o jovem ruivo trabalhava secretamente em um antídoto para a kryptonita, uma surpresa que faria para o amigo querido, ele se surpreende ao ver Lex surgindo da fumaça brandindo o punho: "Seu rato! Seu supersopro jogou um frasco de ácido contra o frasco de antídoto! Os dois quebraram, e o conteúdo destruiu a fórmula da minha grande descoberta! Não só isso... o vapor do gás fez meu cabelo cair! Fiquei careca!"

Aí está. O que fez uma mente jovem se dedicar à crueldade, ao ódio e à busca da dominação mundial? Uma depilação craniana acidental. Se fosse hoje, quando raspar a cabeça é pouco mais que uma opção de estilo, Luthor poderia ser um humanitário.

É claro, a história toma o cuidado de mostrar que é um pouco mais que isso. Luthor está convencido de que o Superboy tem "inveja da minha genialidade", mas é engraçado imaginar Siegel, que manteve o cabelo até o fim, sorrindo para si mesmo enquanto entregava o roteiro ao exigente e careca Weisinger.

Calvície e maldade são relacionadas com frequência na era Weisinger. Talvez por receio de que os leitores confundissem o terrível Brainiac, outro anti-herói careca, com Luthor, depois de um tempo foi revelado que o vilão alien era um androide. Em aparições subsequentes, o topo de seu crânio foi equipado com eletrodos, como um tipo de quipá.

Retorno a Krypton

Foi só alguns meses mais tarde (*Superman* nº 141, novembro de 1960) que Siegel escreveu e Wayne Boring desenhou um dos épicos mais elegíacos e emocionais da era de prata do Superman. Na história de três partes "Superman's Return to Krypton" [Retorno do Superman a Krypton], o herói voa atravessando barreiras do tempo e se encontra em Krypton antes da explosão. Sob o sol vermelho daquele planeta, ele perde seus poderes e se conforma com seu destino: morrer com todas as outras pessoas quando o planeta for destruído.

Ele encontra uma equipe de filmagem de Krypton que está produzindo um filme de ficção científica e é levado por um figurante. Ele se apaixona pela atriz Lyla Lerroll e fica amigo dos pais dela – enquanto faz o possível para manter sob controle suas emoções à flor da pele ("[Embargado!] Nem eles, nem ninguém mais nesse mundo tem muito tempo de vida.") –, torna-se assistente de laboratório de Jor-El, consegue planejar o romance de seus pais na Terra a milhões de anos-luz de distância e colhe amostras da flora e fauna local. Siegel apresenta ao leitor o Rainbow Canyon, Jewel Mountain, Gold Volcano ("Infelizmente esse ouro é bem comum em Krypton! Não tem nenhum valor!"), Fire Falls e Meteor Valley em Krypton.

Quando Superman aceita o destino de se casar com Lyla e morrer com seu planeta, um estranho acontecimento (ou um "artifício de arrepiar", dependendo do leitor) lança sua nave espacial cenográfica para o espaço, onde ele recupera seus poderes. "O destino não pode ser modificado! Não posso salvar Lyla ou meus pais! A Terra precisa de mim!"

A combinação de emoções intensas de Siegel e das cenas kryptonianas exóticas e arrojadas de Boring dão a "Superman's Return to Krypton" uma força melancólica, atormentada.

Um ano depois, Siegel escreveu outro épico de três partes brilhantemente estruturado, cheio de emoção, que seria lembrado com carinho por décadas (*Superman* nº 149, novembro de 1961). Nele, ele faria o que nenhum outro redator de Superman havia ousado fazer, algo que só o criador do Superman poderia tentar: ele matou o Homem de Aço.

O valente sente o gosto da morte não uma vez, mas duas. Tudo bem, três, talvez quatro vezes, no máximo.

Para realizar essa façanha do super-homicídio, Siegel lançou mão de um conceito que se tornou comum na era Weisinger: a história imaginária.

Siegel inventou o conceito durante a Segunda Guerra, em uma história que mostrava Clark e Lois assistindo a um desenho animado do Superman – um aflito Clark tentando distrair Lois Lane, ou a animação na tela revelaria sua identidade secreta (em *Superman* nº 19, novembro/dezembro de 1942). Mas aquilo era só brincadeira metaimaginária.

Quando Siegel se dedica à história imaginária "The Death of Superman" (A morte do Superman), a coisa é completamente diferente, porque apreende os mais básicos princípios logísticos dos quadrinhos de super-heróis.

Todos os super-heróis têm origens, mas nenhum tem fim. É aí que entra a história imaginária – ela oferece aos escritores uma chance de simular o encerramento que é negado pelas demandas da narrativa contínua e aberta dos quadrinhos. Ao fornecer um fim, ela também fornece uma forma para vida de intermináveis aventuras do Superman e a transforma em uma história. E mais: ela não é definitiva. Aqui está um fim, diz a história imaginária, mas não é "o" fim. No mês que vem, tudo volta ao normal.

O primeiro capítulo de "The Death of Superman" começa com Luthor preso, recebendo permissão para usar o laboratório do hospital da prisão, onde ele cria um soro que cura o câncer. Emocionado com a atitude altruísta, Superman testemunha a favor de Luthor diante do comitê de condicional, e o cientista, antes maluco, é solto. Quando mostra ao Homem de Aço seu esconderijo secreto (um belo toque, a "Toca de Luthor" inclui uma galeria de estátuas de Átila, o Huno, Gêngis Khan, Capitão Kidd e Al Capone), os dois lembram com ternura o passado que tiveram juntos. Quando o submundo do crime de Metrópolis se volta contra o regenerado Luthor, o Superman age como seu guarda-costas. Para protegê-lo, constrói um laboratório em órbita para Luthor, equipado com um sinal de perturbação – "este foguete a jato, que parece com você", explica Superman. (Nesse ponto, ele está certo. Em um toque da lógica implacavelmente esquisita da era de prata, a ponta do míssil é equipada com uma reprodução da cabeça calva de Luthor.)

Mais tarde, Luthor dispara o míssil, obrigando Superman a correr em sua defesa e, tarde demais, perceber que caiu em uma armadilha mortal do cientista que nunca se regenerou de verdade.

O que acontece a seguir é fascinante. Siegel aproveita essa oportunidade para matar sua criação, e não tem pressa. Luthor nunca foi mais vingativo e cruel do que quando dispara poderosos raios de kryptonita verde contra o desavisado Homem de Aço, o amarra sobre a mesa usando "cintas de metal que contêm kryptonita" (o que torna a maldade ainda maior), e aciona um interruptor: "Olha, Superman! Aquela parede está subindo. Atrás dela tem uma divisória de vidro grosso que nos separa dos seus queridos amigos... Lois Lane, Jimmy Olsen e Perry White! Eles não podem atravessar o vidro para salvá-lo! Ha-ha... Você começou a ficar verde, é a febre da kryptonita! Agora, vou elevar o poder dela nesses raios à potência máxima!"

O Homem de Aço fica verde e morre. (Suas últimas palavras: "Ohhh! Ohh-hhh...") Antecipando as dúvidas dos leitores, Siegel faz Luthor examinar o corpo para determinar que é mesmo do Homem de Aço, não um robô do Superman.

Siegel e o artista Curt Swan dão a Luthor um quadro para saborear a vitória que lhe foi negada durante vinte anos. Vestido com o jaleco do laboratório, ele parece brilhar com os punhos erguidos sobre a cabeça: "Finalmente! Depois de todos esses anos tentando em vão, consegui matar o Superman! Destruí o homem mais poderoso do universo! Que feito glorioso!"

No terceiro e último capítulo da história, não surge nenhuma novidade, nenhum deus *ex machina* quintessencial da era de prata para, no último minuto, salvar o dia. Superman está morto, e Siegel ocupa nove páginas para imaginar como o mundo vai se despedir dele.

Nas páginas seguintes, todo mundo, todo mundo mesmo, tem um momento ao lado do carro fúnebre para expressar sua dor em balões de pensamentos praticamente encharcados de lágrimas pesadas. Siegel não deixa que nada o detenha nessa tentativa de ir fundo na emoção dos leitores.

Até a droga do cachorro faz um elogio: "Nunca vou conhecer outro dono como você! [embargado]", pensa Krypto. "Adeus! Quando penso em todas as aventuras que vivemos juntos..." Quando os robôs do Superman entram em cena ("Não tem nenhum de nós que não teria morrido alegremente no lugar dele"), a história passa de sombria a emocionalmente grotesca.

A cena muda de repente para uma festa organizada para Luthor pelo "submundo". De novo, Siegel se diverte com a alegria maléfica do vilão. "Frio, Luthor decorou o grande salão de banquete com exposições debochadas da morte do Superman."

A festa é invadida pelo Superman – não o verdadeiro, é claro. Para dar à história um leve toque psicossexual, Siegel revela que é a Supergirl, cujo disfarce desaparece quando ela "flexiona os músculos poderosos". Luthor é julgado em Kandor: "Você matou um kryptoniano, por isso será julgado por kryptonianos!"

Com o progresso do julgamento, e os testemunhos chorosos de Lois, Jimmy e Perry, "a atitude arrogante e fria de Luthor se mantém". "Formigas insignificantes!", pensa Luthor, porque ele é Luthor.

O vilão surpreende o tribunal se declarando culpado, mas se oferece para devolver Kandor ao tamanho natural, se eles o soltarem imediatamente. "Naturalmente", ele pensa, "não vão recusar! Voltar ao tamanho normal é o maior desejo deles!".

Mas os kandorianos também têm uma surpresa: "Nós, kandorianos, não fazemos acordos com assassinos! Executor, mande esse miserável para a Zona Fantasma, imediatamente! Ele é o maior vilão desde Adolf Eichmann!", decreta o juiz kryptoniano, usando uma referência da Terra com uma facilidade impressionante.

No último quadro da história, Supergirl e Krypto voam entre as nuvens, enquanto uma imagem fantasma do Homem de Aço se despede acenando: "[Embargado] Tudo que sinto é uma grande tristeza pela morte do ser humano mais forte, bondoso e poderoso que já conheci! [Soluço] Me-meu primo, Superman."

"Bem, não vamos ficar tão deprimidos!" A narrativa de encerramento é animada. "Afinal, essa foi só uma história imaginária, e as chances de ela realmente acontecer são de uma em um milhão! Não perca o próximo número para acompanhar novas histórias do poderoso Superman!"

O espectro da morte do Superman seria mencionado diversas vezes, tanto em histórias imaginárias quanto nas oficiais. Por décadas, a imagem criada por Swan do Superman deitado, cercado por super-heróis de luto, tem sido adaptada e repetida por artistas de histórias em quadrinhos toda vez que um herói morre, ou parece morrer.

Só um ano depois, em *Superman* nº 156 (outubro de 1962), outra história de três partes de Edmond Hamilton traz Superman erroneamente convencido de que foi infectado por um vírus kryptoniano. Até a revelação no último minuto (é um pequeno volume de kryptonita, não um vírus que o enfraquece; quando a pedrinha é descartada, ele se recupera), a história lembra o tom sombrio e reflexivo de "The Death of Superman".

É claro, a morte é só um tipo de destino desastroso explorado pelas histórias imaginárias da era Weisinger. O outro foi o casamento.

Uma Levittown de solidão

Muitas histórias imaginárias examinaram o que aconteceria se Superman se casasse e tivesse um ou mais filhos, se se tornasse um homem de camisa de flanela cinza. Imagens do Superman como um modelo de pai de bairro residencial, Ward Cleaver em malha de circo, enfeitaram muitas capas da época.

Uma das mais lembradas, "The Amazing Story of Superman-Red and Superman-Blue!" [A incrível história do Superman-Vermelho e do Superman-Azul], de Leo Dorfman (*Superman* nº 162, julho de 1963), começa com os cidadãos da Cidade Engarrafada de Kandor provocando uma culpa gigantesca no Homem de Aço (apontando que ele não conseguiu restaurar Kandor ao seu tamanho normal, não encontrou um antídoto para a kryptonita e não livrou a Terra do mal), que é seguida por um ultimato: realizar essas tarefas em seis meses, ou sair de cena e deixar outro kandoriano tentar.

Superman constrói uma "máquina de evolução cerebral" alimentada por "todas as variedades de kryptonita" que o faz cem vezes mais inteligente, mas o divide em dois Super-Homens idênticos, um deles vestido de vermelho, o outro, de azul.

Com o fenomenal poder cerebral, os dois pensam em como aumentar Kandor e remontar o planeta Krypton a partir dos fragmentos espalhados pelo universo. Felizes com o lar na "Novo Krypton", os kandorianos pedem para serem mandados de volta para sua galáxia natal, sob seu sol vermelho.

Eles encontram um novo mundo para Lori Lemaris e seu povo atlante e constroem satélites que projetam "raios antimaldade" que, fazendo jus ao nome, "apagam todos os pensamentos maldosos da cabeça dos criminosos do mundo". Durante os quadros seguintes, ladrões de banco devolvem o que roubaram, ladrões que furtam lojas se regeneram, fugitivos voltam à prisão e certos inimigos da América se arrependem de seus atos:

> *Homem muito parecido com Khrushchev*: Você ouviu! Jogue todos os mísseis no mar! Informe o presidente Kennedy, concordamos com o desarmamento e com uma inspeção completa!
>
> *Homem muito parecido com Castro*: Abram as portas da cadeia! Soltem todos os prisioneiros imediatamente!

Brainiac se retira, Luthor cria um soro que cura todas as doenças (e recupera seu cabelo!), os criminosos da Zona Fantasma se regeneram e partem para Novo Krypton com a Supergirl. De repente, surge uma ideia.

Superman Azul: Nosso raio hipnótico está funcionando! Agora que o crime e o mal foram banidos, podemos realizar nossa ambição! Podemos casar!
Superman Vermelho: Tem razão! A mulher que amamos não corre mais o perigo das tramas maléficas no [sic] mundo do crime!

Azul pede Lana Lang em casamento, enquanto Vermelho faz o pedido a Lois. As duas aceitavam com alegria, mas lamentavam que a rival tivesse que sofrer. Quando percebem o que aconteceu, as duas mulheres aceitam tudo de bom grado: "Agora cada uma de nós pode ter um Superman como marido!"

Segue um casamento triplo (Jimmy pede a mão de Lucy, irmã de Lois), e Lois e Vermelho partem para Novo Krypton. Agora que o crime é coisa do passado, Azul decide se aposentar e dedicar seu tempo à ciência, deixando seus robôs lidando com desastres naturais que possam acontecer.

A história termina com Jimmy e Lucy olhando as fotos do casamento dos supercasais, comentando maravilhados que todos encontraram a felicidade que esperavam ter. A narração conclui: "Qual é a opinião dos leitores? Suponham que essa história imaginária tenha acontecido! Que casal vocês acham que seria mais feliz? Fim." A insistência quase desesperada em encerramento e felicidade nas histórias imaginárias, como essa, lembra o último ato de uma comédia de Shakespeare: você se casa! E você se casa! Todo mundo dança. Feliz, feliz, feliz!

Em pouco tempo, as histórias imaginárias eram tantas que os leitores passaram a esperar por elas. Mas a dependência da era de prata dos enigmas malucos em suas capas significava que histórias normais eram forçadas a afirmar de maneira defensiva a veracidade de seu conteúdo, frequentemente com a frase que em breve se tornaria famosa: "Não é um sonho! Não é trote! Não é história imaginária!"

Uma série de histórias imaginárias que começou em *Superman's Girlfriend, Lois Lane* nº 19 (agosto de 1960), também escrita por Siegel, imaginava a vida de casados dos "sr. e sra. Clark (Superman) Kent". Conforme desenhado por Kurt Schaffenberger, eles formavam um lindo casal enquanto lidavam com limpezas domésticas em seu paraíso brilhante e imaculado de dois andares em um bairro residencial. Embora o comportamento de Lois, que passava aspirador de pó na sala de avental e colar de pérolas, parecesse June Cleaver, era mais parecido com o de Lucy Ricardo. Muitas histórias acabavam com uma nota que misturava doçura e amargura, devido a alguma tolice ou aos ciúmes de Lois.

Nas páginas de *World's Finest*, várias histórias imaginárias (inclusive *World's Finest* nº 157, maio de 1966) envolviam Superman e Batman tentando, sem sucesso, controlar os filhos super-heroicos no quintal verdejante e bem cuidado.

É revelador que, quando os redatores de Superman se permitiram sonhar tudo que podiam, tenham sonhado, invariavelmente, o sonho americano da década de 1950, escolhendo o encerramento normativo de casamento e família, ou de cuidar da casa, fazer churrascos, acampamentos e, no fim, uma aposentadoria tranquila. A maioria das histórias imaginárias do Superman, cuja razão de ser era explorar o quanto a situação podia ser radicalmente perturbada, acabava oferecendo aos leitores a garantia de que Superman seria para sempre um Einsenhower republicano, e o *status* continuaria sendo o mesmo, tranquilo, confortável e permanente.

Enquanto isso, a poucos quarteirões do escritório de Mort Weisinger, outra editora de revistas em quadrinhos dava os retoques finais em sua resposta para a revista *Justice League of America* da DC. O nome seria *The Fantastic Four*. Voltaremos a isso mais tarde.

(Outra) Nova origem para uma nova era

Em 1961, mesmo ano em que foi adicionada a Zona Fantasma (um limbo onde viviam criminosos kryptonianos condenados a uma eterna existência fantasmagórica), a kryptonita branca (mortal para a vida vegetal) e Mon-El (um personagem apresentado em *Superboy* nº 89, junho de 1961), que, como Halk Kar antes dele, é considerado de início o irmão do Homem de Aço, mas, como é revelado, é de um planeta diferente, um roteiro de Otto Binder e do artista Al Plastino examinou a posição do personagem.

"The Story of Superman's Life" (*Superman* nº 146, julho de 1961) começa como "Origin of Superman", de Bill Finger e Wayne Boring, treze anos antes, invocando a cena da *Action Comics* nº 8 de 1939, na qual Superman destrói cortiços para forçar a cidade a construir novas casas. Mas, se o original de 1948 esclarece os motivos do Superman para a destruição ("Vou reconstruir essa área para o povo não ter que viver em cortiços!"), essa nova versão reduz a história a um grau quase orwelliano, apresentando o ato como um projeto de obras públicas oficialmente ordenado e o Homem de Aço como um supercidadão voltado para o bem civil ("A *pedido do prefeito* [itálico meu], vou remover esses cortiços feios e construir casas decentes para os pobres!").

A origem segue abordando os pontos principais, agora familiares, em detalhes mais exaustivos, apresentando todos os fios disparatados que Weisinger e seus redatores fiaram tão furiosamente durante os três anos anteriores, amarrando-os com esforço – como Finger havia feito antes dele. Plastino cita graficamente a imagem de Clark à noite ao lado do túmulo dos pais. Então, pela primeira vez, vemos o Superman honrado com a "cidadania honorária em todos os países das Nações Unidas!".

"Que honra", diz o Superman, tomando o cuidado de acrescentar: "Mas, é claro, minha prioridade será sempre ser leal aos Estados Unidos, onde eu cresci!" Em 1961, pelo menos, não era possível tirar o superpatriotismo do Superman.

Não havia dúvida de que a origem do Superman tinha sido aprofundada e enriquecida desde o dia em que Krypton era chamado simplesmente de "um planeta distante", mas isso também ficava cada vez mais complicado. O que Siegel e Shuster descreveram em uma única página, agora ocupava treze.

Nossos números são uma legião

Com a edição nº 300 de *Adventures Comics* (setembro de 1962), a Legião de Super-Heróis, que havia feito doze aparições esporádicas nos supertítulos desde o primeiro deles, quatro anos antes, ganhava um espaço regular nos quadrinhos. A lista de membros da Legião crescia a cada aparição, e as fileiras continuavam inchando com mais e mais adolescentes superpoderosos vindos do futuro.

As histórias da Legião, envolvendo ou não Superman, Superboy ou Supergirl, atraíam meninos e meninas igualmente com a combinação de heroicidade e melodrama. O cenário do século XXX libertava as histórias das restrições da continuidade atentamente monitorada de Weisinger e, considerando o grande elenco de personagens, permitia a redatores como Jerry Siegel e Edmond Hamilton elevar os padrões. Em uma história da Legião, personagens principais podiam morrer, e morriam. Novos personagens podiam chegar ou, se não correspondiam aos padrões da Legião, ser relegados ao *status* de "herói substituto". O amor podia florescer e sumir. Um herói podia perder o poder, só para ganhar outro. Moça-Tríplice, por exemplo, que tinha o poder de se dividir em três personas idênticas, podia sofrer uma tragédia, limpar a poeira e ressurgir como Dama Dupla.

Os fãs acatavam a vertiginosa e abrangente mistura de poderes, planetas e *páthos* das histórias da Legião, mas essas histórias ofereciam algo específico ao mito do Superman, algo que o moldaria pelas próximas décadas.

Superman tinha viajado no tempo muitas vezes a essa altura, mas o que as histórias da Legião estabeleciam, e ressaltavam, era o destino final dele. No universo da Legião, o Superman do século XX entrou para a história como o maior herói de todos os tempos. De fato, a Legião foi formada para honrar sua memória. Algumas das melhores histórias da Legião abordam a ideia de um jovem Superboy aprendendo a aceitar a lenda de que está destinado a se tornar. Outras oferecem vislumbres tentadores do futuro do Superman e acrescentam vilões de nível cósmico e de outras eras, que atormentarão os heróis do Universo DC durante anos.

Swan entra em cena

No início, John Forte se encarregava da arte das histórias da *Legion*, enquanto Curt Swan e George Klein cuidavam das capas. Mas, pouco a pouco, a equipe Swan-Klein assumiu também a arte da *Legion*, e de vários outros títulos do Superman.

Como o artista Wayne Boring definira o Superman das décadas de 1940 e 1950, Curt Swan estabeleceria a assinatura visual do Superman da década de 1960 até o começo dos anos 1980. "Eu queria mostrar força, é claro, e robustez", contou Swan. "E personalidade." Assim, o Superman de Swan é menos temperamental e mais valentão que o de Boring. Sua cintura é mais estreita, os ombros são maiores e mais arredondados, e Swan diminui acentuadamente a porcentagem de gordura corporal do

Homem de Aço, eliminando o peito quadrado em favor de maior definição muscular.

Mas é no rosto desse novo Superman que estão as maiores diferenças. Ele é menos estilizado que o de Boring, que tem o toque emo da testa aprofundada ("Mort me disse logo que queria suavizar a linha do queixo [de Boring]", entregou Swan). Mas esse Superman também não parece friamente paternal, como o de Al Plastino. Swan cria um Superman mais ilustrativo e realista, cujo rosto em repouso é bonito de um jeito vago, nada ameaçador e, mais que tudo, bondoso. "Ele precisava ser o tipo de pessoa que você quer ter do lado", disse Swan.

O grande feito de Swan, porém, está na "atuação" de seu personagem, em como ele captura mudanças de expressão facial e linguagem corporal com sutileza e objetividade. "Senti que era necessário colocar linhas em seu rosto para mostrar dor, ou o que fosse. Mort [...] achou que eles fizeram o Superman parecer velho demais." Quando os lápis de Swan eram coloridos por Klein, relativamente poucas linhas faciais desenhadas por ele chegavam aos quadrinhos finais, e é por isso que o Superman de Swan/Klein parece ser bem mais jovem que o de Boring ou Plastino.

Swan revela grande economia de forma. Se a linha de trabalho de Boring fazia a página parecer pesada, uma página de Swan/Klein tinha uma leveza e uma simplicidade que convidavam o olhar. É sob o reinado de Swan que o cacho do Superman é reduzido para uma voltinha e adquire seu *status* de ícone, tornando-se parte tão importante do personagem quanto as botas ou a capa.

E já que falamos de penteado, temos que notar que o Superman de Swan, especialmente naqueles primeiros anos, tem um leve recuo da linha capilar, comparado ao de Plastino e Boring. É o Superman na versão do seu tio bonzinho, favorito.

Enquanto isso, a Marvel Comics acelerava. Eles acabaram de apresentar mais um super-herói, um adolescente atormentado pela culpa e com um complexo de inferioridade que só o empurrou para a vida de super-herói depois que seu egoísmo matou uma pessoa que ele amava. Se Superman se debatia com vários dilemas envolvendo sua identidade secreta, esse garoto Parker não conseguia comprar remédio para a tia velha e doente, tinha problemas com as garotas e estava sempre rejeitando seu papel de herói, lamentando não ser normal. Se Superman era o tio/superego da América, esse punk era o enteado/id ingrato da América.*

Eles o chamaram de Homem-Aranha. Voltaremos a ele mais para frente.

Com o grande poder vêm as possibilidades limitadas

Agora que estava estabelecido que o Superman perde os poderes sob um sol vermelho, mais e mais histórias mostravam um Superman enfraquecido em uma era em que os poderes do Homem de Aço cresceram a ponto de ele só precisar aproximar as sobrancelhas para espiar através da barreira do tempo (como fez em *Superman* nº 127, fevereiro de 1959), além de pulverizar um planeta inteiro com uma cabeçada (*Superman* nº154, julho de 1962).

Em janeiro de 1963 (*Superman* nº 158) e de novo em agosto de 1964 (*World's Finest* nº 143), Superman e Jimmy Olsen viajam para a Cidade Engarrafada de Kandor (onde o Superman perde seus poderes) e adotam as identidades de Asa Noturna e Pássaro Flamejante, uma dupla dinâmica de combatentes do crime mascarados cujos nomes foram tirados de duas aves kryptonianas. Qualquer semelhança com Batman e Robin é intencional e, se Batman se incomodasse, teria motivos: como Asa Noturna, Superman usa uma máscara e uma fantasia azul-escuro (com botas em azul-prussiano), enquanto a roupa de Jimmy é vermelha e amarela. Os dois usam cintos propulsores que os fazem voar, também contam com um "nightcarro" e uma "nightcaverna". Nas décadas seguintes, vários personagens adotarão essas identidades de combatentes do crime.

Em outubro de 1963 (*Superman* nº 164), Lex Luthor desafia o Homem de Aço para uma luta de boxe "sem usar os superpoderes". Superman

---

* Brincadeira feita pelo autor entre duas das três estruturas da psicanálise do aparelho mental, segundo Sigmund Freud: superego e id. O id ("isso", em alemão) é a parte da nossa psique responsável pelos nossos impulsos mais primitivos, desde que nascemos, norteado pelo "princípio do prazer" – porém, seus desejos são frequentemente reprimidos. O superego, também chamado "ideal do ego", tem a função de conter os impulsos do id, como uma espécie de "bússola moral", e suas regras são aprendidas na sociedade para que convivemos nela de modo correto.

aceita e, em um único quadro, constrói uma espaçonave para levar os dois a um planeta que gira em torno de um sol vermelho.

Lá, os dois homens se despem da cintura para cima e lutam sem luvas alguns *rounds* de boxe. (Nesse ponto, fica claro que Luthor, cujos desenhistas retrataram durante anos como um homem corpulento, de queixo duplo e vestido com jaleco de laboratório, encontrou tempo para ir à academia).

Mais tarde, uma perseguição por uma floresta estranha de cactos vivos separa os dois inimigos. Superman vaga perdido pelo deserto, enquanto Luthor encontra uma cidade populosa e convence o povo de que é um herói capaz de encontrar para eles uma nova fonte de água e que o Superman é um vilão. Embora seus planos comecem como um truque simples, no fim da história Luthor passou a se importar com o povo desse planeta, e ele convence Superman a providenciar água para eles em segredo. O povo reverencia Luthor e constrói uma estátua para ele.

Durante a era de prata, um tempo em que é apreciada a lógica invertida bizarra como motor da história, Luthor fará várias viagens a esse planeta, cujos habitantes o reverenciam a ponto de mudar o nome do lugar para Lexor em sua homenagem, enquanto evitam o Superman, que consideram um canalha covarde. Em novembro de 1964, Luthor se casa com a linda lexoriana Ardora.

Camelot

Quando Superman apresenta sua prima, a Supergirl, ao mundo em *Action* nº 285 (fevereiro de 1962), o presidente John. F. Kennedy a recebe com entusiasmo. "Sei que usará seus superpoderes não só para combater o crime, mas para preservar a paz em nosso mundo perturbado!"

Não era a primeira vez que o Superman convivia com um presidente americano nas páginas de uma revista em quadrinhos. Ele havia frustrado uma tentativa de assassinato contra o presidente Dwight D. Eisenhower três anos antes (*Action* nº 256). Porém, o relacionamento do Superman com Kennedy não tinha precedentes, embora o momento fosse macabro. Na edição com data de capa de fevereiro de 1964 (*Action* nº 309), que era a que estava nas bancas quando Kennedy foi assassinado em 22 de novembro de 1963, Superman se vê em uma situação delicada: um programa de televisão ao vivo quer homenagear o Homem de Aço e solicita a presença de Clark Kent e do Superman no palco ao mesmo tempo. O Homem do Amanhã pede ajuda ao líder do mundo livre, e o presidente dos Estados Unidos aceita usar uma máscara de borracha e os óculos de Clark Kent para se passar pelo alterego do Superman.

"Eu sabia que você não poria em risco minha identidade secreta", declara um satisfeito Superman. "Afinal, se eu não puder confiar no presidente dos Estados Unidos, em quem poderei confiar?" Era 1964, senhoras e senhores.

Kennedy deveria reaparecer dois meses depois (na *Action* nº 168, cuja data de capa seria abril de 1964), em uma história dedicada a promover o Conselho do presidente sobre Forma Física. Mas, depois do assassinato, essa história foi cancelada e substituída por outra, "Luthor, Hero of Lexor".

A página de cartas agendada para essa edição também foi cancelada para dar lugar a um texto *in memoriam* de Weisinger, que trazia um trecho de um artigo do *New York Times* sobre a história planejada.

Mais tarde, o presidente Lyndon Johnson entrou em contato com a redação da DC e sugeriu que a história fosse publicada; a família Kennedy concordou. Porém, sem a arte original de Curt Swan, que foi doada ao espólio dos Kennedy, Al Plastino redesenhou os quadros. A história de Kennedy, que parecia muito mais acelerada e crua na norma friamente composta de Plastino, surgiu como a principal de *Superman* nº 170 (julho de 1964). A DC achou melhor não mostrar o presidente na capa, preferindo anunciar uma história imaginária que explorava o que aconteceria se Luthor fosse o pai do Superman.

A era de prata começa a ficar preta

Em 1964, era evidente que a mudança se aproximava. Situações e personagens que produziram um fluxo interminável de invenções, inversões e inovações agora só permitiam simples interação. Outra forma de kryptonita apareceu, a kryptonita joia, que possibilitava que os vilões da era de prata manipulassem a mente das pessoas na nossa dimensão (*Action* nº 310, março de 1964), mas os leitores já tinham visto as versões verde, vermelha, azul, branca e dourada da coisa, sem falar em duas kryptonitas falsas, amarela e prateada. O conceito e outras coisas parecidas começavam a perder a graça.

O tom também mudou. Quando as crianças do "baby boom" chegaram ao fim da adolescência, os redatores de meia-idade do Superman (Siegel tinha 50 anos, Hamilton, 60, Robert Bernstein, 45) começaram a tentar às cegas alcançar esse novo tipo de jovens americanos.

A inocência irrisória dos anos anteriores produziu uma variedade fraca de espírito e vibrante de personagens e situações, mas agora estava claro que o Superman ficava para trás. Escrever para crianças era uma coisa. Eles continuariam fazendo isso por anos. Mas como escrever para essa coisa que as revistas chamavam de "a crescente cultura jovem"?

Uma história na edição de setembro de 1964 de *Superman's Pal, Jimmy Olsen* (nº 79), escrita por Leo Dorfman, então com 50 anos, traz um estudo de caso interessante na nova nota de desconforto que permeava as super-revistas. O título era "The Red-Headed Beatle of 1000 B.C." [O Beatle de cabeça vermelha de 1000 a.C.]. Na capa, o Superman voa sobre a antiga Judeia e vê Jimmy Olsen vestido com uma toga e usando uma peruca vermelha de Beatle, soprando um shofar e batendo em um tambor. "Grande Krypton!", pensa o Superman. "Jimmy começou uma beatlemania aqui na Antiguidade! Ele vai se tornar popular como o Ringo!"

A história começa com nosso intrépido e inexperiente repórter dançando sozinho em seu apartamento enquanto assiste aos Beatles pela televisão. "Puxa! Esses Beatles são um estouro! E eu sempre gosto mais das músicas quando uso minha peruca dos Beatles!" Um sinistro viajante do tempo chega do futuro e engana Jimmy, convencendo-o a guiá-lo para o passado.

Lá ele encontra o super-herói do mundo antigo, um garoto musculoso com um turbante e uma toga. Seu nome é Mighty Youth. O garoto resgata Jimmy das garras do vilão, mas o repórter ainda fica preso na antiga Judeia. Ele arruma um emprego de tosquiador de ovelhas, mas ganha pouco. Então, ele pega um pouco de lã, compra corante preto, faz várias perucas dos Beatles e começa a usá-las em praça pública, enquanto canta canções da banda para atrair a multidão.

Garoto: Quem é o estranho que se contorce como um besouro sobre uma pedra quente?

Garota: Que baterista! Não consigo fazer meus pés ficarem quietos!

Jimmy: Parem tudo, garotos, vocês não podem fazer a dança dos Beatles sem uma peruca dos Beatles!... Yeah! Yeah! Yeah!

Mais tarde, Mighty Youth revela sua identidade secreta, o Sansão bíblico, naturalmente. Quando o sinistro viajante do tempo invade o quartel-general secreto de Mighty Youth no meio da noite para cortar o cabelo de Sansão e roubar sua força, Jimmy frustra a tentativa cobrindo o cabelo exuberante do rapaz com uma peruca dos Beatles.

Superman chega e tudo fica bem, mas não antes de Jimmy se apresentar pela última vez, fazendo Superman opinar da maneira mais direta que se pode imaginar: "Você realmente começou uma febre Beatle aqui, Jimmy! Parece ser tão popular quanto Ringo, o baterista dos Beatles!

Os tempos, eles mudam

Mesmo enquanto os criadores do Superman começaram a se apropriar de mais e mais referências à cultura pop, essa mesma cultura mudava, e cada vez mais rápido. E com as modificações, a atitude com relação ao Homem de Aço também tomava nova forma.

A garotada que cresceu com Kirk Alyn e George Reeves agora era adolescente, com a compulsão reflexiva adolescente para rejeitar os aparatos de sua juventude por serem "coisa de criança". A adolescência é, afinal, um processo pelo qual o indivíduo se define decidindo o que não é, e o Superman era uma representação simbólica conveniente de tudo que era sóbrio, quadrado e infantil, coisas que eles queriam deixar para trás.

Assim, foram as crianças que um dia idolatraram o Homem de Aço que se divertiam com as paródias dele. Quadrinhos *underground* estrelando o alegremente pornográfico e superpoderoso Wonder Wart Hog, o super-herói mais fedido do mundo, começaram a aparecer em várias revistas de humor três anos antes. Em 3 de outubro de 1964, a NBC começou a levar ao ar uma paródia em desenho animado do Superman que se infiltraria na consciência do público e viveria nas publicações pelas próximas décadas. O substituto de Superman no programa é um pateta desajeitado e ineficiente que tem sucesso, apesar de tudo. Sua voz é do grande dublador de personagens e nerd assumido Wally Cox.

Quer mais? Ele é um cachorro. Um cachorro com uma das trilhas sonoras mais animadas da história do desenho animado, verdade, mas ainda assim um cachorro.

Em sentido estrito, *Underdog* é tudo que o malfadado piloto de *Adventures of Superpup* esperava ser, seis anos antes, mas com perspicácia e jogo de palavras, em vez de anões e cabeças de mascote.

Por mais carinhosa que possa ter sido a paródia, a história do humilde e adorável Shoeshine Boy e sua saltitante superversão canina foi só o começo. Mais paródias do Superman estavam a caminho. Muitas mais.

Après Underdog, le déluge.

Em março de 1965, o popular personagem Herbie, do American Comics Group, tornou-se o super-herói voador de Fat Fury. Em abril, o Pateta se tornou o Super-Pateta. Em outubro, exatamente um ano depois da estreia de *Underdog*, o primeiro episódio de *Formiga Atômica* foi levado ao ar na NBC. O membro voador, invencível e superforte da família Formicidae tinha até um lema ("Lá vai a triônica, Formiga Atômica!"), como o Homem de Aço.

Naquele mesmo mês, o adolescente favorito da América, Archie Andrews, ganhou superpoderes e uma roupa justa para limpar as ruas nada perigosas de Riverdale como Pureheart the Powerful. Logo Reggie, Jughead e Betty adotaram suas identidades de super-herói.

Em pouco tempo, a essas paródias se juntariam as animadas imitações *Super Chicken*, *Mighty Mouse*, os *Mighty Heroes*, e o muito estranho *Super President* (que combate o crime de seu esconderijo embaixo do Salão Oval); os animados heróis de sitcom *Captain Nice* e *Mister Terrific*, e o enredo de *Monty Python's Flying Circus*, "Bicycle Repairman", que mostra um mecânico pacato que conserta bicicletas em um mundo cheio de super-homens.

Em meio à enxurrada de paródias e sucessos nas bancas de revistas em quadrinhos, a DC tentava melhorar sua identidade de marca. A partir de fevereiro de 1965, a extremidade da capa de todas as revistas da DC traria uma faixa xadrez preto e branco, apelidada de "Go-Go Checks", que os associava ao movimento *pop art* ("Não hesite! Escolha... as revistas com os Go-Go Checks!") e ajudava as revistas a se destacarem nas prateleiras lotadas.

Como fazer quadrinhos como a Marvel

O único elemento marcante de que a Marvel Comics precisava estava integrado à *persona* exageradamente simpática e forçada de seu editor, Stan Lee. Essa *persona*, mais que as palavras "A Marvel Pop Art Production" impressas sobre os títulos da Marvel, havia se tornado a identidade da empresa. A voz editorial de Lee e sua energia hiperbólica, esfuziante e chocante saturavam cada quadro. Nas páginas, ele envolvia os fãs em um frenesi de paixão pela Marvel e denegria a "Distinta Concorrência" (também apelidada de "Brand Ecch").* Ele adorava convidar os leitores a espiar os bastidores de seu "curral" de redatores e artistas, lembrando sempre que essas histórias vinham de um lugar bem específico, que esses personagens eram produtos da "mente amorosa" de sua equipe e dele mesmo.

Quanto àqueles personagens, bem, eram um bando de rebeldes.

Como o mundo do Superman sofreu uma explosão demográfica no começo da década, no mesmo período ocorreu uma superpopulação do universo fictício compartilhado da Marvel, que recebeu novos heróis fantasiados: O Quarteto Fantástico, Hulk, Homem-Aranha, Thor, os X-Men, Dr. Estranho, Demolidor e os Vingadores apareceram em um breve período de três anos e conquistavam leitores e, mais importante, cunho cultural.

Escritores e roqueiros, e até cineastas como Federico Fellini e Jean-Luc Godard, passavam pelos estúdios da Marvel, uma situação que Lee contava com detalhes ofegantes em suas páginas de cartas. *Esquire* comentou que os heróis da Marvel se tornaram um fenômeno nos *campi* universitários do país. Mais de 50 mil estudantes universitários se tornaram membros da Mighty Marvel Marching Society e relacionavam o Homem-Aranha entre seus "ícones revolucionários" preferidos. Stan Lee se tornou presença constante no circuito de palestras universitárias.

---

* Brincadeira com *Not Brand Echh*, uma série de quadrinhos satíricos que a Marvel lançou debochando dos próprios títulos e dos da concorrência. [N. da T.]

O segredo do sucesso da Marvel não tinha a ver somente com conteúdo, os livros eram sobre heróis vestidos com roupas justas trocando socos, como em qualquer revista em quadrinhos da DC, mas com estado de espírito. Enquanto a DC se contentava em ter personagens que faziam referências às músicas que os jovens adoravam, a Marvel havia capturado como esses mesmos jovens se sentiam. A abordagem era sarcástica, mas muito mais eficiente.

Stan Lee e Jack Kirby pegaram o sentimentalismo exagerado e infantil da mitologia do Superman de Weisinger e miraram diretamente os adolescentes. Eles sabiam que os adolescentes narcisistas queriam ler sobre eles mesmos, por isso criaram um universo de personagens que eram ou se comportavam como adolescentes narcisistas; cada página transbordava creme para acne.

Os heróis da DC eram adultos com carreiras estáveis: Lanterna Verde era piloto de testes, o Flash era cientista da polícia. Mas Peter Parker era um adolescente chorão, deslocado, explorado. E mais, ele era um nerd de verdade, não fingia ser um, como um certo Homem de Aço. Entre os X-Men, sentimentos adolescentes de solidão e isolamento eram representados por mutações.

Muitos leitores e historiadores dos quadrinhos apontaram que esses novos heróis da Marvel exibiam algo que os da DC não tinham, personalidades definíveis. É verdade que o Superman e outros heróis da DC funcionavam orientados por uma noção de dever e altruísmo não examinada. Era verdade, também, que os redatores não se preocupavam em usar o diálogo como ferramenta de caracterização, a menos que fosse para dar a um valentão um sotaque de Nova York ou empurrar uma linguagem "descolada" para a boca de um adolescente ("Curto um balanço, mas esses gatos são super, saca? Totalmente mundo dos estranhos!").

A diferença fundamental, porém, era que o sentimentalismo abrangente do Superman da era Weisinger, todas aquelas vozes embargadas e soluços, brotava diretamente das situações, eram uma função da trama. Lois vê Lana beijando o Superman, é a dica para o desalento.

Os personagens da Marvel, por outro lado, se relacionam com o mundo cada um com seu conjunto único e pré-estabelecido de gatilhos emocionais. É tentador chamar esse conjunto de "personalidade", mas era algo mais primal e descomunal que isso. O nome correto para isso, é claro, era distúrbio de personalidade.

Assim, Johnny Storm, o Tocha Humana, é um esquentadinho egoísta propenso a dar chiliques por atos que percebe como pequenas desfeitas. O Hulk é, literalmente, uma criatura de pura ira. Quando o Homem--Aranha não está se comportando movido pela culpa avassaladora pela morte do tio, ele está se afogando em autopiedade. (Não é coincidência que a autopiedade, traço dominante da paisagem emocional adolescente, motive relutantes heróis da Marvel, como Coisa, Hulk, Fera e pelo menos 5/6 de qualquer lista de chamada dos X-Men.)

A simples ideia de um herói relutante, o equipamento da Marvel, não cabia no catálogo da DC. De fato, cada personagem que não era super em um título do Superman sonhava vestir macacão justo e lutar contra o crime e, a essa altura, a maioria já tivera sua chance. O primeiro impulso de Lana Lang, por exemplo, ao saber que havia adquirido a capacidade de se transformar em insetos enormes não foi se esconder embaixo do sofá como Gregor Samsa (personagem principal de A *metamorfose*, de Franz Kafka, que poderia ser um personagem Marvel), mas fazer uma fantasia com tema de abelha.

Lee se dispunha a criar um estudo de contrastes, e os leitores perceberam. Se nas revistas da DC os super-heróis se juntavam em equipes, nas da Marvel eles tinham rixas.

Se O'Neilman se preocupava com o risco de criminosos alienígenas sem corpo o submeterem ao efeito da kryptonita dourada, o Homem--Aranha se preocupava com a escola, com dinheiro e garotas.

Lee fazia uma aposta sagaz ao criar histórias que falavam diretamente ao coração pulsante do adolescente americano vítima dos hormônios. Ele sabia que os leitores escolheriam o id da Marvel ao superego da DC, e já começava a lucrar com essa certeza. As vendas da Marvel cresceram. Em 1967, elas se aproximavam perigosamente dos números da DC. O'Neilman ainda governava os gráficos de vendas de revistas em quadrinhos, mas estava prestes a levar um ou dois socos que fariam dele uma figura à margem da diversão por alguns anos.

O'Neilman caipira

Era 1966, o ano do super-herói caipira.

A cultura sempre achou o conceito dos super-heróis juvenil, era entretenimento para criança, afinal, e eles enfrentaram sua cota de deboche ao longo dos anos, como alguém debocha de um apresentador de programa infantil lembrado com carinho. Mas foi preciso um fenômeno sem precedentes na televisão para a imaginação popular começar a ver o super-herói como alguma coisa real e abjetamente ridícula, e associar tão completamente "herói fantasiado" e "caipira", que levaria mais de uma década para o efeito ser superado.

Em janeiro de 1966, *Batman* estreou na ABC, estrelando Adam West e Burt Ward como a dupla dinâmica. Cheio de cores berrantes e intencionalmente *pop art*, efeitos visuais incomuns (*Pow! Zap!*) e cinematografia inventiva (a câmera era levemente inclinada em todas as cenas no esconderijo do vilão, para deslocar o espectador de modo sutil), o programa virou sensação. Mas a popularidade da série tinha menos a ver com seu design de produção e mais com seu conceito central simples: pegar as convenções, os personagens e as situações do super-herói dos quadrinhos e exibi-las de um jeito mortalmente sério.

As crianças que adoravam o programa não entendiam bem seu humor, para eles aquilo era só uma aventura de super-herói, mas os pais se apaixonaram pelo Batman de Adam West, um supercidadão careta que nunca pensava em estacionar o Batmóvel sem colocar moedas no parquímetro.

O programa se esgotou depois de duas temporadas e meia e um filme, mas, nesse breve período, se infiltrou de tal forma na mentalidade americana que, hoje, quase meio século depois, um de seus elementos característicos (*Pow! Zap!*) se tornou um clichê tão detestado pelos leitores de quadrinhos quanto é amado por editores de publicações em busca de uma manchete para artigos sobre quadrinhos.

O cheiro da maquiagem

Quando o musical *It's a Bird... It's a Plane... It's O'Neilman*, produzido e dirigido por Harold Prince, estreou na Broadway em março de 1966, só três meses depois da estreia de *Batman* na televisão, o país ainda vivia intensamente a batmania.

Coescrito por David Newman e Robert Benton (os dois trabalhariam mais tarde no roteiro de *Superman: o filme*), com música de Charles Strouse e letras de Lee Adams (a equipe por trás de *Bye Bye Bird* de 1960), *It's a Bird* tentou seguir a linha do deboche sério do *Batman*, mas seu *status* de antiquado espetáculo cantado da Broadway, cheio de números de dança exagerados, significava que seu humor teria que vir de um lugar mais amplo, mais espetacular.

O musculoso Bob Holiday fez um O'Neilman impressionante e lidou com competência com os diversos truques do papel, levantando uma arquibancada cheia de espectadores, voando sobre os holofotes suspensos por um cabo.

O cantor e dançarino Jack Cassidy foi muito elogiado como Max Mencken, um habilidoso colunista do *Planeta Diário* que faz uma peça para Lois e conspira com o cientista maluco dr. Abner Sedgwick (Michael O'Sullivan) para desmascarar o O'Neilman. Patricia Marand, de *O rei e eu*, no papel de Lois Lane, fez o melhor que pôde com as insípidas baladas de amor do espetáculo. O O'Neilman de Holiday tinha três solos no musical e se saiu bem com eles, embora os fãs do herói na plateia pudessem se irritar com o humor forçado das letras das músicas, como no tema de abertura "Doing Good":

It's a satisfying feeling
When you hang up your cape
To know that you've averted
*Murder, larceny, and rape.**

---

* É um sentimento satisfatório/ Quando você pendura sua capa/ Sabendo que impediu/ Assassinato, furto e estupro. [N. da T.]

Em um inevitável aceno para a loucura do Batman, o número final de Holiday, no qual O'Neilman derrota sem esforço uma gangue de acrobatas chineses diabólicos, chama "Pow! Bam! Zonk!".

O número antes do intervalo (que se tornaria uma canção de audição e um padrão dos pequenos cabarés) foi cantado pela colunista social do *Planeta Diário*, Sydney, representada por Linda Lavin. "You've Got Possibilities" embala Sydney e sua reavaliação do insosso Clark Kent como um possível namorado.

Hair CUT – simply terrible.
Neck tie – the worst.
Bearing – just unbearable.
What to tackle first?
Still, you've got possibilities,
Though you're horribly square.
I see possibilities;
Underneath there's something there. *

Na palavra "underneath", Lavin desfazia de um jeito sedutor o nó da gravata de Holiday e abria sua camisa, enquanto Holiday tentava abotoar o colarinho e refazer o nó, antes que ela visse sua fantasia de O'Neilman.

O espetáculo foi recebido sem entusiasmo pela crítica, com Stanley Kauffmann do *New York Times* comentando: "É tranquilamente o melhor musical desta temporada até aqui, mas, como esse elogio é meio frio, acrescento que ele seria agradável em qualquer temporada." (Para dar um contexto: *Man of La Mancha* e *Sweet Charity* estrearam poucos meses antes; *Mame* estrearia dois meses depois.)

No começo, a bilheteria foi gratificante. Logo, porém, os produtores perceberam que a plateia era formada por um grande número de crianças, por isso abriram matinês. Cassidy, O'Sullivan e Marand foram indicados para o prêmio Tony em 1 de junho, mas então o espetáculo enfrentava

---

* Corte de cabelo, terrível./ Gravata, a pior./ Atitude, insuportável./ O que enfrentar primeiro?/ Mesmo assim, você tem possibilidades,/ Embora seja terrivelmente quadrado./ Eu vejo possibilidades;/ Tem alguma coisa escondida aí. [N. da T.]

uma percepção cada vez maior do público de que aquilo era uma obra do "teatro infantil", e as indicações não ajudaram a aumentar a venda de ingressos. Algumas pessoas especularam que o momento não era ideal. Em entrevistas, o redator David Newman disse acreditar que o show era vítima da grande popularidade do Batman da televisão. O espetáculo saiu de cartaz em 17 de julho, depois de apenas 129 apresentações.

O editor de *O'Neilman* da DC, Mort Weisinger, assistiu a várias apresentações de *It's a Bird*... Ele estava envolvido com o licenciamento do nome O'Neilman e conseguia ingressos com facilidade. Quando queria impressionar um novo escritor, ele o levava para jantar e, depois, para assistir ao musical.

Em uma noite do fim de junho de 1966, Weisinger estava na plateia com um novo escritor de quem havia comprado várias histórias de *Legion of O'Neil-Heroes*. Weisinger tinha grandes planos para ele, a *Legion* era muito popular, o bastante para dominar completamente o título *Adventure Comics*, e Weisinger achava que o homem podia ser o redator certo com quem se associar.

Ele não o havia conhecido pessoalmente, só conversado por telefone e trocado correspondência. Mas agora o escritor estava em Nova York para uma visita e Weisinger o instalou em um bom hotel, o levou para conhecer os escritórios da DC Comics e para assistir ao musical do O'Neilman.

O nome do escritor era Jim Shooter. Ele tinha 14 anos.

Os fãs se aproximam

Um ano antes, em 1965, Jim Shooter, então com 13 anos, tinha prestado atenção na DC: "Escrevi e desenhei da melhor maneira possível uma história da Legião de Heróis para... *Adventure Comics*, e mandei o trabalho. Escolhi essa revista porque, na minha opinião, era a pior revista em quadrinhos já publicada e, portanto, o lugar onde eu mais tinha chance de publicar minha história."

Weisinger, que achava que Shooter era um universitário, respondeu com uma carta de incentivo, e Shooter enviou mais duas histórias, apresentando os novos personagens Karate Kid, Princesa Projectra e outros, que Weisinger comprou. Durante os cinco anos seguintes, quando estava no ensino médio, Shooter contribuiria com histórias para diversos títulos do *O'Neilman*, mas a *Legion of O'Neil-Heroes* logo se tornaria seu bebê.

Embora Weisinger mantivesse controle rígido sobre sua florescente continuidade do O'Neilman, o simples fato de vários redatores diferentes estarem envolvidos resultou em histórias que pareciam intercambiáveis, até genéricas, com finais que devolviam tudo à posição inicial. Mas as histórias da *Legion*, ambientadas no século XXX, tinham a própria continuidade, e escritores como Siegel e Hamilton se divertiam apresentando mudanças duradouras como morte, desmembramento e traição. Quando Shooter se tornou o redator regular de *Legion*, ele obteve o controle efetivo sobre a publicação e, por extensão, o futuro distante de todo Universo DC, e tornou o enredo cruzado da *Legion* ainda mais complexo e envolvente.

Ele ampliou o grupo da Legião, apresentando mais e mais personagens, e essa tela mais ampla deu a ele a chance de desenvolver relacionamentos românticos e enredos em um grau sem precedentes, introduzindo elementos que só dariam retorno muitos meses mais tarde.

Ele estava na vanguarda de um fenômeno inteiramente novo, toda uma geração de redatores entrando no campo que se formara a partir das revistas em quadrinhos e escrevendo sobre seus heróis favoritos na imprensa fanática. Eles tratavam seus deveres de guardiões dos personagens que tanto amavam com um tipo de reverência alegre. Para Shooter, e escritores como Roy Thomas e Cary Bates, bem como Paul Levitz e Elliot S. Maggin alguns anos mais tarde, escrever O'Neilman não era só um trabalho remunerado, mas um sonho que se realizava. A posição inferior dos quadrinhos no ranking da literatura podia incomodar os Siegels e Hamiltons do mundo; essa garotada nova via essa posição como motivo de orgulho.

Falando em remuneração: em 1965, Jerry Siegel se desligou da DC pela segunda vez. Os direitos de publicação do O'Neilman da DC teriam que ser renovados em 1966, o que dava a Siegel uma chance de brigar por eles nos tribunais. Dessa vez, Shuster não o acompanhou. A petição de Siegel foi negada pela corte, e ele recorreu. O caso se arrastou por quase uma década.

Um emprego para Bud Collyer

Em 1966, uma série animada chamada *The New Adventures of Superman* estreou na CBS. Cada episódio tinha dois curtas de seis minutos cada com o Superman e um segmento de seis minutos com o Superboy. Como era típico para uma produção da Filmation Association, o desenho animado era negócio de porão: composição rígida, movimento de personagem limitado ao mínimo diante de fundos reciclados constantemente. Mas as histórias e as caracterizações eram melhores que o padrão para o formato, porque a equipe de redação incluía vários escritores da DC de longa data. Com uma atitude que encantou os fãs antigos, os produtores também convocaram para o elenco veteranos do programa de rádio, como Bud Collyer, Joan Alexander, Jackson Beck e Jack Grimes como Superman, Lois Lane, Perry White e Jimmy Olsen, respectivamente. Toda uma nova geração de crianças e adolescentes cresceria com a voz de Collyer e se deliciaria com sua característica diminuição de tom quando Clark Kent se tornasse o Homem de Aço.

O programa foi um sucesso em seu horário na programação das manhãs de sábado. Na temporada de 1967, o formato foi expandido para sessenta minutos, com metade desse tempo dedicado às aventuras submarinas do Aquaman. Em 1968, *The Superman/Aquaman Hour of Adventure* se tornou *The Batman/Superman Hour.* No geral, foram produzidos 68 desenhos animados do Superman.

Eu sou, eu sou, eu sou o Superman

Enquanto Superman, ou imitações e sátiras dele, proliferavam na TV, o Homem de Aço fazia sucesso no rádio. Em 1966, o cantor folk escocês Donovan lançou um single que chegou ao primeiro lugar das paradas *Billboard.* A canção, uma animada e quente declaração/proclamação de amor, tinha o título de "Sunshine Superman" e se tornou a faixa-título de um álbum lançado alguns meses mais tarde. O Homem de Aço era mencionado no verso da capa, ao lado de outros heróis da DC ("Superman ou Lanterna Verde não têm nada contra mim").

Um ano depois, o 5th Dimension, um grupo que tirou seu nome do desagradável inimigo do Superman, Mr. Mxyzptlk, emplacou um sucesso chiclete inspirado pelo lema do Superman, "Up, up, and away", um hino ao balão de ar quente escrito por Jimmy Webb, que combinou harmonias íntimas com uma boa dose de Broadway. Em 1969, a banda de Austin, The Clique, lançou o single "Sugar on Sunday", que alcançou um modesto top 40 nas paradas de sucesso. Dezessete anos depois, REM seguiria o obscuro rock de garagem lado B de "Sugar on Sunday" com "Superman".

Roupa prateada e lágrima

Sim, o Superman estava nas ondas do rádio. Nas páginas das revistas em quadrinhos, porém, a interminável batalha tomara um rumo preocupante. As vendas dos títulos do Superman caíam, e a Marvel crescia.

Com os anos 1960 chegando ao fim, terminava também a era de prata do Superman. O tempo da explosão de ideias, artifícios e novos personagens do começo da década havia se transformado, nos anos seguintes, em repetição mecânica. A disposição do país se tornara mais sombria, e o Superman, que podia mover estrelas distantes com o supersopro e suportar a explosão de "mil bombas H" sem sofrer um arranhão (*Adventure* nº 366, março de 1968), não estava mais em sintonia com a época.

Em 1970, Mort Weisinger se aposentou. Durante a primeira metade de seu mandato de duas décadas, ele levara o Homem de Aço a picos de popularidade sem precedentes. Na segunda metade, porém, essa mesma popularidade enfraqueceu. De fato, durante aqueles anos de declínio, só um novo elemento adicionado ao mito do Superman demonstrou algum poder duradouro.

Era o vilão chamado Parasita, apresentado em 1966 (*Action* nº 340). Seu artifício: tirar os poderes do Superman, deixando-o fraco e exausto, uma sombra do que era antes.

Pensando bem, parece meio óbvio.

7

KRYPTONITA NUNCA MAIS! POR POUCO TEMPO! (1970-1977)

Marcos

1970: Jack Kirby assume *Superman's Pal, Jimmy Olsen*; começa a saga Quarto Mundo
1972: estreia o desenho animado *Super Friends*
1974: lançada a revista em quadrinhos *Superman Family*
1975: edição de colecionador *Superman* vs. *The Amazing Spider-Man*
1976: Jerry Siegel e Joe Shuster voltam a assinar o logo do Superman
1977: edição de colecionador *Superman* vs. *Muhammad Ali*

Primeira aparição de Darkseid e os Novos Deuses; Morgan Edge, Galaxy Communications; Steve Lombard

Depois de ter passado a maior parte da década anterior apenas observando da periferia cultural, o agora trintão Superman é atingido em cheio pela desilusão que assola o país na década de 1970. Era a época da crise da meia-idade do Homem de Aço: um novo emprego, um novo guarda-roupa e um relacionamento definido com Lois Lane, há pouco declarada feminista. Também era a era da "relevância" nos quadrinhos, o que significava que a rodada previa questões como poluição, fome, guerra de gangues e racismo para o Superman.

Enquanto isso, enquanto o Vietnã e o escândalo Watergate inflamavam ainda mais o ânimo nacional, o público percebia figuras de autoridade com um novo tipo de desconfiança, senão desprezo declarado. Com o cabelo curto, o rosto barbeado e a defesa literalmente bruta do *status quo*, o Superman passava a representar o *establishment* com E maiúsculo.

Os heróis da Marvel reclamavam, questionavam e agitavam, eram agentes do caos e pareciam os adolescentes que os liam.

Superman, por outro lado, impunha obedientemente a ordem e parecia um policial.

"Tem um novo tipo de Superman chegando!"

Com Mort Weisinger fora, seu vasto reino de títulos do Superman foi dividido entre vários editores. O assistente de longa data, E. Nelson Bridwell, ficou com *Lois Lane*. Murray Boltinoff tomou as rédeas de *Action*, *Superboy* e *Jimmy Olsen*. Mike Sekowsky ficou com *Adventure*. Julius Schwartz, o homem que havia orquestrado a ressurgência da era de prata dos heróis da DC, foi convidado a editar *Superman* e *World's Finest*. E não ficou nada satisfeito com isso.

Schwartz foi franco com os parceiros de criação sobre sua incapacidade de "entender" o personagem que havia herdado do amigo Weisinger. Sua primeira atitude foi levar o redator Dennis "Denny" O'Neil, que passara os anos anteriores contemporizando personagens como Mulher Maravilha e Flecha Verde e tentando tirar o personagem Batman das sombras do programa de TV da década de 1960.

O'Neil compartilhava da ambivalência de seu editor, porque imaginava que um personagem tão visado implicava muitas condições corporativas. Ele também achava difícil se entusiasmar com um personagem que conseguia enxergar através do tempo e explodir uma estrela. "Como escrever histórias sobre um cara que pode destruir uma galáxia ouvindo atentamente?", O'Neil brincou.

Schwartz e O'Neil resolveram tirar poderes do Superman levando-o de volta aos níveis da era da Segunda Guerra. A chave, eles argumentaram, era deixar os leitores verem o herói se esforçando outra vez.

Fortaleza de exaustão

Enquanto isso, nas páginas de *Adventure*, Supergirl frequentava a faculdade e fazia experiências com novos supertrajes, até escolher, em outubro de 1970 (*Adventure* nº 397), uma minissaia com cinto de corrente e botas vermelhas de cano alto. Foi a primeira de muitas mudanças na fantasia da Dama de Aço. Diferente da Mulher Maravilha ou da Batgirl, cujos visuais permaneceram, em grande parte, inalterados por décadas, esforços concentrados foram feitos para garantir que a Supergirl refletisse a moda da época. Porém, é claro, a época e o comprimento das saias mudavam continuamente, tornando necessário um ciclo constante de novos visuais e cortes de cabelo para a Supergirl. Com o passar dos anos, a minissaia cederia lugar a hot pants, a túnica seria trocada por uma blusa de decote V, o cabelo loiro e curto se transformaria em um permanente.

O Homem de Aço teve mais dificuldade para acompanhar a moda e as questões sociais da época. O relacionamento incômodo de seus redatores com a nova paixão por relevância nos enredos nunca é demonstrado com mais clareza do que na história de Robert Kanigher para Lois Lane, "I Am Curious (Black)" (*Superman's Girlfriend Lois Lane* nº 106, novembro de 1970). Olhando além da adequação do título, uma referência ao então escandaloso filme sueco de 1967, *I Am Curious (Yellow)*, cheio de nudez e sexo, essa história de Lois Lane é um enigma bem-intencionado, mas difícil.

Lois decide visitar Little Africa, "a comunidade negra de Metrópolis", na esperança de "ganhar o prêmio Pulitzer por mostrá-la como ela é! O âmago da questão como nenhum jornal jamais mostrou!". Ao chegar no bairro de negros, ela é hostilizada pelos moradores. "Olhem para ela, irmãos e irmãs! Jovem, doce e bonita! Mas não esqueçam. Ela é branca!" Inabalável, Lois convence o Superman a ajudá-la com uma tecnologia kryptoniana incompreensível e conveniente para a narrativa.

Superman: Tem certeza de que quer entrar no "plastimolde", Lois? Sabe o que vai acontecer quando eu acionar o interruptor do "pacote Transformoflux"?

A máquina transforma Lois em uma mulher negra, e ela volta à comunidade que não a recebeu antes. Dessa vez, um táxi se recusa a levá-la, e ela tem que enfrentar os olhares desconfiados das pessoas no metrô. Sente na pele as terríveis condições de vida nas favelas de Metrópolis e o afeto altruísta de seus residentes. De olhos abertos, Lois procura o Superman. E trata de fazer tudo isso ter a ver com ela.

Lois: Olha nos meus olhos! E me fala a verdade! Você me ama? Imagina que eu não possa voltar ao que era. Você se casaria comigo? Mesmo eu sendo negra? Uma estranha em um mundo do homem branco?

Superman, mostrando um controle sobre-humano, mostra educadamente que ele sabe uma ou duas coisinhas sobre ser o estranho deslocado, tendo vindo de outro planeta a milhões de anos-luz, antes de dar a resposta padrão sobre não querer colocá-la em perigo por ter muitos inimigos.

"Vamos levar um papo!"

Em 1970, uma pesquisa nas páginas da DC Comics pedia, em nome do Superman e do Flash, um *feedback* dos leitores. O que é impressionante, e demonstra quanto o editor se sentia desconectado de seu público, é que os dois heróis usam um vocabulário que é quase um dialeto.

> "Vamos levar um papo!"
>
> Responda todas as perguntas para sabermos quem você é e o que o faz vibrar. Só porque você ajudou – e amamos você por isso –, vamos distribuir presentes que incluem uma televisão portátil colorida. Anunciamos os nomes em 30 de setembro de 1970.
>
> SACA!

Além das perguntas sobre a idade, os hobbies, onde os leitores compravam as revistas e se liam as propagandas nelas, a pesquisa incluía a seguinte questão:

> (5) Qual é seu interesse em ler sobre: (Para cada questão marque: Muito interessado, Interessado, ou Não interessado).

a. Poluição
b. Pessoas Negras
c. Voos Espaciais
d. Problemas Nacionais
e. Problemas da Cidade
f. Esportes (qual)
g. Hobbies
h. Romance
i. Astrologia

Poluição, problemas da cidade, astrologia e pessoas negras. Eram os anos 1970 chegando com força total.

"Kirby está chegando!"

Nos primeiros anos do período de Weisinger, negociações furiosas aconteceram nos bastidores. Durante dois anos, a DC tentava conquistar Jack Kirby, o artista lendário cujas ideias cósmicas, tramas, designs e layouts estabeleceram a linguagem visual da supremacia da Marvel. Em 1970, o acordo foi feito, e a notícia surpreendeu os fãs dos quadrinhos. (A comunidade profissional dos quadrinhos, que havia anos acompanhava o relacionamento desdenhoso de Kirby com a Marvel em geral e Stan Lee em particular, talvez tenha ficado menos surpresa.)

Em uma decisão que deixou muitos fãs do trabalho de Kirk curiosos, ele assumiu a redação e a arte de uma revista de DC que estava na parte mais baixa dos mapas de vendas, *Superman's Pal, Jimmy Olsen*. Uma revista adolescente sem graça como *Jimmy Olsen* parecia ser um projeto inadequado para um criador tão genial e singular, tipo Salvador Dali assumindo a produção de *Hannah Montana*, mas Kirby tinha seus motivos. Diferente de outros títulos mais proeminentes, a revista *Olsen* não tinha uma equipe de criação regular, e Kirby não queria tirar criadores estabelecidos de outras revistas.

Logo, ele assumiu a edição de *Jimmy Olsen* e lançou uma série interconectada ("Povo da eternidade", "Novos deuses" e "Senhor Milagre") para publicar sua saga intergaláctica recheada de mitos, Quarto Mundo.

Nessas histórias, seres divinos envolvidos com dificuldades eternas exploram uma tecnologia fabulosa para decidir o destino da própria existência. Muitos conceitos da passagem de Kirby por esses livros se tornarão elementos-chave do Universo DC, nenhum deles com mais destaque do que seu ditador intergaláctico impossivelmente poderoso, Darkseid, que em poucos anos suplantaria Luthor como o maior inimigo do Homem de Aço.

Nos bastidores, porém, o acordo de carta branca de Kirby com a DC incomodava outros criadores. Pior, esse desconforto aparecia no trabalho. Ele produzia páginas e páginas de quadrinhos que considerava prontos, mais à vontade com o dinamismo e o espetáculo do que no mais prosaico ramo narrativo da caracterização e, especialmente, do diálogo. Embora os conceitos sejam arrojados e inovadores, a execução é, colocando de maneira gentil, desajeitada, como em *Jimmy Olsen* nº 139 e nº 141 (julho e setembro de 1971), que por nenhum motivo discernível traz "Goody" Rickles, um sósia de Don Rickles com propensão para se vestir como super-herói.

"Quando se dá liberdade demais a alguém", disse o artista Neal Adams ao entrevistador Michael Eury na *The Krypton Companion* de 2006, "muito frequentemente, a pessoa se encrenca. E foi o que Jack fez. Mas ninguém chegou no Jack e disse: 'Jack, a gente tem que refazer essa coisa [...] tenho que mandar o trabalho para redatores profissionais e pedir para capricharem, porque a gente não tem histórias inteiras aqui [...] não está funcionando.'"

Kirby tinha um jeito próprio de desenhar o Superman, por isso ele diferia tão nitidamente das folhas do modelo oficial da DC fornecidas por Curt Swan. Nitidamente demais. O editor decidiu e orientou Adams e outros artistas a pegar as páginas de Kirby e redesenhar o rosto do Superman e de Jimmy Olsen para alinhá-los aos padrões da companhia. A DC também deu a Al Plastino e Murphy Anderson a tarefa de suavizar o trabalho caracteristicamente angular de Kirby. Foi desconfortável para os artistas, que se sentiram como se desrespeitassem um mestre do desenho e um criador já lendário, e isso alimentou o ressentimento de Kirby. Em 1972, muitos títulos do Quarto Mundo seriam cancelados.

"Kryptonita nunca mais!"

Finalmente, na edição de janeiro de 1971 de *Superman* (nº 133), Schwartz e O'Neil revelaram o *status quo* de seu novo Superman. Uma capa impressionante de Neal Adams anuncia uma das mudanças com toda clareza: o Homem de Aço aparece em pé, com os pés afastados, inflando o peito enorme e explodindo correntes de kryptonita verde. Seu olhar é confiante, até eufórico, e a legenda aos pés dele anuncia: "*Kryptonita nunca mais!*"

O texto na página de apresentação: "Começando... um retorno à grandiosidade!"

No começo da história, uma explosão imensa de um "motor de kryptonita" experimental deixa o Superman inconsciente e também provoca uma reação em cadeia que transforma toda kryptonita da Terra em ferro comum. De início, o Superman fica eufórico, até perceber que agora ele tem só uma fração do poder que tinha antes. Quando a história acaba, ele enfrenta uma duplicata de si mesmo gerada por aquela explosão, um dublê que vai extrair ainda mais de sua força.

Enquanto isso, o Galaxy Broadcasting System comprou o *Planeta Diário*, e seu dissimulado e sombrio presidente, Morgan Edge, escolhe Clark Kent para ser o mais novo repórter da emissora WGBS-TV. Preocupado, Clark fala a milhares de leitores quando especula: "O *Superman* vai ter sempre que esperar o intervalo comercial?"

A mudança para a TV significava que Clark Kent tinha que abandonar o terno azul, a camisa branca e a gravata vermelha que usava havia mais de trinta e tantos anos. O desenhista Curt Swan e o colorista Murphy Anderson (creditados como "Swanderson") alargaram as lapelas do paletó e acrescentaram listras largas, bolinhas e cores fortes ao guarda-roupa. (As roupas novas e modernas de Clark foram mostradas em uma edição da *Gentlemen's Quarterly*.)

A equipe Swan-Anderson começou a deixar transparecer no rosto do Superman um pouco da turbulência da época. Seu cabelo preto-azulado ficou um pouco mais comprido (um pouco!), as costeletas começaram a descer sobre as faces de granito, e Swan adotou uma abordagem mais fotorrealista que deixava o leitor enxergar mais linhas em seu rosto. Ele parecia menos personagem de desenho animado, só que, também, mais velho, mais preocupado que antes. Esse Superman, era claro, não se comparava à indócil juventude americana, mas a seus pais preocupados e seus orientadores.

Kryptonita? Mais!

O'Neil passou menos de um ano com o Superman, tempo em que lançou tudo, menos a pia de kryptonita, em cima do Homem de Aço. Jogou o público contra ele, o transformou em uma espécie de Clark Tifoide, transmissor de uma praga que fazia as pessoas da Terra virarem monstros e, para esticar muito o assunto, mandou o Superman ao inferno, literalmente.

Apesar das ambições de Schwartz e O'Neil de humanizar o Homem de Aço trazendo-o para baixo, o *status quo* do novo editorial, com vários editores controlando diferentes títulos do mito do Superman, significava que coordenação e controle no nível Weisingeriano não eram mais possíveis. Sem todas as equipes de criação a bordo, leitores que trocavam *Superman* por *Action* eram recebidos por um personagem que tinha muito mais força e tecnologia (a regra de Schwartz que decretava que "chega de robôs de Superman" não afetou o redator Cary Bates, cuja história de agosto de 1971 [*Action* nº 403] continha um deus *ex machina* que era de fato um *supermachina*).

Ou eles podiam encontrar um Superman cuja sensibilidade parecia ser muito diferente daquela do Homem de Aço de O'Neil. É difícil imaginar O'Neil, aos 33 anos, escrevendo uma história como a da *Action* nº 398, "The Pied Piper of Steel" (escrita por Leo Dorfman, de 57 anos), cuja capa mostra o Superman demolindo um prédio e incitando uma multidão furiosa: "Vamos lá, seus covardes! A universidade é a próxima!"

Na história, Clark Kent se torna um repórter de TV itinerante, ganha um carro equipado ("Uau", ele pensa, "esse é um carro fantástico!"), e cobre um evento tipo Woodstock ("Aqueles festivais de rock são o acontecimento do momento!"), onde um promotor de shows nefasto usa a música para controlar a mente de hordas de hippies sujos ("Pena eu não poder transmitir essa música, pessoal! Ela está deixando os jovens aqui muito animados!").

Depois de O'Neil deixar o Superman, e ficou claro que o experimento arrojado não havia melhorado as vendas, as mudanças que ele e Schwartz promoveram começaram a ser revertidas. Em dezembro de 1971 (nº 208), a capa da *World's Finest* retratava o Superman preso a um enorme arreio espacial, puxando o planeta Terra para fora da órbita. Em pouco tempo, a kryptonita voltou a ser a praga do Superman.

A mudança mais duradoura feita por Schwartz e O'Neil seria o novo trabalho de Clark como repórter de televisão, mas nem isso duraria para sempre.

Olha o (Super) Homem

Enquanto isso, o Superman aparecia mais do que nunca nas lojas de brinquedos. Kits de modelagem Aurora com o personagem derrubando uma parede, ou o Superboy e Krypto cumprimentando um dragãozinho, eram populares. Quando, em 1973, a companhia de brinquedos Mego lançou sua linha "Maiores heróis do mundo" com figuras de ação de vinte centímetros, o Superman foi o primeiro personagem a chegar às prateleiras das lojas.

A essa altura, o dinheiro dos produtos do Superman superava, provavelmente, o rendimento com as vendas dos quadrinhos, já que a linha de bonecos de ação desencadeou uma explosão de jogos, quebra-cabeças, livros para colorir, adesivos e produtos relacionados. O imaginário do Superman de autoria de artistas como Neal Adams e José Luis García-López logo começou a aparecer com regularidade crescente em todo tipo de produto. O Superman sempre foi tanto um personagem quanto um bem de consumo, mas, no início da década de 1970, a iconografia do Homem de Aço se tornou uma entidade destacada, com apelo próprio para milhões de consumidores que não liam os quadrinhos.

Não eram só crianças; logo os pais também começaram a ver o Superman surgir em lugares inesperados. Jim Croce o mencionou, como as letras alucinadas do New Riders of the Purple Sage. O personagem Jesus no musical de 1970 da Broadway, *Godspell*, e na subsequente adaptação de 1973 para o cinema, usava uma camisa com o "S", que era marca registrada, bordado no peito. Essa bem-humorada invocação de uma afinidade entre Jesus Cristo e o Superman não seria a última; em 1978, os redatores da primeira encarnação do Superman para a telona teriam oportunidade de bater na mesma tecla e com mais veemência.

Falando sério

A progressão da arte dos quadrinhos em direção a uma nova abordagem fotorrealista, promovida por artistas como Neal Adams, só ecoou uma sede crescente entre os fãs dos quadrinhos, que eram mais velhos e mais sofisticados que os da era de prata, por "realismo" em suas histórias. Eles agora queriam dissecar e discutir cada possível aspecto do mito do herói. Os fãs não permitiam mais que os redatores se safassem com atalhos na narrativa ou invenções malucas e questionavam as histórias com um empenho que era novidade. Queriam números, métricas, para quantificar e alimentar suas infinitas discussões sobre qual herói podia chutar a quase invulnerável bunda de outro herói. Faziam experimentos de pensamento para investigar as imprevistas, ou, no mínimo, não exploradas limitações e ramificações de poderes como visão de calor, hálito superfrio, superaudição e superforça. Como, especulavam, o Superman podia ouvir coisas que aconteciam do outro lado do mundo, se as vibrações dessas ondas sonoras teriam se atenuado muito antes de poderem atravessar o oceano?

Em um artigo escrito para a revista feminina *Knight*, posteriormente incluído em livro de 1971, *All the Myriad Ways*, o escritor de ficção científica Larry Niven propôs de maneira gráfica e divertida uma questão que só fora feita em âmbito privado, em voz baixa, no fundo dos ônibus escolares e em uma ou outra reunião editorial: e o sexo?

O que aconteceria se o invulnerável, superforte Superman conseguisse transar com a humana e, portanto, comparativamente frágil Lois Lane? A resposta, do ponto de vista de Niven, era tão óbvia que ele a transformou em título de seu artigo sobre o assunto: "Man of Steel, Woman of Kleenex" [Homem de Aço, Mulher de Lenço de Papel].

O artigo detalha teorias (de abrangência impressionante) de Niven sobre a natureza problemática da transa krypto-terrestre, as dificuldades da superinseminação artificial ("Podemos presumir de forma razoável que o esperma kryptoniano [...] é capaz de velocidades que ultrapassam a da luz.") e possíveis soluções (expor o esperma à kryptonita dourada!), e pondera se, caso o feto use a visão de raio X, Lois ficaria estéril. A resposta definitiva para a questão da gestação do superfeto, o Superman carregar o feto em seu abdome invulnerável, é apresentada como uma solução que deveria ser aprovada.

A questão, é claro, é a maneira inexpressiva e meticulosa com que Niven expõe seu processo de pensamento. É isso que acontece ao se levar essa coisa muito a sério, ele parece dizer: esperma assassino do espaço sideral.

Pensando hoje no artigo debochado de Niven, é impossível vê-lo como qualquer coisa além de um prenúncio da nerdice de alto nível que dominaria os quadrinhos nas décadas seguintes. Em pouco tempo, legiões de fãs e criadores adotaram a abordagem de Niven e começaram a filtrar a idiotice engraçada, caprichosa e antiga dos quadrinhos de super-heróis, deixando em seu lugar uma aspereza niilista, sem graça e punitiva.

Mesmo nas páginas dos quadrinhos do Superman, a nova safra de escritores que cresceu com o personagem começava a se apegar a esses novos "realismo" e "relevância". Em janeiro de 1972 (*Superman* nº 247), o escritor de então 22 anos, Elliot Maggin, explorou o lugar e o propósito do Superman em uma história chamada "Must There Be a Superman?" [Precisa haver um Superman?]. A história, inspirada por uma ideia do futuro autor do Superman, Jeph Loeb, formaria o que Maggin chamou de "ponto pivô" sobre o qual se baseava sua compreensão do personagem.

A história começa com o Superman executando uma missão especial para os Guardiões do Universo, um grupo de zeladores galácticos imortais e impassíveis que "observam e protegem as 100 bilhões de estrelas da Via Láctea e as vidas que crescem à luz delas". Mais tarde, os manipuladores, passivo-agressivos e vagamente cruéis Guardiões mencionam "casualmente" para o Homem de Aço que sua presença na Terra está tolhendo o crescimento social e causando um "atraso cultural". Quando o Superman pergunta o que isso significa, eles o ignoram como as meninas malvadas que são, já tendo plantado a semente da dúvida na cabeça dele.

"Passei anos bancando o irmão mais velho da raça humana!", pensa. "Estava errado? Eles dependem mais de mim... com mais frequência?"

De volta à Terra, ele encontra um fazendeiro abusando de um jovem agricultor. Os trabalhadores agitados se reúnem em volta do Homem de Aço. "Agora você pode resolver todos os nossos problemas", dizem, caso o leitor tenha perdido a tese da história. O Superman explica que eles podem resolver seus problemas sozinhos fazendo uma greve, e anuncia com uma atitude melodramática que não vai fazer "Nada! Absolutamente nada!" para ajudá-los.

Nesse momento, um terremoto destrói o vilarejo. O Superman reconstrói as casas, deixando os moradores confusos. Paciente, o Homem de Aço expõe sua nova meta: ele vai ajudar quando os humanos tiverem que enfrentar alguma coisa de que não possam se defender, mas quando o problema for mais fácil de administrar, "Vocês não precisam de um Superman! Precisam é de supervontade para serem os guardiões do próprio destino!".

O Terra-Man sem nome

Dois meses mais tarde, a capa de *Superman* nº 249 fez uma promessa grandiosa: "Apresentando... o mais recente e maior inimigo do Homem de Aço... Terra-Man!" Essa parte do "mais recente" é difícil de discutir: o lacônico caubói do futuro de Cary Bates, que, por garantia, monta um cavalo alado, era o primeiro novo vilão importante introduzido na galeria de vilões do Superman desde o Parasita, cinco anos atrás. Mas "o maior"? Essa foi uma promessa que o personagem não conseguiu cumprir. Não por falta de esforço.

Inspirado no personagem de Clint Eastwood, Homem Sem Nome, em uma sequência de faroeste, Cary Bates criou um vilão que desafiaria o Superman com uma mistura de tecnologia avançada e alegorias do Velho Oeste – como, por exemplo, um aparelho que explode num aviso escrito no céu para o Superman, cuja mensagem é (segura!) "A Terra não é grande o bastante para nós dois".

Enquanto isso, nas páginas de *Superboy*, a Legião de Super-Heróis passava por uma revitalização. O artista Dave Cockrum, antigo protegido do colorista Murphy Anderson, assumiu o desenho, dando às histórias da Legião uma estética ultramoderna e arrojada, diferente do visual retro-futuro exótico dos anos 1960 que as histórias apresentavam havia anos.

Ele também redesenhou os figurinos de vários Legionários, permeando os personagens (principalmente os femininos) com uma sexualidade ousada e sem remorso, que dava ao leitor material para debate entusiasmado. (Com relação ao novo uniforme biquinesco da Satúrnia, por exemplo, houve muito mais entusiasmo do que debate.)

No geral, Cockrum trabalhou em apenas doze números da Legião, mas, durante seu período, os sensuais superadolescentes do futuro conseguiram relegar o Superboy às histórias secundárias em sua própria revista.

Tranquilo como uma manhã de sábado

Em 8 de setembro de 1973, uma nação de crianças vestindo pijamas sintonizou a ABC para assistir ao episódio de estreia de um novo desenho animado de uma hora de duração produzido por Hanna-Barbera. Eles foram recebidos pelo barítono de Ted Knight, que declamou o texto da abertura do programa. (A canção tema, um hino marcial envolvente que se transforma em alegre fanfarra, se infiltraria na mente e no coração de toda uma geração, como a idiossincrática pronúncia de Knight.

O enorme sucesso *Super Friends* (*Superamigos*) seria levado ao ar pela ABC em uma variedade de formatos, com um grupo de heróis e vilões em constante transformação, por mais de uma década. Para uma nova geração de crianças americanas, o programa representaria seu primeiro encontro com o conceito de super-heróis em geral e o Superman em particular. A DC Comics, atenta ao fato, dedicou episódios especiais do programa a recontar as histórias de origem de cada herói, narrativas poderosas e atemporais com a comprovada habilidade de capturar o coração das crianças, mesmo as que acabavam ficando elétricas e agitadas de tanto comer açúcar.

O DJ de Los Angeles e estrela da dublagem comercial Danny Dark, o poderoso barítono por trás de campanhas publicitárias como "Sorry, Charlie" do atum Sunkist e o "Raid kills bugs dead", foi escolhido para dar voz ao Superman. O Homem de Aço de Dark tinha um barítono profundo, autoritário, mas carecia de uma sincera gama emocional. Sua voz parecia perfeitamente adequada à dura animação Hanna-Barbera.

O alívio cômico proporcionado pela adição dos companheiros adolescentes Wendy e Marvin e seu cachorro de capa foi pouco. E continuou minguado, mesmo quando eles foram substituídos pelos gêmeos adolescentes alienígenas que mudavam de forma, Zan e Jayna, e seu macaco espacial Gleek.

A decisão de focar a ação em coadjuvantes adolescentes filtrou o drama das ações, e essa falta de embalo na narrativa só foi exacerbada pela passividade do cão de guarda dos heróis. Em uma época em que a preocupação com a violência na televisão transformou até Tom e Jerry em dois simpáticos recatados e submissos, os Superamigos nunca bateram em coisa nenhuma.

Nas primeiras temporadas, de fato, os heróis raramente enfrentavam vilania de verdade. Em vez disso, muitos de seus inimigos eram levados a medidas extremas por um desejo de conservar recursos naturais ou tornar a vida mais fácil para a humanidade. (Em 1978, a série introduziu a Legion of Doom [Legião do mal], cheia de supervilões sinistros e tagarelas, e tramas mais sofisticadas emprestadas dos quadrinhos.)

Homem da terra do amanhã?

Em 21 de janeiro de 1972, a cidade de Metropolis, Ohio River, com 7 mil habitantes, no sudeste de Illinois, começou a se autodenominar "Cidade Natal do Superman". A cidade inteira entrou no jogo, criado para atrair dólares do turismo. Em maio, o jornal local mudou seu nome de *Metropolis News* para *Metropolis Planet.*

No sábado, 26 de maio de 1973, o "Amazing World of Superman Exhibition Center", um antigo rinque de patinação com 1.020m² pintado de azul, vermelho e amarelo, foi aberto ao público. As exposições incluíam um cinema onde era possível ver desenhos e séries do Superman, um modelo da casa da infância do Superman, várias formas de kryptonita, o figurino de George Reeves e uma série de fotos mostrando como uma revista em quadrinhos é feita.

A DC Comics preparou uma revista especial para a ocasião, *The Amazing World of Superman: Metropolis Edition*, que trazia um mapa de Kripton, dicas de como desenhar o Homem de Aço, várias de suas histórias antigas e uma inédita "Origem do Superman" desenhada por Swan e Anderson e escrita pelo especialista em continuidade do Superman na DC, o editor E. Nelson Bridwell. Ao escrever a origem, Bridwell decidiu que havia chegado novamente a hora de pôr em ordem histórias divergentes.

"Ficou decidido que a única coisa a fazer era descartar parte das histórias e organizar o restante em um todo coerente", ele disse aos leitores, mas as modificações foram, em sua maioria, bem pequenas. Ele fez duas alterações significativas: em todas as versões anteriores da origem, a nave espacial que trouxe Kal-El à Terra se autodestruía, mas Bridwell decidiu que os Kent a guardariam e esconderiam, para poder explicar como a "nave espacial do superbebê" podia estar exposta no parque. Ele também incluiu uma cena na qual Clark está ao lado do túmulo dos pais adotivos no quintal da casa deles, porque as lápides também fariam parte da réplica da casa dos Kent no parque.

Em 23 de maio de 1973, o artigo com a manchete extraída diretamente dos quadrinhos, "Superman homenageado pela cidade", sugere que a cidade, ou pelo menos certos membros dela, não estava brincando.

> Mike Forbes, 26, professor de inglês e psicólogo do colégio Marion, vai se demitir do emprego para assumir o papel de Superman em tempo integral. Ele diz que encara a missão como "um desafio".
>
> Um ex-aluno da Marion, estrela do time de futebol e arremessador da Murray State College em Kentucky, Forbes tem 1,99m de altura e pesa 113kg. Ele usa tamanho 52 extralongo de casaco e calça 48. E ele é tranquilo, como o alterego do Superman, o repórter Clark Kent.

A DC Comics, identificando uma oportunidade, e notando com interesse o sucesso do então recém-aberto Disney World, encomendou a Neal Adams alguns esboços conceituais para um grande parque temático que seria chamado de Amazing World of Superman (ou, informalmente, Supermanland), construído na periferia de Metropolis. O projeto se baseava em uma história da *Action Comics* de 1955 chamada "Superman in Superman Land", e continha vários elementos dessa história, inclusive um brinquedo "Viagem a Kripton" e uma "rua rincipal" de Smallville no estilo Disney.

Os frequentadores entrariam no parque pelas pernas de uma gigantesca estátua do Superman. Um playground Bizarro seria ocupado com balanças de cabeça para baixo, ou que balançavam de costas, brinquedos com casas na árvore, escorregadores e jogos. Os visitantes andariam por uma Cidade Engarrafada de Kandor em tamanho natural e se encantariam com as Cataratas Arco-Íris de Krypton, um salão de ciência e a capital da cidade de Kryptonopolis. Presidindo todo o parque e bem acima dele ficaria a Fortaleza da Solidão, inclusive com a Chave Dourada Gigante, e um restaurante com vista para o parque.

Porém, a crise do petróleo do começo da década de 1970 mandou o preço da gasolina para a estratosfera e, quando a planejada interestadual que passaria perto do parque foi prejudicada por atrasos, o ambicioso projeto do Supermanland foi abandonado.

A cidade de Metropolis não desistiu do Superman, embora tenha demorado anos para superar o ressentimento causado por esse enorme fracasso.

A saga dos Superfilhos!

Na edição de janeiro de 1973 da *World's Finest* (215), o redator Bob Haney e o artista Dick Dillin tentaram fazer alguma coisa que muitos antes deles tentaram sem sucesso: combateram o crescente hiato de gerações entre o Superman (que ultimamente adotava "o Homem" de "o Homem de Aço") e seus leitores adolescentes, e deu um salto através desse espaço.

O resultado ficou muito parecido com o que Denny O'Neil havia tentado criar no ano anterior. Lá estava um Homem de Aço menos poderoso e com quem era mais fácil se identificar; que era, de fato, uma criatura que não devia existir: um Superman de id puro, adolescente, um Homem de Aço perfeitamente adequado à Era Marvel.

O Superman em questão não era o Superman, tecnicamente. Mas era "um" Superman.

A bem da verdade, era o Superman Jr., um adolescente de nariz sujo e rebelde, propenso a birras e com um discurso salpicado de locuções hippies ultrapassadas. Essa foi a *Saga of the Super-Sons*, uma série de histórias muito estranhas com o ingrediente de sentimentalismo sombrio e marvelesco, atraente para os adolescentes, com uma nota de esquisitice *old school* da era de prata da DC.

Histórias imaginárias? De acordo com Haney, não. Não, o narrador da história garante que esses contos "não são imaginários, não são fantasia, mas 'reais, como aconteceram'".

E que contos! No primeiro, Superman Jr. e Batman Jr. pressionam os pais por autorização para combater o crime, mas os papais dedicados temem que os filhos se machuquem. Para testá-los, o Superman viaja a uma cidade na falha de San Andreas e provoca um terremoto, cujas vibrações, de alguma forma, criam uma segunda cidade que é deslocada no tempo (existe um dia no passado), para ser defendida pelos inquietos superfilhos.

Essa é uma das coisas menos esquisitas que ocorrem em uma série de onze histórias dos *Super-Sons* publicada ao longo dos três anos seguintes. Os meninos atravessam o país em uma moto para acabarem, depois de enfrentarem gangues de motociclistas e policiais corruptos, em um "acampamento de encontro" com os pais para "trabalhar o conflito de gerações entre eles" e encontrar mulheres separatistas, sempre com o sentimentalismo dos X-Men ("Olha, sinto muito se nasci com superpoderes! É uma grande responsabilidade... e não me dá superfelicidade!") e uma enxurrada de frases feitas da "cultura jovem", como hippies do elenco principal de uma comédia de costumes.

A afirmação de Haney sobre as histórias serem reais não foi desafiada por muito tempo, o que é surpreendente, mas o tipo de esquisitice exibido nessas histórias deve ser contido. Em *World's Finest* nº 263 (julho de 1980), quatro anos depois da publicação da primeira história dos *Super-Sons*, Denny O'Neil escreveu uma história que amarrava os dois Juniores com um lindo laço de fita, revelando que os relatos foram parte de uma simulação de computador que aconteceu na Fortaleza da Solidão.

Mudanças

No início, o título *Jimmy Olsen* de Jack Kirby expunha um lado mais possível e duro de Metrópolis, mas agora todas as páginas traziam preocupações mais cósmicas, intrigas palacianas, dificuldades familiares e tecnologia maluca de um grande e terrível panteão de Novos Deuses, cuja ponta dos dedos estala com poder suficiente para destruir planetas, destroçar galáxias e rasgar o céu ao meio.

Não vendeu.

Não o bastante, pelo menos. Kirby deixou a revista na edição 148 (abril de 1972) para se concentrar nas outras de seu Quarto Mundo, além da futurista OMAC (*One Man Army Corps*) e a pós-apocalíptica

Kamandi, Last Boy on Earth, mas não demorou muito para todas serem cortadas, e Kirby voltou a Marvel em 1975.

Redatores como Leo Dorfman fizeram o possível para manter vivo o título *Jimmy Olsen*, mas a revista foi cancelada na edição 163 de março de 1974. Em outubro do mesmo ano, com a edição 137, o gongo soou para a revista de Lois Lane, e também para o título da Supergirl, que sobreviveu a somente dez edições.

Com a partida de Kirby, os personagens do Quarto Mundo e os conceitos que ele desenvolvera durante sua passagem pela DC começariam a permear a trama de todo Universo DC, formando uma rede complexa de conexões narrativas entre histórias de *Legion*, *Justice League* e *Superman*.

Para *Jimmy Olsen*, *Lois Lane* e *Supergirl*, porém, o cancelamento foi bem menos dramático, porque suas aventuras foram incluídas em uma nova antologia.

Superman Family estreou em abril/maio de 1974, a começar pela edição nº 164 (que adotou a numeração de *Jimmy Olsen*, título que durou mais tempo dos três cancelados). A revista era coeditada por Julius Schwartz e Murray Boltinoff.

A essa altura, Schwartz assumira a edição de *Action Comics* também e se tornaria editor e coeditor de todos os supertítulos publicados pela DC, com exceção de *Superboy Starring The Legion of Super-Heroes*, que continuaria aos cuidados de Boltinoff. Schwartz uniu o reino do Superman sob sua bandeira, como Weisinger fizera antes, mas foi um governante mais benevolente. Foi durante seu mandato que a forma de contar histórias nos quadrinhos mudou de forma sutil, mas irrevogável. Na época de Weisinger, era raro uma história ser contada em duas edições. Agora, os arcos das histórias podiam se estender por três, quatro ou cinco meses.

Até essa era, que se tornaria conhecida como a era de bronze, um roteiro de quadrinhos era muito parecido com um de rádio. “Meu Deus!”, Superman podia dizer em um quadro que o exibia usando sua visão telescópica para localizar um gigantesco meteoro viajando em direção a Metrópolis. “Minha visão telescópica localizou um meteoro gigante! E ele vem em direção a Metrópolis!”

Quadros sem narrativa ou diálogo eram raros para que o efeito fosse impressionante quando um aparecesse, como na história que apresentou o Terra-Man – quando Swan e Anderson desenharam o vilão e seu cavalo alado viajando entre as nuvens, contornado pelos raios do sol nascente. Mas, pouco a pouco, ao longo da década, o relacionamento entre texto e imagem mudaria, com redatores confiando aos artistas a missão de transmitir mais e mais informação visualmente.

As sungas

Depois da breve passagem de Dave Cockrum por *Superboy Starring the Legion of Super-Heroes*, durante a qual ele deu à revista uma suave estética sexy, Mike Grell coloriu os desenhos de Cockrum em uma edição, e depois assumiu oficialmente a arte da edição seguinte (nº 203, agosto de 1974), em que intensificou a nota de sensualidade.

Grell acreditava que no Universo DC do século XXX, mais esclarecido, a pele cairia bem. Mais, seus desenhistas de figurino atestaram que tanto as Legionárias quanto seus colegas se sentiam confortáveis expondo grandes áreas do corpo. (Afinal, eram adolescentes cheios de hormônio.) Detratores atacaram os desenhos de Grell pelos decotes ousados, sungas e botas arrojadas (e isso tudo só nos homens), e é verdade que, em alguns quadros, as cenas da HQ *Legion* mais parecem a sala VIP do Studio 54, mas seus desenhos fizeram a revista se destacar nas prateleiras.

O ponto negativo da *Legion* ultraglamurosa de Grell (Cosmic Boy, por exemplo usava uma espécie de blusa com recorte até o umbigo) é que fazia o conhecido figurino azul e vermelho do Superboy parecer careta. E isso em uma época quando o Menino (e o Homem) de Aço lutavam contra a percepção pública cada vez maior de que ele era um policial aperfeiçoado que usava visão de calor em vez de cassetete, um policial de capa, se preferir. Um superporco.

Se o Homem de Aço parecia um pouco conservador entre seus colegas Legionários de figurino arrojado, eles não eram nada comparados ao Vartox, o super-herói do espaço vestido de sunga. Ao lado desse cara, o Superman era um Vitoriano.

O Superman o encontra pela primeira vez em *Superman* nº 281 (novembro de 1974). O redator Cary Bates tinha em mente um visual bem específico para o personagem e deu ao artista Curt Swan várias fotos de Sean Connery no filme *Zardoz*, que estreara em fevereiro.

Swan correspondeu à expectativa. Como Connery, Vartox usa um colete de couro sobre o peito musculoso, calça justa com recorte tipo protetor de genitália (que já é melhor do que a tanga vermelha que Connery usa no filme), botas de couro com cano até a coxa e pequenos propulsores acoplados. O colete, é importante ressaltar, tem ombreiras.

Apesar da infeliz escolha de figurino, o personagem Vartox, que voltaria a aparecer várias vezes nos dez anos seguintes, introduziu algo inteiramente novo no universo do Superman: o conceito de um herói mais velho em quem o Homem de Aço confia. Para um herói definido pela densa rede de relacionamentos que compartilha com seu grande elenco de personagens, não é menos importante a introdução de alguém a quem ele respeita.

Até o Superman, ficamos sabendo, tem um Superman.

Defesa, de certa forma

Em 1975, um advogado da Warner Bros. entrou em contato com Jerry Siegel numa tentativa de encerrar o processo que ele movia pela propriedade do Superman. Siegel soube que havia um filme do Superman em produção, que não iria adiante a menos que encerrassem de vez esse assunto desagradável. O acordo inicial definiu uma modesta remuneração anual.

Porém, durante meses depois dessa primeira conversa, Siegel não teve mais notícia alguma, até ficar sabendo, pelos comentários no círculo profissional, que a Warner havia comprado os direitos do Superman da DC por 4 milhões de dólares.

Siegel ficou furioso. Escreveu uma arenga de dez páginas com espaço único contra os executivos que, por décadas, pagaram a ele uma miséria, enquanto embolsavam lucros astronômicos pela criação que era dele e de Shuster. "Eu, Jerry Siegel, cocriador do Superman, amaldiçoo o filme *Superman*!" Ele mandou a declaração para os jornais e para emissoras de rádio e televisão do país. Depois de um tempo, a história foi publicada na primeira página do *Washington Times* (onde foi lida por Neal Adams, artista do Superman), o que acarretou uma aparição no *Tomorrow Show* de Tom Snyder (visto pelo veterano dos quadrinhos e criador do Coringa Jerry Robinson, então presidente da National Cartoonist Society [NCS]).

Adams e Robinson decidiram que evitariam os tribunais e levariam o caso de Shiegel e Shuster ao povo, basicamente coagindo a Warner Bros. e a DC a fazerem o que era o correto. Adams incitou uma ofensiva midiática. Robinson conseguiu o apoio da NCS, da Screen Cartoonists Guild, do Writers Guide of America e de outras associações; depois de um tempo, foi proposto um acordo.

Siegel e Shuster receberiam 20 mil dólares anuais cada um pelo resto da vida, e as palavras "Superman criado por Jerry Siegel e Jerry Shuster" voltariam, dali em diante, a aparecer em todo material impresso e nos créditos dos programas de televisão e filmes.

O dinheiro, é claro, era uma fração infinitesimal da fortuna que a criação havia rendido à DC, mas Siegel e Shuster estavam cansados e falidos, e as despesas médicas cresciam. Só que, pela primeira vez em anos, o personagem que eles haviam trazido ao mundo teria o nome dos dois.

Naquela noite, véspera de Natal, no *Evening News* da CBS, Walter Cronkite encerrou sua locução com a história do acordo, e concluiu: "Hoje, pelo menos, verdade, justiça e o estilo americano triunfaram. E é isso, 24 de dezembro de 1975."

Superman no ar

Entre os novos episódios de *Superamigos*, antigos episódios de desenhos animados do Filmation, o programa de George Reeves da década de 1950 (que ainda tinha boa distribuição) e comerciais de todo tipo de produto do Superman, que incluíam desde bonecos de ação a roupas íntimas e espuma de banho (vendida em uma lata equipada com um bico que fazia a espuma sair da boca do Superman), o Homem de Aço estava em todas.

Uma série de anúncios de recrutamento das Forças Aéreas dos Estados Unidos exibia figuras do esporte interagindo com o Superman, representado pelo ator fisiculturista Peter Lupus. Mais tarde, depois que um ensaio que nudez de Lupus foi publicado na *Playgirl*, ele foi substituído nos anúncios pelo ator loiro Denny Miller (astro de *Tarzan, o Homem Macaco* de 1959), cujo cabelo foi tingido de preto.

Na sexta-feira, 1 de fevereiro de 1975, a ABC levou ao ar uma adaptação de noventa minutos do musical da Broadway *It's a Bird... It's a Plane...*

It's Superman, de 1966, como parte de seu bloco de programação *Wide World of Entertainment*, que era transmitido tarde da noite. O programa foi ao ar concorrendo com o rolo compressor que era o *Tonight Show* e teve baixa audiência e críticas ainda piores.

É fácil entender por quê. A produção foi muito barata. Os cenários foram construídos e pintados para parecerem revistas em quadrinhos preto e branco, mas o efeito final ficou mais próximo de uma brincadeira de escola. Quatro canções do musical foram cortadas para acomodar os noventa minutos previstos para a exibição, e a trupe de acrobatas chineses do roteiro original foi substituída por um grupo de gângsteres vestindo ternos risca de giz.

O show está disponível em DVD e na internet e hoje é interessante a título de curiosidade, embora antiquado a ponto de ser hilário. Enquanto o espetáculo da Broadway acontecia inteiramente de acordo com a tradição do teatro musical, o que confere uma sensação de atemporalidade, a adaptação para a TV de 1975 é cheia de plataformas e bocas de sino típicas de sua época. A comédia é do tipo programa de variedades da década de 1970, as atuações se referem à plateia e as cenas acontecem com uma lentidão quase narcótica.

Em um exemplo representativo da natureza fundamentalmente impensada do programa, a única canção de destaque do espetáculo, a brilhante e tilintante "You've Got Possibilities", na qual a repórter de coluna social Sydney flerta com Clark, se transforma em um número baixo, lento e distorcido, cheio de saxofones e guitarras. Mais ou menos "Tea for Two" com um arranjo do Barry White.

"Quem tirou o super do Superman?"

O Superman tinha um problema com um vilão.

Se não ficou claro em *Action Comics* nº 458 (abril de 1976), quando o Superman encontrou seu "mais novo, mais fantástico inimigo", um vilão chamado Blackrock, que era, secretamente, um executivo de rede de televisão com o poder de converter sinais de televisão em explosões de energia, ficou claro no mês seguinte, em *Superman* nº 299, a conclusão de um arco de quatro partes chamado "Who Took the Super of Superman?" [Quem tirou o super do Superman?].

Nessa edição, o Superman usa sua visão telescópica para dar uma olhada no apartamento de Clark e, horrorizado, vê "nove dos mais temíveis supervilões contra quem já lutei! Terra-Man! Homem-Brinquedo! Luthor! Brainiac! Mr. Mxyzptlk! Galhofeiro! Amalak! Parasita! E da minha superinfância... Homem-Kryptonita! No meu apartamento... como se fosse um ponto de encontro de supervilões!".

Swan mostra a reunião de um jeito divertido, desenhando o androide vil, Brainiac, flagelo da galáxia, sentado na poltrona de Clark e conversando com Luthor como se estivesse em uma reunião de um grupo de tricô. Mas o grupo, mais tarde se descobre, é só uma ilusão, assim como a ideia de que Terra-Man, Homem-Brinquedo e Plankster integrarem a lista dos "mais temidos" de alguém, sem mencionar Amalak, um pirata bigodudo do espaço que o Superman só enfrentou uma vez desde a primeira aparição do vilão, dez anos antes.

Com relação a adversários dignos, os do Superman não se comparavam à relação dos intrigantes e psicologicamente condenados adversários do Batman ou Homem-Aranha. Não, o grupo de arqui-inimigos do Homem de Aço tinha a profundidade de dois personagens apenas: Luthor, um cientista maluco motivado pelo ódio, e Brainiac, um computador movido pela lógica fria, implacável.

Assim, na história "Who Took the Super of Superman?", que é um marco divisório, os coautores Cary Bates e Elliot Maggin (Bates criou o enredo, Maggin escreveu o diálogo) jogaram o Superman contra ele mesmo.

A história do Superman contra Clark já era um marco nos quadrinhos. Todos os anos, em um ou outro título, algum equipamento mecânico, mágico ou pedaço de kryptonita vermelha estava sempre dividindo o Superman e Clark em duas pessoas. Dessa vez, porém, a divisão era psicológica. Ela começa quando o Superman percebe que seus poderes desaparecem sempre que ele assume o disfarce de Clark Kent.

Como experimento, ele decide permanecer por um tempo como Clark, ver como é viver como um humano em tempo integral. A experiência transforma o Clark Kent de um jeito sutil: ele enfrenta um provocador no trabalho, percebe que os bombeiros de Metrópolis são capazes de resolver problemas sem sua ajuda e, no desenvolvimento importante (e controvertido) da história, consome seu relacionamento com Lois Lane.

Isso acontece quando Lois, intrigada com a nova confiança e assertividade de Clark, se convida para fazer o jantar no apartamento dele. "Depois de uma hora, mais ou menos", informa a legenda. "Clark descobre que Lois cozinha bem e que havia muita coisa que um não sabia sobre o outro."

Porém, logo Clark começa a ter pesadelos com todos os crimes e problemas que ele não está ajudando a evitar, e decide ser o Superman em tempo integral, o que o faz perceber que tentar estar em todos os lugares para ajudar todo mundo é uma tarefa impossível e que não pode mais relaxar com os amigos, que acreditam que ele deveria estar sempre salvando alguém.

No fim, ele descobre que o "efeito divisão" foi causado por um alien sinistro chamado Xviar, um agente encarregado de destruir a Terra para abrir espaço para uma via de transporte intergaláctico (dois anos *antes* de *O guia do mochileiro das galáxias*, de Douglas Adams). Xviar se disfarçou de vizinho misterioso de Clark, o sr. Xavier (apresentado nos quadrinhos quatro anos antes) e alterou os ternos de Clark com uma substância química que bloqueava a radiação amarela do sol.

Depois de resolver os problemas com o vilão e recuperar seus poderes, o Superman retoma o papel duplo, devolvendo Clark à sua antiga atitude tímida, para desânimo de Lois. "Pobre Lois", ele pensa. "Tentei decidir quem é mais importante, Clark ou Superman... e percebi que eliminar um deles seria matar metade de mim... quem quer que eu realmente seja!"

Esse "quem quer que eu realmente seja" é lido, em princípio, como um comentário sem importância, mas, é claro, é a questão que persistia no centro do personagem desde *Action Comics* nº 1. Trinta e oito anos depois, Siegel respondeu a questão de um jeito; dez anos mais tarde, John Byrne deu outra resposta; Mark Waid ofereceu mais uma resposta diferente dezoito anos depois, e ela continuará sendo respondida por diferentes escritores de formas distintas enquanto o Superman existir em algum formato.

Por ora, porém, o Superman decide: "O calmo e dócil Clark Kent ainda andará pelas ruas da cidade, enquanto no céu... o mundo ainda verá e se entusiasmará ao ver que... é um trabalho para o *Superman!*"

A batalha do século

A etiqueta do Universo DC era bem diferente daquele da Marvel. Os heróis da DC formavam grupos e subgrupos com o mesmo entusiasmo magro de gerentes de projeto de políticas públicas. Os da Marvel, por outro lado, eram propensos a atacar uns aos outros, tanto no primeiro encontro quanto depois de tempos em tempos. Stan Lee sabia que "Who would win in a fight?" [quem venceria uma luta?] era mais que um simples motor de história; era uma pergunta que inflamava o fervor morno dos fãs e o transformava em um flamejante frenesi de consumo.

Mas lutar não era o estilo do Superman. Ah, ele apostava corrida com o Flash em volta do mundo por caridade, mas a violência era o último recurso. Além do mais, ele era o Superman. Quem o enfrentaria?

Assim, foi necessário algum esforço, tanto de bastidores quanto na página, para o Homem de Aço enfrentar o Homem-Aranha. Em 1976, um grande projeto entre Marvel e DC, *Superman* vs. *The Amazing Spider-Man*, chegou às bancas.

Como convinha à natureza épica do evento, a revista foi impressa em uma edição especial em tamanho aumentado com noventa páginas. Não era a primeira vez que as duas empresas concorrentes copublicavam uma revista – essa distinção pertencia a uma adaptação para os quadrinhos do clássico da MGM *O Mágico de Oz*, publicada em 1975 –, só que esta seria mais carregada de tensão. As duas casas editoriais comprometiam seus personagens principais nesse empreendimento, por isso o processo de produção da revista foi um campo minado legal, financeiro e editorial.

Ficou decidido que todos os estágios do projeto envolveriam contribuições da DC e da Marvel. Gerry Conway, da DC, escrevia, e Ross Andru, da Marvel, desenhava. Dick Giordano, da DC, fazia os contornos, e Glynis Oliver, da Marvel, coloria. Neal Adams endureceu o rosto e a silhueta do Superman de Andru pela DC, John Romita fez o mesmo pelo Peter Park da Marvel. A revista foi editada pelos dois editores chefes, Stan Lee e Carmine Infantino, com a colaboração de um comitê de editores assistentes da DC e da Marvel.

Envolver os dois heróis em um confronto físico envolvia um número de maquinações vilanescas mais alto que o habitual por parte da equipe Luthor-Dr. Octopus: Luthor se disfarça de Superman e rapta Lois Lane e a namorada do Homem-Aranha, Mary Jane Watson. Depois, dispara uma pistola de raios contra o Homem-Aranha, que, de maneira conveniente, está vestido com o figurino lançador de teia com radiação de sol vermelho, o que permite que ele e o Superman lutem em condições de igualdade.

Por respeito aos fãs, na batalha que se segue os dois heróis acertam seus golpes. Primeiro o Aranha joga o Superman no chão, depois o Superman acerta um golpe que joga o Homem-Aranha a vários quarteirões de distância. Logo, porém, cedo demais para muitos leitores furiosos, os dois heróis percebem que foram enganados e unem forças para resgatar suas namoradas e derrotar a dupla Luthor-Dr. Octopus.

A caracterização de Conway enfatiza as distinções entre os dois heróis. O Homem-Aranha é todo sabedoria e comentários engraçadinhos, enquanto o Superman é um escoteiro marombado, mas simpático. A revista, como esperavam as duas editoras, foi um sucesso. Uma segunda edição de 5 mil exemplares foi assinada por Infantino e Lee e inspiraria outras superbatalhas, porém o Superman manteria as coisas um pouco mais próximas de casa, por ora.

Um livro nada sério leva o Superman a sério

O romance de 1977, *Superfolks*, de Robert Mayer, representa a primeira vez que o gênero capas e máscaras chegou perto de alguma coisa parecida a um tratamento literário sério. A história de Mayer sobre um super-herói desbotado, um análogo do Superman com cabelo azul chamado David Brinkley, único sobrevivente do planeta Cronk, contém cenas de sexo gráficas, humor atrevido e referências à cultura pop aos montes, mas também é um trabalho de ficção criado com cuidado, localizando o humano no super-humano.

O tom irônico e introspectivo do livro ajudou a inspirar escritores de revistas em quadrinhos que o leram em seus anos de formação, como Kurt Busiek, a dar um visual mais realista a suas criaturas super-heroicas. Mas ecos do influente livro de Mayer também aparecem no trabalho de Michael Chabon, Jonathan Lethem e outros, porque o que Mayer enfrenta em *Superfolks* é uma verdade essencial: o super-herói é a América em sua plenitude, seus ideais nobres, sua violência brutal, seu espetáculo espalhafatoso.

Explosão e implosão

Os anos de 1970 antecederam uma era em que as notícias de entretenimento se tornaram uma enorme indústria em si mesma, e emissoras inteiras de televisão podiam se dedicar a ler informações do ramo com entusiasmo ofegante 24 horas por dia. Hoje, quando um estúdio anuncia que um filme com orçamento elevado vai começar a ser produzido, sites, programas de televisão e revistas se enchem de especulação e campanhas publicitárias. Mas, na década de 1970, todas as notícias de entretenimento de um dia cabiam nos segmentos "Hollywood Minute" nos telejornais locais do horário noturno.

É provável, então, que muitos leitores de quadrinhos tenham descoberto sobre a estreia de seus heróis no cinema quando pegaram suas revistas no verão de 1977 e viram o anúncio de capa proclamando: "Você pode fazer parte do filme do Superman! Detalhes nas páginas."

O "grande concurso do filme do Superman", como a DC o chamou, pedia aos leitores para recortar letras que apareciam em cupons especiais dentro de seus quadrinhos para formar as palavras *Superman* e *Kal-El* ou *Clark*, colar as letras em um cartão e enviá-las à DC. O concurso oferecia dois primeiros prêmios: figurações no filme do Superman (e uma viagem com tudo pago aos escritórios da DC) e 5 mil prêmios para o segundo lugar, incluindo um ano de assinaturas de quadrinhos.

A DC tinha muitas esperanças nesse filme. Adiantando o que prometia ser um evento que elevaria dramaticamente o perfil das revistas em quadrinhos e a demanda por elas, já havia instituído mudanças abrangentes. Aumentou o número de páginas e o preço de capa de toda linha, e o número de títulos diferentes que a editora oferecia cresceu. Acrescentou dezesseis títulos em 1975, 21 em 1976 e doze em 1977. Essas novas revistas incluíam vários títulos de fantasia, guerra, artes marciais e horror, além de relacionados à TV, como *Isis*, *Superamigos* e (por razões que a história desconhece) *Welcome Back, Kotter.*

"Temos chamado tudo isso de *Explosão DC*", Jenette Kahn escreveu em um editorial, "e é o que realmente é, uma explosão de novas ideias, novos conceitos, novos personagens e novos formatos. Agora, temos oportunidades quase ilimitadas de experimentar, criar histórias mais longas e melhores, ser mais flexíveis no tipo de material que representamos. O melhor está melhorando".

Palavras cheias de esperança, mas a paixão por "novos conceitos" e "experimentos" não chegaram ao Superman. Em vez disso, a DC manteve o Homem de Aço fazendo o que sempre fez, sendo o confiável líder de vendas da companhia, sustentando números sólidos, embora não espetaculares, enquanto os escritores e artistas da Explosão DC buscavam desesperadamente encontrar novas plateias que revitalizariam uma indústria estagnada.

Eles não encontrariam essa nova audiência, e em 1978 a Explosão DC seria seguida por uma implosão atordoante, com o cancelamento de nada menos que 65 revistas ao fim do terremoto. Isso devolveu a já instável indústria dos quadrinhos ao seu lugar, ajudando a afugentar as revistas das grades giratórias dos supermercados e mandá-las para lojas especializadas dedicadas só aos quadrinhos.

Mas o Superman, como de costume, saiu de tudo isso sem um arranhão. De fato, 1978 seria o melhor ano do personagem desde a era de ouro.

8

O ANO DO SUPERMAN (1978)

Consciente de que *Superman: o filme* estrearia em dezembro, a DC (e a Warner Bros., empresa relacionada) passou 1978 tentando elevar o perfil do Homem de Aço lançando um número sem precedentes de produtos licenciados.

Um livro, *Official Superman Quiz*, de Bruce Nash continha centenas de questões variadas sobre os cinquenta anos de história do Superman. Michael Fleisher, ex-escritor e editor da *Encyclopedia Britannica*, publicou *The Great Superman Book*, uma crônica da grossura de um catálogo telefônico de cada personagem, lugar, poder e ideia que aparecera em um quadrinho *Superman* entre 1938 e 1964. Resultado de um esforço de cinco anos, *The Great Superman Book* é uma realização surpreendente e continua sendo o exame mais rigoroso e exaustivo já publicado do personagem. Sem os esforços de Fleisher, inúmeros livros que vieram depois, inclusive este, não seriam possíveis.

Em abril, *Chicago Tribune/New York Times* lançou uma tirinha diária de jornal chamada *World's Greatest Superheroes*, com Superman, Batman, Mulher Maravilha e outros heróis da DC. Vários escritores e artistas da DC trabalharam nas séries durante um período de sete anos, inclusive Martin Pasko, Paul Levitz e Gerry Conway, com arte de George Tuska, Vince Colletta e outros.

A primeira encarnação do Homem de Aço em videogame, *Superman*, foi lançada no console Atari 2600. Grosseiro até para os padrões da época, com pixels tão grandes que os personagens pareciam pilhas coloridas de caixas, o jogo era, essencialmente, uma corrida contra o tempo.

Uma pilha de caixas verdes (Lex Luthor) destrói uma ponte, e uma pilha de caixas azuis (Clark) tem que virar uma pilha de caixas azuis com um borrão vermelho (Superman), reconstruir a ponte, capturar a pilha de caixas Lex e evitar caixas verdes brilhantes (kryptonita). Se fosse tocado pela kryptonita, a Superpilha perdia a capacidade de voar e só conseguia recuperá-la se fosse beijado por uma pilha de caixas de vestido (Lois Lane).

Porém, a maior vergonha relacionada foi a canção disco "Superman", gravada por Celi Bee e o Buzzy Bunch, que chegou ao terceiro lugar da parada dance da *Billboard* e, mais tarde, tornou-se um sucesso mais modesto de Herbie Mann. ("You get so deep inside and, wow/ You warm me up, it's super/ Do it to me Superman-man-man.")

Enquanto isso, a cidade de Metropolis, Illinois, inabalada com o fracasso da iniciativa do parque temático, promovia a primeira Celebração Anual do Superman com exposição de objetos, música ao vivo, competições de figurinos e várias atividades para crianças na praça da cidade.

Superconcurso

Com um grande filme a caminho, o leitor contemporâneo poderia imaginar, com razão, que nos meses anteriores à estreia os editores e escritores da DC Comics se dedicariam a coordenar seus roteiros, personagens e, talvez, até vários elementos de design com a produção do filme. Na última vez que o personagem tivera chance semelhante de alcançar uma audiência tão grande, durante a exibição do programa de TV na década de 1950, os quadrinhos acompanharam o movimento, mas este fora um resultado inevitável do controle criativo da DC sobre todos os aspectos do programa de televisão, e era uma época diferente.

Em 1978, a produção do filme e os quadrinhos ocuparam feudos distintos. Nem a Warner Bros. nem a DC se incomodaram muito com a ideia de "marcar" o Superman para criar consistência entre as várias interações do personagem disponíveis ao público, como aconteceria hoje. Em vez disso, a DC se concentrou em encher as prateleiras com o máximo possível de revistas mostrando o Homem de Aço.

O ano nos quadrinhos começou com o lançamento de uma revista de tamanho aumentado, a Collector's Edition inspirada pelos sucessos de *Superman vs. Spider-Man*. Dessa vez, porém, o inimigo do Homem de Aço era mais próximo: Mulher Maravilha.

O cenário dessa edição é Terra-2, uma continuidade inteiramente separada daquela onde acontecem os títulos *Superman* (que, como sabiam todos os fãs, acontece em Terra-1). Terra-2, apresentada pelo editor Julius Schwartz durante sua permanência na revista *Justice League*, existe em uma dimensão paralela e é defendida por uma versão menos poderosa do Superman da era de Siegel e Shuster, e outros heróis que existiam durante a Segunda Guerra.

Em *Superman vs. Wonder Woman*, ambientado durante a Segunda Guerra, uma horrorizada Diana Prince descobre que os Estados Unidos estão desenvolvendo uma bomba atômica e resolve destruir o projeto. O Superman está igualmente determinado a detê-la, evitando assim que os poderes do Eixo dominem a tecnologia antes que a América o faça ("Confio em meu país de adoção, e pelas informações que obtive do secretário de Guerra, sei que não temos opção senão [desenvolver a bomba]"), e os dois trocam supergolpes.

É claro, não demora até que eles se unam para enfrentar os inimigos comuns, o hilário e perfeito Sumo, the Samurai, do Japão, e Barão Blitzkrieg, da Alemanha. Depois que os vilões foram derrotados, o escritor Gerry Conway proporcionou uma conclusão ligeiramente pessimista, na qual o Superman e a Mulher Maravilha encontram Franklin Roosevelt, que garante a eles que os Estados Unidos nunca usarão a bomba atômica para matar pessoas inocentes.

Nem a Marvel conseguiu resistir a escrever sobre o Superman do seu jeito. A edição de fevereiro de 1978 (nº 280) encontra o Deus Trovão enfrentando o que ele pensa ser Hyperion, um vilão análogo ao Superman que foi introduzido no Universo Marvel pelo escritor Roy Thomas em 1969. A virada de enredo, que aparece na história de duas partes de 1978 criada pelos historiadores de quadrinhos Don e Maggie Thompson e com roteiro de Thomas, é que o Hyperion em questão é, na verdade, uma versão "heroica" do personagem de um universo alternativo, e que é assunto de um grande filme que viria a seguir. Na história, encontramos seu arqui-inimigo. Se tudo isso não fosse permeado de alusões ao Supermito, a história foi desenhada pelo seminal artista do Superman no pós-guerra, Wayne Boring.

Em março, outra Collector's Edition de *Superboy and the Legion of Superheroes* mostra o casamento de Satúrnia e Relâmpago, além de uma viagem da Legião de volta a 1978 para impedir a debandada das Nações Unidas.

Também em março, na *Action* nº 481, o Superman perde temporariamente seus poderes quando ondas de radiação de sol vermelho passam sobre a Terra.

Destemido, o esperto Superman retorna à Fortaleza da Solidão para criar um carro-foguete voador, chamado supermóvel com o metal mais forte do universo, supermanium. O veículo voador é equipado com todos os poderes do Superman, inclusive dois braços de metal extensíveis para socar robôs gigantes, e aparece só em duas edições – e coincidentemente (nota: não tem nada de coincidência), nas prateleiras das lojas de brinquedos. A fabricante Corgi lançou versões de metal fundido com um par de punhos de plástico vermelho que se projetavam do carro quando um botão era apertado.

Flutuar como um dragão voador kryptoniano, arder como uma cobra de fogo kryptoniana

Em abril, foi publicado uma das competições mais estranhas da história dos quadrinhos. Estranha e interessante: *Superman vs. Muhammad Ali.*

A capa da enorme edição de colecionador mostra o Homem de Aço e o Louisville Lip trocando socos diante de uma arena cheia de celebridades da década de 1970 (Que celebridades, você pergunta? Sweathogs Ron [Horshack], Palillo e Robert [Epstein], Hegyes! Wolfman Jack! Wayne Rogers! Liberace! Donny! Marie! Andy Warhol! Tony Orlando! Phyllis Diller! E, nos assentos próximos do ringue, Lucille Ball, Sonny Bono, Lex Luthor e Batman!)

O conceito da história: alienígenas ameaçam destruir a Terra, a menos que um terráqueo consiga derrotar seu campeão em combate. O Superman se oferece, mas Ali lembra que ele não é um terráqueo, portanto, a honra de defender o planeta deve ser sua. Os dois lutam para resolver a questão em um planeta distante sob um sol vermelho, em um cenário muito parecido com a da luta do Superman contra Luthor na década de 1960.

Em julho, a DC lançou uma nova revista com o Superman. Todo mês, a *DC Comics Presents* trazia o Homem de Aço com algum herói diferente do Universo DC. Com o novo título, ele aparecia em nove revistas mensais diferentes, *Action*, *Adventure*, *DC Comics Presents*, *Justice League of America*, *Super Friends*, *Superboy*, *Superboy Starring the Legion of Super-Heroes*, *Superman Family* e *World's Finest.*

Vermelho x Azul

Em 1978, a jornada que levou à terceira e última edição de colecionador, *Superman vs. SHAZAM!*, foi longa e estranha.

Em 1954, um processo movido pela DC conseguiu banir o Capitão Marvel de Fawcett e toda a família Marvel dos quadrinhos. Nas décadas seguintes, o nome Capitão Marvel, marca registrada da Marvel, prescreveu, o que levou a pequena editora MF Enterprises a apresentar seu próprio Capitão Marvel em 1966 (ele conseguiu dividir o próprio corpo em pequenos pedaços que combatiam o crime ao gritar "dividir", e os recuperava e se reintegrava gritando "Xam". É serio.) Recusando-se a aceitar essa apresentação, Stan Lee e Gene Colan, da Marvel, introduziram o novo Capitão Marvel em dezembro de 1967 (*Marvel Super-Heroes* nº 12), um capitão militar alienígena cujo nome era Mar-Vell, e registraram prontamente o nome. Depois de um tempo, o escritor Roy Thomas introduziria o conceito de que Mar-Vell troca de lugar com o terráqueo adolescente Rick Jones quando há uma ameaça de perigo, uma alteração divertida na dinâmica Billy Batson/Capitão Marvel.

Em 1972, a Fawcett licenciou o personagem original Capitão Marvel, bem como vários membros da família Marvel e vilões, para a DC. Levando em conta que o nome Capitão Marvel era marca registrada da Marvel, a revista que levou o mortal mais poderoso do mundo ao Universo DC recebeu o título do acrônimo mágico do herói: SHAZAM!

Na capa de *SHAZAM* nº1, de fevereiro de 1973, o Superman apresenta o Capitão Marvel aos leitores. Ele está em pé ao lado de uma cortina, com uma das mãos estendidas numa pose de "Posso apresentar?". No sorriso que o artista Nick Cardy deu ao Superman existe a sugestão de satisfação arrogante. Aqui está o Homem de Aço, apresentando a uma geração de leitores o herói que vendeu os próprios títulos ao longo da década de 1940. Mas aqueles dias chegaram ao fim. O Grande Escoteiro Azul havia derrotado o Grande Queijo Vermelho (no tribunal, embora nunca nas bancas), e agora o Capitão Marvel estava de volta, mas seguindo os termos do Superman. Se olhar com cuidado, quase dá ver o balão de pensamento do Superman: "Esta? É minha casa. Minha casa."

Assim, a rivalidade Super x Capitão, que foi assunto de debate nos pátios de colégio nos anos 1940, teve a chance de ganhar força outra vez, com uma nova nota. Nos anos da ausência do Capitão, a ideia de que a magia era uma das principais vulnerabilidades do Superman, perdendo apenas para a kryptonita, havia se tornado um dogma canônico da tradição do Superman. E o Capitão Marvel era uma criatura mágica. Então, se os dois heróis chegassem às vias de fato...

Na edição aumentada de 1978 de *Superman vs. SHAZAM!*, isso acontece. Ficamos sabendo que Capitão Marvel e sua turma vivem em outra Terra paralela chamada de Terra-S. Um feiticeiro alienígena do mal resolve unir as duas Terras e usar a energia resultante da fusão para seu propósito sinistro. Ele põe em prática um plano que envolve clones do Superman e do Capitão Marvel, e uma arma de raios capaz de enfurecer seus alvos, para provocar um confronto entre os heróis, enquanto ele se dedica a destruir o mundo de cada um deles. O artista Rich Buckler criou desenhos panorâmicos de páginas duplas dos heróis lutando pela América e, no fim, o Superman sai vitorioso. (O escritor Gerry Conway conquistou fãs irredutíveis do Capitão estipulando que na Terra-1, onde acontece a batalha, os poderes baseados em magia do Capitão Marvel são mais fracos do que seriam em Terra-S.)

Complicando o que é simples

Em outubro, nas páginas de quadrinhos dos jornais do país, a tira *World's Greatest Heroes*, recentemente lançada, mudou de nome, as palavras "world's greatest heroes" encolheram para dar lugar ao novo "Presents Superman", e a tira se desenvolveria em torno do Superman enquanto durasse.

Em *Superman* nº 330, uma edição com data de capa de dezembro de 1978, a história "The Master Mesmerizer of Metropolis" [O hipnotizador mestre de Metrópolis] respondia uma pergunta que foi feita nas páginas de cartas, e por comediantes, durante décadas. A pergunta: "Como o Superman engana todo mundo usando óculos?" A resposta?

Bom, a resposta é complicada.

De fato, como é apresentada nessa história, é tão ridícula e hilariantemente complicada que, à primeira vista, parece pertencer à era de prata de Weisinger, aquela época extravagante dos robôs de Superman e macacos voadores. Porém, uma leitura mais atenta revela como ela é motivada por algo mais mundano, sério e preocupante.

Não surpreende que a história em questão, de Martin Pasko, fosse, na verdade, "baseada em um conceito de história de Al Schroeder III", um grande fã do Superman que sempre enviava questões nas páginas de carta dos quadrinhos do herói.

Clark Kent acorda de um sonho no qual seus colegas do *Planeta Diário* o incentivam com impaciência a sair e salvar o dia, porque seu disfarce de Clark não engana mais ninguém. Isso coloca o Homem de Aço em uma disposição reflexiva – literalmente, enquanto olha para o espelho do quarto.

> Meu disfarce de Clark Kent é tão ruim assim? Mesmo que eu mude um pouco a voz quando sou Clark... Minha dupla identidade é tão fácil assim de desmascarar? [Ele empurra para trás a mecha da testa e põe os óculos.] Hummm... Agora que parei para pensar... esse é o disfarce mais idiota que já vi! Que aparência eu esperava ter? A de uma pessoa diferente? Aham! Superman de óculos, é isso que pareço. Mas o que eu esperava? Quando as pessoas comuns começam a usar óculos, seus amigos perguntam: "Quem é você?" Não! Eles dizem: "Ah, você está de óculos." Quem eu queria enganar quando pensei nesse disfarce ridículo?

Enquanto isso, um vilão chamado Spellbinder está hipnotizando cidadãos para cometerem crimes por ele. Superman constrói uma coleção de telas gigantes de televisão e, por prevenção, hipnotiza toda a população de Metrópolis para imunizá-los contra a futura hipnose. Porque sim, claro.

Mais tarde, Lana Lang chega ao almoxarifado do *Planeta Diário* e surpreende Superman se disfarçando de Clark Kent. Como no sonho do herói, ela não engole o disfarce. "Isso aí é o Clark?", pergunta. "Ah, fala sério, amor. Admito que tem uma leve semelhança, mas você é muito forte e muito mais bonito! Não, esquece. Você nem parece com o Clark!"

Depois de derrotar o Spellbinder e libertar Metrópolis da hipnose preventiva, Superman segue uma intuição e pede ao desenhista do *Planeta Diário* para retratar Clark Kent e ele. O desenho do Superman é preciso. Mas o de Clark? "Parece mais fraco", ele comenta. "E não é muito bonito."

Clark está sendo generoso. Desenhado por Curt Swan e Frank Chiaramante, o "Clark" visto pelos olhos de Metrópolis é magro, quase emaciado, e tem entradas na testa. Na verdade, ele é muito parecido com David Brinkley:

> Aparentemente, meu poder super-hipnótico funciona em tempo integral, embora em baixa potência, mesmo quando não tenho essa intenção! Ele projeta meu desejo subconsciente de ser visto como mais fraco do que realmente sou! Alguma propriedade desconhecida do vidro kryptoniano nos meus óculos deve intensificar o efeito reduzido em meus olhos! Assim, quando as pessoas olham para o Clark, o que elas veem é a imagem do Clark que eu quero projetar!

Vidro kryptoniano?

Felizmente, essa ideia de o Superman ter uma espécie de poder mental Jedi sobre toda a população sem o consentimento das pessoas não se sustenta por muito tempo, mas é digno de nota aqui, porque é emblemático de uma tendência inquietante na criação dos quadrinhos que, em poucos anos, se tornaria dominante.

A pergunta "como ele consegue se disfarçar pondo os óculos" existe no início de uma interminável e, em última análise, inútil linha de questionamento que só serve para desbotar as cores do Superman. Como ele voa? Como consegue enxergar através das paredes? O que é essa visão de calor?

O disfarce de Clark Kent é um conceito essencial, nada mais, nada menos. É um princípio. Mas uma nova compulsão dos fãs de procurar meios de defender e justificar proposições bizarras que não exigem defesa nem justificativa, complicando a simplicidade dos conceitos e do personagem, estava em crescimento. E não desapareceria.

E, enquanto os quadrinhos se contorciam em voltas tortuosas para explicar por que ninguém percebia que Clark Kent e o Superman eram o mesmo homem, o ator Christopher Reeve deu uma resposta diferente, mais simples, mais verdadeira, ao jogar os ombros para trás.

Você acreditará que um homem pode voar

Foi ideia de Ilya.

O pai dele, Alexander Salkind, não gostava de ficção científica e não entendia o que havia de interessante em um filme infantil sobre um alienígena capaz de fazer tudo que quisesse. Entretanto, ele tinha certeza de que ninguém mais entenderia. Era 1973 e os super-heróis não eram muito valorizados. Alex acreditava que as bobagens das manhãs de sábado deviam ser deixadas para os mascates de produtos infantis, para os Disneys e Hanna-Barberas do mundo.

Os Três Mosqueteiros, esses, sim, pareciam heróis de verdade. Alex devia saber: os Salkind acabaram de produzir um filme sobre eles. Na verdade, produziram esse filme e sua sequência ao mesmo tempo, o que economizou milhões de dólares para a empresa, mas conquistou a inimizade do sindicato dos atores de cinema. Alguma coisa sobre pagar ao elenco por um filme sem mencionar que, na verdade, estavam fazendo dois. Atores... tão sensíveis!

Em resposta, cada agente de Hollywood passou a inserir no contrato dos clientes uma cláusula que se tornou conhecida como "a cláusula Salkind", que exigia que os produtores especificassem para quantos projetos estavam contratando.

Mas isso não incomodava os Salkind. *Os Três Mosqueteiros* foi um sucesso, como, sem dúvida, seria *Os Quatro Mosqueteiros*, então, agora, enquanto dinheiro e críticas favoráveis ainda abundavam, pai e filho procuravam o próximo projeto. É claro, havia as queixas habituais do elenco, equipe e investidores do filme sobre os mosqueteiros, porque o dinheiro prometido ainda não tinha aparecido em suas contas bancárias, mas isso, do ponto de vista dos Salkind, era só um jeito de trabalhar. As coisas levavam tempo.

Inseguro, Alex entrou em contato com os investidores europeus oferecendo a ideia boba do Superman, e eles a aceitaram com entusiasmo. Animados, os Salkind e seu produtor associado, Pierre Spengler, procuraram os estúdios da Warner Bros., proprietária da DC Comics, para discutir a compra dos direitos do Superman. A equipe de produção da Warner Bros. adorou a ideia de vender os direitos de produção de uma obra que seria tão cara e arriscada, mas, quando a notícia de uma possível venda chegou aos escritórios da DC, os editores anunciaram que pretendiam proteger seu personagem mais conhecido, mais vendido e mais antigo.

Eles sabiam que um filme de sucesso poderia ajudar a promover o declínio dos quadrinhos, enquanto o fracasso da produção poderia prejudicar a marca do personagem de tal forma que seriam necessários anos para reparar o dano. O espectro do *Batman* ainda pairava sobre o território da DC. Os editores do Superman defendiam que um filme bem-sucedido teria que ser fiel ao personagem, e isso significava que eles tinham muitas perguntas para os Salkinds.

No fim, os produtores cansaram dessa ladainha, de ter que garantir constantemente à DC que sua intenção era tratar o material com seriedade e dar ao filme sua nota épica, e contornaram Schwartz e a companhia, comprando da Warner Bros. os direitos da DC sobre o Superman por 4 milhões de dólares.

Uma oferta irrecusável

Mario Puzo, que tinha terminado recentemente *O Poderoso Chefão*, tratou o problema com paixão, reunindo-se com os redatores da DC para ouvi-los, rever parte da história complicada do Homem de Aço e entender o personagem. O redator de Superman, Elliot Maggin – estudante de folclore e, como muitos de sua geração, acredita que o Homem de Aço é um herói mítico americano –, lembrou:

> Antes que eu entendesse o que acontecia, Mario Puzo chega à biblioteca [da DC Comics] com [o editor da DC] Nelson Bridwell e começa a examinar os quadrinhos do Superman. Cary [Bates] e

eu acabamos passando dois dias em uma sala de reunião com Mario e seus enormes charutos cubanos [...] Em algum momento do segundo dia, ele franziu a testa, olhou para nós e disse: "Bom, essa coisa é uma tragédia grega." Nós nos entreolhamos, olhamos para ele, e um de nós respondeu: "É o que estamos tentando dizer." Foi uma cena digna de uma comédia da década de 1950.

Maggin concluiu seu tratamento do filme do Superman, mas a decisão dos produtores de trabalhar com um roteirista conhecido nem deu a ele a chance de ser considerado com alguma seriedade. Mais tarde, ele adaptaria esse tratamento para o romance *Superman: Last Son of Krypton*, que foi lançado na época da estreia do filme. A edição tinha na capa, que não era dura, uma foto do Superman de Christopher Reeve e outras do filme. Muitos que compraram o livro esperavam uma versão direta do filme. O que encontraram foi algo bem diferente. Maggin começa recontando a origem do Superman, mas compõe um relato mais grandioso e cósmico, injetando na trama (que envolve antigas profecias galácticas, Albert Einstein, os Guardiões do Universo e um menestrel alienígena) uma intrigante religiosidade. Ao mesmo tempo, ele confere a Lex Luthor uma caracterização cheia de nuances, empática e mais sagaz.

Em outubro de 1975, Puzo entregou um enorme roteiro de mais de trezentas páginas, que os Salkind consideravam impossível de filmar. Eles pediram uma redução no número de páginas, mas Puzo estava cansado do Homem de Aço e se desligou do projeto. Os produtores procuraram David Newman e Robert Benton (que coescreveram o livro para o musical do Superman na Broadway em 1966), e mais tarde, quando Benton abandonou o projeto, a esposa de Newman, Leslie, foi convidada para trabalhar nos diálogos de Lois Lane. Primeiro, eles se dedicaram a dividir o roteiro de Puzo em duas partes, guardando uma batalha com os vilões kryptonianos para um segundo filme. Depois, extraíram alguns elementos de humor de Puzo (Superman endireitando a Torre de Pisa? Isso não funcionaria!) e incluíram os deles.

Enquanto isso, os Salkind procuravam um diretor. Steven Spielberg demonstrou interesse, mas Alexander Salkind o considerava inexperiente para um projeto tão grande e quis esperar para ver os resultados de seu "filme do peixe". (Depois que *Tubarão* se tornou um sucesso estrondoso, as ligações dos Salkind para Spilberg não foram atendidas.) Muitos diretores, inclusive Francis Ford Coppola, de *O Poderoso Chefão*, Norman Jewison, de *Jesus Cristo Superstar*, e Richard Lester, de *Os Três Mosqueteiros*, foram procurados, mas recusaram ou alegaram conflito de agenda. No fim, os produtores acertaram com Guy Hamilton, o veterano diretor de James Bond.

Um bonde chamado Dinero

Porém, foi a decisão seguinte dos Salkind e Spengler que virou notícia internacional e chamou atenção, boa e ruim, para o ramo. Eles contrataram Marlon Brando para o papel de Jor-El por 3,7 milhões de dólares, um recorde, mais 11,3% do lucro bruto doméstico e 5,6% do lucro bruto no exterior. Ele trabalharia durante duas semanas. A presença de Brando, e o pagamento que ele receberia, ajudou a levar para a produção os serviços de Gene Hackman como Luthor por 2 milhões de dólares.

Mas isso causou a primeira de uma série de dificuldades logísticas na produção. As tomadas de Krypton, onde Brando filmaria, foram programadas para serem feitas em Roma, mas o governo italiano declarara o filme *O último tango em Paris* obsceno. Se Brando aparecesse na Itália, seria preso.

Assim, a filmagem foi transferida para Londres, mas isso também gerou uma crise. O britânico Guy Hamilton era exilado tributário – se ele passasse mais de um mês por ano no Reino Unido, pouco veria do dinheiro que receberia pelo trabalho no filme. Forçados a escolher entre Brando e Hamilton, os Salkind desistiram de Hamilton.

Quando eles estavam quase assinando contrato com o diretor Mark Robson, de *Terremoto*, Skye, esposa de Ilya, sugeriu que o marido assistisse ao filme de Richard Donner, o sucesso *A profecia*. Os produtores admiraram a disposição sombria do filme, bem como seu sucesso de bilheteria. Depois de alguma hesitação, Donner aceitou dirigir o filme por 1 milhão de dólares. Quando chegou a Londres em 1977, o filme já estava atrasado.

Sua primeira ação foi contratar o roteirista de Bond, Tom Mankiewicz, para enxugar o roteiro e extrair o máximo possível de extravagâncias. E lá se foi o hábito de Lex Luthor de comer lenços de papel quando estava nervoso, bem como uma cena em que Superman revira Metrópolis procurando Luthor e, ao vê-lo, faz um voo rasante para capturar o vilão, mas descobre que pegou o ator Telly Savalas, que tira o pirulito da boca e diz: "Superman! Quem te ama, baby?"

Algumas piadas de Newman seriam mantidas, mas a palavra de ordem de Donner era "verossimilhança", e ele a pendurava pelas salas da produção em cartazes, explicando a todos que se dispusessem a ouvi-lo a necessidade de fazer o uso correto do material.

Nesse sentido, ele encontrou alguma resistência do excêntrico Brando, que adorava inflar sua *persona* grandiosa e dar trabalho ao diretor. Por que, ele perguntou a Donner em uma reunião, Jor-El teria que ficar parecido com um ser humano? Ele é um alienígena, pode parecer qualquer coisa, um pão, uma mala, qualquer coisa, e assim, Brando poderia emprestar sua voz. Donner explicou a longa história do personagem, apesar de desconfiar de que estava sendo testado pelo ator.

Procurando a estrela

Agora era hora de encontrar o ator que faria o Superman. A rede foi lançada em Hollywood, em Nova York e além. Hordas de atores, fisiculturistas, e até um dentista foram considerados:

- Robert Redford: primeiro convidado, primeiro de muitos a recusar.
- Paul Newman: deu risada. Mais tarde, foi convidado para o papel de Jor-El. Recusou.
- Arnold Schwarzenegger: o Mr. Olympia de 1975 e astro de *Hercules in New York* da década de 1970, fez campanha para ser convidado, mas não foi. Convenceu-se de que o sotaque prejudicou o acordo.
- Sylvester Stallone: fez forte campanha, mas foi considerado "italiano demais".
- Bruce Jenner: foi levado da Europa para um teste de tela. Era muito jovem e muito rígido.
- Clint Eastwood: recusou citando "conflito de agenda".
- Steve McQueen: recusou sem rodeios. Nada surpreendente.

- Christopher Walken: considerado inadequado para o Superman, mas adequado, se as coisas tivessem acontecido de outro jeito, para o papel de Luthor.
- Warren Beatty: experimentou o figurino, sentiu-se ridículo, recusou.
- Muhammad Ali: uma ideia passageira, mas atraente, de Ilya Salkind, mas nunca foi acatada.
- Charles Bronson: muito “terrestre”.
- Burt Reynolds: muito reconhecível; temperamento inadequado para o papel (ou ainda: espertinho).
- Patrick Wayne: disputava o papel; desistiu quando seu pai, John, ficou doente.
- Kris Kristofferson: não servia.
- James Caan: não.
- Ryan O’Neal: não era bem isso.
- Sam Elliot: que nada.
- David Soul: não.
- Jan-Michael Vincent: também não.
- Jeff Bridges: não.
- Lyle Waggoner: muito TV.
- Neil Diamond: sim, aquele Neil Diamond; queria estrear como ator, conheceu os produtores, disse aos entrevistadores que desistiu porque teria que reservar muito tempo para o projeto. De acordo com o ator Jack O’Halloran, que fez o vilão kryptoniano Non, outras considerações podem ter entrado na equação. “Ele entrou na reunião [com os produtores], e eu lembro quando ele saiu. As pessoas morriam de rir.”
- O dentista da esposa de Ilya Salkind em Beverly Hills: fez um teste de tela. Maluco por forma física, queixo quadrado, bonitão do sul da Califórnia, Don Voyne tinha o tipo físico para o papel. No filme, porém, o rosto bonito parecia enrugado e magro, e ele transmitia um ar ameaçador que não era adequado.

No fim, ficaram três concorrentes: o ator de TV Perry King, Nick Nolte (que fazia parte da proposta que os Salkind fizeram a Donner) e John Voight. Este era o mais cotado. Abraçava com entusiasmo as armadilhas do papel e isso impressionava os produtores, mas não o bastante para decidirem. Eles o contrataram, mas anunciaram que ele seria o Superman no caso de não encontrarem outro.

Finalmente, algumas semanas depois do teste do dentista e menos de um mês antes de Superman ser necessário no set, Donner voltou a uma foto que havia ignorado duas vezes, a do graduado em Juilliard, Christopher Reeve. No primeiro encontro com o ator, meses antes, Donner decidira que ele era magro demais, muito jovem e – o que é estranho, mas tem que ser dito – bonito demais. Os Salkind e o diretor de elenco foram categóricos, e Reeve foi levado a Londres para um teste de tela. (Para acomodar a reviravolta, os produtores compraram todos os lugares na plateia do espetáculo em que Reeve atuava para o fim de semana em que ele se ausentaria do palco.)

Em um figurino com enchimentos que o fazia suar tanto (como um porco, Donner lembra) que manchas escuras de transpiração apareceram nas axilas, Reeve fez uma versão inicial da cena da entrevista na varanda de Lois Lane. Era uma cena complicada, mas crucial, porque é a primeira vez que o espectador vê o homem no Superman, enxerga pela primeira vez como realmente é o "forte filão do bem" que Luthor menciona no filme. O ator tem que transmitir a sinceridade ingênua de uma fala como "eu nunca minto" sem transformá-la em teatro infantil.

Reeve conseguiu. Existe, mesmo nessa atuação inicial, alguma coisa nova no Superman de Reeve, algo que é acrescentado ao personagem e dá a sensação de ter estado ali nos últimos cinquenta anos, e nós nunca percebemos: calma. Em seus ombros quadrados e no olhar azul cheio de compaixão, o Superman de Reeve não tem pressa, não é forçado; sua presença acalma e dá segurança. Se George Reeves tinha uma confiança arrogante, Kirk Alyn, um dinamismo exato de herói de série de ação, e Bud Collyer exibia a praticidade de um experiente administrador de crises, os Salkind e Donner podiam afirmar, a partir daquele breve diálogo, que o Superman de Reeve seria o tipo de líder que a neurótica década de 1970 pedia com desespero. Quando foi testado como Clark Kent, ele conseguiu convencer sobre o conceito pegar-ou-largar do filme – o de que, de alguma forma, ninguém percebia que Clark era o Superman, embora de óculos e vestido com um terno barato.

Só um papel importante ainda precisava de ator, o de Lois Lane. Mais uma vez, os produtores e o diretor consideraram estrelas como Barbra Streisand, Liza Minnelli e Jill Clayburgh. Várias atrizes testadas diante das câmeras, inclusive Stockard Channing, Anne Archer, Lesley Ann Warren (baixando o tom da voz de Betty Boop que havia levado ao papel no musical de TV de 1975) e Margot Kiddler. Donner gostou da energia forte de Joan Blondell de Channing, mas temia que ela fosse muito assertiva, muito teatral. Alguns produtores viam alguma coisa atual na Lois frágil e neurótica de Kidder, e ela foi contratada.

Tensões e cronogramas

A produção foi atormentada por atrasos e pela tensão constante entre um diretor metódico e produtores preocupados com orçamento e tempo, que se viam sobrecarregados financeiramente antes de uma única cena ser filmada. Donner cancelou os desenhos de Krypton da equipe de produção, que eram baseados na visão de futuro *art deco*/Disney Tomorrowland dos quadrinhos. Ele encarregou o designer de *Star Wars*, John Barry, de criar um Krypton frio, cristalino, duro. Um blecaute em Nova York durante a extensa filmagem da locação suspendeu a produção por dias. Em Londres, o equipamento de filmagem sofreu danos causados por água. Uma asa da réplica do Air Force One quebrou e matou o dublê Terry Hill. O aspecto mais difícil, caro e demorado da produção, as sequências de efeito prático de Reeve voando, que mantinham o ator suspenso por cabos diante de uma tela azul durante horas, eram as tomadas mais importantes do filme e precisavam ser filmadas corretamente.

A comunicação entre Donner e os produtores se deteriorou. No meio da filmagem, Salkind levou Richard Lester ao set e o instruiu a seguir Donner como uma sombra, agindo como um segundo diretor que serviria de canal de comunicação entre eles. Se esperavam que Donner acusasse o golpe, ficaram frustrados. Em vez disso, Lester acabou assumindo a segunda unidade de filmagem, e os dois diretores formaram uma parceria estranha, mas eficiente. Por um tempo. Os dias passavam depressa, e os dois decidiram se concentrar na conclusão do primeiro filme, deixando de lado 50% a 60% do trabalho para depois da estreia, quando trabalhariam no que seria chamado de *Superman II*. Havia uma razão financeira, além de logística, para isso: se o primeiro filme fosse um fracasso, eles poderiam reduzir o prejuízo e abandonar o segundo filme.

Finalmente, em 10 de dezembro de 1978, no Kennedy Center em Washington, *Superman: o filme* teve sua estreia oficial.

Superman: o filme

A estrutura narrativa essencial do filme seria reforçada muitas e muitas vezes por cada filme de super-herói que viria a seguir:

1. Origem: "Quem ele é e como surgiu?!"
2. Treinamento: herói desenvolve suas habilidades e se prepara para cumprir seu destino.
3. Tcharan!: uma ampla coleção de vários superefeitos e resgates, quando o herói faz sua primeira aparição em público.
4. Confronto: a trama se desenvolve, o herói e o vilão se encontram, e nosso herói vive seu primeiro desafio real.

Donner garante que a questão da origem em *Superman: o filme* se desenvolva num ritmo estável, às vezes arrastado, mas ele tem um motivo bem específico para isso: verossimilhança. Para sua plateia de 1978 aceitar a história que ele tem para contar, é preciso varrer da cabeça dessas pessoas todos os pensamentos de Adam West e Underdog e Super-Grover, sem mencionar a imagem teimosa de um envergonhado George Reeves andando de um lado para o outro como um trapezista encorpado que fez um intervalo para fumar. Para isso, ele decide carregar o filme com alcance e grandiosidade épicos; quer que sua plateia pense em John Ford, porque sabe que muitos se sentarão em suas poltronas no cinema pensando em *Gunsmoke*.

"Isso não é fantasia", diz uma voz. "Não é um produto qualquer da imaginação." É difícil não ouvir essa fala, a primeira do filme, como uma declaração do objetivo do filme: isso aqui não é uma festa. Não é uma boate. Isso não é enganação.

A voz que diz essas palavras é do Jor-El de Marlon Brando, que usa uma ridícula peruca branca com um cacho que é, evidentemente, característica produzida por um gene dominante na família El. No peito, ele exibe o familiar S. (A ideia de que o S é uma espécie de brasão é herança do roteiro de Puzo, que acreditava que o escudo do S deveria ser o símbolo do próprio Krypton, estampado sobre cada mesa, piso e parede. Nos últimos filmes, porém, outros kryptonianos exibem símbolos diferentes no peito, representando família, título ou ocupação. Esse é um de muitos conceitos introduzidos pelo filme e incorporados, desde então, por redatores do Superman.)

Depois da destruição de Krypton, o filme muda para Smallville, no Kansas, e mostra uma sequência de paisagens vastas e vazias. Kirk Alyn e Noel Neill fizeram figuração como passageiros do trem cuja filha não consegue convencê-los de ter visto um menino correndo ao lado deles. "Ah, Lois Lane!", diz Neill. "Você tem imaginação de escritora! Reconheço!"

O que segue é uma cena na qual papai Kent dá conselhos paternais ao filho adotado. É, com certeza, a cena mais importante no segmento de origem do filme, uma cena que não tem nada a ver com o que Superman pode fazer ou por que ele consegue fazer essas coisas, mas que define quem ele é. É apropriado apontar, na seção mais lenta de um filme que muitos consideram longo demais e até arrastado, o quanto essa cena é eficiente. O filme precisa determinar que Clark, embora nascido alienígena, se tornou nativo, uma criança do Meio-Oeste americano, e seus valores são os de um humilde garoto fazendeiro, não de uma raça fria e avançada. Tudo isso em uma cena ininterrupta de um minuto, que começa na entrada da propriedade dos Kent e termina na casa deles. Papai Kent diz ao filho: "Se tem uma coisa que eu sei, filho, é que você está aqui por uma razão. Não sei de quem é a razão, ou qual é. Talvez seja porque... bom, não sei. Mas sei uma coisa: não é para fazer gols."

O filme então mostra a morte do segundo pai do herói. Papai Kent sofre um ataque cardíaco. O ataque ser consequência de um desafio proposto por Clark, que o convida para apostar uma corrida até o topo da entrada da garagem, é um giro narrativo tão gratuito e encharcado de culpa que teria feito mais sentido em um filme do Homem-Aranha.

Em seguida, com um simples arremesso de um cristal kryptoniano nas águas polares, colunas de gelo criam o que pode ser um lar, um vasto palácio cintilante. Um palácio que vem equipado com um incrível centro de entretenimento capaz de invocar o fantasma de Jor-El, ou uma imagem computadorizada bem semelhante a ele, para responder às perguntas de Clark.

"Aqui nesta..." A imagem de Jor-El faz uma pausa, considerando o que vê. "Nesta espécie de fortaleza de [mais uma pausa; qual é a palavra, mesmo?] solidão, devemos encontrar as respostas juntos." É possível dizer que, ao dar a um conceito tão absurdo uma aparência comum, inevitável, Brando faz valer seus 3,7 milhões.

Depois de uma série de sermões, incluindo o aviso de que "é proibido interferir na história humana", que transborda presságios, Jor-El conclui com um trecho de evangelho parafraseado que era a última coisa na cabeça de Siegel e Shuster quando criaram esse fortão fantasiado. Ainda assim, é uma mensagem que Donner e Mankiewicz decidem seguir com um fervor literalmente messiânico. "Eles podem ser um grande povo, Kal-El, querem ser. Só falta a eles a luz para mostrar o caminho. Por esse motivo, acima de todos, a capacidade de fazer o bem, mandei você para eles. Meu único filho."

Agora, com mais de 45 minutos de filme, vemos o Superman pela primeira vez. E é uma imagem bem divertida dele em pé em um parapeito de sua fortaleza, a um campo de futebol de distância, pelo menos. Ele salta para o ar e, tão rápido como começou, a cena chega ao fim.

De repente, estamos em Metrópolis. E sentimos que os últimos 45 minutos tinham a ver com isso – era a isso que conduziam todas aquelas paisagens vazias, amplas e sem cor, para essa cidade agitada, cheia e colorida. Esse é o lar que o Superman queria sem saber, o lugar onde ele vai encontrar seu destino.

A cena do *Planeta Diário* em que encontramos Lois, Jimmy e Perry tem uma energia que o filme não mostrou antes, cheio de falas descartáveis e provocações deliberadamente reminiscentes de *Jejum de amor*, *Última hora* e, visualmente, pelo menos, *Todos os homens do presidente*.

Mas a verdadeira revelação dessa cena é o Clark Kent de Reeve. Até agora, só tivemos aquela primeira visão de seu Superman, então, a verdadeira magia da atuação ainda não é aparente, mas, instintivamente, sabemos qual é a desse Kent. Reeve nos mostra o Superman por trás de seus óculos, divertindo-se com a atitude desastrada de Clark sem exagerar ou assinalar para o espectador. Mesmo em uma cena cômica primária na qual Clark finge desmaiar enquanto protege Lois da bala de um assaltante sendo mais rápido que o tiro, ele nos mostra a boneca russa que é seu Superman, a atuação dentro da atuação.

O covil de Luthor, uma estação de trem abandonada sessenta metros abaixo da Park Avenue, é um cenário impressionante, e cenas nas quais a srta. Teschmacher de Valerie Perrine troca farpas com o pomposo e engravato Lex Luthor de Gene Hackman são mais divertidas e forçadas que as do *Planeta Diário*, mas compartilham de seu ritmo vigoroso e energia. Hackman, que se recusou a representar o personagem com uma touca de calvície, exceto na cena final, cria um Luthor dotado de um charme estranho, insinuante: ele não é o cientista maluco e voraz dos quadrinhos, é uma espécie de vendedor de carros sociopata e dissimulado. Com anéis cor-de-rosa.

Na referência mais escancarada do filme para o espectador (e a mais esperta), Clark, procurando um lugar para se transformar no Superman e salvar Lois Lane, olha irritado para um moderno telefone público sem cabine, e em seguida a cena que vale ouro: Clark rasgando a camisa para mostrar o símbolo do S enquanto entra em um hotel pela porta giratória e sai vestido com o colorido figurino de cores primárias do Homem de Aço.

"Puxa, Jim", comenta o estereótipo de Huggy Bear parado ali perto. "Que roupa horrorosa!"

Superman resgata Lois sem esforço e faz um comentário conscientemente quadrado sobre a segurança da viagem aérea.

"Quem é você?", pergunta a repórter.

"Um amigo", responde ele. Não mais o irmão mais velho da década de 1930 e 1940, ou a figura paterna dos anos 1950, ou o tio intocável da década de 1960, mas um colega, um compatriota. Um amigo.

A cena da entrevista no jardim da luxuosa cobertura de Lois, a cena usada nos testes de tela que renderam a Reeve e Kidder seus papéis, é o momento em que os tons e temas disparatados (e às vezes desconectados) do filme se unem perfeitamente. Como no teste de tela, o Superman de Reeve é calmo e estável, enquanto a Lois de Kidder é uma pilha de nervos. A química entre eles é real, e Reeve nos deixa ver um senso de humor inteligente dentro do figurino, o que impede um personagem tão fundamentalmente decente de resvalar para a caretice.

Superman leva Lois Lane para um voo sobre a cidade. Se, na comédia musical, o momento em que os dois personagens principais dançam juntos é uma metáfora do sexo, essa cena tem um peso simbólico emocional semelhante. É aqui que o agora famoso "Can You Read My Mind" (tema romântico do Superman) entra na tradição do herói. O plano original era Kidder cantá-lo, mas a ideia foi reconsiderada assim que o diretor a ouviu. Em vez disso, pediu para Kidder ler a letra da música enquanto vemos Superman e Lois voando entre nuvens, passando pela Estátua da Liberdade e apavorando gansos. As frases meladas, que parecem ter sido tiradas do diário de um aluno do sexto ano, transformam a personagem de repórter tenaz em colegial cheia de hormônios e devoram oito minutos de tempo de exibição só para enfatizar a ligação entre os dois protagonistas, que já foi bem estabelecida. (Uma versão cantada foi lançada por Maureen McGovern se tornou um breve sucesso.)

Depois que o Superman vai embora voando, Clark chega para pegar Lois, então muito distraída, para o encontro. Enquanto Kidder vai para o quarto se retocar, Reeve tira os óculos de Clark e, apenas firmando o olhar e jogando os ombros para trás, transforma-se no Superman diante de nossos olhos.

É esse momento, o instante mágico de transição, que sempre definiu o personagem. Na época do programa de rádio e do desenho animado da década de 1960, Collie conseguia esse efeito baixando a voz. Mas aqui, pela primeira vez, nós a vemos acontecer. Mais que os efeitos, o figurino, o roteiro ou as peças do cenário, a capacidade de Reeve de convencer a plateia da natureza dupla do personagem é o motivo pelo qual o filme dá certo.

Perto do fim do filme, acontece, talvez, o momento mais controverso da coletânea do Superman. O contexto: um míssil de Lex Luthor cai sobre a falha de San Andreas, provocando o caos típico dos filmes de desastre da década de 1970, terremotos, acidentes com automóveis, rompimentos de barragens e assim por diante. O Superman voa até a fenda na terra e coloca o continente no lugar. Porém, o terremoto provocou um grande estrago por toda Califórnia e ele se dedica a fazer o que pode, salvando um ônibus cheio de crianças, inserindo seu corpo indestrutível sobre os trilhos de uma ferrovia danificada, impedindo uma inundação provocada por um dique rompido.

Mas é tarde demais para salvar Lois, cujo carro foi engolido por uma fenda no solo. Ao lado do corpo sem vida dela, o Homem de Aço urra sua fúria para o céu e decola.

Nos anos seguintes, o melodramático "grito para o céu" se tornaria uma metáfora cinemática muito usada – e muito parodiada. Mas esse foi um dos primeiros usos, embora não o primeiro, e funciona por duas razões: (1) Reeve convence e (2) ela induz ação, não autopiedade.

Na maioria dos filmes, o berro "Nãããããão!" é uma expressão de fúria impotente, de desamparo. Aqui, e só aqui, ela é seguida por ação decisiva que repara o grave erro em questão: Superman decide voltar o tempo.

Nesse momento, a imagem e a voz de Jor-El parecem advertir Superman sobre a proibição "de interferir na história humana", mas isso é seguido pela voz de papai Kent: "Você está aqui por um motivo." As linhas da batalha foram traçadas: Jor-El/intelecto contra pai Kent/emoção. Por ser o coração do Superman que sofre, não seu cérebro, não há dúvida sobre qual lado vai vencer e de que Superman vai rejeitar sua herança kryptoniana e aceitar sua existência terráquea, especialmente quando ouvimos a voz do jovem Clark ao decidir: "Todas as coisas que posso fazer. Todos aqueles poderes... e não consegui nem salvá-lo."

O que acontece a seguir é, para muitos, o ponto em que o filme pede muito ao seu público, quando nossa incredulidade, suspensa com sucesso por quase duas horas, retorna com força total: Superman entra em órbita em torno da Terra em supervelocidade, até que, de repente, por nenhuma razão que o filme aponte, o mundo começa a girar ao contrário. Quando isso acontece, o tempo também se move ao contrário. Vemos o rio voltar ao leito, o dique ficar inteiro de novo e o carro de Lois intacto.

Viajar no tempo foi um elemento das histórias do Superman durante a maior parte da existência do personagem, mas isso, para muitos espectadores, era diferente. Isso era trapacear.

Mas o quanto isso é diferente? Por que é mais difícil acreditar nisso do que a ideia de um alienígena que voa ou de uma repórter que consegue comprar uma cobertura em Midtown? Existe, afinal, outra explicação para o que acontece no clímax do filme.

Os quadrinhos do Superman há muito tempo estabeleceram que, para romper a "barreira do tempo", ele teria que voar mais depressa que a velocidade da luz. E se, alguns fãs do filme discutem, é isso que estamos vendo? E se Superman decide romper a barreira do tempo, mas sabe que, se fizer como faz nos quadrinhos, voando para o espaço e para fora da Terra, chegará ao passado e terá que voar de volta à Terra em velocidade subliminar, perdendo segundos preciosos. Ineficiente!

Em vez disso, ele fica mais perto do que conhece contornando a Terra muitas vezes, até alcançar a velocidade necessária. Então, o que vemos na tela, quando a Terra parece girar ao contrário, não é o Homem de Aço fazendo o tempo voltar, mas, em vez disso, ele próprio volta no tempo.

Para os que aceitam a exegese da volta no tempo, parece que o rio volta ao leito, que o dique retorna ao estado intacto e assim por diante, porque estamos vendo tudo pelos olhos dele. Superman salva Lois, mas o filme não explica como; Lois menciona o terremoto, então, é claro que o míssil caiu, mesmo que o Superman se mostre incrivelmente blasé em relação a isso.

"Você vai acreditar que um homem pode voar"

Superman: o filme se tornou um grande sucesso, uma das maiores bilheterias da década de 1970. No mundo todo, o filme de 55 milhões de dólares rendeu mais de 300 milhões. Os críticos atribuíram esse sucesso ao desempenho de Reeve ("um artista capaz de ser engraçado e heroico à maneira dos quadrinhos sem se fazer de bobo", disse o *New York Times*) e aos efeitos espetaculares.

Em meio ao sucesso, a reputação dos Salkind sofreu um golpe, com Mario Puzo, Marlon Brando, Richard Donner e, com o tempo,

Christopher Reeve movendo processos contra eles exigindo mais dinheiro. Puzo, de sua parte, considerava o processo que moveu como nada mais que uma autêntica tática de negociação de Hollywood, mas os Salkind, que perderam muito tempo no tribunal disputando dinheiro, ficaram ressentidos. Com Donner, que os atacou em entrevistas na mídia, eles ficaram furiosos.

Furiosos o bastante para tomar uma atitude que queriam há muito tempo. Com *Superman II* com quase 40%, 50% pronto, as filmagens estavam marcadas para recomeçarem em agosto de 1979.

Em março, os Salkind demitiram Richard Donner.

9

A AGONIA DO SUPERMAN (1979-1986)

Marcos

1981: estreia *Superman II*
1983: estreia *Superman III*
1985: começa a maxissérie *Crisis on Infinite Earths*
1986: *The Dark Knight Returns*; "O que aconteceu com o Homem do Amanhã?"

O Homem de Aço ainda não sabia, mas estava a caminho de uma avaliação. Como seria avaliada a prateleira no caixa do supermercado, onde ele havia morado por meio século.

Em 1979, grandes varejistas (supermercados, bancas de jornal) ainda eram responsáveis pela grande maioria de todas as vendas de quadrinhos, mas isso estava mudando. Consumidores dessas revistas que queriam ter acesso a todos os números à venda em um mês específico teriam que procurar em muitas bancas de jornal diferentes para encontrar o que procuravam. As chamadas lojas de especialidades começaram a aparecer, fornecendo aos consumidores de quadrinhos a possibilidade de comprar tudo em uma loja e acesso a uma comunidade apaixonada que os mantinha informados. Então, os fãs que conseguiram encontrar essas lojas passaram a frequentá-las para alimentar o hábito.

Isso fez cair as vendas nas bancas, o que, por sua vez, tornou mais difícil para os supermercados justificarem a concessão de mais uma prateleira para a venda de itens baratos, mal divulgados e pouco vendidos, como as revistas em quadrinhos. Ao mesmo tempo, as editoras de quadrinhos percebiam que as lojas de especialidades (chamadas de "mercado direto") ofereciam um canal de distribuição sem risco pelos quais eles podiam determinar as edições tendo em vista a demanda. Eles não precisavam mais imprimir cinco exemplares para vender um. Isso significava que DC e Marvel podiam reduzir os custos de produção concentrando as vendas nas lojas especializadas e deixando os caixas de supermercado para Archie e a galera.

O novo normal

Quando a década de 1970 começou, o grupo de escritores do Superman ainda era repleto de veteranos da velha guarda mastigadora de charutos da era Weisinger, como Leo Dorfman, Robert Kanigher e Bob Haney, homens com 50 e 60 anos que caíram na produção de quadrinhos e cumpriram a tarefa porque esse era seu trabalho. Em 1979, muitos foram substituídos por uma geração de jovens cabeludos e bigodudos que crescera com os quadrinhos, e que via a redação desse material como a realização de um sonho acalentado durante a infância e a adolescência e, no caso de Elliot Maggin e outros, carinhosamente dissecado na universidade em cursos de folclore e mitologia.

Estava em andamento a produção da sequência do sucesso no cinema, e um grande marco também foi alcançado. Em outubro de 1979, a *Action Comics* se tornaria a primeira revista em quadrinhos da história a alcançar o número 500 e havia planos para mais uma história sobre a superorigem.

Primeiro, porém, era hora de pôr a casa em ordem. Uma história do Superman dividida em três números, planejada para uma edição de *mostruário*, outra vítima da grande implosão da DC, trazia ao foco a vida de Jor-El, unindo os elementos discrepantes de seu passado que entraram em cena ao longo dos anos. Em julho, a história, cujo título era *World of Krypton*, tornou-se a primeira minissérie em quadrinhos, emprestando o apelido de som estranho de um novo formato de televisão que, recentemente, havia dado ao mundo *Roots* e *Rich Man, Poor Man*.

Cresça

Em agosto, um enredo de vinte anos chegou ao fim, quando Superman finalmente libertou a Cidade Engarrafada de Kandor de sua prisão de vidro. A história, em *Superman* nº 338 ("Nosso 40º aniversário superespetacular! Um explosivo romance extralongo!"), chamada, sem pudor, de "Let My People Grow!" [Deixe meu povo crescer] mostra o Superman induzindo Brainiac a encolhê-lo. Isso permite que o herói teste em si mesmo a "energia de expansão" que ele recolheu de um sol que se transformava em supernova; para sua alegria, a energia reverte o efeito do raio encolhedor de Brainiac. Ele e a Supergirl levam a Cidade Engarrafada para um planeta distante que gira em torno de um sol vermelho, ansioso para cumprir a promessa que fez ao povo de Kandor duas décadas atrás.

Para os leitores da época – um tempo em que quaisquer mudanças tão abrangentes e permanentes no *status* de um super-herói eram muito raras –, foi um grande acontecimento. E mais: o conhecimento de que Kandor um dia seria restaurada a seu tamanho natural e teria um planeta próprio era um elemento plantado nas histórias da *Legion of Super-Heroes* em maio de 1967 (*Adventure* nº 356). É preciso notar aqui que o fato de o raio usado pelo Superman para aumentar a cidade parecer um raio cósmico de calafetação, e de o efeito sonoro produzido por ele ser "*Skwah-wah-whoom!*", não diminui em nada a força do momento. Pelo contrário, isso torna tudo ainda mais legal.

Aliás, a "energia de expansão" só funciona com objetos animados, e a cidade prontamente se desfaz em pó. Mas os cidadãos de Kandor ficam muito felizes, apesar disso: "Olha à sua volta, Kal-El... uma natureza primitiva pronta para ser domada, conquistada... Você pode ter destruído nossa cidade, meu amigo... mas nos deu um mundo!"

Podia ter acabado aí, como uma civilização primitiva de kryptonianos restaurados e sem superpoderes em um planeta a milhões de anos-luz de distância. Para que essa existência cheia de restrições não prejudique a singularidade do Superman, somos informados na conclusão da história de que o planeta em que os kandorianos se encontram é um "mundo fase" que entra e sai da nossa dimensão em intervalos regulares.

Muitos anos mais tarde, em uma entrevista de 2006 com Michael Eury gravada em *The Krypton Companion*, o redator Len Wein expressou seu pesar pela decisão de aumentar Kandor e ofereceu informações sobre a natureza do trabalho de escrever para personagens que existem há décadas.

> Todos nós, em algum ponto da carreira de editor e escritor, já dissemos "ai, meu Deus, estou muito cansado disso, seja lá o que for isso", e mudamos ou abandonamos esse trabalho. Mas acho que nenhum de nós percebeu que o que era velho para nós era novo para alguém que estava chegando... Então, cheguei a Kandor muito cansado daquilo. São vinte anos... daquela cidade idiota. Criei uma história que pensei que pudesse ter algum impacto emocional... E me arrependo disso, porque a ideia de uma cidade engarrafada de pessoas pequeninas é muito mais legal do que eu pensava.

Em seu site, *Confessions of a Superman Fan*, o escritor David Morefield resume de forma eloquente porque esse grande evento deixou um gosto amargo para muitos fãs:

> A Kandor encolhida servia como uma conexão viva com a herança alienígena do Superman e uma possível semente para um eventual renascimento de Krypton. Sua presença era, ao mesmo tempo, uma dolorosa lembrança de que até seus poderes tinham limite e um refúgio, uma fonte de consolo quando a saudade de Krypton apertava. Resumindo, eu gostava mais dela na garrafa... De algum jeito, essa história consegue aumentar Kandor e torná-la menor, ao mesmo tempo.

Origem, de novo: última parada antes da *crise*

Finalmente, em outubro de 1979, chegou a *Action Comics* nº 500. Mais uma vez, era hora de rever a história acumulada e criar uma origem atualizada, abrangente, mas alinhada a tudo que definia o personagem para novos e antigos leitores nos anos futuros. Como todo relato da origem fizera desde o primeiro, ele serviria como um caminho para essa nova equipe criativa deixar sua marca no personagem de propriedade corporativa e estático do ponto de vista da narrativa, que foi passado para eles ao longo de décadas.

O conceito central de "The Life Story of Superman" [A história de vida do Superman] é a abertura do Museu do Superman em Metrópolis, com o Homem de Aço aparecendo em público e percorrendo as salas dedicadas a diferentes facetas de sua vida. Em um gesto impensado para alguém que mantinha uma identidade secreta, ele permite que o curador do museu ponha nele um "capacete de raio leitor da mente" que transmitirá suas lembranças para uma plateia interessada.

Enquanto revê essas lembranças, o capacete leitor de mente as transmite para um laboratório sinistro no subsolo do museu, onde uma figura misteriosa está criando um clone do Superman que vê e sente as lembranças do herói. Depois de um tempo, a figura misteriosa é revelada (Luthor, dã, quem mais?) e substitui o verdadeiro Superman por seu clone diabólico. Mas, é claro, não há como vencer um bom Homem de Aço, e Superman usa seu supersopro para expor o clone à kryptonita dourada (que está, de maneira muito conveniente, embora idiota, em exposição) e privá-lo permanentemente de seus poderes. Luthor e o clone são presos.

Com relação às pontas soltas na narrativa, uma duplicata exata (embora sem poderes) do herói, um clone que se apoderou de todas as memórias e segredos do Superman, é um detalhe importante demais para não ser abordado. Mas, dois anos depois (*Action Comics* nº 524), o clone retornaria e tentaria, sem sucesso, se apoderar da identidade de Clark Kent.

Essa edição é notável por como aborda a dinâmica Clark/Superman. É evidente, como era no arco "Who Took the Super of Superman?" de 1976, que o relacionamento entre o Homem de Aço e sua identidade secreta se tornara muito mais cheio de nuances do que Siegel e Shuster o conceberam. Antes, Clark era só uma pose. Em 1979, bom, isso era bem mais complicado: "Eu *preciso* ser Clark... [Ele] é uma parte tão importante do que sou quanto Kal-El de Krypton! Meu pai e minha mãe Kent... o jeito como me criaram... minha infância em Smallville... tudo me fez o que sou... e prefiro morrer a abrir mão disso!"

Entra... Mongul

Durante esse tempo, o escritor Martin Pasko começou a fazer campanha com Schwartz pela chance de contar histórias mais longas do Superman, semelhantes àquelas que se desdobravam em *Legion of Super-Heroes*. Lá, arcos de histórias com múltiplos assuntos são o padrão, e histórias com um único assunto eram usadas para preencher os espaços entre elas. Não era a preferência de Schwartz, mas, aos poucos, as histórias começaram a ficar mais longas. Porém, cada vez mais, na opinião de Pasko, elas também começaram a adotar parte dos truques da era Weisinger, e isso incomodou a nova geração de escritores, que procuravam adotar uma abordagem mais naturalista e usavam frases como "induzido pelo personagem" da maneira errada.

"Julie nunca teria aceitado a ideia de tentar criar alguma coisa 'sofisticada'", disse Pasko. "Sua geração afirmava que os quadrinhos eram só para pré-adolescentes [...] depois de trinta anos editando quadrinhos, Julie estava bem cansado. Consequentemente, seu esforço para ser original [...] o levou a adotar ideias exageradas."

Mas Pasko tinha outras preocupações além da caracterização. Ele e seus colegas escritores acreditavam que Superman tinha que suar mais. Trouxeram de volta a kryptonita com vigor redobrado e decidiram fortalecer os vilões, ou criar outros.

A *DC Comics Presents* nº 27 (novembro de 1980) apresentou o forte e poderoso alienígena Mongul, criado por Len Wein e desenhado, desde a crista amarela à ponta das botas roxas de esmagar herói, por Jim Starlin. Nessa primeira aparição, fica claro que Mongul é mais que um semelhante físico do Superman (só a oportuna intervenção do herói Caçador de Marte salva o dia), mas o vilão não se tornaria uma ameaça real senão em mais cinco anos, quando cairia nas mãos do escritor Alan Moore.

"Saindo do forno tão quentinho! Tão cremoso! Tão delicioso!"

Em 1981, com o lançamento de *Superman II* previsto para junho (nos Estados Unidos, pelo menos, porque havia estreado na Austrália em dezembro, com datas escalonadas pelo mundo), a imagem licenciada do Homem de Aço começou a aparecer em uma grande variedade de produtos. Um artigo do *New York Times* publicado no dia seguinte à estreia de *Superman II* relatava que a Warner Bros. havia "distribuído 200 licenças para mais de 1.200 produtos nos dois filmes, incluindo fivelas de cinto, roupas íntimas, relógios, fronhas para travesseiro, sabonete embalado em forma de cabine telefônica e suéteres de veludo bem caros vendidos na Bloomingdale's".

Para alguns desses produtos, a relação fazia sentido, como o jogo de pinball do Superman nos fliperamas do país e uma revista especial disponível no Radio Shack. (Nessa história em quadrinhos, cujo título era *The Computers That Saved Metropolis! Starring the TRS-80 Computer Whiz-Kids!* [Os computadores que salvaram Metrópolis! Estrelando os pequenos gênios do computador TRS-80], Superman evita um desastre natural com uma ajudinha de dois parceiros, a Tandy Corporation e 16K de memória RAM.)

Para outros produtos, a conexão era fraca, para dizer o mínimo. Pegue, por exemplo, a manteiga de amendoim do Superman. Em um comercial animado, Lex Luthor interroga um Homem de Aço enjaulado, enfraquecido por kryptonita:

> *Luthor:* Agora você vai me contar por que a manteiga de amendoim do Superman tem um sabor tão bom!
> *Superman:* Nu-nunca!

Enquanto isso, a artista multimídia de Nova York, Laurie Anderson, conseguiu o impossível: associar uma monótona melodia minimalista a uma letra que fazia referência a uma ária de uma ópera de Massenet de 1885, dando ao conjunto um banho ácido de eletrônico e mandando o resultado para as paradas musicais. "O Superman (para Massenet)", com seu humor persistente e sem afetação, tornou-se o segundo lugar no Reino Unido, unindo imagens de autoridade ("O Superman/O judge/O mon and dad") com o lema do correio dos Estados Unidos. Muito mais que uma música inovadora, a absurdamente contagiosa "O Superman" desde então tem sido reproduzida, sampleada e mixada inúmeras vezes por músicos que vão de grupos canadenses de hip hop a DJs alemães do pós-punk – até ao falecido David Bowie.

Nas prateleiras de quadrinhos, o escritor E. Nelson Bridwell traçou a árvore genealógica do Superman em uma minissérie de três edições chamada *The Krypton Chronicles*. Kent recebe a tarefa de cavar as raízes ancestrais do Superman para uma minissérie da televisão, o que dá ao Superman e à Supergirl uma desculpa para viajar a um planeta-fase distante onde os recém-aumentados kandorianos residem a fim de investigar o cofre da família El. A história que segue contém pouco em matéria de super-heroísmo, mas serve para mostrar a história cultural, militar e científica de Krypton, com a ajuda de um extenso glossário de termos kryptonianos. Foi uma realização impressionante que, cinco anos mais tarde, seria removida da continuidade.

Um filme do Superman nos cinemas significava que haveria um livro do Superman, escrito por Elliot Maggin, nas livrarias. E o livro, *Miracle Monday*, não tinha nada a ver com o filme da Warner Bros. A trama de Maggin envolve um historiador que viaja no tempo e um demônio encarregado de destruir o Superman, ameaçando a vida de amigos dele e expondo sua identidade secreta. No fim, o demônio é enganado, e a ordem é restaurada de um jeito que dá a impressão de que o fato de a Terra girar ao contrário é uma escolha de narrativa legítima, por meio de um desejo mágico.

Superman II: a aventura e a dor de cabeça continuam

Donner havia saído, Lester entrava na equipe e, quando a produção de *Superman II* ganhou velocidade – e já estava quase pronto –, o diretor se viu diante de algumas decisões difíceis.

Primeiro, ele tinha nas mãos um filme sem começo ou fim. Originalmente, o filme começava com os criminosos da Zona Fantasma vindo em direção à Terra, depois de serem libertados no fim do primeiro filme pelo míssil nuclear que o Superman lançou para o espaço. Seria necessária uma nova abertura que mostrasse os três criminosos kryptonianos escapando da prisão de espelhos. Além disso, o fim previsto no roteiro do segundo filme, Lois morrendo e Superman fazendo a Terra girar ao contrário para salvá-la, fora o clímax emocional do primeiro.

David e Leslie Newman retornaram para inserir no roteiro uma abertura que envolvia terroristas nucleares na Torre Eiffel e reformularam o jeito como Superman faz Lois esquecer sua identidade secreta, trocando um copo de água com uma droga por um superbeijo hipnotizante.

Lester também teve que concluir o filme sem Brando e Hackman. No caso de Brando, a decisão foi financeira: se aparecesse no segundo filme, ele teria que receber e levar uma porcentagem do lucro bruto. A decisão foi a de refazer a cena com ele e Reeve em que Superman confessa seu amor por Lois e abre mão de seus poderes. Outra cena na qual o então sem poderes Superman volta arrependido à Fortaleza da Solidão para pedir seus poderes de volta também teve que ser refeita. Como foi escrita e filmada, a cena mostra Jor-El devolvendo os seus poderes ao estender a mão para ele em um cenário deliberadamente parecido ao de *A criação de Adão* no teto da Capela Sistina, mas isso significaria que Jor-El abriria mão da própria existência.

Era o tipo de criação de mito descarada e aberta que Donner adorava, mas que irritava o sardônico Lester. A primeira cena, a discussão do amor, seria refeita com Susannah York no lugar de Brando, e o retorno dos poderes do Superman aconteceria fora da tela.

Por lealdade a Donner, Hackman se negou a voltar para refilmar cenas e participar de pequenas mudanças, o que exigiu a contratação de um sósia e de um dublê de voz para várias cenas.

As que ainda tinham que ser filmadas, inclusive a dos terroristas em Paris e a superluta nas ruas de Metrópolis, o clímax, envolviam muitas unidades ao mesmo tempo. Enquanto Donner fazia um tremendo esforço para filmar com precisão e submetia seus atores a cenas extras por precaução, Lester trabalhava numa velocidade vertiginosa, se locomovendo entre um set e outro a bordo de um carrinho de golfe. Os produtores ficaram mais satisfeitos, mas os editores da DC Comics ainda estavam preocupados com a cena de sexo entre Lois e o não super Clark, que fazia parte do roteiro desde o primeiro esboço de Mario Puzo. Não sabemos, mas podemos inferir de maneira bem razoável que eles estavam preocupados com a série de superpoderes não canônicos em exibição, assunto a que voltaremos mais tarde.

Lester perguntou a Donner se ele queria seu nome nos créditos como codiretor. Donner recusou enfaticamente. *Superman II* estreou nos Estados Unidos e no Canadá em 19 de junho de 1981.

Você vai acreditar que um homem pode f****

A cena de abertura do filme, com a Torre Eiffel, uma bomba de hidrogênio e um grupo de atores falando em inglês com ultrajantes sotaques de Charles Boyer tem uma agilidade que sugere o tom mais leve e brincalhão da produção. No fim, Superman salva Paris jogando a bomba de hidrogênio dos terroristas no espaço, onde as ondas de choque provocadas pela explosão destroem a prisão da Zona Fantasma (uma demonstração de animação barata que, sem querer, traz à mente as cenas de voo de *Superman and the Mole Men*).

Em uma cena filmada sob a direção de Donner, os três criminosos, Zod (Terence Stamp), Ursa (Sarah Douglas) e Non (Jack O'Halloran), pousam na lua, matam três astronautas e percebem, ou melhor, intuem, que "quanto mais se aproximarem de uma atmosfera com um sol único, um sol amarelo", mais sua "densa estrutura molecular" dará a eles tremendos poderes. Eles partem em direção a um lugar chamado Houston.

Nas Cataratas do Niágara, Lois e Clark estão disfarçados para expor um golpe praticado por um hotel e, quando Superman aparece para salvar uma criança que cai nas cataratas, Lois começa a suspeitar de que Clark e Superman são a mesma pessoa. As cenas das Cataratas do Niágara, filmadas em sua maioria por Lester, têm um vigor agradável; Kidder é forte, dando a Lois uma qualidade de conhecimento do mundo que contrasta de forma positiva com a ingenuidade de Reeve.

Lois se joga nas corredeiras, desafiando Clark a se transformar no Superman e salvá-la. Em vez disso, Clark usa os superpoderes para, discretamente, aproximar dela uma tora flutuante, permitindo que ela mesma se salve.

Os três vilões chegam a um lago bucólico, e o espectador tem uma noção melhor deles. Non é o bruto, Ursa se diverte com seus poderes e o Zod de Stamp é frio e implacável. Se *Superman II* pertence a alguém, é a ele. No primeiro filme, quando implorava por sua vida, ele era uma criatura de desespero e fúria. Mas aqui, de posse do grande poder que acredita ser seu por direito, ele exibe uma atitude distante e divertida em relação aos primitivos que o cercam.

De volta ao hotel, em uma invenção da trama que o próprio Mort Weisinger teria achado exagerada, Clark tropeça em um tapete de pele sintética de urso e acaba caindo com a mão no meio do fogo aceso em uma lareira. Quando ele se levanta ileso, Lois fica chocada, e Superman para de fingir. "Vamos para a minha casa", ele diz.

O trio kryptoniano começa a aterrorizar a pequena cidade; o gosto de Lester pela arlequinada faz essas cenas parecerem mais longas do que são. No primeiro de muitos afastamentos do filme da lista canônica de superpoderes kryptonianos, um raio de luz branca brota da ponta do dedo de Zod, e é forte o bastante para levantar um homem do chão. Supercinesia?

Stamp, com um toque sutil, nos faz perceber que Zod gosta de se ver na televisão. "Não tem ninguém nesse planeta capaz de me desafiar?" Zod pergunta à câmera da equipe de um jornal.

Superman e Lois, porém, se divertem na fortaleza, onde jantam e bebem champanhe. Enquanto ela vai vestir alguma coisa mais confortável, Superman pergunta à imagem de Lara, sua mãe, sobre o amor. Ela diz ao filho que, se ele deseja estar com uma mulher, deve viver como um mortal, abrindo mão de seus poderes para sempre. Ela deve ter passado o pós-vida lendo os textos de Larry Niven.

Puristas podem criticar a atitude relaxada do filme em relação aos conjuntos de poderes kryptonianos, mas é o que o Superman faz a seguir que contradiz o único e dominante princípio do personagem, a única constante em seus 75 anos de existência. E não tem a ver com poderes ou figurino, mas com altruísmo e determinação. A batalha que ele trava pela "verdade, justiça e estilo americano" é chamada de interminável por, justamente, nunca acabar. Apesar de todos os triunfos e da garantia que ele nos dá de que o bem vai vencer o mal, existe nele uma nota de Sísifo. Seu trabalho nunca acaba.

Então, a ideia de que Superman algum dia abriria mão de seus poderes – desistiria, na verdade, em benefício de seu prazer pessoal – e colocaria os próprios interesses acima dos da humanidade pode satisfazer as exigências narrativas de um roteiro e viabilizar a estrutura de três atos do filme, mas representa um erro de leitura fundamental do personagem. O Homem-Aranha abriria mão de seus poderes; na verdade, ele parece sempre ansioso por isso. O Superman, não.

Mas é o que ele faz: o Superman entra em uma câmara especial de cristal que "recolhe os poderes do sol vermelho". Um espetáculo barato de luzes, e ele sai de lá sem poderes e vestido com camisa branca e calça preta. O Homem de Aço não existe mais, e em seu lugar fica Clark Kent, garçom. O homem que, prontamente, leva Lois para sua reluzente cama prateada.

Em duas cenas de Donner, Zod, Non e Ursa invadem a Casa Branca e fazem o presidente se "ajoelhar diante de Zod" (uma frase que entrou rapidamente no dicionário cultural), e Clark é surrado por um valentão em um restaurante de beira de estrada. Ensanguentado e machucado, ele vê pela TV do restaurante o presidente dos Estados Unidos se render a Zod e decide voltar à fortaleza e recuperar seus poderes.

Lá, depois de admitir para a fortaleza vazia e escura que falhou, ele encontra esperança. O cristal verde que o atraiu no primeiro filme volta a brilhar.

Superman retorna, promovendo um confronto nas ruas de Metrópolis, e sobre elas. Durante a carnificina e a publicidade de produtos (no meio da luta, anúncios da Coca-Cola, Marlboro e KFC são arrebentados de forma espalhafatosa), o diretor Lester se entrega mais uma vez ao gosto pela palhaçada. Uma cena na qual os três vilões usam o superssopro para manter os cidadãos na baía mostra uma peruca voando, um homem que continua conversando depois de sua cabine telefônica tombar, uma patinadora andando de ré, um guarda-chuva do avesso e, na ausência de uma franquia local de tortas cremosas, uma casquinha de sorvete voando na cara de alguém.

A batalha que acontece a seguir na Fortaleza da Solidão irrita os fãs ardentes do Superman, que protestam contra a abordagem rasteira dos poderes kryptonianos. Non voa em cima do Superman, que o derruba com o que parece ser um gigantesco Fruit Roll-Up (doce do tipo alcaçuz) em forma de S. Os vilões então unem suas forças... apontando para Superman. Os raios brancos que brotam de seus dedos não têm precedentes nos quadrinhos, mas o efeito parece imitar o da visão de calor. É possível que o diretor tenha decidido que fazer os personagens apontarem para o Superman seria mais interessante, do ponto de vista cinematográfico, do que simplesmente deixá-los olhar para o herói.

Acontece a seguir uma sequência na qual os quatro kryptonianos parecem se teletransportar pela fortaleza, aparecendo e sumindo no ar. É possível racionalizar esse superpoder atípico presumindo que eles estejam usando a supervelocidade, movendo-se mais rápido que a visão (de Lois ou da câmera) pode acompanhar.

A capacidade do Superman de criar dublês dele mesmo, sejam projeções de sua imagem ou estátuas de gelo animadas, tem um antecedente nos quadrinhos, mas é preciso voltar ao tipo de superciência kryptoniana praticada durante a era de prata de Weisinger, e que não voltou a ser vista nos quadrinhos por quase uma década. Os fãs dispostos a perdoar os desvios do filme em relação ao cânone podem encontrar conforto na possibilidade de Superman ter se retirado para a fortaleza por querer tomar algumas providências especiais e se preparar para a chegada dos vilões, e que é o sistema de defesa da fortaleza, não o próprio Superman, que produz aquelas duplicatas.

Superman engana os vilões, os induzindo a abrir mão de seus poderes, e joga Zod em um poço sem fundo. Non se joga em um buraco semelhante, e Lois, sem a menor cerimônia, acerta um soco no queixo de Ursa e a empurra para o mesmo destino. (A natureza desse destino é meio nebulosa; em um corte estendido do filme, que os Salkind revelaram em um vídeo lançado dois anos depois, vemos uma equipe da "patrulha Polar" dos Estados Unidos prendendo os vilões e Lex Luthor. No corte do cinema, porém, o espectador fica com a convicção de que Superman e Lois cometeram assassinato, e de que Superman abandona Luthor no Polo Norte.)

Apesar de todas as críticas em relação à solução do filme para o relacionamento Lois-Clark, o "superbeijo" que apaga da memória dela a identidade secreta dele, a ideia do super-hipnotismo, por mais boba que seja, tem tradição na revista em quadrinhos. Na verdade, foi usada muitas vezes com o mesmo objetivo.

Clark volta ao restaurante para dar ao valentão um pouco de seu próprio remédio e, na cena mais descaradamente apelativa do filme, Superman voa até a Casa Branca levando uma bandeira americana nova para substituir a que Zod destruiu.

Os créditos finais começam com uma promessa: "Em breve: *Superman III*".

O filme quebrou recordes de bilheteria na semana de estreia, embora tenha rendido 108 milhões de dólares, bem menos que os 134 milhões de *Superman: o filme*, e ficou em terceiro lugar naquele ano (atrás de *Os caçadores da Arca Perdida* e *Num lago dourado*). Foi um grande sucesso.

Um dos maiores fãs do filme era o comediante Richard Pryor, que lançou o que seria seu último álbum de comédia gravado ao vivo em 1982. Com o título de *Supernigger*, tinha na capa o desenho de um Pryor musculoso voando no superfigurino e incluía um trecho no qual ele representa uma cena entre Perry White e Clark Washington, o tranquilo zelador do *Planeta Diário*.

Pryor apareceu no *The Tonight Show with Johnny Carson* e falou sobre o Superman em geral ("Amo aquele cara") e *Superman II* em especial. O segmento foi visto por David e Leslie Newman, que deram um telefonema fatídico.

Mudanças (nem tão) enormes no (quase) último minuto

Nos quadrinhos, era um tempo de mudança para o Superman e seus colegas, mas a natureza dessas mudanças era pequena. É justo caracterizá-las como espalhafatosas. Com o cancelamento de *Superman Family*, Supergirl se mudou para Chicago e se matriculou no curso de psicologia da Universidade Lake Shore. A revista, chamada de *The Daring New Adventures of Supergirl* [As ousadas novas aventuras da Supergirl], não correspondeu ao título (que mudou para o mais prático *Supergirl* na edição nº 13) e seria cancelada na edição 23, com data de capa de setembro de 1984. Apesar do curto tempo de vida, essa revista foi aquela em que a heroína, sempre atenta às tendências da moda, teve seu pior visual, exibindo um "novo figurino dinâmico" que incluía saia rodada, cabelo loiro com permanente e, na edição 17, uma bandana vermelha na cabeça ("[o] símbolo de cidadania de Krypton!"), que dava a ela a aparência de alguém que invadira o cenário da gravação do clipe da música "Love Is a Battlefield".

Na revista *Legion of Super-Heroes*, Paul Levitz e Keith Giffen escreveram um arco de cinco edições no qual adolescentes com superpoderes ligam para todos os aliados de sua agenda espacial com a intenção de confrontar um misterioso e poderoso inimigo, que é o Darkseid de Jack Kirby. Essa história, chamada "The Great Darkness Saga" [A grande saga da escuridão] dá ao personagem uma presença mais sinistra e grandiosa e o ajuda a elevar seu perfil, transformando-se em um inimigo verdadeiramente ameaçador e implacável para o Superman e seus amigos.

Nas páginas de *Justice League of America* nº 195-197 (outubro/dezembro de 1981), o primeiro inimigo do Superman nos quadrinhos, o cientista maluco que trocava de corpo, Ultra-Humanoide, voltou. Antes, seu cérebro diabólico havia residido no corpo atraente da estrela de cinema da década de 1940, Dolores Winters. Dessa vez, porém, ele optou por um corpo com uma nota mais apropriada aos quadrinhos: o de um enorme macaco albino mutante.

A nova dupla Luthor-Brainiac

Mas essa excentricidade não era bem-vinda nos principais títulos do Superman, onde os escritores Cary Bates e Marv Wolfman achavam que era tempo de reformar os clássicos homens maus do herói, Luthor e Brainiac. Em *Action* nº 544 (aniversário de 45 anos do Superman), Bates deu a Luthor uma roupa blindada verde com jatos propulsores que permitia que ele ficasse frente a frente com o Homem de Aço. Wolfman, de sua parte, seguiu uma via mais radical: dispensou o visual alienígena de robô de pele verde, cabeça calva e coroa de diodo. "Eu queria deixar o [Brainiac] frio e mortal", disse ele a Mike Eury em 2006.

Sua solução: transformar Brainiac em uma verdadeira inteligência artificial. Fazer uma consciência sem corpo igualmente capaz de habitar uma casca androide e uma vasta nave espacial. Ele também ganhou um novo visual. A espaçonave Brainiac é um cintilante crânio de metal sobre centenas de tentáculos se retorcendo, como se o androide tivesse a consultoria de design de HR Giger.

"Superman contra o rei do crime computadorizado!"

Meses antes da aparição de Richard Pryor no *The Tonight Show* e sua declaração de amor pelo Homem de Aço, Ilya Salkind preparara uma história para o filme que se tornaria o *Superman III*. Nele, o computador do mal Brainiac faz o que vilões já fizeram inúmeras vezes com o Homem de Aço: o divide em um Clark Kent bom e um Superman mau. O ambicioso (tradução: caro) tratamento focado na ficção científica também trouxe ao projeto a Supergirl (com a intenção de transformá-la em uma franquia própria) e o chato da quinta dimensão, Mr. Mxyzptlk.

A Warner Bros. acabou com a ideia, alegando preocupações com o orçamento e a possibilidade de personagens como Brainiac e Mxyzptlk serem muito específicos para um espectador casual. Eles argumentaram que os fãs mais radicais do Superman veriam o filme de qualquer jeito e, por isso, não havia necessidade de atender à demanda desse conhecimento específico; o que o filme necessitava era de um atrativo mais abrangente.

Depois da aparição de Pryor no *The Tonight Show*, David e Leslie Newman escreveram um roteiro a partir da ideia de um vilão computadorizado, com um papel para o comediante muito popular. Sem as restrições impostas pela necessidade do toque épico em *Superman: o filme* e das sequências de luta de *Superman II*, e livres da tendência irritante de Donner e Mankiewicz de cortar suas tomadas mais vergonhosas, os Newman nem tentaram superar os dois primeiros filmes. O deles, com o título *Superman vs. Superman*, não teria a ver com criação de mito. Seria mais leve e mais pastelão, e eles até teriam a chance de recuperar aquela cena da Torre de Pisa que Donner tinha cortado do roteiro original do primeiro filme.

Os Salkind estavam ressentidos com a tendência da atriz Margot Kidder de criticar seus hábitos pecuniários na imprensa, mesmo eles acreditando que os dois primeiros filmes levaram o relacionamento Lois/Clark até onde poderia ir. Qualquer que tenha sido o motivo, a Lana Lang de Annette O'Toole aparece como interesse romântico dessa vez, quando Clark volta a Smallville para uma reunião de amigos do ensino médio.

Robert Vaughn foi contratado para o papel do implacável magnata da computação, Ross Webster, e o papel que os Newman escreveram para Pryor era considerado um esqueleto, porque os roteiristas esperavam que ele improvisasse loucamente. Quando chegou a hora de filmar, porém, Pryor se limitou a seguir o roteiro.

Em vários momentos da filmagem, Lester teve receio de que a comédia física de Pryor (como quando ele calça um par de esquis, amarra um cobertor nos ombros e voa de cima de um telhado) estivesse consumindo muito tempo de tela, mas a Warner Bros. estava irredutível, certa de que o público queria todo Pryor que pudesse ter.

O que, infelizmente, foi o que o público teve.

Superman III

Lester não perdeu tempo para informar à plateia de que esse filme era dele, e só dele. A cena de abertura não honrava a rica história do personagem (*Superman: o filme*), nem era um voo subliminar pela vasta escuridão interestelar (*Superman II*), mas algo muito mais prosaico e pé no chão: um close do rosto de Richard Pryor enquanto seu personagem, Gus Gorman, espera na fila do seguro-desemprego em Metrópolis.

Em um momento do filme, em um evento que homenageia Superman em Smallville, Gus aparece vestido de general (Pryor faz uma imitação de Patton) e dá ao herói a condecoração, um pedaço de kryptonita sintética. A substância não prejudica o Homem de Aço, só que, mais tarde, ele começa a se comportar de um jeito estranho, ignorando pedidos de socorro, assediando sua namoradinha do colégio, endireitando a Torre de Pisa e apagando a Chama Olímpica com um sopro.

Da mesma forma que consegue expressar a diferença entre Clark e o Superman só de jogar os ombros para trás, o "Superman Mau" de Reeve tem uma leve suavização dos traços, um risinho desrespeitoso nos lábios.

O Superman bêbado e patife acaba em um ferro velho, onde se divide em dois, o Superman mau e o Clark Kent bom (e dotado de superpoderes). A cena de luta resultante é, tranquilamente, o ponto alto do filme e, na verdade, toda a história com a "kryptonita sintética" que tornou possível essa tomada é uma forma clássica da era de prata de contar a história, com muita invenção, pouca lógica, mas, em última análise, útil para a transformação do conflito emocional em puramente físico.

Superman III estreou em 17 de junho de 1983 e arrecadou 60 milhões, mais ou menos metade do dinheiro de *Superman II* e um quinto da arrecadação de *O retorno de Jedi*, que havia estreado três semanas antes.

Reeve estava cansado do papel, como disse à revista *Omni* quando questionado se voltaria: "Não, garanto que não. Porque não quero que esses filmes se tornem uma série, uma coisa de fórmula [...] É preciso parar enquanto se está por cima, sabe? É preciso seguir em frente [...] Todo mundo se diverte muito no último ano do colégio, mas não dá para ficar lá." Ele voltaria ao papel, é claro, uma última vez, e não seria pelo dinheiro, mas pela mensagem.

Enquanto isso, os Salkind pensaram que, se as plateias não estavam respondendo ao Superman, talvez fosse hora de oferecer a elas uma Dama do Poder.

Histórias que se destacaram

Mesmo que a falta de qualidade de *Superman III* tenha diminuído o Homem de Aço na consciência pública, tornando tudo que tinha a ver com ele – seus poderes, seus adversários, sua própria presença – pequeno, barato e risível, os criadores dos quadrinhos do Superman estavam desesperados para devolver a grandiosidade e a dignidade ao personagem.

Para a edição nº 400 de *Superman* (outubro de 1984), o redator Elliot Maggin e o editor Julius Schwartz criaram uma enorme homenagem para o Homem de Aço, convidando 23 artistas diferentes para ilustrar os contos de Maggin ou produzir imagens pin-up do Superman em seus diferentes estilos. Entre esses artistas estavam Will Eisner, Steve Ditko, Moebius, Bernie Wrightson, Frank Miller, Brian Bolland, Walt Simonson, Bill Sienkiewicz, Howard Chaykin, Wendi Pini e Jack Davis da *MAD*. John Byrne criou uma iteração de um Homem de Aço muito parecida com a que ele usaria para relançar Superman dois anos mais tarde, e Jack Kirby desenhou uma versão alegre e risonha que, provavelmente, refletia sua satisfação ao saber que dessa vez, pelo menos, nenhum outro artista o redesenharia para adequá-lo ao estilo da DC.

Em sua introdução ao assunto, Ray Bradbury eliminou sua afinidade com o desajeitado Clark Kent e declarou: "Enquanto escorregamos, derrapamos e nos jogamos gritando para o futuro, Clark Kent vem conosco para garantir que Superman nos segurará."

A coletânea de histórias de Maggin mostrava o futuro próximo e distante do Universo DC, quando as aventuras do Superman se transformariam em lenda. Enquanto historiadores debatem minúcias da vida do super-herói, vemos suas histórias inspirando diferentes gerações. Jim Steranko produziu uma história ilustrada de cinco páginas que mostra os filhos e filhas do Superman se espalhando pelas estrelas e dando à luz, por intermédio de uma implosão dimensional, uma civilização do futuro, ou os antigos kryptonianos, ou, talvez, a própria humanidade (a arte de Steranko é linda, mas sua narrativa é um pouco opaca).

Nas páginas de *Action Comics* nº 554 (abril de 1984), o redator Marv Wolfman se juntou ao lendário artista Gil Kane para criar uma história cheia de estilo que explorou o que aconteceria se Superman não existisse. Na história, alienígenas ancestrais visitam a pré-histórica Terra e descobrem que a humanidade é uma espécie beligerante e difícil de conquistar. Eles instalam uma tecnologia secreta que abranda a humanidade ao impedir que ela se entregue à imaginação e aceite o "ideal heroico". Quando os aliens voltam à Terra, alguns milhares de anos depois, encontram uma população amontoada em cabanas de barro, pronta para ser dominada. Isto é, até dois jovens chamados Jerry e Joey, que foram isolados pelos companheiros ("Eles estão sempre inventando aquelas histórias idiotas! [...] Histórias não aram os campos nem melhoram a vida!"), pensam na ideia de um super-homem.

Com relação às homenagens muito atrasadas aos criadores do Superman, a história é emocionante, embora pouco hábil ("Jerry, eu sempre sinto que somos... alguma coisa especial... Só precisamos acreditar!"). Quando Joey desenha a figura do Superman na parede de uma caverna, os aliens entram em pânico ("Senhor! O conceito heroico existe! A crença mítica está voltando!") e o Superman é invocado a existir. A realidade "verdadeira" se reapresenta.

Quem comanda o (super) mundo?

A refilmagem da franquia do Superman, se é que foi uma reprodução, tinha uma grande dificuldade.

Superman III teve um desempenho ruim, com Reeve rejeitando o cacho na testa, mas tudo bem: os Salkind licenciaram, astuciosos, toda a super-*oeuvre*, e tudo e todos nos quase cinquenta anos de história do Superman entravam no jogo. A Supergirl, a prima loira do Superman, foi a escolha lógica.

Os produtores queriam alguma coisa grandiosa, uma aventura interplanetária épica que levaria o computador vilão Brainiac às telonas, em uma associação com um poderoso feiticeiro. Inicialmente, Ilya Salkind até conseguiu convencer Reeve a fazer rápidas participações especiais no filme, um dueto aéreo com a Supergirl quando ela chega à Terra e mais tarde, como vítima de um feitiço que só a Supergirl pode reverter.

No fim, Reeve se recusou a participar, e o roteiro ambicioso e caro foi reescrito para eliminar a participação do Superman, de Brainiac (que a Warner Bros. ainda considerava um vilão de nicho), uma longa sequência de abertura que revelava como a Argo City da Supergirl sobrevive à destruição de Krypton e, por razões orçamentárias, todas as aventuras fora do mundo.

Demi Moore fez testes para o papel principal, e Alexander Salkind pressionou muito pela escolha de Brooke Shields, mas, no fim, o papel de Kara Zor-El/Supergirl foi para a desconhecida Helen Slater, de 19 anos, que impressionou os produtores com uma combinação de graça e autoconfiança.

Escolher a atriz exigiu menos tempo e esforço do que a escolha de seu figurino. Infinitas combinações foram produzidas, testadas, filmadas e refilmadas. Entre as reuniões de produção, a bainha da saia da Supergirl descia e subia várias vezes. No início, os figurinistas tentaram reproduzir o visual redesenhado recentemente para as páginas dos quadrinhos da época, inclusive com o S que se estendia sobre os ombros e uma combinação oportuna, embora medonha, de permanente e bandana. No fim (e, pelo bem da longevidade do filme, felizmente), eles escolheram um visual mais atemporal (tradução: genérico) baseado em sua primeira aparição nos quadrinhos.

O papel da feiticeira Selena ficou com Faye Dunaway, que teve Brenda Vaccaro como sua valente companheira; Peter Cook fez o mentor de Selena, Nigel (que nem participa do filme o suficiente para justificar a presença do personagem), e Peter O'Toole parece acanhado como o sábio artista de Argo, Zaltar. Em seus momentos mais tranquilos, ele adota aquela expressão distante de um homem antecipando o momento para tomar um drinque. Hart Bochner representou Ethan, o paisagista bonitão (embora o estúdio quisesse Peter Gallagher), e Marc McClure voltou ao seu Jimmy Olsen para garantir uma tênue continuidade com os filmes de Reeve. Reeve fez apenas uma participação visual, um pôster do Superman na parede de um dormitório.

O diretor Jeannot Zwarc deu ao filme um tom mais suave, mais fantasioso que aquele dos filmes de Reeve. Com exceção das cenas dos devoradores de cenários, Dunaway e Vaccaro (que é mais exagerado que uma drag queen em uma barraca de campanha), o humor é mais brando, mais suave.

Muito brando e, com uma duração inicial de 135 minutos, muito longo para testes de plateia. Os produtores cortaram vinte minutos da edição de Zwarc, e Supergirl estreou em 21 de novembro de 1984.

Os produtos relacionados à franquia foram poucos e espaçados, um livro infantil de atividades, um livro para colorir e a trilha sonora de Jerry Goldsmith. Os Salkind não podiam nem pedir à DC para divulgar o filme entre os fãs radicais da personagem, porque a revista em quadrinhos *Supergirl* fora cancelada devido às vendas ruins na edição de setembro de 1984.

"Sua primeira grande aventura"

O filme começa em Argo City, que parece uma estranha mistura de comunidade em Sedona e o Mall of America, onde a jovem Kara Zor-El (Slater) visita seu amigo Zaltar (O'Toole), um artista que, ficamos sabendo, "fundou" esse último vestígio que resta do condenado Krypton. Ele pegou emprestado um omegahedron, um globo brilhante e giratório que fornece a energia de Argo City. Em um diálogo pesado, ele explica para Kara que a cidade "existe em espaço interno" e que ele se prepara para partir ("Naquilo! Até lá!").

Em uma série bizarra de eventos envolvendo uma libélula gigante (esse filme é muito estranho), o omegahedron decola de Argo City. Culpada, Kara rouba a cápsula espacial de Zaltar e a pilota pela "rampa binária" para buscar e recuperar a fonte de energia antes que a cidade morra. Por seu papel na perda, Zaltar se exila na Zona Fantasma.

Kara chega à Terra (com o figurino, de repente) e começa a fazer experiências com seus poderes recém-descobertos. Uma sequência longa e adorável mostra a Supergirl fazendo movimentos graciosos, descrevendo arcos e cambalhotas no meio das árvores e sobre a água, e sugere a atmosfera fantasiosa e elegíaca que o restante do filme tenta criar.

Em um dado momento, e sem nenhuma razão que o filme tente explicar, Supergirl decide adotar uma identidade secreta. Sendo esse um filme de Salkind, mais um superpoder kryptoniano não canônico aparece quando a Supergirl, de alguma maneira, produz um uniforme completo do Midvale School for Girls e uma peruca castanha. Um confronto com a Selena de Dunaway, que tomou para si o poder do omegahedron, manda a Supergirl para a Zona Fantasma. Enquanto Selena começa seu reinado de terror (que, verdade seja dita, se resume a pouco mais que andar pela cidade de Midvale em uma limusine), Supergirl, agora sem poderes, é encontrada por Zaltar, que revela que existe um jeito de sair da Zona Fantasma. "Mas é impossível."

Fugir não é tão impossível quanto parece, afinal, embora seja bem inconveniente, ainda mais para Zaltar, que é engolido por uma palhaçada parecida com um tornado e chamada de "vértice quantum". A Supergirl volta à Terra e enfrenta Selena, que invoca um demônio das sombras de aparência bem barata. Supergirl consegue incitar o demônio contra a vilã, recupera o omegahedron e voa de volta para Argo City, que reacende e se aquece assim que ela se aproxima.

Fim de uma era

Se o desempenho ruim de *Superman III* foi preocupante, a repetição da bilheteria anêmica em *Supergirl*, que arrecadou apenas 14 milhões de dólares no total, contra 35 milhões de custo de produção, foi kryptonita. Os Salkind, que detinham os direitos dos personagens no superuniverso até 1999, decidiram que queriam sair desse ramo de produção de filmes sobre kryptonianos vestidos em cores primárias. Eles não queriam vender os direitos, pois tinham algumas ideias que consideravam boas para a televisão, mas começaram a procurar alguém que se interessasse temporariamente por assumir a licença do Superman para um ou dois projetos específicos para o cinema.

A *crise* se aproxima

Uma artimanha ardilosa que Schwartz e o escritor Gardner Fox introduziram na história de 1961, "Flash for Two Worlds" [Um vislumbre de dois mundos], a ideia de que, em uma Terra alternativa em uma dimensão paralela, as versões originais dos heróis da DC da época da Segunda Guerra ainda combatem o crime se espalhava como um vírus ao longo dos anos.

Na década de 1980, os leitores da DC Comics podiam encontrar histórias ambientadas em Terra-1 (a principal continuidade), Terra-2 (os heróis da era de ouro), Terra-3 (heróis são déspotas vis), Terra-C (animais engraçados), Terra-S (Família Marvel), Terra-X (nazistas venceram a Segunda Guerra) ou Terra-Prime (nossa Terra, onde os super-heróis são só personagens de revistas em quadrinhos). E mais, muitas Terras continham versões diferentes do mesmo herói. Os poderosos da DC, observando com nervosismo um declínio constante das vendas, convenceram-se de que tudo isso era muito confuso e afastava novos leitores.

Os escritores de todos os títulos da DC receberam a notícia: preparem-se, grandes mudanças a caminho. Todas as Terras vão ser reunidas, e a história inteira do Universo DC vai ter uma sequência. Depois disso, só haveria uma versão de cada personagem. Tudo aconteceria ao longo de uma minissérie de doze edições que teria o título de *Crisis on Infinite Earths* [Crise nas terras infinitas], com lançamento marcado para abril de 1985. Todas as revistas teriam que participar do título. Nenhum título sairia do evento inalterado, e algumas nem sairiam dele.

No clima atual das revistas em quadrinhos, que é cheio de relançamentos, continuidades retroativas, novos universos e crises devastadoras de mundos de várias naturezas chegando a cada verão como explosões de algas, é difícil compreender como essa decisão foi monumental e sem precedentes. A Marvel testemunhara uma explosão nas vendas com seus eventos cruzados e imensos chamados *Secret Wars* (*Guerras Secretas*), mas eles eram só desculpas para cenas de luta intermináveis que poderiam ter sido desenhadas por Hieronymus Bosch. Isso era diferente, mudaria coisas. Embora a DC tivesse certeza de que eliminar décadas de continuidades confusas e, muitas vezes, contraditórias ajudaria os novos leitores, os fãs radicais tinham um tremendo orgulho nerd de conseguirem distinguir o Superman da Terra-1 de seu gêmeo da Terra-2 com uma olhada rápida nas costeletas; eles se divertiam mapeando o multiverso DC; e quando se tratava de navegar pelos diversos becos sem saída e *cul-de-sacs* da narrativa, que se acumularam ao longo dos anos, não se ressentiam contra a confusão, mas se animavam com ela.

Como se um colapso universal não fosse suficiente, a DC também avisou os criadores, tanto os da companhia quanto os de fora, que a grande árvore passaria por mudanças radicais. Na sequência de *Crisis*, eles relançariam o Superman, o Batman e a Mulher Maravilha, e queriam ver propostas. Quanto mais arrojadas, melhor. O objetivo era tornar os heróis mais contemporâneos, mais coloridos, e atrair os leitores mais sofisticados (tradução: mais velhos) que exigiam mais e permaneciam por mais tempo.

Steve "Howard the Duck" Gerber enviou uma proposta para a Mulher Maravilha, assim como o artista George Perez. A proposta de Frank Miller para o Batman foi recusada, por isso ele a modificou do presente para o futuro e deu a ela a forma de minissérie. Ela se tornou *Batman: The Dark Knight* (*O Cavaleiro das Trevas*) (contos que, reunidos, passaram a se chamar *Batman: The Dark Knight Returns*, e ganharia o título em português *O Cavaleiro das Trevas II*). Howard Chaykin enviou um plano para o Superman, assim como John Byrne. No fim, a proposta de Byrne foi escolhida.

Um Superman recém-lançado significava novos escritores, novos artistas e um novo diretor. Julius Schwartz foi informado de que, quando o Superman de John Byrne fosse lançado, em um ano, Andy Helfer assumiria as rédeas do editorial de todas as revistas do Superman. Schwartz, aos 70 anos, anunciou seus planos de aposentadoria em 1986 e se tornou conselheiro editorial não oficial. Durante o último dos dezesseis anos de seu reinado, ele pôs em prática os planos para dar ao "seu" Superman uma despedida adequada.

Sem que Schwartz soubesse, Bob Rozakis, Elliot Maggin, o editor executivo Dick Giordano e outros produziram em setembro de 1985 uma edição diferente do *Superman* daquela que ele imaginava estar em produção. *Superman* nº 411, "The Last Earth-Prime Story" [A última história de Terra-Prime], é um tributo de uma edição inteira a Schwartz por seu aniversário de 70 anos.

A edição do mesmo mês da revista *DC Comics Presents* (nº 85) traz a mais estranha equipe do Homem de Aço em "The Jungle Line", uma história estranha e maluca desenhada por Rick Veitch e escrita por Alan Moore.

Clark Kent é infectado por um fungo kryptoniano letal que chegou à Terra em um meteoro. Tem febre, seus poderes enfraquecem e ele começa a alucinar. Resolve morrer sozinho e começa a viajar para o sul. Num dado momento, ele chega ao pântano de Lousiana e sucumbe à febre, perdendo a direção e saindo da estrada. Lá, é encontrado pelo Monstro do Pântano, a montanha ambulante de muco que estrelou o aclamado título de terror da DC. Comunicando-se com o fungo e com o cérebro febril do Superman, o Monstro do Pântano salva a vida do Homem de Aço. A febre cede, e um saudável Superman voa para longe convencido de que o encontro com o Monstro do Pântano foi uma simples alucinação.

Para o homem que tem tudo

Em uma estranha coincidência, setembro de 1985 também teve a publicação de outra história de Alan Moore envolvendo Superman e uma planta alucinógena. *Superman Annual* nº 11, da equipe *Watchmen* de Moore e o artista Dave Gibbons, tem o título "For The Man Who Has Everything" [Para o homem que tem tudo]. Começa com a Mulher Maravilha, o Batman e o Robin chegando à Fortaleza da Solidão para comemorar o aniversário do Superman. Eles encontram o amigo em estado catatônico, com uma enorme planta alienígena presa ao peito. A planta, cujo nome é Clemência Negra e "prende-se às vítimas em uma espécie de simbiose, alimentando-se de sua bio-aura... ela os lê como um livro, e os alimenta com uma simulação lógica do final feliz que desejam".

O "final feliz" que Superman visualiza é a vida que ele teria levado se Krypton nunca tivesse explodido: a de um arqueólogo bem-sucedido, casado com a ex-atriz Lyla Lerrol (uma referência a "Superman's Return to Krypton", de Siegel, em *Superman* nº 141, de novembro de 1960) e com dois filhos.

Na Fortaleza, a Mulher Maravilha luta contra o tirano espacial diabólico Mongul, enquanto Batman e Robin tentam libertar Superman do controle da planta. A habilidade de Moore para a caracterização é bem exercitada. Seu Mongul é uma mistura equilibrada de força bruta e inteligência fria, com um sorriso cruel e astuto.

Mas a visão que a Clemência Negra oferece ao Superman não é só de afeto e encantamento. A vontade do Superman luta contra o controle mental da planta, e a visão amargura. Descobrimos que seu pai idoso, Jor-El (que é desenhado forte e grisalho para ficar parecido com Marlon Brando em *Superman: o filme*), foi expulso do Conselho de Ciência quando sua teoria da destruição de Krypton foi desmentida, e ele agora é membro de um grupo religioso extremista que prega contra a sociedade moderna kryptoniana. Enquanto isso, um movimento político contra o uso contínuo da prisão na Zona Fantasma se torna violento.

Enfim, Superman consegue se libertar do poder da Clemência Negra, e Moore e Gibbons nos mostram uma imagem rara: o Homem de Aço em um estado de fúria quase assassina. Depois de uma luta dura, o dia é salvo por Robin, que joga a Clemência Negra em cima de Mongul.

Nos anos seguintes à sua publicação, "For the Man Who Has Everything" foi muito aclamada e recontada. Em 2004, foi transformada em um episódio da série animada *Justice League Unlimited*. As razões para seu apelo duradouro incluem seu *status* de vitrine de um tempo mais simples, pouco antes de *Crisis*. Existe um tipo especial de amizade no relacionamento entre Batman e Superman, por exemplo, que o reboot eliminou. Tem o delicado trabalho de personificação de Gibbon, a expressão de felicidade no rosto de Mongul, o jeito como, pouco antes de entrar na batalha, os olhos do Superman ficam vermelhos e brilhantes, embora o rosto permaneça oculto nas sombras, as várias honras a histórias clássicas do Homem de Aço espalhadas pela sala de troféus da Fortaleza.

Só que também tem algo mais primal, mais simples em ação. Moore mostra um Homem de Aço cujo desejo mais profundo é desfazer o desastre que fez dele o que é, o evento que o dilacera. Ele quer, propõe Moore, uma vida normal, uma família, uma esposa. Quando é revelado que tudo isso é fantasia, é como se ele houvesse perdido Krypton mais uma vez. Na fúria que o domina, Moore nos oferece um fugaz e, em última análise, assustador vislumbre de algo que não havia existido em 46 anos: um Superman perigoso.

"Você lutando, Supergirl? Esse é um erro fatal!"

Na capa da edição de outubro de 1985 de *Crisis on Infinite Earths* (nº 7), o artista George Perez apresenta ao leitor o tipo de imagem chocante da "morte de um herói" que enganou muita gente durante os dez anos da era de prata, mas isso era diferente. Isso não era um sonho, não era uma pegadinha, não era uma história imaginária.

Superman aparece em sua pose clássica bem no meio da capa, iluminado por um sol distante e com hordas de heróis atrás dele, de cabeça baixa. O Homem de Aço carrega o corpo ensanguentado, machucado e sem vida de sua prima, Supergirl.

É claro, a primeira imagem do Superman em ação foi aquele quadro simples de 1938, em que ele aparecia carregando a assassina loira Evelyn Curry, uma imagem repleta de uma alegria adolescente. Mas essa imagem, essa superpietá, é sua antítese, e oferece aos leitores com dificuldade para compreender uma cena emocionante de luto em roupa de malha.

Para Marv Wolfman, escritor de *Crisis*, esse era um sacrifício necessário.

> Antes de *Crisis*, parecia que metade de Krypton sobrevivera à explosão. Tínhamos Superman, Supergirl, Krypto, os criminosos da Zona Fantasma, a cidade engarrafada de Kandor e muitos outros. Nosso objetivo era fazer do Superman único. Voltamos à sua origem e fizemos de Kal-El o único sobrevivente de Krypton. Foi por isso que, infelizmente, Supergirl teve que morrer.

Na história, Supergirl faz parte de uma equipe de heróis que ataca a fortaleza-asteroide que pertence ao vilão da obra, uma entidade maléfica chamada Antimonitor, que quer fundir as poucas Terras restantes e destruí-las completamente. Superman localiza a máquina "colecionadora solar" que o Antimonitor está usando para fundir e destruir as Terras, mas é abatido por uma devastadora explosão.

Supergirl ouve o grito do primo e voa para perto dele, e nesse ponto Wolfman é tão explícito ao anunciar o que está por vir ("E Supergirl se apressa, mesmo sabendo que o que pode provocar tamanha dor no primo poderoso... certamente pode destruí-la. Mas Supergirl é uma heroína... e não se preocupa com ela mesma... mas com os que ama."), que a técnica é quase a de suspense em filme de terror.

Wolfman mergulhou no *páthos*, dourou a pílula emocional com tanto fervor que fez a morte da Pequena Nell de Dickens parecer um balancete. Supergirl para no meio do caminho para reunir os colegas heróis ("Sempre há esperança. Não se pode perder a esperança. Nunca!") e vai para a luta, recitando um monólogo que é a maior autocrítica do mundo: "Talvez eu nunca seja tão boa quanto Superman, mas Kal sempre me ensinou a fazer o melhor. Nada mais importa. Seja honesta com você mesmo, seja o melhor que puder ser... Nunca faça nada que não seja o seu melhor. Convivi com esse ideal, e sempre me esforcei para viver de acordo com ele. E acho que, na maior parte do tempo, consegui."

Supergirl grita para que os parceiros heróis a abandonem, salvem a si mesmos e as Terras, mas esse momento de altruísmo e falta de atenção é tudo de que o Antimonitor precisa para promover uma explosão de energia ("*Thooommm*") que rasga seu corpo.

A Dama do Poder já era, e o Antimonitor escapa, mas sua máquina infernal é destruída, e as Terras estão salvas... por enquanto.

Cavaleiro das Trevas x Fantoche Azul

Em fevereiro de 1986, enquanto heróis lutavam, mundos morriam nas páginas de *Crisis* e o destino final do Universo DC ainda era indeterminado, Frank Miller apresentou uma realidade distinta em uma minissérie de quatro números hoje conhecida como *O Cavaleiro das Trevas*. Como existiam fora da continuidade do Universo DC, os eventos de *Crisis* não tinham participação alguma na linha da história de *Cavaleiro das Trevas*. Mas a fatia endurecida e isolada de super-herói *noir* de Miller lançaria uma longa sombra sobre a continuidade pós-*Crisis* da DC, e sobre todo o gênero de quadrinhos de super-heróis, por décadas. Porque se *Crisis* mudou a história do Universo DC, *O Cavaleiro das Trevas*, com sua coirmã sombria e dura *Watchmen*, mudou a essência da forma de contar histórias de super-heróis.

O Cavaleiro das Trevas é ambientado em uma Gotham do futuro na qual Bruce Wayne, então com 55 anos, não atua como Batman há uma década. O público não confia mais nos super-heróis. Um a um, o governo prendeu membros da Liga da Justiça ou os obrigou a se aposentar. Com o retorno do vilão Duas Caras (e, subsequentemente, do Coringa), Bruce Wayne veste a capa e a máscara mais uma vez, e suas ações vigilantes chamam a atenção do presidente dos Estados Unidos e de sua arma secreta, Superman.

Em sua descrição do Homem de Aço, Miller capturou aparência e essência do personagem. Em um nível, apresentou o Superman como muitos leitores da época o viam, sem dúvida, um agente da situação, um fantoche obediente e fascista do complexo militar-industrial. Miller enfatiza essa característica com sua apresentação do personagem: uma série de quadros aproximam a bandeira americana até que, em uma transição única, percebemos que as listras vermelhas e brancas se tornaram a curva vermelha e amarela do brasão de S no peito do Superman.

Superman, ficamos sabendo, fez um acordo com o governo: "Dou a eles minha obediência", ele pensa, enquanto despacha couraçados soviéticos. "Eles me dão uma licença e me deixam viver. Não, eu não gosto disso. Mas posso salvar vidas... e a mídia fica quieta. Mas agora a tempestade volta a crescer... eles vão nos caçar outra vez... por sua causa."

O inevitável clímax da série é um confronto físico brutal entre Superman (enfraquecido pela kryptonita sintética) e Batman (em um exoesqueleto blindado). Para os leitores da época, uma briga como essa entre heróis era novidade, pelo menos nas páginas da DC Comics, onde Superman e Batman passaram décadas como amigos do peito, distinguíveis apenas por seus respectivos esquemas de cores.

Mas a batalha apelava ao clima de mudança da época. Com relação à percepção mais geral do público, a estrela do Superman se apagava, e a do Batman estava em ascensão. A década de 1980 havia começado com um filme do Superman que misturava ficção científica iluminada e ensolarada com fantasia; a década terminaria com um filme do Batman calcado nas sombras e na escuridão do horror gótico do diretor Tim Burton. Heróis saíam de moda, tanto quanto o altruísmo como uma motivação crível. Entravam em cena os anti-heróis e a sociopatologia. A cena da briga no quarto e último capítulo de *O Cavaleiro das Trevas* marcava a passagem do bastão.

Esperando o tempo passar

No 12º e último número de *Crisis on Infinite Earths* (março de 1986), resta uma Terra, cujos habitantes não lembram da existência do multiverso. Heróis e vilões morreram, mas muitos sobreviveram, inclusive duas versões de universos alternativos do Superman, o da era de ouro de Terra-2 e o Superboy da Terra-Prime (a "verdadeira" Terra onde nós vivemos), que foi apresentado alguns meses antes. O escritor Wolfman não foi capaz de apagar as próprias velas, por isso pôs em prática a segunda melhor opção, introduziu um deus *ex machina* na forma de uma versão heroica e alternativa de Lex Luthor, que era capaz de criar uma "dimensão-paraíso" onde o Superboy Prime, o Superman e Lois Lane, ambos da Terra-2, podem viver felizes para sempre. Pelo menos até 2005, mas chegaremos lá.

Crisis acabou, mas a estreia da minissérie de seis números de John Byrne relançando o Homem de Aço desde o zero ainda estava a seis meses de seu nascimento. As equipes criativas dos dois principais títulos do Superman, *Action* e *Superman*, ocupavam o tempo com aventuras isoladas nas quais o Homem de Aço voava para Marte, enfrentava adolescentes malucos, lobisomens, dinossauros, vampiros e encontrava uma versão de Asterix que não infringia os direitos autorais. Steve Gerber voltou a escrever a sequência de sua minissérie taciturna de 1982 sobre a Zona Fantasma, no último número de *DC Comics Presentes* (nº 97, setembro de 1986), na qual revelou que a Zona era, na verdade, a consciência de uma criatura alienígena senciente. Depois dos eventos abrangentes e literalmente finais para o mundo de *Crisis*, as aventuras do Superman nunca pareceram menos ou mais mundanas.

Ou menos comerciais: os quadrinhos dos X-Men da Marvel passou a superar os dos Homem de Aço em vendas numa proporção de cinco para um.

Porém, a caminho da saída, o editor Julius Schwartz garantiu que a existência do Superman da era de prata terminaria, não com uma explosão ou um gemido, mas com uma despedida assombrosa, elegíaca. Em sua autobiografia, Schwartz escreveu:

> Comecei a pensar: "O que vou fazer com meus dois últimos números?", e, no meio da noite, tive a ideia: eu faria de conta que meus últimos números de *Superman* e *Action Comics* seriam realmente os últimos. Portanto, cabia a mim esclarecer, explicar todas as coisas que aconteceram nos anos anteriores. Por exemplo, Lois Lane chegou a descobrir que Clark era o Superman? Eles se casaram? O que aconteceu com Jimmy Olsen, Perry White, com todos os vilões? Eu precisava esclarecer.

Em outras palavras, ele daria ao Superman a única coisa que nenhuma propriedade intelectual de uma única corporação, perpetuamente licenciada, acorrentada a uma narrativa contínua e sem final previsto, poderia ter: ele lhe daria um fim.

A narrativa contínua de posse corporativa é, afinal, a inimiga da história. Na ficção, personagens são formados por eventos e suas reações; eles emergem modificados. Mas um personagem como Superman resiste à mudança, e essa resistência essencial é auxiliada e estimulada por departamentos de marketing, estilo e contratos de licença. Ele evoluiu ao longo dos anos, é claro – este livro não existiria sem isso –, mas a natureza dessa evolução é em função da cultura que o cerca, não algo que cresce de seu personagem.

É por isso que a história imaginária se tornou uma parte tão importante da era de prata, o apelo intrínseco a oferecer um fim, qualquer fim, para uma narrativa que foi criada para durar eternamente. Aqui, Schwartz decidiu, havia uma chance para cortar o fio da narrativa que Siegel e Shuster começaram a fiar em seus quartos em Cleveland anos atrás. Siegel fizera o mesmo, com grande efeito, na história de 1961: "The Death of Superman!" Então, por que não dar a ele outra chance?

Siegel agarrou a chance de escrever a "última" história do Superman, mas "havia problemas legais relacionados a isso que, aliados aos problemas de agenda, não tínhamos tempo para resolver". (Tradução: Siegel pediu mais dinheiro que a DC estava disposta a pagar.)

Na manhã seguinte, Schwartz comentou com seu companheiro de café da manhã, Alan Moore, que precisava encontrar um escritor. "Àquela altura, [Moore] se levantou da cadeira, segurou meu pescoço e disse: 'Se deixar alguém além de mim escrever essa história, eu mato você.'"

A história seria contada em duas partes, começando pela edição "final" de *Superman* (nº 423, setembro de 1986) e terminando na edição "final" de *Action Comics* (nº 583, setembro de 1986). Curt Swan desenharia os rascunhos da história, com as tarefas de finalização divididas entre George Perez e Kurt Schaffenberger, artista veterano do Superman.

O que aconteceu com o Homem do Amanhã?

Dez anos depois do desaparecimento e da morte presumida do Superman, um repórter do *Planeta Diário* chega para entrevistar Lois Lane para a "Edição do Memorial do Superman". Ele fala para o gravador: "Muito bem, testando. Dezesseis de agosto de 1997. Tim Crane entrevistando Lois La... hum... Lois *Elliot* para matéria principal do *Planeta Diário*, 'Os últimos dias do Superman'."

A história de Lois é longa e repleta de heroísmo e perdas dolorosas, que envolvem a morte de Lana, Jimmy e Krypto, além de Luthor, Brainiac e Mxyzptlk, esse último (inadvertidamente) pelas mãos do Superman. Ele tirou uma vida, coisa que havia jurado não fazer, e entra em uma câmara usada para guardar kryptonita dourada, a substância que remove permanentemente os poderes de um kryptoniano.

Mais tarde, Lois conta ao repórter, quando a câmara é aberta, o Superman desapareceu. Uma passagem secreta se abriu para o Ártico. A conclusão é de que ele morreu em algum lugar no gelo, mas seu corpo nunca foi encontrado.

O repórter do *Planeta Diário* agradece a Lois e vai embora, no mesmo instante em que o marido dela, Jordan, um mecânico bigodudo com um queixo familiar, aparece com o filho do casal, Jonathan, que acordou do cochilo. Enquanto o casal namora ("Você gosta disso de verdade, não é?", pergunta Lois ao marido. "Ir trabalhar todo dia, tirar o lixo, trocar a fralda do Jonathan... toda essa coisa normal?"), o filho deles aperta um pedaço de carvão e o transforma em um diamante. Fim.

Mais uma vez, Moore descobre, nessa história boba de cachorros voadores e vilões que parecem duendes, um poder assustador nos menores momentos entre seus personagens. Elementos da trama lembram o romance de Robert Mayer de 1977, *Superfolks*, sem mencionar a batalha no clímax de outras histórias de Moore. Porém, "What Happened With the Tomorrow Man?" [O que aconteceu com o Homem do Amanhã?] serve como um final emocionante e satisfatório para uma história com 48 anos de existência.

Afinal, toda a família Superman está prestes a desaparecer por completo, deixando-o mais sozinho do que jamais esteve em quatro décadas. Moore forneceu uma bela e pesarosa melodia para acompanhá-los para fora do palco.

10

A BATALHA INTERMINÁVEL... TERMINA. POR UM TEMPO (1986-1993)

Marcos

1986: *Man of Steel* reinicia Superman

1987: estreia *Superman IV: em busca da paz*

1988: estreia o programa de TV *Superboy*

1992: Superman morre em *Superman* nº 75

1993: Superman volta à vida em *Superman* nº 82, com um mullet. Ele usaria esse corte de cabelo por três lamentáveis anos. Estreia a série de TV *Lois e Clark: As novas aventuras do Superman.*

Nada de bandana na cabeça. Nem ombreiras. Nem capas tremulantes.

Um Krypton muito diferente recebeu os leitores que abriram um dos mais de 200 mil exemplares de *Man of Steel* nº 1, vendido no verão de 1986. A ambiciosa série quinzenal de seis números do artista e escritor John Byrne, encarregado da dura tarefa de reconstruir o Superman desde o início, deixa claro desde a primeira página que aquilo não é uma maquiagem. Byrne havia jogado fora sem nenhuma cerimônia todos os vestígios do conhecido Krypton que foram vistos em uma tira de jornal em 1939; aquilo não era uma Disneylândia do futuro com graciosos minaretes, vertiginosas passarelas flutuantes e obeliscos muito altos com as cores do arco-íris. Aquela utopia futurista sumira. Em seu lugar, ele criou um deserto árido de formações rochosas verdes, que servia tanto quanto homenagem inversa quanto como rejeição às vastas planícies do Ártico no Krypton de *Superman: o filme*. O lar de Jor-El, uma enorme torre industrial composta de painéis de metal dourado, é a única estrutura visível. Os kryptonianos de Byrne são discretos.

Mesmo com relação à procriação. Somos informados de que a tecnologia tornou a cultura kryptoniana tão estéril quanto sua paisagem. Homens e mulheres se cobrem da cabeça aos pés e unem seus materiais genéticos somente em globos mecânicos chamados matrizes. No começo da história, uma Lara furiosa chega à casa de Jor-El querendo saber por que ele removeu a matriz que continha o filho deles das "câmaras de gestação" comunitárias, uma coisa que não era feita há séculos.

Jor-El explica que a doença que se abateu sobre Krypton é resultado de uma reação em cadeia dentro da essência do planeta, que está formando um novo metal radioativo que envenena a população. Pior, ele diz, essa mesma reação em cadeia vai destruir Krypton em um dia, talvez em uma hora. Ele tirou a matriz e prendeu a ela um *drive* hiperleve para mandá-la ao distante planeta Terra, "um mundo semelhante ao que foi Krypton num passado distante". Lá, a criança será banhada em radiação de uma estrela amarela, que vai transformar suas células em "baterias solares vivas, fazendo-as crescer ainda mais poderosas".

É o fim definitivo da exegese de Siegel e Shuster para os superpoderes, a história da "super-raça/menor gravidade". Em vez disso, Byrne deposita todo o peso de sua narrativa no argumento do "raio ultrassolar" que Otto Binder havia introduzido em 1961.

A ideia original de Byrne era mandar Lara, ainda grávida, para a Terra na nave espacial, e lá ela morreria no parto. Porém, a editora Jenette Kahn defendia uma opção menos dickensiana. A nave levando a matriz de gestação kryptoniana chega à Terra e só se abre quando o casal amoroso e sem filhos, Jonathan e Martha Kent, se aproximam. Assim, no relato de Byrne, Superman nasce na Terra.

Desse ponto em diante, a narrativa para nas familiares sinalizações da superorigem: o jovem Clark é pisoteado por um touro e não se machuca, levanta um caminhão para pegar uma bola, vê a bolsa da mãe Kent na cozinha através da parede da sala de estar e descobre, sem nenhuma cerimônia, que é capaz de voar.

A diferença, a que contrasta com os 37 anos de história pré-*Crisis*, é que Byrne deixa claro que Clark está desenvolvendo seus poderes aos poucos, e que se fortalecem à medida que ele se torna adulto. O que equivale a dizer: adeus, Superboy.

Não que Byrne estivesse feliz com isso. Ele lutou pela permanência do Superboy. Ou, tecnicamente, pela do superadolescente: "Quando cheguei na equipe, minha compreensão era de que eu poderia trabalhar com um Superman que era novo no ofício e ainda estava aprendendo tudo. Depois, quando os contratos foram assinados, a DC meio que puxou meu tapete e disse: 'Não, isso só pode acontecer com o Homem de Aço. No primeiro número do Superman, ele tem que estar totalmente desenvolvido.'"

Perder o Superboy foi uma mudança drástica, mas, na grande história do Superman, o Menino de Aço havia sido uma adição tardia, afinal. Foi em sua caracterização de Clark Kent que Byrne sacudiu as estruturas do personagem, jogando fora um dogma central do Superman de Siegel e Shuster, ou melhor, invertendo-o com perfeição.

Na história de Byrne, a *persona* do Clark Kent colegial é de um rapaz de beleza impressionante, confiante, musculoso e atleta, um astro do futebol, na verdade. Ao ver o filho se deliciando com a adulação dos colegas, Jonathan Kent mostra a ele a nave em que chegou e o intima a ter pensamentos maiores; Clark, envergonhado, decide usar seus tremendos poderes para ajudar as pessoas, "não para ser melhor que os outros, não para fazer outras pessoas se sentirem inúteis". Ele deixa Smallville, decidido a fazer o bem no mundo, mas em segredo.

Durante sete anos, ele consegue cumprir o plano salvando milhares de vidas em incidentes atribuídos a ocorrências bizarras ou simples sorte. Mas um dia, em Metrópolis, ele é forçado a ir a público para salvar a vida da repórter do *Planeta Diário*, Lois Lane. Em meio à multidão que se forma para tocá-lo, adulá-lo, implorar sua ajuda para milhares de assuntos menores, Clark fica horrorizado. "Eram exigências!", conta aos pais. "Todo mundo tinha alguma coisa para eu fazer, dizer, vender... Sei que tenho que usar meus poderes para ajudar quem precisa, mas eles vão me procurar! Vão contar comigo!"

Ele resolve adotar uma *persona*, e um figurino arrojado, simbólico, que será sua imagem pública. Sem a fantasia, ele usará o cabelo penteado para trás e óculos grandes, manterá os ombros meio encurvados e cria um "lugar onde ninguém vai pensar em procurar, uma fortaleza da solidão, digamos".

Em outras palavras, Clark Kent, o garoto da fazenda do Kansas, é o homem, enquanto Superman, o herói poderoso, é o disfarce. Se isso revertia a polaridade do conceito original de Siegel e Shuster, fazia, mesmo assim, um sentido simples, implacável. Por que alguém imaginaria que Superman tinha uma identidade secreta? Se ele não estivesse por perto, as pessoas imaginariam que ele está em outro lugar salvando vidas?

Byrne também argumentava que, localizando o centro do personagem em Clark, não no Superman, ninguém sentiria falta de toda aquela rotina do chatinho desajeitado e sem graça que, ele acreditava, pertencia a uma era ultrapassada dos anúncios do "herói da praia", de Charles Atlas. Havia um motivo para Byrne decidir colocar nesse Clark molduras de óculos parecidas com aquelas que George Reeves usou décadas antes: ele lembrava como Reeves criou um Clark prático, simples, o tipo de homem que convencia como repórter arrumadinho com o ritmo metropolitano de uma grande cidade.

Em *Man of Steel* nº 2, Byrne redefiniu o relacionamento Clark-Lois. Essa Lois era mais dura, mais independente e conseguia se garantir contra várias ameaças. E, em um afastamento revelador de anos de continuidade que se tornaria cada vez mais importante durante os anos seguintes, ela tratava Superman como uma história e Clark, como um homem. *Man of Steel* nº 3 examinou o relacionamento Superman-Batman com um embasamento psicológico mais firme do que décadas de histórias. Ao longo dos anos, escritores puseram os dois heróis em conflito muitas vezes, mas estes tendiam a surgir de invenções da trama. Aqui, Byrne mostrava aos leitores dois heróis que compartilhavam de uma dedicação altruísta à justiça, mas cujas visões de mundo eram fundamentalmente opostas: Superman protege, Batman castiga. Podia haver um respeito ressentido entre eles, mas esse respeito seria sempre temperado pela forte convicção de que a perspectiva e os métodos do outro eram falhos.

Em *Man of Steel* nº 4, conhecemos o Lex Luthor pós-*Crisis*. Nada de roupa poderosa, meia justa, avental de laboratório, ele não é um cientista maluco, embora seja muito maluco, pelo menos no sentido "louco de raiva com o mundo". Reformulado como proprietário da LexCorp (apresentada assim por Marv Wolfman antes do reboot), o novo Luthor é um sinistro Mike Bloomberg, um magnata da tecnologia rico e poderoso que, em suma, é dono de Metrópolis. Seu ódio pelo Superman não é resultado de bobagens de adolescente, mas de uma questão muito mais simples que envolve ciúme e ressentimento profundo. Em *Man of Steel* nº 5, vemos até onde Luthor está disposto a ir para derrotar o Homem de Aço quando cria um clone imperfeito do Superman, em uma história que homenageia o personagem Bizarro, de uma época pré-*Crisis*. Na conclusão da série, Superman volta a Smallville e é visitado por todo um passado kryptoniano.

Na última página de *Man of Steel* nº 6, Superman aparece resplandecente no topo de uma montanha, olhando para longe, a capa tremulando ao vento, e faz a nova primeira declaração de missão da Terra de Byrne: "Posso ter sido concebido nas profundezas infinitas do espaço, mas nasci quando a nave se abriu na Terra, na América."

Quando chegou ao fim, a minissérie *Man of Steel* revisou vários elementos conceituais do mito do Superman: Clark como o verdadeiro *self*, Superman como "só um macacão legal que me deixa agir em público sem perder minha vida privada". Seu *status* de Último Filho de Krypton, um ser único com um conjunto único de poderes, estava garantido.

Eliminado: a carreira do Superboy, a saudade do passado alienígena. Incluído: os Kent, ainda vivos e prontos para oferecer conselhos sábios, e um relacionamento mais honesto e igual com Lois Lane. Onde antes havia um arqui-inimigo fantasiado que tramava a dominação do mundo enquanto esfregava as mãos, agora tem um vilão que ataca, não com raios mortais e aparelhos do juízo final, mas com aquisições e transações comerciais hostis.

Também havia o visual. Isso também era diferente.

Do corpo masculino do tipo Schwarzenegger da década de 1980, esperava-se mais. Nos anos 1970, dava para ser magricelo sem problema, mas na era do fisiculturismo e dos modelos da Calvin Klein, o Superman clássico de Curt Swan agora parecia só alguém em boa forma. Buff estava na área, e o Superman entupido de esteroides de Byrne, com um pescoço grosso, era a moda. (Para explicar como Clark Kent conseguia desenvolver os músculos que as camisetas pretas e justas revelavam, ele mantinha equipamentos de ginástica em seu apartamento.) Byrne desenhou um Superman mais jovem, mais dinâmico do que fora nos quadrinhos durante anos, com um queixo forte o bastante para cortar um queijo pecorino. Ele também alterou o penteado, diminuindo as laterais, mas acrescentando volume e, principalmente, altura (anos 1980, senhoras e senhores).

Até o figurino ficou mais dramático, com um S maior no peito largo do herói e uma capa mais longa, mais imponente que, de algum jeito, tremulava até em uma sala fechada e sem ar.

Os números 5 e 6 da quinzenal *Man of Steel* tinham data de capa de dezembro de 1986 e abriram caminho para os novos títulos do Superman que seriam lançados no mês seguinte.

Em novembro de 1986, a banda R.E.M. lançou seu cover da canção "(I Am) Superman". A tarefa do vocal principal ficou para o baixista Mike Mills quando Michael Stipe desistiu. A canção seria uma das favoritas das rádios universitárias no ano seguinte, servindo como um hino animado e não intencional para acompanhar o ressurgimento do Superman.

Também em novembro, residentes da cidade de Metropolis, Illinois – feridos, mas não abatidos pelas tentativas frustradas da década anterior de criar um parque temático do Superman –, se dedicaram a construir uma estátua do Superman em fibra de vidro com 2 metros de altura. Ela manteria sua vigília solitária na praça da cidade por sete longos anos, até a tendência de cidadãos de mente menos civilizada abrirem furos nela (testando a hipótese do "mais rápido que uma bala") obrigar sua substituição em 1993, quando surgiu uma versão de 4,5 metros.

Três títulos, nenhuma espera

Como arquiteto principal do reboot do personagem, o artista escritor John Byrne foi escolhido para ficar à frente de dois ou três relançamentos de títulos do Superman. O primeiro a chegar, com data de capa de janeiro de 1987, foi *Action Comics* nº 584 (apesar do hiato de quatro meses na publicação, a nova edição seguiu a numeração da antiga *Action Comics*). Reformulado como um título de parcerias, para preencher o espaço deixado pela *DC Comics Presents*, cada número de *Action* trazia o Superman se associando a um herói diferente do Universo DC. Escrita e desenhada por Byrne, a *Action* se tornou um dos títulos mais vendidos da DC; os editores logo descobriram que uma aparição ao lado do Superman em *Action* podia alavancar as vendas de revistas menos populares, e voltou a superexposição do Homem de Aço.

Superman nº 1 (janeiro de 1987), também escrito e desenhado por Byrne, estreou uma semana depois de *Action*. Byrne e o editor Andy Helfer queriam deixar claro que *Superman* era a revista principal, na qual eram publicadas aventuras do recém-lançado Homem de Aço, e queriam tirar proveito da reação pavloviana dos colecionadores a qualquer edição marcada com "nº 1". Então, eles fizeram uma espécie de jogo de azar. A revista que foi publicada com o título *Superman* antes da *Crisis* receberia o novo título de *Adventures of Superman*, mas sua numeração continuaria de onde havia parado *Superman* nº 423, deixando um espaço que poderia ser preenchido por uma nova série chamada *Superman*.

Desde o primeiro número, Byrne usou o título *Superman* para apresentar seus conceitos pré-*Crisis* e suas novas interações pós-*Crisis* de personagens; parte do apelo da revista, para os antigos fãs, era ver o que Byrne faria com vilões como Metallo, Homem-Brinquedo, Mxyzptlk e Galhofeiro, e como ele poderia incorporar os Novos Deuses de Kirby na continuidade que foi relançada recentemente. Em *Superman* nº 2, por exemplo, ele dispensou uma sugestão de enredo que abasteceu inúmeras histórias da era de prata: fazer Luthor descobrir a identidade secreta do Superman.

Porém, na história mais simples, a mais satisfatória durante seu mandato, Luthor comanda uma equipe da LexCorp para acumular todos os dados possíveis sobre o Homem de Aço, alimentar com essas informações um enorme banco de dados, cruzar as referências e extrair de seu computador fabuloso a natureza da relação entre Clark Kent e Superman. A conclusão do computador, apresentada depois de uma série impressionante de cliques e ruídos, é que "Clark Kent é o Superman".

A técnica da LexCorp fica chocada. "Meu Deus!", ela exclama. "Eu nunca teria pensado nisso. Porém, considerando o conjunto de evidências... é muito lógico! Impecavelmente lógico!"

"Lógico?", Luthor resmunga. "É? Para uma máquina, talvez. Sim... uma máquina sem alma pode fazer essa dedução. Mas não Lex Luthor! Eu sei que não é assim! Sei que nenhum homem com o poder do Superman fingiria ser um simples humano! Tal poder existe para ser explorado. Esse poder é para ser usado!"

O terceiro e último título do relançamento do Superman foi *Adventures of Superman* nº 424, escrito por Marv Wolfman e desenhado por Jerry Ordway. Desde o princípio, *Adventures of Superman* tinha aspirações mais modestas; sua equipe de criação não se concentrou nos coloridos parceiros heroicos do Superman, em vilões diabólicos ou aventuras cósmicas, mas nos relacionamentos de Clark com os colegas no *Planeta Diário*. Como resultado, esse título logo se tornou uma coisa estranha, uma revista enraizada e rasa que, intencionalmente ou não, lembrava o programa de TV da década de 1950. Uma linha de história, por exemplo, abordou a identidade de um vigilante uniformizado sem poderes chamado Gangbuster, que se dedicava a pôr fim à violência das gangues em Metrópolis.

As vendas de *Adventures of Superman* foram menores que os dois títulos comandados por Byrne. "Nós nos debatemos um pouco à sombra [de Byrne]", Ordway admitiu anos mais tarde. "Ele era, evidentemente, a ponta de lança da época."

O editor de *Superman*, Andy Helfer, saiu e foi substituído por Mike Carlin, cujo objetivo declarado era aproximar ainda mais todos os títulos do Superman, ajustar mais os enredos e construir linhas de histórias que percorressem os três títulos.

Peça de museu

O reboot foi um tremendo sucesso. As vendas aumentaram, os fãs ficaram animados (muitos criticaram, mas estavam falando do Superman, que não aparecia havia anos), varejistas e a imprensa especializada se entusiasmaram, e o aniversário de 50 anos do personagem estava logo ali.

Dentro dos preparativos para a ocasião, aconteceu uma exposição chamada "Superman: Many Lives, Many Worlds" [Superman: muitas vidas, muitos mundos], aberta no Museu Smithsonian de História Americana em Washington, D.C., em 24 de junho de 1987. Milhares de visitantes se maravilharam com cópias de *Action Comics* nº 1, pôsteres de época, *storyboards*, filmes, roteiros de rádio e TV, inclusive o roteiro de Mario Puzo para *Superman: o filme*, e vários figurinos e brinquedos. No outono, o Smithsonian recebeu um simpósio de dois dias sobre o Superman; mais tarde, uma versão da exposição percorreu o país.

Os responsáveis pelo Superman na DC Comics estavam muito satisfeitos; evidentemente, havia algo no ar. Mais: esse impulso ganhava força no momento exato para capitalizar sobre o que seria o triunfante e esperado retorno do Superman às fileiras dos maiores sucessos do cinema.

Em 24 de julho de 1987, *Superman IV: em busca da paz* chegou aos cinemas.

O inverno nuclear do nosso descontentamento

Ressentidos com o fracasso que foi *Supergirl*, em 1985, os Salkind sublocaram, praticamente, os direitos de produção de filmes estrelando Superman por 5 milhões de dólares para o Cannon Group. Propriedade de dois primos israelenses, o Cannon passou os anos anteriores produzindo de maneira esquizofrênica tanto filmes baratos com Chuck Norris e Charles Bronson quanto produções de arte dirigidas por Robert Altman, Franco Zeffirelli e John Cassavetes. Os Salkind mantiveram os direitos do Superboy, porém, e se dedicaram à preparação de uma série para a TV.

Menahem Golan e Yoram Globus, de suas partes, estavam interessados em melhorar seu perfil e tinham certeza de que Superman era o meio para isso. Garantindo cerca de 40 milhões de dólares em financiamento da Warner Bros., eles atraíram Gene Hackman de volta ao papel de Lex Luthor com relativa facilidade (a garantia de que os Salkind não tinham envolvimento algum com a produção ajudou muito nessa empreitada), e Margot Kidder também aceitou voltar.

Christopher Reeve foi o mais difícil de convencer, mas quando os primos aceitaram produzir seu projeto de estimação, um filme de suspense sobre um cafetão e um repórter inescrupuloso chamado *Armação perigosa*, ele aceitou. (Reeve também queria dirigir *Superman IV*, mas admitiu que um projeto com tantos efeitos e um orçamento tão grande seria uma tarefa muito assustadora; ele fez um extensivo trabalho de segunda unidade no filme, em vez disso.)

Golan e Globus abordaram Richard Donner e Tom Mankiewicz para avaliar o interesse deles, mas o diretor e o redator não deram retorno. "O que falta fazer?", argumentou Mankiewicz. "É fútil. Chega. Vamos seguir em frente."

Ignorando esse sábio conselho, os produtores encontraram Sidney Furie, que terminara um trabalho no filme de ação de baixo orçamento *Águia de aço*, e contrataram os redatores Lawrence Konner e Mark Rosenthal (ex *Joia do Nilo*, da sequência *Tudo por uma esmeralda*) para o roteiro.

Reeve, de sua parte, se impressionara com um documentário antinuclear e achava que o filme devia transmitir uma mensagem em meio à ação. Ele procurou Mankiewicz, e o roteirista explicou que Superman tratando de problemas do mundo real constituiria uma narrativa de fim fechado. Mas Reeve não se abateu e insistiu por uma linha de trama na qual Superman pusesse fim à corrida armamentista. (Reeve mais tarde seria processado, sem sucesso, por dois roteiristas que diziam que ele roubara a ideia de um roteiro que a dupla enviou a ele em 1985.)

Porém, quando a produção de *Superman IV* estava engrenando, o Cannon teve um prejuízo de 60 milhões de dólares com *Falcão: o campeão dos campeões*, de 1986, um hino de Sylvester Stallone à ciência da queda de braço. Com a ameaça da falência, o Cannon reduziu o orçamento de *Superman IV* de 40 para 17 milhões de dólares. Isso provocou a demissão da equipe de efeitos especiais e sua substituição pelos parceiros de Golan e Globus, que faziam um trabalho rápido e barato.

Os testes de tela foram terríveis, e o tempo de exibição de 134 minutos foi reduzido para ainda lentos 89 minutos. A Warner Bros., que programou a estreia do filme para o inverno, adiou a data para o verão sem muito apoio de marketing. Antes da estreia do filme, Margot Kidder participou da promoção no *Late Night with David Letterman*, só para ouvir piadinhas sobre a natureza barata do vídeo que ela levou.

Superman IV: em busca da paz

Até a droga dos créditos foi barata.

Os créditos de abertura de *Superman I* e *II*, em letras cristalinas e majestosas voando entre as estrelas, provocam um sentimento de escala cósmica, mas os nomes de elenco e equipe de produção de *Superman IV* se arrastam deixando o rastro do *chroma key* laranja.

O filme começa com Superman resgatando um cosmonauta em órbita em volta da Terra, uma cena que usa sequências opacas do Superman voando, imagens tão ruins, baratas e mal inseridas que convidam à comparação com o programa de TV da década de 1950. Considerando que essas mesmas tomadas ruins aparecem várias vezes ao longo do filme, é seguro dizer que ninguém saía do cinema acreditando que um homem podia voar.

Não sobra vestígio algum da tão alardeada verossimilhança de Donner, substituída aqui não pela astúcia e a força bruta de *Superman III*, mas por um derrotado e sufocado sentimento de exaustão da narrativa. Ninguém parece ter muito entusiasmo, nem mesmo se esforçar: nem Kidder, que cumpre seu papel com simples determinação profissional, nem Hackman, cujo desempenho carece do vigor e da vontade das atuações anteriores. E nem Reeve, cuja peruca parece estar mais presente na cena do que ele mesmo.

Em uma cena, Clark Kent se angustia pensando se deve ou não livrar o mundo de armas nucleares, como pediu um impertinente adolescente de 13 anos, e Lois Lane o visita em seu apartamento. No que tem a intenção de ser uma homenagem aos filmes anteriores, Clark pula da sacada com Lois gritando em seus braços, se transforma no Superman e a leva para um voo pelo país, embalado pelas notas melosas de “Love Theme from Superman”. Como acontece ao longo do filme, porém, o ritmo de Furie é tão pesado, os efeitos são tão pobres e os atores são tão limitados, que o que poderia ter sido uma saudosa recordação de tempos melhores se torna uma recauchutagem inútil e sem graça.

“Eu me lembro”, Lois diz a ele. “Lembro tudo.” Mas, antes que o filme possa passar dessa ideia a outra de tantas e a suas intrigantes conclusões subtextuais, Superman a beija, limpando sua memória mais uma vez. No fim de *Superman II*, o beijo, embora presunçoso, poderia ser visto como altruísta, um meio para impedir que Lois se torturasse. Aqui, ele é visto como o ato de alguém manipulador, egoísta e cruel.

A adição de Jon Cryer como o indiferente sobrinho de Luthor é mais uma subtração, na verdade, e o tema central da trama – Luthor criar um sósia do Superman movido a energia nuclear – sofre com as escolhas baratas e desajeitadas da produção. Vemos o cruel Homem Nuclear (Mark Pillow) ser gerado em segundos, de feto a homem loiro e musculoso, e surgir de seu espaço-útero inexplicavelmente vestido com um macacão justo, amarelo e sem mangas, complementado por um protetor genital de lamé dourado.

De acordo com a propensão de invocar superpoderes não canônicos, uma cena na Grande Muralha da China mostra o Homem de Aço empregando raios oculares azuis para reparar o grande dano causado pelo Homem Nuclear. (Visão de Marcenaria? Superalvenaria?)

Depois de se recuperar da intoxicação radioativa sofrida pelas mãos, tecnicamente unhas, do Homem Nuclear, o Superman encontra seu inimigo na superfície da lua. Essa sequência é marcada por um trabalho ruim de efeitos: cabos visíveis, dobras na cortina preta que deveria representar a vastidão do espaço, e uso de câmera lenta para criar a impressão de gravidade reduzida na superfície lunar.

No fim, o Homem de Aço triunfa e faz um discurso sobre a paz mundial no que deveria ser a Praça das Nações Unidas, se os produtores não protestassem contra o custo de filmar naquele lugar, mas parece o salão de bailes do Hyatt. Créditos.

A bilheteria anêmica de *Superman IV* foi inferior a 16 milhões de dólares, e representou o primeiro golpe contra o Cannon Group. O segundo foi a chegada e rápida partida de *He-Man: mestres do universo* aos cinemas, um mês depois. Dois anos mais tarde, Golan e Globus entraram com o pedido de "falência para reorganização".

A era do Superman na telona chegava a um fim misericordioso, embora indigno; seriam necessárias quase duas décadas de exílio forçado às telas de TV do país para se renovar. Não era assim que os responsáveis pelo Superman pretendiam posicionar o personagem às vésperas de seu 50° aniversário, mas, nos quadrinhos, pelo menos, ele seguia forte.

Byrne e o trabalho duro

Apesar de ter movido céus e Terra – bom, Terras –, para limpar sua continuidade com *Crisis* e de repetidas promessas de vários escritores e editores de que não haveria volta, a DC adorava oferecer aos leitores vislumbres provocativos de antigos personagens e elementos de histórias do pré-*Crisis*.

Nos títulos do Superman, esse impulso era controlado com rigor, pelo menos no início. Pouco mais de um ano depois da conclusão de *Crisis*, fragmentos soltos da continuidade pré-*Crisis* começaram a aparecer. Em uma linha de história que começou em *Superman* nº 8 (agosto de 1987), continuou em *Action* nº 591 (agosto de 1987) e terminou em *Legion of Super-Heroes*, Byrne reintroduziu o Superboy pré-*Crisis*.

E o fez por um motivo bem específico: cobrir narrativamente uma das muitas brechas na continuidade que *Crisis* deixara para trás. Nos quadrinhos *Legion of Super-Heroes*, Superboy (e Supergirl) eram membros fundamentais da equipe. Como reconciliar esse fato com o reboot, que parte do pressuposto de que nunca houve um Superboy na realidade do Universo DC? Revelando que o Superboy conhecido e amado pela Legião por tantos anos não era, e nunca havia sido, real.

Na história, a Legião fica sabendo que um de seus inimigos, o misterioso Senhor do Tempo, criou um "mundo compacto" que era parecido com o real na maioria dos detalhes, exceto que, nele, Clark Kent se tornava o Superboy jovem. Todo esse tempo, o vilão explica, sempre que os Legionários pensavam estar viajando no tempo para visitar o amigo Superboy no século XX, o Senhor do Tempo os desviava para seu "mundo compacto". No terceiro e último capítulo da história, o Superboy sacrifica a própria vida para salvar aquele "universo" da destruição, garantindo que não exista um Menino de Aço para atrapalhar a nova continuidade de Byrne.

Durante os anos seguintes, a produção de Byrne foi impressionante, embora a qualidade não fosse. Ele escreveu três minisséries de quatro números que mostravam a história dos personagens de Krypton, Smallville e Metrópolis, respectivamente, além de uma história em formato maior (*Superman: The Earth Stealers*, desenhada por Curt Swan e colorida por Jerry Ordway), na qual o herói enfrentava aliens saqueadores de planetas, tudo enquanto escrevia e desenhava edições mensais de *Action*, *Superman* e, depois de um tempo, *Adventures of Superman*.

Houve tropeços no caminho. Nas duas edições mais famosas de seu período com o Superman, *Action* nº 592 e nº 593 (setembro e outubro de 1987), o Homem de Aço tem a mente controlada e é induzido a fazer um filme pornográfico para um alien chamado, inevitavelmente, Sleez. (Não tema pela superdonzelice: no fim, a "forte fibra moral" do Superman o ajuda a resistir ao poder de Sleez.)

Byrne trouxe de volta a ideia da história imaginária (que faz Superman voltar a Krypton) e, num movimento surpreendente, também trouxe de volta a Supergirl (*Superman* nº 21, setembro de 1988).

Em uma história chamada "The Supergirl Saga" (setembro/outubro de 1988), ficamos sabendo que a heroína em questão é uma Supergirl, não a Supergirl. No "mundo compacto", um altruísta Lex Luthor criou uma forma de vida artificial, uma "matriz protoplásmica", para continuar o trabalho que Superboy deixou naquele universo. O ser de forma mutante, que carrega as memórias da esposa morta de Luthor, Lana Lang, assume sua forma e um superfigurino, e voa para o nosso universo para contar ao Superman que três vilões da Zona Fantasma fugiram e estão devastando a "Terra compacta". Superman entra no "mundo compacto" com essa Supergirl (que se refere a si mesma como "Matriz") e descobre que os três vilões, inclusive Zod, mataram milhões e estão só começando.

Na luta que se segue, Matriz é gravemente ferida, e os vilões conseguem assassinar toda a população da "Terra compacta", cerca de 5 bilhões de pessoas. Superman os expõe a kryptonita dourada (uma relíquia da era de prata que, o texto explica rapidamente, existe apenas no "mundo compacto"), que elimina seus poderes. Então, Byrne deixou os fãs ultrajados ao fazer o Superman pegar um recipiente de chumbo que contém kryptonita verde.

"O que tenho que fazer agora é mais difícil de tudo que já fiz antes", ele pensa. "Mas como último representante da lei e da justiça neste mundo, cabe a mim agir como juiz, júri... e executor."

Ele expõe os vilões aos raios de kryptonita e assiste a tudo sério, derramando apenas uma lágrima enquanto eles morrem lenta e dolorosamente.

Ele enterra seus corpos e volta ao nosso universo com a muito ferida Matriz, que é acolhida pelo casal Kent.

Superman executando três vilões teria implicações abrangentes para o personagem e sua linha de história durante anos, mas Byrne não estaria por lá para cuidar disso. Depois de dois anos criando histórias do Superman e enfrentando batalhas constantes com seu editor, Byrne encerrou sua passagem pela história do Superman.

Aniversário dourado

Em uma velha coluna de cartas de *Superman*, Julius Schwartz declarou, brincando, em resposta à pergunta de um leitor, que o aniversário do Superman era dia 29 de fevereiro, para ajudar a explicar por que ele nunca envelhecia. A piada pegou e, quando chegou a hora de levar o aniversário de 50 anos à mídia, o fato de 1988 ser um ano bissexto pareceu providencial.

A DC fez uma festa de aniversário para o Homem de Aço na sexta-feira, 26 de fevereiro, no Puck Building, em Nova York. A comemoração, que incluía um coral de crianças, desenhos animados do Superman e um parque de diversões "Túnel de Kryptonita", teve a presença do prefeito, Ed Koch, que intrigou os repórteres com declarações meio divertidas: "Quando eu era criança, queria ir a Krypton. Nunca fui nem ao Brasil!"

Kirk Alyn, Noel Neill e Jack Larson apareceram no *CBS Morning Show* de 29 de fevereiro para lembrar os velhos tempos (e reclamar da distribuição dos papéis). Naquela noite, a CBS levou ao ar um especial de uma hora, *Superman's 50th Anniversary: A Celebration of the Man of Steel* [O 50° aniversário do Superman: uma celebração do Homem de Aço]. Produzido por Lorne Michaels, com roteiro de um grupo de redatores do *Saturday Night Live*, inclusive Rosie Shuster, parente distante de Joe Shuster, o especial ofereceu uma abordagem sarcástica da história do Superman. O aniversário foi matéria de capa da revista *Time* na semana de 14 de março e, em junho, Cleveland recebeu uma Exposição Internacional do Superman de quatro dias. Embora a cidade de Cleveland tenha chamado a semana de "Semana Siegel e Shuster", e a comunidade tenha organizado a primeira parada dos Estados Unidos dedicada a um personagem dos quadrinhos, nenhum dos dois compareceu ao evento.

Para a telinha

No outono de 1988, aconteceu a estreia de dois projetos de programas de TV relacionados ao Superman. Marv Wolfman deixou a revista *Adventures of Superman* pouco depois do reboot para se dedicar ao seu papel de editor de história em uma nova série de desenhos animados, chamada *Superman*, produzida por Ruby-Spears. Com desenhos do personagem do lendário artista Gil Kane, cada episódio terminava com uma vinheta de quatro minutos extraída do fundo da rica história do personagem. O programa estreou em 17 de setembro de 1988. Os responsáveis pelo personagem na DC, confiantes na profunda afinidade de Wolfman com o personagem e na capacidade de Kane para capturar a essência visual do supermito, tinham certeza de que não podia dar errado.

Mas deu. A emissora levara *Superman* ao ar às sete da manhã dos sábados, um horário dedicado às crianças bem pequenas, não aos "tweens" que o programa queria atingir. A audiência foi baixa e continuou assim. A série foi cancelada depois de quinze episódios.

Enquanto isso, os Salkind alcançaram o sucesso onde Whitney Ellsworth fracassou, 27 anos antes: conseguiram fazer decolar um programa de TV do *Superboy*. E conseguiram sem nenhuma promoção associada e sem produtos relacionados da DC, porque, do ponto de vista da revista em quadrinhos, o personagem não existia.

Para economizar dinheiro, *Superboy* foi filmado no recém-construído Disney/MGM Studios em Orlando, Flórida, e gravado em vídeo. Stacy Haiduk, 20 anos, ficou com o papel da ruiva Lana Lang. John Haymes Newton, 22 anos, fez o Superboy. O programa era ambientado na Shuster University, onde Clark e Lana cursavam jornalismo. Como o rico e implacável estudante e colega Lex Luthor, Scott Wells era mais bonito que convincente, e seu personagem teve que se contentar com truques baratos que nada tinham a ver com Luthor.

Os índices iniciais de audiência eram bons, mas os roteiros e os efeitos dos primeiros treze episódios, nos quais o Superboy enfrentou traficantes de drogas e o mesmo tipo de vigarista barato que George Reeves enfrentava, eram terríveis. Os números caíram vertiginosamente, provocando considerável consternação entre as afiliadas. As coisas melhoraram um pouco na segunda metade da primeira temporada da série, quando os produtores tiraram proveito da greve dos roteiristas para convidar escritores e editores de quadrinhos, como Denny O'Neil, Cary Bates, J.M. DeMatteis, Mike Carlin e Andy Helfer, para contribuir com os roteiros. A abordagem de Newton para o papel de Superboy, no entanto, se manteve inerte. Ele disse aos entrevistadores que decidiu conter a qualidade efervescente de Kent em favor de deixá-lo tímido e reservado; na câmera, porém, o ator passava em branco.

Superboy teve sua segunda temporada, mas Newton e o teatral Wells, não. (Quando Newton pediu aumento, Ilya Salkind se valeu de uma cláusula de moralidade no contrato do ator, citando uma detenção por dirigir embriagado.) Os produtores começaram a procurar novos Superboy e Luthor.

Depois de Byrne

Sem John Byrne, o arquiteto do super-reboot/renascimento, os títulos Superman da DC sentiram o golpe. A revista *Superman* de Byrne foi assumida pelo escritor Roger Stern, com arte de Kerry Gammill. Jerry Ordway, que fazia os rascunhos dos desenhos dos roteiros de Byrne em *Adventures of Superman*, ficou encarregado de escrever a revista. Quanto a *Action Comics*, a DC decidiu mudar o formato da revista, transformando-a em um título de antologia semanal que destacaria vários super-heróis da empresa. (O experimento só durou um ano. Em julho de 1989, a revista voltou a ser um título mensal focado no Superman, inicialmente escrita e desenhada por George Perez.)

O editor Mike Carlin instituiu o que chamou de "super-reunião", retiros regulares nos quais a equipe criativa desenvolvia novas histórias do Superman. Ele supervisionava um enorme gráfico de ordem de publicação e número de edição de cada título, para ajudar a acompanhar as subtramas mais longas que percorriam os três diferentes supertítulos e coordenar os "eventos cruzados" de toda companhia que eram cada vez mais frequentes (e tinham títulos como *Millenium* e *Invasion!*), pelos quais o editor se apaixonou, depois do aumento nas vendas provocado pela *Crisis*.

A equipe decidiu que o fato de Superman quebrar o juramento de nunca matar causaria uma curiosa reflexão no Homem de Aço. Em uma história de treze partes ("Superman in Exile" [Superman no exílio]) publicada nos números de fevereiro a agosto de 1989 dos títulos Superman, o herói deixa a Terra e viaja pelo espaço em uma jornada de autodescoberta. Ao longo do caminho, ele enfrenta vários alienígenas, alucina encontros com os vilões que executou, é feito prisioneiro em Warworld e encontra uma velha arma kryptoniana chamada Eradicator, que tem o poder de mandá-lo para casa.

Em seu retorno, o equipamento, que tem a tarefa de preservar a cultura kryptoniana, começa a emitir energia destrutiva, e Superman o enterra no Ártico. A máquina senciente começa a transformar o espaço em volta dela em vasto memorial para Krypton, preenchendo-se com tecnologia e artefatos que trouxe da Zona Fantasma. De sua Fortaleza da Solidão pós-*Crisis*, o Eradicator começa a controlar a mente do Superman em um arco de história chamado "Day of the Krypton Man" (março/abril de 1990), transformando-o em um modelo kryptoniano pós-*Crisis*, distante, intelectual e insensível. Mas com a ajuda dos Kent, o Superman consegue romper o controle do equipamento. A experiência inspira Clark a aceitar mais plenamente sua humanidade, e ele resolve investir no relacionamento romântico com Lois Lane.

Ele arremessa o Eradicator para dentro do Sol, mas o equipamento... voltaria.

Noite na América

Enquanto o Superman dos quadrinhos estava fora em sua jornada interestelar, o filme *Batman*, de Tim Burton, quebrou seis recordes de bilheteria e provocou uma nova onda de batmania que superou até a loucura de 1966. O símbolo do Homem Morcego passou de emblema obscuro de orgulho nerd a declaração onipresente de moda. A visão do filme de vida urbana como um pesadelo *noir*-gótico reverberou nas plateias no ano do corredor do Central Park e dos tiros de Yusef Hawkins. Se os primeiros dois *Superman* ajudaram a erguer o moral nacional de sua crise de energia, em 1989 existia o medo de uma iminente recessão econômica. Havia um herói idealmente adequado para esses tempos sombrios, e ele não tinha um S.

O sucesso do filme inspirou um aumento nas vendas dos títulos do Batman, mas não afetou outros títulos da DC. Mesmo com a bat-onda, porém, a DC não conseguiu superar os angustiados X-Men da Marvel do topo dos gráficos de vendas. E a cada mês que passava, com a lembrança do reboot do Superman se apagando da memória dos leitores, o Homem de Aço vendia menos exemplares.

Garoto, interrompido

Enquanto os quadrinhos do Superman despencavam, se esforçando para redefinir o personagem para um número de fãs cada vez menor, a segunda temporada do programa *Superboy* de Salkind voltava à vida. Com um novo Superboy (Gerard Christopher) e Luthor (Sherman Howard), a série se tornou mais orientada à ação e se serviu de uma vasta coleção de vilões de revistas em quadrinhos, como Mr. Mxyzptlk, Yellow Peri, Metallo, Knick Knack (um desdobramento do Homem-Brinquedo) e, mais marcadamente, Bizarro.

O programa se tornou um dos campeões de audiência. Os redatores e editores das aventuras do Superman nos quadrinhos perceberam que as mudanças abrangentes que fizeram para modernizar o personagem e tentar conquistar uma audiência maior obteve um sucesso apenas temporário, enquanto o único elemento do mito que eles jogaram de lado, a ideia piegas de um superadolescente, agora definia o personagem para outros milhões de pessoas que eles nunca tiveram esperança de alcançar. Pessoas com dinheiro para gastar em coisas como revistas em quadrinhos.

Reintroduzir o Superboy no novo Universo DC estava fora de questão, então o editor lançou *Superboy: The Comic Book*, baseado nos personagens e na continuidade do programa de TV. O primeiro número, de fevereiro de 1990, não é sutil sobre sua proveniência, pois traz uma foto de Christopher e Haiduk e o familiar carimbo "como na TV" no canto direito, em destaque. (A partir do nº 9, o veterano Curt Swan passou a desenhar a revista, fornecendo uma nota antiquada que não combinava com aquela da continuidade do Superman.)

Com a terceira temporada, o programa passou a se chamar *Novo Krypton of Superboy* e mostrou Clark e Lois estagiando no Escritório de Assuntos Extranormais. O quociente de supervilões foi reduzido, mas a disposição do programa ficou consideravelmente mais sombria, como o visual: a influência do *Batman* de Burton estava em todas as partes.

Sumiram os exteriores radiantes e ensolarados da Flórida; agora havia tomadas noturnas entrecortadas por longas sombras *noir*. Depois de duas temporadas de super-resgates e confrontos de heróis e vilões, os enredos agora ganhavam mais espaço para respirar. Os episódios exploravam versões de realidade alternativa do Menino de Aço (incluindo o Superman da era de ouro), trocas de corpo, e o Superboy convencido de que é responsável pela morte de um homem inocente.

Engajamento!

Um arco que se estendeu pelos títulos *Superman* de novembro e dezembro de 1990 ("Krisis of the Krimson Kryptonite") traz de volta a kryptonita vermelha ao mito do Superman. A mudança pós-*Crisis*: não é realmente kryptonita vermelha, mas um artefato mágico que Luthor ganhou de Mxyzptlk, capaz de remover os poderes do Superman. No fim da provação, em *Superman* nº 50 (dezembro de 1990), Clark sai com Lois para comer um sanduíche de atum no Dooley's Bar and Grill, o bar dos repórteres no primeiro andar do *Planeta Diário*, e a pede em casamento.

Surpresa, Lois pede a ele um tempo para "resolver algumas coisas". Mais tarde, no mesmo número da revista, ela visita a mãe no hospital e vê que Clark a espera no estacionamento.

> *Clark:* Lois, não preciso de uma resposta agora.
> *Lois:* Shh, Clark. Já decidi. Sim. Eu quero passar minha vida com você.

Com as edições de janeiro de 1991, "números triângulares" passaram a aparecer na capa de cada edição da linha de quadrinhos Superman. Esses números foram instituídos pelo editor Mike Carlin para ajudar os leitores a navegarem pelas agora entrelaçadas histórias das três revistas do Superman. Eles forneciam ao leitor a ordem exata para ler os "capítulos individuais do arco". Esse sistema de numeração durou mais de uma década (embora o "triângulo" tenha, com o tempo, se transformado no contorno do emblema do S), com os números voltando ao 1 a cada novo ano.

Em 1990, os redatores e editores do Superman ficaram gratos pelo sistema de numeração, porque, na mais recente reunião, eles criaram o equivalente a um ano de histórias sobrepostas em densas camadas, que culminavam com o casamento de Lois e Clark.

Carlin também decidiu acrescentar um quarto título à linha Superman. *Superman: The Man of Steel*, escrito por Louise Simonson e desenhado por Jon Bogdanove, estrearia com data de capa de julho de 1990. Isso significava que a DC passaria a produzir uma nova revista em quadrinhos do Superman a cada semana.

Os números em triângulo não eliminavam a necessidade de fazer os personagens recapitularem o conteúdo dos capítulos anteriores, mas significava que os redatores poderiam dedicar menos quadros preciosos à exposição e mais às complicações entre os pombinhos.

Porém, logo que o número do noivado foi publicado, a presidente da DC, Jenette Kahn, informou a Carlin que um programa de TV focado no relacionamento Lois-Clark fora vendido para a ABC. Concebido como uma comédia romântica, o programa seria direcionado para as mulheres, não para os fãs, e retrataria dois profissionais bem-sucedidos em uma relação de amor e ódio – *A Gata e o Rato* de macacão azul. O programa só estrearia dali a dois anos, mas o simples fato de haver um projeto tão grande no horizonte teve implicações imediatas e duradouras para as versões do Superman nas revistas e na TV.

A quarta temporada do programa *Superboy* se aproximava do fim das filmagens (embora os episódios só fossem ao ar em quase um ano). Com o novo projeto da ABC em andamento, DC e Warner Bros. de repente se mostravam menos dispostos a negociar com o pequeno feudo dos supermitos de Salkind. As solicitações do programa para usar os personagens da DC eram ignoradas ou rejeitadas, e a aprovação do roteiro rastejava. Quando a filmagem do 100º e último episódio terminou, o distribuidor do programa fez promessas no ar sobre filmes para a TV que solucionariam linhas da trama ainda não resolvidas, mas essas promessas não deram em nada. DC e Warner Bros. também bloquearam legalmente o programa *Superboy* de sobreviver em reprises, ou sua presença diluiria o valor do personagem durante a exibição do programa Clark-Lois. Os Salkind, venderam os direitos de volta para a Warner Bros.

Para escritores e editores das revistas Superman, o iminente programa *Lois e Clark* era uma dor de cabeça. "A decisão da DC foi que seria uma boa ideia adiar o casamento e realizá-lo junto com o programa, se ele chegasse tão longe", contou Carlin. "E eu acho que havia algum ressentimento dos [escritores dos quadrinhos] por não poderem fazer o que planejaram."

Com o equivalente a um ano de histórias que agora tinham que ser adiadas, ou até canceladas, os responsáveis pelo Superman procuravam ideias. Uma delas surgiu na primeira reunião e se tornou uma piada constante.

"Vamos matá-lo, simplesmente", disse Ordway.

"Clark Kent, esse era um verdadeiro cavalheiro"

O vídeo profético de "Superman's Song", a canção triste e quase fúnebre de março de 1991 da banda indie canadense Crash Test Dummies, retrata o funeral do Homem de Aço. Enquanto heróis de meia-idade passam diante do caixão vestidos com malhas frouxas, o vocalista Brad Roberts entoa um hino à decência fundamental e à determinação do Superman em sua voz distintiva e áspera. O cover de 1986 do R.E.M. da canção "Superman" feito pelo Clique foi a primeira canção de rock a invocar o Homem de Aço em anos, mas foi a locomotiva de um estranho fenômeno. Em 1989, os queridinhos das rádios universitárias, Robyn Hitchcock e Egyptians, o mencionaram em seu álbum *Queen Elvis*. Em 1991, foram três aparições do Superman em músicas que animaram as rádios: a já citada "Superman's Song", "Superman", de Alanis Morissette, e "Jimmy Olsen's Blues", de Spin Doctors, na qual o ruivo favorito de todo mundo confessa seu desejo por Lois Lane. Na década de 1990, essa tendência continuaria com Superman fazendo participações especiais em canções de Bryan Adams, A Tribe Called Quest, Stone Temple Pilots, Gaunt, Matchbox Twenty, Our Lady Peace e Flaming Lips, entre outros.

Crônica de uma previsão morta

Depois de receberem ordens superiores para frear o romance de Lois e Clark, Carlin e seus escritores começaram a estender cada desdobramento romântico para expor o casal ao máximo de sofrimento como preparação para o evento trágico que planejavam. Quando Clark revela sua identidade secreta a Lois, ela reage chocada; o casal passa meses debatendo com preocupação como seria o casamento.

Como que em resposta, Superman é arrancado bruscamente do presente e jogado de volta no tempo (arco de história "Time and Time Again", março/maio de 1991). Quando ele volta (*Action* nº 665), Lois aceita se casar com Clark e o Superman.

Enquanto isso, uma subtrama envolvendo Luthor tem desdobramentos que só caberiam em uma novela. Em 1988 (*Action* nº 600), ele fica sabendo que seu anel de brasão, montado com um pedaço de kryptonita polida, lhe provocou intoxicação por radiação e que, por isso, sua mão seria amputada. Em 1990 (*Action* nº 660), quando o câncer se espalha ainda mais, Luthor finge a própria morte e tem seu cérebro transplantado para um corpo clonado. No novo corpo, ele diz ser Lex Luthor Jr. (*Action* nº 671, novembro de 1991).

Cenário de juízo final

Só alguns meses depois de Joe Shuster morrer aos 78 anos de falência cardíaca em sua casa em Los Angeles, no dia 30 de julho de 1992, a DC Comics anunciou que o Superman morreria. A editora fez o anúncio de um jeito acanhado, deixou vazar, depois negou, até que, finalmente, de um jeito discreto, confirmou. Até hoje, Carlin e os escritores no comando sustentam que a reação da mídia à notícia os surpreendeu. Os redatores viram aí uma oportunidade de introduzir uma tensão interessante e explorar como o mundo do Universo DC reagiria à morte de seu principal herói, como na adorada história de Jerry Siegel de 1961, "The Death of Superman", e outras tantas depois dela. (Carlin telefonou para Siegel para "pedir permissão" para matar o Homem de Aço, um gesto pelo qual Siegel se sentiu grato.) "Personagens morrem todos os dias nos quadrinhos", Mike Carlin declarou anos mais tarde. "Isso não é novidade para nós. Se a ideia fosse nova, eu teria ficado preocupado, mas essa é um de nossos clichês."

É verdade. Nos quadrinhos de super-heróis, como nas novelas, a morte não é como descreveu Shakespeare – "Aquele território não descoberto de cujas fronteiras nenhum viajante retorna".

É logo ali, e tem transporte.

A diferença, a razão por esse anúncio em especial ter virado notícia nacional e internacional, tinha a ver com a ocasião. A edição que trouxe a morte do Superman chegou às bancas na quarta-feira, 18 de novembro, duas semanas depois da eleição de Bill Clinton. A mídia nacional, que passara seis meses cobrindo debates acalorados e uma corrida de cavalos política, se via reduzida a escolher matérias sem graça sobre a seleção dos oficiais de gabinete e a cor do carpete do Salão Oval.

Para os repórteres comuns, o evento era uma nova desculpa para promover uma onda nostálgica de sentimento e patriotismo. O enredo também se enquadrava em uma bem estabelecida moldura para a mídia, a de que "aquela coisa que você lembra vagamente da infância mudou!", com que os produtores e editores contam para provocar fortes reações.

"Os jornais de verdade começaram a se apoderar da história e a acreditar nela", disse Carlin. "Ficamos chocados. Não dava para acreditar que as pessoas estavam se abalando tanto com aquilo."

Dentro do mundo dos quadrinhos, a ideia de que a DC mataria sua nave-mãe, o personagem mais licenciado, era hilária. A imprensa especializada reconheceu o golpe publicitário, mas os vendedores, diante daquele nível de atenção sem precedentes, fizeram um pedido adiantado de 5 milhões de exemplares, um recorde.

A revista *People* perguntou: "Esse é mesmo o fim do Homem de Aço?" O destino do Superman foi publicado na *Newsweek* e foi matéria de capa da *New York Newsday*. O colunista do *New York Times*, Frank Rich, associou o Superman e George Bush em "Limite final para o Superman: sim, é hora de ele partir". ("O Superman era um caso perdido muito antes da chegada do Apocalipse, como o ideal heroico [...] que ele simbolizava na cultura americana.")

No *Tonight Show*, Jay Leno usou a braçadeira negra que a DC incluiu na edição da morte. *Saturday Night Live* parodiou o evento com um *sketch* sobre o funeral do Superman. Louvores, obituários e pensamentos continuavam se empilhando (a descrição de Camille Paglia do Superman como "muito fálico, polido, radiantemente firme, hipermasculino" aparecia em muitos desses textos), e equipes de TV entrevistavam as pessoas que faziam filas do lado de fora das lojas especializadas para comprar seu exemplar da edição da morte.

Alguns desses entrevistados, os mais crédulos, choravam. Mas os olhos da maioria das pessoas que estava naquelas filas em 18 de novembro de 1992 não tinham lágrimas, mas cifrões.

O fim da década de 1980 e o começo dos anos 1990 foram uma época de fartura para as lojas de quadrinhos. Fãs ansiosos começaram a aparecer nas lojas todas as quartas-feiras, quando as novas revistas chegavam. E mais: compravam várias cópias de revistas, como *Crisis*, *Batman: O Cavaleiro das Trevas*, *Guerras Secretas* e *Watchmen*, que embalavam e guardavam na esperança de um dia vendê-las por preços altos. Não demorou muito para as editoras começarem a tirar proveito dessa disposição de "colecionador" ou "especulador", oferecendo capas diferentes para incentivar a comprar de vários exemplares. Todo tipo de capa – de holograma, que brilham no escuro, *die cutting* –, era despachado, e as editoras aumentavam a tiragem em milhões de exemplares, confiantes de que uma capa diferente ou o primeiro número de uma série, qualquer série, receberia toneladas de pedidos das lojas, o que garantia o retorno financeiro para a editora (embora nem sempre para os consumidores).

Mas, é claro, o motivo para as edições clássicas dos quadrinhos da era de ouro alcançarem preços astronômicos é que poucos sobreviveram. Muitas crianças que compraram *Action Comics* nº 1 em 1938, por exemplo, a dobraram, enfiaram no bolso de trás da calça, sujaram e, sem nenhuma cerimônia, jogaram fora. A indústria de leilões dos quadrinhos não existiria sem as gerações de mães que jogaram fora as revistas e as coleções de *cards* de beisebol dos filhos sem pensar duas vezes.

Porém, na década de 1990, especuladores nem se davam ao trabalho de ler um gibi antes de guardá-lo com todo cuidado em um saco plástico e colocá-la em um lugar protegido da prejudicial luz solar, e de mães em dias de faxina no armário, por anos seguidos. Esse fato garantiu que milhares de exemplares sobrevivessem por décadas, em perfeitas condições de conservação, o que a tornava destituída de valor num futuro previsível.

Foi no meio desse rápido *boom* especulativo que apareceu *Superman* nº 75. Agora, porém, os especuladores tinham a companhia de hordas de leitores de outros materiais que pisavam nas lojas especializadas pela primeira e última vez, confiantes de que a edição da morte seria um artefato histórico que asseguraria a poupança para a educação universitária dos netos.

Superman nº 75 chegou às bancas em uma embalagem plástica preta e lacrada enfeitada com uma insígnia S ensanguentada. A capa lembrava uma lápide. (Edições especiais incluíam um pôster e uma braçadeira preta.) A tiragem inicial foi de 3 milhões de exemplares, mas isso não foi suficiente para atender a demanda e houve novas edições, com uma capa mostrando a capa rasgada do Superman tremulando ao vento sobre os escombros. No fim, foram vendidas mais de 6 milhões de exemplares, fazendo dessa a edição mais vendida de uma revista em quadrinhos na história da DC. (*X-Men* nº 1 da Marvel, de 1991, ainda foi a mais vendida, com quase 8 milhões de exemplares.)

Morte de um herói

O arco de "The Death of Superman" cobriu as edições da linha Superman de dezembro de 1992 a janeiro de 1993. A trama era minimalista, a ação, épica e brutal. Um alien fortão e estúpido surge de uma embarcação enterrada sob a terra e causa destruição. Ele vence a Liga da Justiça com facilidade, conquistando o nome de Apocalipse, e segue diretamente para Metrópolis.

Superman tenta deter a besta várias vezes, mas percebe que ela foi criada para ser apenas uma força de pura destruição, incapaz de rendição. Ela vai continuar atacando. Aliens se juntam à luta, entre eles uma Supergirl/Matriz curada, que é eliminada pela besta com um soco.

No fim, em *Superman* nº 75, há um confronto direto na frente do *Planeta Diário*. Nos vários números que antecederam este, os artistas elevaram a tensão visual reduzindo o número de quadros por página, quatro em *Adventures of Superman* nº 497, três em *Action Comics* nº 684, e dois em *Superman: The Man of Steel* nº 19.

O artista e escritor Dan Jurgens apresentou a batalha final em *Superman* nº 75 como uma série de quadros de página inteira, cada titã espancando o outro, enquanto ruas são devastadas e janelas estilhaçam em volta deles.

Durante um intervalo na luta, Superman voa para perto de Lois.

Lois: Por favor... talvez deva recuar e buscar ajuda!

Superman: Tarde demais, Lois. A Liga da Justiça já caiu, e tem muita gente em risco nesse momento. É comigo.

Lois: Clark... Eu... [eles se beijam]

Superman: Não esqueça... não importa o que aconteça... eu sempre a amarei. Sempre.

O Superman volta à luta. Sua capa é arrancada dos ombros; as articulações ossudas do alien cortam a pele do Superman e rasgam seu figurino em tiras. Finalmente, Apocalipse e Superman trocam os últimos golpes, se acertando simultaneamente.

O bruto morre, e Lois corre para perto do corpo ensanguentado do Homem de Aço. Ela grita: "Por favor, aguente! Os paramédicos estão chegando! Por favor!"

Mas o Homem de Aço está morto.

Um mundo sem o Superman

Os redatores sabiam que matar o Superman seria, para colocar de maneira branda, algo polêmico entre os fãs, mas esperavam que as críticas fossem dirigidas à morte, não à causa dela. Mas muitos leitores antigos, inclusive eu, sabiam o que estava por vir e se conformaram com a ideia de uma supermorte, mesmo que temporária. O que os desanimou não foi o conteúdo da história, mas sua execução, que eles consideraram deselegante, imerecida e, mais importante, indigna do personagem.

O escritor Dan Jurgens, em uma entrevista para a revista *Wizard* em 1993, expôs os motivos dos redatores. Ele disse que a ideia do Apocalipse começou com uma visão de um rastro de escombros espalhado por Metrópolis, levando a uma imagem do Superman lutando contra um monstro impossível de ser detido. Na reunião de exposição do conceito, ele contou: "Eu chamava [Apocalipse] de força da natureza... Estava convencido de que tínhamos que criar um vilão capaz de dar trabalho ao Superman. Fizemos muitos vilões chatos de terno, muitos caras sem graça e tediosos. Precisávamos fazer alguma coisa que pudesse arrancar o couro do Superman... [Apocalipse] é a encarnação da fúria primal."

Certamente, a ideia de um oponente fisicamente à altura do Superman inspirou a criação de Mongul em 1990 e de Bizarro décadas antes disso. Mas, para Superman abrir mão da vida em consequência de nada mais que uma luta de socos repetitiva e visualmente sem graça, e nas mãos de uma máquina de matar aleatória e introduzida às pressas, que poderia ter saído das páginas de uma das ultraviolentas, ridículas e imbecis revistas em quadrinhos que entupiam as lojas (nas quais o vilão talvez tivesse nomes como Bonestryke ou Bludspur ou Calciumblayde ou Osteodeth ou Ragepointy)?

Isso? Tirou do sério.

Mais ainda, a ameaça que Apocalipse poderia ter representado para Metrópolis nunca causou impressão suficiente nos leitores para justificar o sacrifício do Homem de Aço. Superman deveria morrer salvando o universo ou o mundo ou uma única vida humana.

Não deveria morrer salvando projetos de obras públicas.

No fim, Apocalipse foi pouco mais que um artifício, uma ferramenta da trama. Mas ele não foi um vilão. Vilões têm motivações, personalidades, planos dentro de planos. A "ira primal" sem noção do Apocalipse, por outro lado, era abstrata, sem origem e insignificante do ponto de vista da narrativa.

Tudo isso para dizer que: devia ter sido o Luthor.

O chato, velho e sem graça Luthor com seu terno. Siegel sabia disso em 1961, mas essa era a década de 1990 nos quadrinhos, e Luthor, antigo arqui-inimigo do Superman, foi considerado insuficientemente... extremo.

No arco que seguiu a morte ("Funeral for a Friend" [Funeral para um amigo], janeiro/março de 1993), os heróis do Universo DC, com amigos, familiares e inimigos do Superman, e membros do público em geral, choraram a morte do Homem de Aço.

O funeral (entre os presentes estavam o presidente Bill Clinton e sua esposa, Hillary) lembra a versão de 1961 de Siegel em muitos aspectos, com personagens expressando sua dor sozinhos ou em grupos, com palavras ou em pensamentos. Nos títulos da DC, heróis usam braçadeiras pretas. Em Metrópolis, um satisfeito Lex Luthor comenta que, se não conseguiu matar o Homem de Aço (cutucando a nossa ferida!), vai enterrá-lo pelo menos e constrói um supermausoléu no qual o corpo do Superman é enterrado.

Com o fim do arco "Funeral", os quatro títulos do Superman foram "cancelados", ou foi essa a impressão. De fato, eles entraram em um hiato de três meses, enquanto o editor Carlin e seus escritores criavam um plano para tirar proveito da atenção sem precedentes que atraíram. O retorno do Superman do túmulo foi rejeitado.

Os quatro cavaleiros do super-apocalipse

Cada equipe de criação deu uma sugestão diferente para um personagem que substituiria Superman durante seu sono de morte. No fim, Carlin decidiu permitir que as quatro equipes apresentassem seus Homens de Aço substitutos, cada um em um título diferente. Os quatro personagens declarariam ser o Superman renascido, e a DC extrairia todo proveito possível do mistério. "Superman is back" [Superman voltou] incluía um pôster promocional que a DC mandou para as lojas especializadas. "Mas algum deles é o verdadeiro?"

Pela primeira vez em anos, redatores e artistas dos vários supertítulos tiveram alguns meses de quase autonomia para dar vida a seus substitutos. "Ter dois meses para dar as cartas foi um tipo de liberdade para aquelas pessoas que colaboraram o tempo todo", contou Carlin. No arco resultante ("Reign of the Superman" [O retorno do Superman], junho/outubro de 1993), cada um dos quatro é inspirado por um apelido diferente, e cada um representa um aspecto diferente da personalidade do Homem de Aço.

The Man of Steel [O Homem de Aço]: Nas páginas de *Superman: The Man of Steel* nº 22 (junho de 1993), a redatora Louise Simonson e o artista Jon Bogdanove apresentam Aço, o alterego super-heroico de John Henry Irons, um designer de armas afro-americano. Inspirado pelo sacrifício do Superman, Irons resolve assumir a luta do Homem do Aço, inventando um traje blindado de alta tecnologia e uma marreta de tecnologia ainda mais avançada. Aço nunca afirma ser o Superman. Ele diz ser um homem que gostaria de manter vivo o legado do herói. Ele representa o coração do Superman. (Um ano depois, Aço ganharia a própria revista, que chamaria a atenção do atleta Shaquille O'Neal, que faria o papel do personagem em um filme de 1997 que não foi bem recebido.)

The Man of Tomorrow [O Homem do Amanhã]: Com um visual inspirado em *O exterminador do futuro* 2, de James Cameron, o escritor e artista Dan Jurgens apresentou um superciborgue em *Superman* nº 78 (junho de 1993). Dizendo ser o Superman remendado com ligas e tecnologia kryptonianas e equipado com muitas de suas lembranças, o Superciborgue salva a vida do presidente dos Estados Unidos e conquista o reconhecimento oficial do governo americano como herdeiro do legado do Superman. Na verdade, porém, o Superciborgue é Hank Henshaw, um inimigo insano do Superman cuja consciência foi fundida com a "matriz de origem" na nave que trouxe Kal-El para a Terra. Ele duplicou o material genético do Superman e metais kryptonianos e usou o conhecimento dele para se passar pelo herói e arruinar sua reputação póstuma.

The Metropolis Kid [O Garoto de Metrópolis]: O escritor Karl Kesel e o artista Tom Grummett apresentaram um arrogante e destemperado clone adolescente do Superman em *The Adventures of Superman* nº 501. Vestido com uma moderna jaqueta de couro, vários cintos desnecessários, óculos de sol com lentes que podiam ser levantadas, luvas vermelhas, um brinco e cabelo raspado nas laterais, o Menino de Aço (que resiste ao apelido Superboy), é o resultado bem-sucedido do esforço do Laboratório Cadmus para criar uma duplicata genética do Homem de Aço. Porém, o processo de duplicação não é perfeito, porque o Superboy tem um conjunto de poderes diferente, a "telecinese tátil", que só pode duplicar os poderes de voo, força e invulnerabilidade. Ele representa a coragem e a paixão do Superman original. (Anos mais tarde, é revelado que os genes do Superboy contêm DNA humano e kryptoniano, e que seu outro "pai" genético é ninguém menos que Lex Luthor.) Superboy, assim como Aço, mais tarde terá um título solo.

The Last Son of Krypton [O Último Filho de Krypton]: O escritor Roger Stern e o artista Jackson Guice criam um herói para calçar as botas do Superman, uma lacônica duplicata do Homem de Aço enfeitada com uma variação de seu figurino. Ele é, na verdade, o Erradicador, que fundiu sua energia ao corpo sem vida do Superman e criou um supercorpo quase orgânico para si mesmo. Esse corpo artificial não processa energia solar, como fazia o do Superman, por isso ele tem que usar um visor amarelo para enxergar à luz do dia, e precisa colocar o corpo do Superman em uma "matriz regeneradora" kryptoniana para extrair sua energia. (Nota: isso será importante mais tarde.) Ao assumir a forma humana do Superman, o Erradicador se convence de que realmente é ele. Lois, porém, perplexa com a atitude fria e distante em relação a ela e à humanidade ("Clark se foi, agora existe apenas o Superman."), tem suas dúvidas. Implacável em sua busca e na punição dos criminosos, o Erradicador reflete o ímpeto implacável por justiça do Superman – se este não tivesse compaixão.

Logo, o Superciborgue revela ser um vilão aliado ao déspota alienígena Mongul e aniquila a metrópole californiana de Coast City e seus 7 milhões de habitantes.

Enquanto isso, no Porto de Metrópolis, um robô gigantesco emerge da água e vomita um homem de cabelos longos e roupa preta com um S e braceletes prateados que afirma ser o Superman.

O pretenso Homem de Aço explica que, quando o Erradicador pôs seu corpo na matriz regeneradora kryptoniana, a máquina começou a funcionar e o trouxe de volta à vida. Fraco e sem poderes, Superman se vestiu com um dos trajes kryptonianos de batalha da Fortaleza da Solidão e fez a longa jornada até Metrópolis. Apesar da condição enfraquecida, ele decide se juntar aos outros "super-homens" e voar com eles para as ruínas de Coast City, para enfrentar o Superciborgue.

Na batalha que segue, os criadores do Superman tentam fazer uma declaração nada sutil. Em um quadro, por exemplo, um Superman sem poderes e descabelado adota uma pose de Rambo para combinar com o novo cabelo. O "traje regenerador" preto rasgado expõe o peito forte, e o Homem de Aço aparece com uma cartucheira de munição presa à perna, uma bandoleira no ombro, disparando uma metralhadora com uma das mãos e um revólver com a outra.

A pose lembra o mencionado novo tipo de anti-herói ultraviolento que passou a alavancar as vendas dos quadrinhos e provocava especulação:

personagens como Justiceiro, Deadpool e Cable, todos dotados de um número cômico de cartucheiras de perna, bolsos, braçadeiras, coldres e, principalmente, armas. Superman surgiu durante a ascendência de "heróis" cujos nomes poderiam ter sido formados com um jogo de poesia com palavras raivosas em ímãs de geladeira (Bloodstrike! Knightsabre! Ripclaw! Warblade!) ou dando nome a coisas encontradas em um armário de armas (Shrapnel! Claymore! Ballisctic!) Eles eram o que *Watchmen* e *O Cavaleiro das Trevas* propagaram na década de 1980. Eram a antítese do que o Superman defendia, e gostavam de ser assim.

Então, se os responsáveis pelo Superman, que o despacharam para o Grande Além pelas mãos ossudas da criação nos anos 1990, queriam dedicar um ou dois quadros de seu retorno à paródia, era direito deles.

A batalha segue feroz, e o Superciborgue tenta atingir o Homem de Aço sem seus poderes, com um spray de radiação de kryptonita. O Erradicador interfere e se coloca na frente do jato, absorvendo-o e canalizando--o para o corpo do Superman, que, de algum jeito, nem tente entender qual, tem os poderes restaurados. Com um soco devastador, ele derrota o ciborgue de uma vez por todas. (Ou melhor: não por muito tempo.)

Mais tarde, em Metrópolis, Lois Lane ouve batidas na janela de seu apartamento. Ela abre a cortina e vê Superman com o conhecido figurino azul e vermelho, flutuando no ar, como ela se lembrava, exceto pelo cabelo desgrenhado e comprido. Lois pula nos braços dele e os dois se beijam. "Uau", ela diz. "Faz tempo. Gostei do cabelo."

De volta à ativa?

Enquanto a linha de história "Reign of the Superman" [O retorno do Superman] se espalhava pelos diversos títulos e o Homem de Aço lutava para voltar à vida, as coisas iam muito bem para ele, fora dos quadrinhos.

Em 6 de junho de 1993, na cidade de Metropolis, Illinois, o Museu do Superman foi aberto ao público. O museu pertencia a Jim Hambrick, que também era o curador, continha mais de 20 mil itens e ficava na frente da praça central da cidade, que foi oficialmente rebatizada de Praça do Superman quando uma impressionante estátua de 4,5 metros substituiu a obra original que tinha 2 metros e era de fibra de vidro.

Além disso, em 12 de setembro, depois de dois anos de desenvolvimento, *Lois e Clark: As novas aventuras do Superman* estreou na ABC.

Porém, para a revista em quadrinhos do Superman, as coisas não eram tão perfeitas. Sua morte e breve ausência atraíram para ele mais atenção do que qualquer outro personagem já teve. Ao voltar, a questão inevitável se apresentava: e agora? "Acho que nunca faremos nada que supere a morte do Superman", declarou Carlin na época.

Como poderia provar que, sem artifícios ou publicidade fabricada, ele ainda tinha histórias para contar? Que o personagem podia ser tão importante vivo quanto fora morto? E onde, em meio a essa nova era niilista e violenta de quadrinhos de anti-heróis, ele poderia se encaixar? A editora não tinha uma resposta. "Havia ferrugem no Homem de Aço, e decidimos removê-la para expor a essência de sua personalidade e trazer de volta o essencial do mito", comentou a editora Jennette Kahn sobre o grande experimento.

Mas ela e sua equipe de editores na DC já tinham seguido em frente, ansiosos para aplicar a outros heróis o que aprenderam com a morte do Superman. Nos meses e anos seguintes, Batman sofreria uma fratura nas costas e seria substituído por um maluco ultraviolento armado com uma espada. Lanterna Verde enlouqueceria, mataria milhares de heróis e morreria. Mulher Maravilha morreria e seria substituída por uma guerreira amazona mais sombria e mais violenta. Arqueiro Verde e Flash morreriam, por pouco tempo.

Mesmo naquele momento, enquanto o recém-ressuscitado Superman tentava imaginar o que esperava por ele, toda a linha de revistas de super-heróis da DC era envolvida em mais um gigantesco evento coletivo. E esse, chamado de *Bloodlines* [Linhas de sangue], era adequado à nova onda de revistas em quadrinhos taciturnas e violentas.

Nele, a Terra é invadida por uma raça de alienígenas mutantes (cuja semelhança com os aliens HR Giger dos filmes Scott/Cameron parece estar a poucos mícrons da possibilidade de um processo legal). A tática deles é sugar o líquido da medula espinhal de suas vítimas. O detalhe: em uma pequena porcentagem das vítimas, esse processo de sucção desencadeia superpoderes. Porque sim, claro.

No fim de 1993, as fileiras de heróis do Universo DC encolheram. A Terra estava cheia de heróis ridículos com poderes ridículos que tinham nomes ridículos, forçados, como Gunfire, Sparx, Hook, Loose Cannon, Shadowstryke, Edge, Terrorsmith e, talvez os piores, Razorsharp e o Cyba-Rats.

Em um mundo ignorante onde um personagem como Razorsharp, um adolescente punk e hacker de computador cujos braços se transformavam em espadas, podia ser aceito como um herói, como encaixar um Grande Escoteiro Azul?

11

MAIS RÁPIDO QUE UM MULLET ACELERADO (1994-2001)

Marcos

1996: estreia *Superman: The Animated Series*

1997: estreia "Electric Superman", em *Superman* nº 121

1998: poderes e figurinos clássicos do Superman retornam em *Superman Forever*; estreia *Superman for All Seasons*; Serviço postal americano lança selo do Homem de Aço

1999: lançado jogo para Nintendo 64

Sustos com a saúde são ótimos para sacudir a pessoa, provocar questionamentos de si mesmo, de suas prioridades, de seus relacionamentos, de seu lugar no mundo. É essencialmente isso que a morte representa para um super-herói.

Depois de anos desse retorno, seus criadores não souberam bem o que fazer. Ficaram reiterando o visual e o sentimento, até mesmo a ideia do Superman numa tentativa de sincronizá-lo com os tempos em transformação. Assim, ele passa muitos anos perdido em uma espécie de vastidão conceitual, experimentando identidades. Primeiro, tem o cabelo comprido e inusitado para o personagem, que vários artistas escolhem reproduzir naquele horrível estilo dos anos 1990, o mullet. Ao se casar com Lois, ele corta o cabelo, um gesto que transmite desconcertantes nuances psicossexuais do bíblico Sansão. Porém, assim que retoma a antiga aparência, ele manifesta todo um conjunto de novos e estranhos poderes elétricos, e um figurino muito ridicularizado para acompanhar a novidade.

O resto de todos os mundos possíveis

Isso foi só o começo. Fora da continuidade das mais conhecidas revistas em quadrinhos, a DC começou a inundar as lojas especializadas com edições únicas e minisséries chamadas de *Elseworlds*. Uma atualização moderna da clássica "história imaginária" da era de prata, essas histórias traziam versões de realidade alternativa do Homem de Aço. Escritores e artistas o colocavam em tempos e mundos diferentes, ou distorciam os elementos mais familiares do personagem. Ostensivamente, esses títulos exploravam as raízes de seu apelo. Na verdade, porém, quando se ultrapassava a novidade do alto-conceito-*du-jour*, a execução deixava muito a desejar. A maioria servia apenas para inundar as prateleiras de revistas em quadrinhos e enfraquecer a marca do Superman.

Em várias dessas revistas lançadas nos dez anos seguinte ao seu retorno, o Superman da realidade alternativa lutou na Guerra de Independência dos Estados Unidos e na Guerra Civil, tornou-se um Cavaleiro da Távola Redonda, combateu o crime no expressionista alemão *Metrópolis*, de Fritz Lang, derrotou os marcianos de H.G. Wells, declarou guerra contra nazistas e deuses gregos, construiu uma existência em um futuro pós-apocalíptico, tornou-se filho de Darkseid, virou atleta de sucesso e magnata, foi transformado em monstro de Frankenstein, governou como rei da selva e cresceu na Grã-Bretanha e na União Soviética, só para citar alguns exemplos.

Para os fãs do Superman, foi um tempo inquieto e inquietante.

Lois e Clark: As novas aventuras do Superman

Depois de examinar vários títulos propostos (*O Planeta Diário de Lois Lane*; *Metrópolis*), os produtores escolheram um nome para sua nova proposta dentro da série de TV do Superman, agora centrada em Lois. Na opinião da produtora Deborah Joy LeVine, *Lois e Clark: As novas aventuras do Superman* seria um programa sobre o clássico triângulo amoroso visto da perspectiva da mulher. Essa Lois seria teimosa, mas não indefesa, e com um movimento que colocou a sensibilidade do programa bem no meio da continuidade relançada do reino pós-*Crisis* de Byrne, ela se descobriria atraída por Clark, e também pelo Homem de Aço.

Gerard Christopher, de *Superboy*, fez uma audição para o papel de Superman, pensando que esse seria o próximo passo lógico em sua carreira. O diretor de elenco ficou impressionado, até a atuação de três anos dele vir à tona, e Christopher foi convidado a se retirar sem cerimônia.

No fim, dois atores disputavam o papel de Clark/Superman: Kevin Sorbo, de 35 anos (que estrelou a série de grande sucesso *Hercules*) e Dean Cain, de 27 anos. No início, os produtores pensaram que Cain tinha a aparência jovem demais, mas ficaram impressionados com sua autenticidade na audição, e ele foi escolhido para o papel.

Teri Hatcher tinha as qualidades que LeVine procurava, criando uma Lois que era dura, feminina, inteligente e sexy, uma profissional que não suportava idiotas, com pavio curto. Como o enfeitado e bem penteado Lex Luthor, o veterano ator da Broadway, John Shea, foi um vilão envolvente. Ele via Luthor mais como amoral do que como cruel, por isso fazia escolhas menores, mais fundamentadas.

Os produtores sabiam que fazer a série voltada para mulheres, não para os fãs, era ousado e usaram o elemento romântico como locomotiva da campanha para deixar isso claro. Em uma série de fotos, Cain e Hatcher se abraçavam em vários estágios de nudez, exibindo tatuagens idênticas do S de Superman. Em outra, Hatcher, nua, se enrola na capa do Superman, uma foto que atingiu os garotos do fã-clube bem no meio do peito e se tornou uma das imagens mais baixadas nos primórdios da internet.

Na metade da filmagem do piloto, a ABC decidiu que *Lois e Clark* seria exibido no horário das 20h de domingo. Os produtores entraram em conflito: domingo à noite era o horário nobre da TV, mas a concorrência seria assustadora. A ABC queria enfrentar o novo programa de aventura e ficção científica que a NBC produzia para crianças, o *seaQuest DSV*, que tinha um ator de grande nome (Roy Scheider) e um produtor ainda mais conhecido (Steven Spielberg). Mas o verdadeiro motivo para preocupação era que eles também enfrentariam o gorila profundamente entrincheirado que era Jessica Fletcher. *Murder, She Wrote*, da CBS, comandava o horário das 20h do domingo com punho de aço havia quase uma década e não mostrava sinais de abdicar do comando tão cedo.

Esse horário também significava que os nuances eróticos inspirados em A *Gata e o Rato*, os mesmos que a campanha promocional sugeria sem sutileza, teriam que ser reduzidos. Os planos de reservar o super-heroísmo do Superman para os minutos finais de cada episódio (a fim de se concentrar na relação Lois/Clark e provocar faíscas) tiveram que ser alterados.

O piloto mostra Clark chegando em Metrópolis, conseguindo um emprego no *Planeta Diário* e conhecendo Lois Lane. A química entre os dois atores é palpável e espontânea, a discussão é cheia de vida (embora não tão rápida quanto se tornaria mais tarde) e sexy, porém apropriada ao horário familiar. O Clark Kent de Cain é mais relaxado que contido, genial. Seu Superman é todo preocupação e sorrisos oblíquos, e a atuação relaxada admite nuances, até um ou outro lampejo de insegurança, na psique do Homem de Aço. Quando o piloto foi mostrado aos editores, escritores e artistas da DC, que expressaram dúvidas quando souberam da visão romântico-feminista do programa, ficaram eufóricos.

Quando o primeiro episódio foi ao ar em 12 de setembro de 1993, *Murder, She Wrote* teve uma audiência esmagadora, como todo mundo já esperava. Mas os produtores desanimaram quando souberam que ficaram em terceiro lugar, bem atrás de *seaQuest DSV*, que tinha ficado com o dobro da audiência de *Lois e Clark*.

Com o passar das semanas, porém, *seaQuest* foi perdendo espectadores, enquanto *Lois e Clark* os conquistava. Os números continuaram subindo durante toda temporada, até a indomável Jessica Fletcher ser forçada a perceber.

Com o progresso da temporada, mais e mais tempo de exibição era concedido para superfeitos e surras nos bandidos, cuja natureza nada tinha de espetacular. Como no programa de TV da década de 1950, a sombra do orçamento apertado se manifestava cada vez que Superman enfrentava ladrões baratos, incendiários, traficantes de armas e cientistas trapalhões que, sem querer, punham vidas em risco, incluindo a de Lois.

No fim da primeira temporada, era hora da faxina. Apesar de sua visão idiossincrática do material ter vendido o programa para a ABC, a produtora, LeVine, foi demitida. A separação foi mais ou menos amigável, porque o foco cada vez mais voltado para a ação era pouco interessante para ela. Entre as alterações no elenco durante o hiato de verão, estão: um novo Jimmy Olsen (para atrair mais diretamente a plateia *Teen Beat*) e uma redução drástica nas aparições de John Shea. (Shea afirma que estava cansado de viajar de Nova York para a Califórnia para as filmagens; os produtores dizem que temiam a superexposição de Luthor como vilão.)

A blogueira de cultura pop da NPR, Linda Holmes, nunca teve nenhum interesse especial no gênero super-herói, mas era fã ardente do programa durante o período em que ele foi ao ar, fato que ela acredita ter explicado ao colocar o programa em seu contexto apropriado. Ela diz:

> "Lois e Clark" era menos outra adaptação do Superman e mais um sucessor de outros programas de aventura para meninos e meninas na TV. Não só A *Gata e o Rato*, que é aquele que as pessoas lembram, mas todos os outros, *Remington Steele*, *Casal 20*, *Scarecrow & Mrs. King*, coisas assim. De fato, ele estreou junto com *Arquivo X*, que era obviamente mais sombrio mas tinha o mesmo DNA de combate físico/resolução de casos.

Mas quando a segunda temporada (1994-1995) começou, o programa colocou em primeiro plano seus elementos de ficção científica e revista em quadrinhos: efeitos especiais, ação heroica e supervilões. As brigas entre Lois e Clark continuaram na receita, mas em segundo plano, atrás de Bronson Pinchot como Galhofeiro, Peter Boyle como um chefe da máfia Intergang, e a ameaça de Metallo e seu coração de kryptonita. Para economizar dinheiro, Cain passava menos tempo pendurado por cabos sobre o cenário, com cada vez mais efeitos de voo criados por inclinações de câmeras e efeitos sonoros. A audiência estabilizou, depois começou a cair, e a segunda metade da temporada priorizou, mais uma vez, os elementos românticos do programa. Audiência recuperada. Mais: escritores e produtores do programa passaram a frequentar fóruns on-line onde os fãs discutiam, debatiam e detalhavam sua paixão pela série, e assim descobriam como as tramas eram recebidas.

A disponibilidade para interagir com os fãs de um jeito inteiramente novo conquista para a produção um lugar especial na história da TV, disse Holmes da NPR:

> Aquele foi o primeiro *fandom* de internet de que participei, na verdade. Nem todo programa tinha fãs ativos on-line naquela época, mas esse tinha. Eles se chamavam de Friends of Lois & Clark, ou FoLC, e mais tarde, com a continuação da série, houve uma cena na redação do jornal em que acontecia uma atualização de preços de ações, e num dado momento "FoLCs=3 7/8" passou pela tela. Foi a primeira mensagem direta para fãs na internet de que eu me lembro, e as pessoas adoraram aquilo.

A segunda temporada termina com um gancho, Clark fazendo o pedido de casamento. Para preservar o segredo, o diretor filmou Lois dando três respostas diferentes: (1) "Clark...", (2) "Sim" e (3) "Quem está fazendo o pedido, Clark ou Superman?"

A terceira temporada de *Lois e Clark* (1995-1996) começa com Lois e a terceira opção. O espectador fica sabendo que, diferente de seu avatar nos quadrinhos da época, a Lois da TV não se assusta com a revelação do segredo de Clark; ela é uma repórter experiente que tinha suspeitas desde o início. Como sua contraparte nos quadrinhos, porém, Lois se nega a dar uma resposta a Clark imediatamente.

Os produtores instigaram os leitores com uma foto promocional de Dia dos Namorados em que Clark vestia smoking e Lois, vestido de noiva. Porém, durante essa história de cinco episódios, foi revelado que a verdadeira Lois Lane sofria de amnésia nas garras de um psiquiatra. Clark se casou por engano com seu clone devorador de sapos. Os espectadores ficaram ultrajados, e a audiência despencou. Mais uma vez, a terceira temporada termina com um gancho, com o Superman deixando a Terra para ir viver em uma colônia perdida de kryptonianos, abandonando Lois.

Na quarta e última temporada da série (1996-1997), os produtores casaram Lois e Clark em um episódio chamado "Swear to God, This Time

We're Not Kidding" [Juramos por Deus, dessa vez não estamos brincando]. (A Warner Bros. meio que havia forçado a DC Comics a adiar os planos de casamento nos quadrinhos quatro anos antes, sabendo que o programa seguiria nessa direção. Quando chegou a hora do episódio do casamento, porém, os produtores da série esqueceram de avisar a DC com antecedência suficiente para que eles pudessem construir o evento. Em vez disso, os escritores e artistas dos quadrinhos foram forçados a correr para produzir um número isolado, *Superman: The Wedding Album*, lançado na mesma semana em que foi ao ar o episódio do casamento.)

Lois e Clark foi tirado da grade da ABC em abril de 1997. Meses antes, a Disney comprara a ABC, e o presidente Michael Eisner estava ansioso para levar *The Wonderful World of Disney* [O maravilhoso mundo de Disney] ao horário das 20h do domingo. A ABC exibiu os últimos episódios de *Lois e Clark* nas noites de sábado.

Enquanto isso, nos quadrinhos

Enquanto sua encarnação ABC-TV fazia subir os números da audiência semana a semana, as coisas eram um pouco mais complicadas para a nova encarnação cabeluda do Superman nos quadrinhos. Para começar, o cabelo comprido do Superman obrigava Clark Kent a usar... um rabo de cavalo.

A ideia de Clark Kent, repórter comedido cuja existência se pautava em passar despercebido, ter a aparência de um *promoter* de boate da Bósnia era muito incoerente com tudo que os leitores sabiam sobre as sensibilidades de um personagem de cidade pequena.

Deixando de lado a questão do horrível corte de cabelo, não dá para dizer que o breve período de morto deixara o cara mais lento. Ele quase nem teve tempo de limpar a terra do túmulo antes de voltar ao trabalho, enfrentando mais uma duplicata do Bizarro criada por Luthor, lidando com uma invasão alienígena e um ataque com míssil que destruiu boa parte de Metrópolis, derrotando um vilão chamado Conduit, que punha em perigo seus familiares e amigos mais próximos, defendendo-se em um tribunal alienígena que o acusava da morte de Krypton, trocando de corpo com Brainiac, adquirindo uma Cidade Engarrafada de Kandor inteiramente nova, não kryptoniana, rompendo com Lois, enfrentando Apocalipse de novo (e vencendo) e ajudando a salvar o planeta depois que uma grande e terrível arma alienígena chamada Sun-Eater, devoradora de sol, comer... o Sol.

No meio de tudo isso, a DC acrescentou a quinta revista Superman, *Superman: Man of Tomorrow*, que estreou no verão de 1995. Título trimestral, *Man of Tomorrow* foi criado para garantir que agora haveria uma nova revista do super-herói nas bancas 52 semanas por ano, mesmo durante aqueles meses com cinco semanas.

Fins e começos

O ano de 1996 começou com uma morte e acabou com um casamento.

No domingo, 29 de janeiro, dia de Super Bowl, Jerry Siegel morreu vítima de um ataque cardíaco em sua casa em Los Angeles, aos 81 anos. O *New York Times*, em um obituário desprovido de generosidade, apontou que ele seria lembrado "menos como o visionário de Cleveland que imaginou o maior super-herói de todos os tempos do que como o jovem ingênuo que vendeu os direitos para um rolo compressor cultural e comercial de 1 bilhão de dólares por 130 dólares".

Naquele ano, mais tarde, a DC produziu sua mais ambiciosa e bem-sucedida *Elseworlds*. Com a série de quatro partes *Kingdom Come* [O reino do amanhã], o artista Alex Ross e o escritor Mark Waid propuseram uma visão sombria do futuro do Universo DC, ancorado por um Superman envelhecido.

A ideia da série foi de Ross, que deu a *Kingdom Come* a abordagem pintada e fotorrealista que levara à aclamada minissérie *Marvels*, a visão de Kurt Busiek do Universo Marvel, dois anos antes. Waid, que já fora editor da DC e ajudou a criar a linha *Elseworlds*, era um escritor prolífico na metade de um período bem-sucedido com o Flash, e que tinha um conhecimento enciclopédico do Superman.

Para um super-herói de quadrinhos, *Kingdom Come* oferece uma meditação surpreendentemente ruminante da natureza intrínseca de heroísmo, liderança e questão do mal. Para os leitores desanimados com o tom ameaçador, niilista que os quadrinhos adotaram, ele oferecia uma nova garantia segurando um espelho escuro diante das revistas mais populares da época. Mais importante, ele lançava luz sobre o papel do Superman no Universo DC e, por extensão, sobre nossa cultura, retratando o que acontece quando ele desaparece e a comunidade dos super-heróis perde sua peça central.

A combinação do imaginário bíblico de Waid (sonhos proféticos escatológicos aparecem em abundância na trama) e da estética de design Norman-Rockwell de Ross dá à coisa toda um sentimento mais profundo, mais grandioso, mais existencialmente carregado. Cheio de referência metatextual à longa história dos super-heróis nos quadrinhos, cinema e TV, *Kingdom Come* é uma leitura densa, satisfatória, que oferece vislumbres incitantes de futuros heróis e convida o leitor a adivinhar sua linhagem.

Talvez o efeito mais duradouro da série, porém, fosse sua destilação da atitude emergente da DC em relação ao Homem de Aço. A narrativa de "The Death of Superman" inspirou uma onda tão profunda de apreciação hagiográfica pelo herói que, quando ele voltou dos mortos, suas aventuras se tornaram pálidas, limitadas e pequenas. *Kingdom Come*, com seu tom épico, parecia ser uma história grande o bastante para o primeiro e melhor super-herói, e sua crítica explícita aos personagens do "novo modelo" ajudaram a lembrar aos leitores por que o Superman era importante.

A ideia de que Superman era mais do que seus atos, do que ele representava, para os heróis e civis do Universo DC, uma bússola moral, uma inspiração, não era nova. Elementos dessa ideia remontavam à propensão de Elliot Maggin de mostrá-lo como um semideus na década de 1970. Mas agora não era incomum, e se tornou até corriqueiro, outros heróis da DC reconhecerem nas páginas de suas revistas o *status* do Superman.

Enquanto isso, nas páginas dos quadrinhos *Supreme* da Image Comics, a partir do nº 41 (agosto de 1996), o escritor Alan Moore pegou um personagem criado por Rob Leifeld, proponente ávido por lâminas e sangue e da escola dos super-heróis patéticos e exagerados, e se dedicou a transformá-lo em uma homenagem épica de vinte números ao Superman da era de prata.

Eu os declaro Superman e mulher

Na principal continuidade dos quadrinhos da DC, em uma revista de 96 páginas lançada na semana de 6 de outubro de 1996, para coincidir com o episódio do supercasamento de *Lois e Clark*, os personagens se casavam.

Porém, isso exigiu alguma ginástica narrativa, porque Lois e o Superman romperam o romance quatro meses antes, em uma história chamada "Love Hurts". ("LOIS VAI EMBORA!", anuncia a capa de *Superman* nº 115, que mostra um Homem de Aço arrasado sobre o globo do *Planeta Diário*, vendo o avião de Lois partir.) A mais dura repórter de Metrópolis arrumou um emprego como correspondente internacional. O editor de *Superman*, Joey Cavalieri (que assumiu o cargo quando Mike Carlin foi promovido), se esforçou para espremer nas primeiras páginas da edição uma história que foi planejada para se estender por meses.

E pouco antes da cerimônia, o Homem de Aço corta o cabelo.

O casal estava feliz, mas a indústria dos quadrinhos, não. A onda de especulação do fim da década de 1980 e começo dos anos 1990 chegou ao ponto máximo em 1992, ano de "The Death of Superman", quando a venda das revistas em quadrinhos passou de 1 bilhão. Porém, quando 1996 chegou ao fim, o inevitável fracasso se espalhava em todas as direções: as vendas do ramo mal chegavam aos 450 milhões e continuariam caindo.

Mas, na TV, o Homem de Aço, livre da tirania de um orçamento apertado para efeitos especiais, decolava novamente.

Reanimado

Um mês depois do supercasamento, um novo Superman animava o programa de TV que estreou na rede WB.

Superman: The Animated Series (*Superman: a série animada*) foi produzida por Bruce Timm e Paul Dini, a equipe por trás do bem-sucedido ganhador do Emmy *Batman: The Animated Series* (*Batman: a série animada*) que havia estreado em 1992 e se tornou um dos maiores sucessos do bloco de programação infantil da "WB Kids". Porém, embora aquele *chiaroescuro* inspirado em Tim Burton fosse perfeito para um personagem *noir*-gótico como o Batman, para uma criatura da radiante e diurna ficção científica, não daria certo.

O que, exatamente, funcionaria para o Superman, o produtor e designer Bruce Timm não sabia ao certo – não no início, pelo menos. O projeto começou quando ele compareceu a uma reunião na Warner Bros. e foi informado de que um novo filme *live-action* do Superman estava em andamento. Ele gostaria de trabalhar em um desenho animado do Superman que pudesse manter o personagem vivo na TV, enquanto a produção do filme estava em andamento, já que *Lois e Clark* chegou ao fim da linha?

Timm aceitou, mas achava Superman menos interessante que Batman. Com menos nuances, menos prejuízo emocional... menos legal, resumindo. Ele discutiu a questão com o coprodutor e escritor da série Paul Dini. Eles perceberam que os velhos curtas de Fleischer e Famous, dos quais os dois homens eram fãs, eram lacônicos. A emoção que provocavam era proveniente da música, da ação e de como os personagens se comportavam, não do diálogo.

Timm e Dini conceberam o programa, originalmente, como uma produção de época, que seria contemporânea dos curtas de Fleischer, mas desistiram da ideia ao perceberem que só provocariam comparações que não os favoreceriam. Em vez disso, resolveram usar os velhos curtas como uma inspiração – a energia, as caracterizações e, principalmente, o design. Sua Metrópolis era um país das maravilhas angular, ensolarado, modernista, onde a década de 1990 e a de 1930 se dissolviam uma na outra. Eles transformaram o *Planeta Diário*, por exemplo, em uma arejado espaço Philip Johnson onde Lois e Clark escreviam suas matérias em reluzentes processadores de texto Bakelite.

O design do personagem foi trazido de *Batman: a série animada*, mas se tornou ainda mais estilizado. Superman era uma criatura de fantasia, afinal, por isso Timm e seus animadores se sentiram à vontade para alargar seus ombros, afinar sua cintura e as pernas: ele parecia um triângulo isósceles com uma capa.

Quando desenhou o rosto do Superman, Tim decidiu homenagear tanto os curtas de Fleischer e Famous quanto o Homem de Aço de John Byrne. Para reduzir a sua essência visual, Timm fez o queixo literalmente quadrado, reduziu o cacho na testa e os olhos, que se tornaram pontos negros. Esse Superman tinha a ver com ação. Não precisava de olhos como poços límpidos, emotivos.

Tim Daly conquistou o papel de Superman/Clark, e o papel de Lois Lane ficou com a atriz que os produtores tinham em mente quando escreveram o primeiro roteiro: Dana Delaney. Delaney criou o padrão de atitude e discurso de Lois inspirada em Rosalind Russell em *Jejum de amor*.

Quando chegou a hora de selecionar os vários vilões e o elenco de apoio, eles deixaram de lado vozes veteranas de Hollywood e escolheram atores com vozes mais naturais e reconhecíveis do cinema e, especialmente, da TV, como Mike Farrell, Brad Garrett, Malcolm McDowell, Gilbert Gottfried, Michael Dorn e, mais engenhosamente, Ed Asner como a matrona maluca de Apokolips, Vovó Bondade. Essa busca pelo naturalismo fez o elenco gravar cada episódio na mesma sala, em vez de gravar separados em um estúdio, com as falas sendo fornecidas por um produtor, como era o procedimento padrão da época para os programas animados.

Com o orçamento de efeitos ilimitado – qualquer coisa que pudesse ser desenhada estava valendo –, o programa tinha liberdade para reproduzir os vilões das revistas em quadrinhos com precisão e dar a eles uma chance de brilhar: Metallo, Homem-Brinquedo (sempre retratado com um toque sinistro: uma cabeça de boneca gigante), Bizarro, Mxyzptlk e até Titano, o Supermacaco, apareceram para um episódio. Outros heróis da DC também passaram por lá: Batman, Flash, Lanterna Verde, a Legião de Super-Heróis e Aquaman, com voz de Miguel Ferrer. A série trouxe de volta a Supergirl clássica, a prima de Kal-El de Argo City, mas atualizou seu figurino com uma minissaia e miniblusa. E criou, com o impassível, frio e sinistro Darkseid, de Michael Ironside, o vilão ideal para o Superman enfrentar no sentido físico e mental.

O programa até resolveu o problema permanente de Brainiac, um vilão que era continuamente redesenhado e reinterpretado por décadas nos quadrinhos, dando a ele um passado que desembocava na origem do Superman. Como foi revelado no primeiro episódio, que foi ao ar em 6 de setembro de 1996, Brainiac era um tipo de computador HAL-9000 kryptoniano, responsável por todos os sistemas no planeta condenado.

Os tons frios e sem modulação do ator Corey Burton transmitiram a lógica implacável e arrepiante do personagem.

No geral, *Superman: a série animada* teve três temporadas bem-sucedidas, chegando a 54 episódios. O último foi ao ar em 12 de fevereiro de 2000.

A série inspirou uma revista em quadrinhos direcionada às crianças, *Superman Adventures*, com o primeiro número escrito por Dini. Scott McCloud, o escritor e artista da aclamada revista em quadrinhos de ficção científica retrô *ZOT!* e autor de *Understanding Comics* [Entendendo quadrinhos], além de outros volumes com linguagem visual dos quadrinhos, assumiu as tarefas de redator por um ano. Depois de um tempo, o escritor escocês Mark Millar assumiu as tarefas de redator e ficou na revista por um período semelhante. Na maior parte dos seis anos de vida da revista, uma combinação de fatores, como redação inteligente e um estilo visual limpo (embora padronizado), além da necessidade de contar histórias simples com simplicidade, livre da bagagem narrativa que pesava sobre os principais títulos do Superman daquele mês, permitiu que *Superman Adventures* o destilasse até chegar à sua essência. Com seu leve toque cômico, a revista se tornou a melhor revista em quadrinhos do Superman nas bancas.

Kar-El fica elétrico

Durante o segmento "Weekend Update" do episódio de 18 de janeiro de 1997 de *Saturday Night Live*, Norm MacDonald leu a seguinte notícia: "A partir de março, a DC Comics vai trocar o tradicional figurino vermelho e azul do Superman por um novo macacão colante."

Na tela atrás de MacDonald, surge a imagem de uma foto promocional do Superman vestido com o "traje de contenção" que a DC apresentaria quando o Homem de Aço desenvolvesse novos e estranhos poderes em *Superman* nº 123 (maio de 1997). O macacão azul, com relâmpagos brancos descendo pelos braços e pelas pernas, parece um uniforme de patinação artística de uma nação que acabou de descobrir a hidroeletricidade. O traje sobe até o pescoço, formando um meio capuz sobre o qual pode-se ver o cabelo preto azulado; o efeito é de uma bandana. Eletricidade branca emana dos olhos do Superman e, estranhamente, de seus ombros.

MacDonald foi censurado por deixar os espectadores verem a foto: Superman não está em sua pose clássica (pernas afastadas, punhos cerrados no quadril), mas com os ombros para trás, os braços ao longo do corpo, uma perna à frente da outra. Ou seja: pose de concurso.

"O problema com o antigo figurino?", perguntou MacDonald, mostrando o novo traje. "Não era suficientemente gay."

Gargalhadas da plateia. E as risadas continuavam. E continuavam. MacDonald não resistiu e acrescentou: "Que diabo está acontecendo no país? Aquilo não é o Superman!"

Na DC Comics, eles estavam preparados para isso. Qualquer publicidade era boa publicidade, e eles sabiam que a grande mudança que estavam fazendo provocaria um ultraje semelhante ao causado pela morte do personagem, sem tristeza alguma daquele evento para aplacá-lo. Porém, as vendas caíram e artifícios funcionavam. Além do mais, eles queriam causar um efeito. Daí a supertransformação, que provocou mudanças que pretendiam, originalmente, ser permanentes – ou continuarem indefinidamente, pelo menos.

Clark Kent volta de sua lua de mel, ainda sem poderes depois do encontro com o Sun-Eater. Temendo que seus poderes desaparecessem definitivamente, ele procura vários aliados para recuperá-los, chegando a ser transportado para o centro do sol. Ele volta recarregado. Parece funcionar.

Mas em *Adventures of Superman* nº 545 (abril de 1997), seu corpo começa a se transformar em pura energia eletromagnética. Cientistas se empenham em criar a roupa de contenção (*Superman* nº 123, maio de 1997), e ele percebe que tem um conjunto de poderes inteiramente novo. Voar, invulnerabilidade e visão de raio X são substituídos por atravessar paredes, "enxergar" várias formas de radiação e se mover à velocidade da luz.

A ideia era lhe dar um desafio, aumentar a tensão da narrativa forçando-o a aprender a usar esses novos poderes. Durante os meses seguintes, ele começa a disparar explosões de energia e raios tratores, criar campos de força, comunicar-se com computadores e outras coisas.

Um lugar no panteão

Quatro meses antes da troca de figurino do Superman, em janeiro de 1997, o escritor Grant Morrison e o artista Howard Porter levaram a Liga da Justiça de volta ao básico em *Justice League of America* nº 1. Morrison abriu mão da lista de "fracassados esquisitos e pré-esquecidos com nomes como Mystek e Bloodwynd", que ocuparam as fileiras da Liga no começo da década de 1990. No lugar disso, ele restaurou o *lineup* clássico de Liga da Justiça, os "Grandes 7": Superman, Batman, Mulher Maravilha, Aquaman, Lanterna Verde, Flash e o Caçador de Marte. Juntos, eles formavam o que Morrison chamou de "um panteão de divindades da *pop art*... Superman era Zeus, Mulher Maravilha, Hera, Batman era Hades.

Sob a vigilância de Morrison, a Liga da Justiça responderia somente quando o perigo ameaçasse todo o globo, ou o universo. A arte de Porter deu um *mise-en-scène* de verão bem-sucedido à épica desordem junguiana de roupa apertada e simbologia de Morrison. E Superman, que passou a maior parte da carreira como avatar vivo do exagero, o míssil nuclear na briga de facas, parecia gostar de enfrentar cataclismas ridiculamente aumentados que testavam seus limites e iam além deles.

Porém, com apenas cinco edições, o poder primal da revista sofreu um golpe quando Morrison foi forçado a obedecer ao deus vingativo chamado continuidade e usar o Superman elétrico.

Visualmente, ele não tinha nada a ver. A iconografia dos "Grandes 7" da DC é simples e, portanto, poderosa, o que transmite uma sensação de atemporalidade, ou, mais precisamente, a noção de que eles existem fora do tempo e são superiores a ele. Qualquer *tableau* de batalha super-heroica que incluísse o Superman elétrico parecia desbotada e vazia de emoção, mas não levou muito tempo para Morrison descobrir como encaixar o novo Superman na receita da narrativa. Em *Justice League of America* nº 7, por exemplo, a Lua foi arrancada de órbita e vinha em direção à Terra. Superman usa seus poderes para mudar o campo eletromagnético e dar a ela polos temporários. O resultado é que Lua e Terra começam a se repelir, e o satélite retoma seu lugar de direito no céu.

Ao longo do período de Morrison em *Justice League of America*, sua caracterização do Superman, fosse na variedade elétrica ou clássica, se manteve consistente: ele era o ponto imóvel no meio do caos, a voz calma dizendo que tudo daria certo. As sementes do período bem-sucedido e da visão do século XXI de Morrison no Homem de Aço foram plantadas aqui.

Superman Vermelho e Superman Azul 2: a sequência

Apenas dez meses depois do defeito no vestuário do Superman, em uma revista de 64 páginas, o homem... faísca (?) se vê diante de um dilema. Superciborgue o prendeu em uma "estrutura de contenção de energia" que divide o herói em dois seres idênticos, cada um convencido de que é o verdadeiro Superman. A única diferença: um veste um traje azul, enquanto o do outro é vermelho.

Superman Red/Superman Blue nº 1 (fevereiro de 1998) foi uma homenagem à adorada história imaginária de Leo Dorfman e Curt Swan, de 1961, com uma modificação adequada aos quadrinhos da década de 1990: os dois não se gostavam. E estavam convencidos de que o outro é um impostor, só que a verdade é mais complicada. O processo misterioso dividiu a personalidade do Superman em duas. O Azul é frio, racional e sério. O Vermelho é impulsivo e engraçado. E mais, os dois são apaixonados por Lois e esperam ir para casa com ela no fim da história. Nos meses seguintes, eles continuariam vivendo aventuras separadas e se convencendo cada vez mais de que não querem voltar a ser um só Superman.

No fim, porém, no ponto culminante de uma história de nove partes ("Millenniun Giants", abril/junho de 1998), quando a Terra é ameaçada por seres antigos, Superman Azul e Superman Vermelho se sacrificam, gastando toda sua energia eletromagnética para salvar o planeta. Depois disso, o Superman original retorna bem a tempo, e de forma conveniente, para o especial de 96 páginas *Superman Forever* (junho de 1998), lançado no aniversário de 60 anos do herói.

Se a história do "Superman Elétrico", que durou mais de um ano, terminou abusando da paciência do leitor, também conseguiu alcançar o objetivo a que se propôs: mostrar que o personagem era mais que as botas e a capa que usava, mais que seus poderes, que sua essência estava em seu altruísmo e em sua determinação, independentemente do custo pessoal.

No fim, não importava quanto o figurino era ridículo ou quanto os poderes eram bobos. O que é eterno no Superman estava lá: ele vai fazer o bem, mesmo quando não estiver bem.

De volta ao básico

Os anos 1990 foram uma longa e escura noite para a alma do Homem de Aço, quando toda ideia clara de quem ele era e o que defendia se perdeu sob uma enxurrada de artifícios de narrativa e truques de marketing. Se ele quisesse encontrar novamente seu caminho, e seus leitores, teria que escapar desse ruído e entrar em contato com seu eu mais básico e essencial. O tempo das capas chamativas e da interminável enrolação tinha acabado. Como a série de desenhos animados do Superman provava a cada semana, o Homem de Aço só precisava de uma história simples, contada com simplicidade.

A minissérie de quatro números do escritor Jeph Loeb e o artista Tim Sale, *Superman: For All Seasons* (setembro/dezembro de 1998), era uma história assim. Loeb despiu o personagem para exibir sua essência, trazendo ao foco um Homem de Aço iniciante que aprende a aceitar suas limitações. É uma história madura salpicada de tristeza e pesar, narrada por uma sucessão de pessoas da vida do Superman, pai Kent, Lois Lane, Lex Luthor e Lana Lang.

As imagens desenhadas por Sale do amplo céu de Smallville e da densa floresta de concreto e vidro de Metrópolis ampliam a sensação de solidão e isolamento no roteiro de Loeb. Juntos, artista e escritor se servem de uma paleta emocional que não costumava ser associada às histórias do Superman: o medo de pai Kent em relação ao que seu filho vai ser, Lois Lane se recriminando enquanto a existência do Superman desafia seu tão valorizado pragmatismo, o amor de Luthor por sua cidade, os sentimentos de angústia e abandono de Lana.

A *Elseworlds* de três números do escritor e artista Alan Davis, "The Nail", segue em sentido contrário trabalhando no espaço negativo em volta do Superman, propondo um mundo que nunca o conheceu. Diferente de muitas histórias *Elseworlds*, a de Davis é mais que seu conceito original, ele constrói eventos devagar e de maneira metódica, mostrando como os heróis que conhecemos tão bem se comportariam em um universo onde não existe Superman como um centro moral.

Em janeiro de 1999, a DC lançou *Superman: Peace on Earth*, uma graphic novel aumentada escrita por Paul Dini e pintada por Alex Ross. A história, que tem citações não intencionais da trama de *Superman IV: em busca da paz*, mostra o Homem de Aço disposto a lutar contra a fome no mundo, mas seus esforços são frustrados pela desconfiança, pelo interesse pessoal e pelo militarismo da humanidade. No fim, ele reaprende a lição aprendida em *Kingdom Come*: apesar de suas incríveis habilidades, ele faz mais como símbolo, inspirando a humanidade a trabalhar unida.

Mas todas essas redefinições existiam fora da principal história do Superman nos quadrinhos, na qual ele fora controlado por um ser antigo chamado Dominus, que o convence de que a humanidade precisa ser salva dela mesma (janeiro/junho de 1999). Ele forma um exército de robôs Superman, se declara rei do mundo e patrulha o planeta 24 horas por dia, conquistando a inimizade da humanidade até Lois dissuadi-lo disso.

A linha da história "Dominus Effect" [Efeito Dominus] foi uma envolvente exploração do poder absoluto e sua tendência a corromper de maneira absoluta. Mas não foi uma história do Superman.

Superman agora

Enquanto isso, os escritores Grant Morrison, Mark Millar, Tom Peyer e Mark Waid procuraram a DC Comics com uma história de vinte páginas para o Superman. Eles estavam desanimados com o declínio constante nas revistas do Superman, e sua proposta, chamada *Superman Now* (ou *Superman 2000*) se dispunha a "restaurar nosso amado Superman ao lugar de primeiro e melhor super-herói do mundo".

O casamento teria que desaparecer, decidiram Morrison e companhia, mas em vez de usar a limpeza de memória ou resetar a realidade, os escritores propunham uma dissolução simples, gradual e real do casamento. "[O] recém-domesticado Superman era uma figura diminuída, de certa forma, andando como um sonâmbulo por uma sequência de 'eventos' limitados", Morrison escreveu em seu tratado, *Supergods*. "*Superman*

Now deveria ser uma reação contra esse Homem de Aço ineficiente e sentimental demais, reunindo-o ao seu potencial mítico, sua proposta arquetípica."

A proposta indicava que Superman fora resetado regularmente em um ciclo de quinze anos. Byrne em 1986. O'Neil e Schwartz em 1971. O momento era oportuno.

Mas o reboot que a DC decidiu promover foi ameno: Eddie Berganza se tornou o novo editor da linha Superman, a trimestral *Superman: Man of Tomorrow* foi cancelada (reduzindo o número de títulos regulares para quatro), e os "números triângulo" estavam de saída, junto com as tramas e subtramas intimamente interconectadas a que eles se referiam.

Em uma entrevista, Berganza falou das consequências não intencionais das histórias entrelaçadas da década anterior: "[As histórias] continuavam se afastando mais e mais do Superman. O elenco em torno dele continuava crescendo e crescendo, até ele se tornar quase um astro convidado em sua própria revista."

O que Berganza descrevia, uma crescente rede de personagens coadjuvantes escrita por redatores que estavam no mesmo emprego há anos, era, é claro, o conjunto de circunstâncias que produziram algumas das histórias clássicas do Superman da era de prata. Mas os tempos eram outros. Na era da internet, críticos e a polícia da continuidade se debruçavam sobre cada edição, ansiosos para serem os primeiros a encontrar contradições e deslizes. A busca pela interligação nas revistas do Superman só tornava a narrativa ainda mais pesada. Dando aos leitores o que ela dizia querer, histórias densas em um universo compartilhado, os escritores ajudaram a criar e perpetuar um público leitor cada vez mais exigente e irascível.

O escritor J.M. DeMatteis assumiu *Adventures of Superman*, desenhado por Mark Miller. DeMatteis foi encarregado de levar *Adventures of Superman* de volta às raízes, oferecendo o ângulo humano do herói e mostrando os cidadãos de Metrópolis. *Superman: Man of Steel*, escrita por Mark Schulz (remanescente da equipe de criação anterior) e desenhada por Doug Mahnke, enfatizava seu lado kryptoniano. *Action Comics*, escrita por Joe Kelly e desenhada por Kano, faria jus ao nome e o mostraria se associando a outros super-heróis para muita ação e luta. *Superman*, escrita por Jeph Loeb, de *Superman: For All Seasons*, e desenhada por Joe McGuinness, seria a principal revista, com todos os elementos clássicos do Superman, como o *Planeta Diário*, Lois, Jimmy, Luthor e assim por diante.

O Superman de McGuinness não era parecido com o de ninguém. Era só olhar para o Homem de Aço em estilo mangá, musculoso de um jeito engraçado, para saber que a era dos editores que reforçava o estilo doméstico da DC, de mudar o rosto do Superman de Jack Kirby para deixá-lo mais parecido com o de Curt Swan, por exemplo, havia acabado. McGuinness rejeitava o pseudofotorrealismo que se entrincheirou nos quadrinhos desde o advento de Neal Adams e, em vez dele, adotou uma visão hiperestilizada, própria de *cartoon*, ao desenhar o Superman. A musculatura do personagem inflou, passando de esteroide a anatomicamente impossível. O pescoço ficou tão grosso que ameaça engolir a cabeça – e teria engolido, se McGuinness não houvesse alargado o queixo para funcionar como um baluarte.

Os olhos do Superman viraram frestas. Para compensar, o desenhista transformou as sobrancelhas em dois traços grossos e zangados, a boca numa linha fina, um espaço em branco. O ícone se tornou iconografia.

Superman no milênio

Em 1999, dois anos depois de ter movido uma ação para se beneficiar de novas leis de copyright, a esposa de Jerry Siegel, Joanne, recebeu metade dos direitos autorais pela aparição do Superman em *Action Comics* nº 1. Era só o primeiro passo de uma batalha legal que continuava se arrastando até o momento em que este livro era escrito.

Enquanto isso, a imagem do Superman estava em todos os lugares. O Canadá homenageou Joe Shuster com um selo postal do Superman em 1995, e os Estados Unidos vieram logo a seguir com uma série dedicada a "destaques da década de 1930", na qual o personagem aparece com aquela pose de marionete e os cotovelos abertos que o apresentou ao mundo. Ele apareceu com um bigode de leite em uma propaganda do Dairy Council, quatro montanhas-russas ganharam seu nome em parques de diversão do país e ele se uniu ao Pernalonga em uma minissérie de quatro números que foi publicada de julho a outubro de 2000.

Superman também fez uma de suas mais emocionantes participações especiais (embora não vista) de todos os tempos no clímax da animação de 1999 da Warner Bros., *O Gigante de Ferro*, quando o robô alienígena titular decide se sacrificar para salvar a cidade de Rockwell, no Maine, de um míssil nuclear. Naquele momento, o robô personifica a lição simples do filme, a de que "somos o que escolhemos ser", enquanto, correndo ao encontro de seu fim, ele diz a si mesmo: "Su-per-man". As comparações entre Gigante de Ferro e Homem de Aço (aliens na Terra dotados de poder tremendo e potencialmente destrutivo que escolheram usar esse poder para salvar outras pessoas) dão àquele momento um poder estranho e evocativo.

Nas duas décadas desde que o primeiro videogame do *Superman* foi lançado em 1978 para Atari, o Homem de Aço foi pixelado muitas vezes, para vários sistemas, inclusive computadores domésticos, NES, equipamentos Sega, Game Boy e um jogo de fliperama. Uma série de jogos curtos baseados na internet e chamada de *Multipath Adventures of Superman* deixava o usuário pilotá-lo por uma história virtual do tipo "escolha sua aventura". Se esses jogos eram comuns, os jogadores estavam acostumados com isso. Videogames baseados em propriedade licenciada, como o Superman, geralmente desapontam. No círculo dos jogadores, essa é uma verdade reconhecida por todos.

Em 1999, porém, um jogo *Superman* produzido para Nintendo 64 desenvolveu uma péssima reputação; até hoje, ele aparece nas listas de "piores jogos de todos os tempos". Para explicar o pobre desempenho do jogo – Metrópolis parece um jogo infantil de blocos de construção – os criadores do jogo inventaram um conceito no qual Luthor manda o Superman para uma Metrópolis "virtual" que está encoberta por uma "névoa de kryptonita". Lá, ele é forçado a conduzir tarefas repetitivas, inúteis e frustrantes, como voar através de anéis suspensos no ar. Os controles eram lentos, e o design, terrível, e *Superman* se tornou um dos jogos mais criticados na história da mídia.

"Qual é a graça em 'verdade, justiça e estilo americano'?"

Em *Action Comics* nº 775 (março de 2001), o escritor Joe Kelly defendeu o Homem de Aço, oferecendo aos leitores uma envolvente reciclagem sobre o que o abala e por que ele aguenta.

Kelly apresentou a Elite, uma equipe de anti-heróis amorais e ultraviolentos que fazem justiça com as próprias mãos, liderada por um britânico telecinético chamado Manchester Black. A Elite e Black eram os substitutos de Kelly para uma equipe niilista e altamente popular de super-heróis chamada Autoridade, escrita por Warren Ellis e Mark Millar, e publicada pelos quadrinhos Wildstorm.

Manchester Black fica ultrajado com o código moral "cafona" do Superman, que é contra matar, e fica cada vez mais frustrado quando o Homem de Aço insiste em impedi-lo de realizar sua forma letal e rápida de justiça. Durante um confronto em uma das luas de Júpiter, Superman mata os companheiros de equipe de Black e, usando sua visão de calor como um bisturi a laser, remove o "pedaço superdesenvolvido" no cérebro de Black, que fornece seus poderes mentais. A presunção e o exibicionismo de Black são frágeis como algodão doce, como é revelado, e ele é reduzido às lágrimas.

É então que o Superman revela que não destruiu a Elite, só os tirou do caminho com supervelocidade; ele também não removeu a área superdesenvolvida no cérebro de Brain, só suprimiu seus poderes temporariamente.

"Raiva é fácil", diz ele a Black. "Ódio é fácil. Vingança e despeito são fáceis. Para sua sorte... e minha... não gosto de heróis feios e cruéis. Só não acredite muito nisso."

Black, furioso e humilhado, ameaça voltar para persegui-lo. Superman diz a ele que não esperava que fosse diferente: "Os sonhos nos salvam. Eles nos elevam e transformam. Juro... até que meu sonho de um mundo em que dignidade, honra e justiça se torne uma realidade compartilhada por todos... eu nunca vou deixar de lutar."

Cafona? É claro. Mas, em meio ao sucesso de vendas de heróis que não defendem nada além de si mesmos, isso era tudo que os fãs do Superman precisam ouvir, e no momento exato.

O retorno a Krypton (traz uma banda)

Em uma história que começou em abril/maio de 2001 e terminou em setembro de 2002, Superman e Lois viajam pela Zona Fantasma e vão parar em um Krypton que mais parece uma encarnação do pós-*Crisis* de Byrne. De fato, é a era de prata em todo seu esplendor, a versão bandana e ombreira de Krypton, inclusive com brilhantes torres e foguetes espaciais retrô-futurista de Shuster. Aos poucos, Superman se convence de que tudo que ele acreditava saber sobre sua origem estava errado. Em uma homenagem ao original de 1960 de Siegel, "Return to Krypton", Superman encontra Jor-El e Lara e os ajuda a impedir um golpe militar de um Zod pré-*Crisis*, depois volta à Terra com um cachorro kryptoniano chamado... Krypto.

Mais tarde, Jor-El convoca Superman de volta ao seu estranho Krypton "clássico", e nessa segunda visita ele fica sabendo que tudo foi uma realidade artificial criada por Brainiac 13 para prendê-lo para sempre.

No abrangente evento cruzado chamado *Our Worlds at War* que envolveu todas as revistas DC de agosto a outubro de 2001, o Superman comanda a resistência contra o tirano galáctico Imperiex. No cataclisma global que se segue, Topeka, Kansas e sete outros lugares no mundo são destruídos. Os Kent, bem como o pai de Lois Lane e vários heróis, desaparecem e são dados por mortos por um breve período.

Para honrar os mortos, Superman fica de luto, uma desculpa para os escritores voltarem a usar o sombrio visual do "escudo do S preto" usado pelo velho Homem de Aço em 1996 na série *Kingdom Come* de Waid e Ross.

Aquele escudo do S assumiu uma nova e sinistra ressonância, porém, quando os ataques terroristas de 11 de setembro aconteceram, justamente no fim da história.

"Onde estava o Superman?"

Em uma sombria coincidência, *Adventures of Superman* nº 596 (novembro de 2001), que apareceu nas lojas de quadrinhos um dia depois dos ataques, tinha um quadro na segunda página mostrando as Torres Gêmeas da LexCorp em Metrópolis danificadas pelos eventos da guerra intergaláctica, com fumaça brotando delas. A DC informou as lojas que as revistas poderiam ser devolvidas sem nenhum prejuízo.

Em 20 de outubro de 2001, no evento Concert for New York City na Madison Square Garden, John Ondrasik (que grava como Five for Fighting) tocou "Superman (It's Not Easy)", sua triste saudação ao Homem de Aço, que foi lançada um ano antes. Para a plateia, composta em grande parte de primeiros socorristas e familiares de vítimas, o tom melancólico da canção ofereceu conforto, como uma passagem em particular que, de repente, nada tinha a ver com o Superman: "Pode parecer absurdo, mas não seja ingênuo/Até os heróis têm o direito de sangrar". O show foi transmitido ao vivo pelo canal VH1. "Superman (It's Not Easy)" começou a subir nas paradas no dia seguinte.

Na Marvel Comics, o grupo de heróis de figurinos coloridos que morava em Manhattan começou a responder ao 11 de Setembro se apresentando no Ground Zero para participar do resgate e da recuperação. Porém, um simpático Homem-Aranha era uma coisa, um Superman, outra. A DC tinha consciência de que a Metrópolis do Superman não era Manhattan, mas uma versão brilhante e ensolarada de Nova York que rotineiramente se salva de mísseis, raios mortais e macacos gigantes sem pensar duas vezes. A DC manteve Superman longe do Ground Zero.

Mas ele apareceu lá do mesmo jeito, muitas vezes, em imagens postadas na internet por artistas amadores dominados pelo luto: Superman no meio do entulho das Torres Gêmeas, chorando ou gritando ultrajado. Superman sobre uma pilha de escombros, ferido, mas decidido, com a bandeira americana tremulando atrás dele. Superman segurando o corpo de um bombeiro. Sejam cafonas ou amargamente sardônicas (Superman sentado em casa assistindo à TV, enquanto, além da janela, um avião atinge a primeira torre), essas imagens ilustram a extensão em que as ideias de Superman e América se misturavam (especialmente na cabeça dos americanos). Elas expressam, com uma tristeza declarada e desconfortável, o paradoxo de uma nação imensamente poderosa que se torna impotente diante de uma perda quase inimaginável de vidas humanas: "Tantas coisas que posso fazer. Tantos poderes. E não consegui salvá-los."

A DC publicou um tributo ao 11 de Setembro com o título pesado de *9-11: September 11, 2001 (the World's Finest Comic Book Writers and Artists Tell Stories to Remember)* [11 de Setembro: Os melhores escritores e artistas do mundo contam histórias para lembrarmos]. A capa pintada por Alex Ross, uma homenagem à revista da era de ouro chamada *The Big All-American Comic Book*, mostra Superman e Krypto olhando com ar reverente para um informativo que mostra bombeiros, socorristas e policiais. Em uma história de duas páginas, Superman reflete sobre sua capacidade de desafiar a gravidade e respirar no espaço, enquanto uma coisa ele não pode fazer: "escapar das páginas da ficção" para ajudar a salvar pessoas no mundo real, "um mundo, felizmente, protegido pelos próprios heróis". A cena se abre para mostrar que os quadros que vemos são parte de uma revista em quadrinhos que pertence a uma criança resgatada por um bombeiro.

12

ORIGEM SECRETA, RE-REVIVIDA (2001-2005)

Marcos

2001: estreia a série de TV *Smallville*
2003: *Superman: Birthright* redefine a origem do Superman
2004: *It's a Bird...* explora o impacto cultural do Superman; *Superman: Secret Identity* imagina um Superman do mundo real
2005: estreia *Krypto the Superdog*; começa *Infinite Crisis*

Nos dias e semanas seguintes aos ataques do 11 de Setembro, uma perplexa população americana tentava voltar à rotina. Quando iam e voltavam do trabalho e tentavam se distrair mudando os canais da TV, uma campanha publicitária conseguia romper a névoa do atordoamento. Nos ônibus e cartazes de rua, em revistas e na TV, a imagem perturbadora aparecia: um homem jovem e musculoso, com uma beleza irritante, despido até a cintura e amarrado a uma cruz, pendurado sozinho e abandonado no meio de um milharal à noite. Pintado em seu peito com o que podia ser sangue, uma letra S.

Embora outros e mais novos horrores ocupassem a mente de todos, era impossível não ver naquela imagem violenta, arrebatadora, sugestões deliberadas do belo *São Sebastião*, de Il Sodoma – e ecos insípidos da morte de Matthew Shepard, o jovem de Laramie, Wyoming, que foi torturado, amarrado a uma cerca e abandonado para morrer ali um ano antes. (Os produtores negaram a intenção de lembrá-lo.)

A campanha, mesmo inquietante, funcionou. Quando *Smallville* estreou na rede WB em 16 de outubro de 2001, foi o programa de maior audiência na breve história da rede (sete anos), ultrapassando 8 milhões de espectadores.

Férias com cara de Buffy

A série de desenhos animados do Superman chegou ao fim em fevereiro de 2000, e as engrenagens giravam para levar às telas um filme *live-action* (um esforço que não daria frutos antes de seis anos). A divisão de cinema da Warner Bros. procurou a rede WB para mais uma representação, para manter vivo o interesse no personagem enquanto isso.

De sua parte, a rede de TV WB se viu diante de um dilema. *Buffy, a caça-vampiros*, de Joss Whedon, mudava para a rede UPN, deixando a rede voltada para o público jovem sem nenhum personagem angustiado e cheio de hormônios para servir de âncora para a programação. O presidente da WB-TV, Peter Roth, gostou da fórmula de Buffy: muita ação, ingredientes de novela e adolescentes atraentes falando sobre seus sentimentos em blocos e mais blocos de imagens de duas tomadas acima dos ombros.

Mike Tollin e Brian Robbins desenvolveram um roteiro sobre Batman antes de ele se tornar Batman. Com o nome de *Bruce Wayne*, ele mostrava o jovem milionário taciturno viajando pelo mundo, procurando o treinamento físico e mental que um dia usaria em sua guerra de um homem só contra o crime. A ideia foi recebida com entusiasmo, mas perdeu para a inconveniência do momento. Na época, o diretor Darren Aronofsky negociava a direção de um filme para o cinema sobre o Batman, cuja origem se sobreporia diretamente a abordagem proposta por Tollin/Robbins.

Enquanto isso, dois outros escritores, Al Gough e Miles Millar, tentavam fazer decolar sua ideia de uma série sobre Lois Lane. Roth pediu a Gough e Millar um roteiro sobre o "jovem Superman", em vez disso. Os dois homens não se animaram, porque Superboy já fora feito. O lance com a capa, as botas, tudo era, na opinião deles, muito cafona, parecendo programa infantil. Eles começaram a trabalhar imaginando um Clark Kent jovem e desajeitado no centro de uma novela teen.

Buffy era aclamada pela crítica e construía uma base de fãs fiéis usando de forma ardilosa seu cenário de ensino médio como uma metáfora para o amadurecimento. Decidiram que o projeto deles faria a mesma coisa, com os superpoderes substituindo características sexuais secundárias. Clark os desenvolveria gradualmente e se esforçaria para controlá-los. Eles o confundiriam e humilhariam. Clark se sentiria isolado, diferente, sozinho, e esse sentimento de alienação, associado ao uso assíduo imposto pela WB de nudez masculina e feminina, falaria aos espectadores adolescentes que aprovaram Buffy.

Haveria poderes, aventuras, sustos e medos, mas os escritores esclareceram desde o início que ele jamais usaria um uniforme, e não voaria.

Ou, na construção que se tornou sinônimo da série durante a primeira rodada de coletivas de imprensa: "No tights, no flights" [Sem macacão justo, sem voo].

Somebody Saaaaave Meeeeee

Com exceção do figurino e do voo, porém, Gough e Millar podiam usar toda a gama de elementos do supermito para atacar simbolicamente o jovem Clark enquanto ele se esforça para virar herói. O programa, chamado *Smallville*, seria um "*bildungsroman* de aço".

Assim, o piloto começaria com o pecado original, à moda kryptoniana. A nave que traz o bebê Kal-El à Terra é parte de uma tempestade de meteoros que provoca o caos na pacata cidade de Smallville, no Kansas. Ao mesmo tempo que a tempestade dá a Clark um novo casal de pais amorosos, afasta os de Lana para sempre. Esse fato, e o persistente sentimento de culpa e vergonha de Clark por isso, forneceriam ao romance do programa olhares lacrimejantes, suspiros sonhadores e tristeza angustiada suficientes para mantê-lo no ar por anos. Os meteoros deixam o jovem Lex Luthor careca e afetam a população da cidade de formas estranhas, dando às pessoas poderes ou mutações físicas.

Desde o início, os escritores codificaram no show um DNA de dualidade inversa nada sutil: o pai de Clark, Jonathan, seria paciente, bondoso e carinhoso, incentivando o filho a crescer e a se tornar um homem altruísta. O pai de Lex, Lionel, incitaria, testaria e corromperia o filho de forma constante, transformando-o em um vilão amargo e detestável.

Só que tudo isso aconteceria mais tarde. No início, Clark e Luthor se encontrariam ainda sem formação e seriam amigos. O fato de os espectadores saberem o que viria depois daria uma nota de pungência às cenas dos dois juntos. Ou, pelo menos, essa era a ideia.

Kristin Kreuk, de 18 anos, foi escalada como a íntegra órfã da kryptonita Lana Lang. O ex-modelo Tom Welling, de 23 anos, não se interessou pelo papel no início, temendo que o programa fosse um fracasso. Ele também temia o papel, considerando a história dos que calçaram as botas vermelhas antes dele. Mas, quando seu pai apontou que ele nunca seria visto fantasiado ("no tights"), aceitou. Michael Rosenbaum, de 28 anos, foi escalado como Lex Luthor – ele deu ao papel um toque sardônico, pomposo, que informava à plateia que ele era mais inteligente do que sugeria seu diálogo desajeitado.

Por mais engraçado que fosse Rosenbaum, a verdadeira essência sombria e carismática do programa, ao menos nas primeiras temporadas, era John Glover como Lionel Luthor, o magnífico filho da mãe que era pai de Lex. Glover dava suas falas com um olhar que dizia "dá para acreditar nessa bobagem?".

A primeira temporada do programa foi vítima de uma estrutura repetitiva, uma fórmula que passou a ser conhecida como síndrome "Freak of the Week" (bizarrice da semana), na qual Clark e companhia eram atacados por um vilão diferente afetado por kryptonita (o cara-inseto, o treinador incendiário, a mulher mutante, o leitor de pensamentos, a mulher que pode incitar abelhas contra pessoas, e assim por diante) em cada episódio. Isso era para lembrar a capacidade de Buffy de transitar na metáfora, mas as caracterizações e o diálogo de *Smallville* não tinham o tom determinado e brincalhão do outro programa, e evidenciou uma abordagem mais operária para suas metáforas e prefiguração.

"Nossa amizade vai ser lendária", Lex podia dizer a Clark, como se ninguém tivesse dito nada, nunca.

Na segunda temporada, os produtores aposentaram os vários kryptobizarros em prol de histórias mais longas, mais continuadas. Gough e Millar extraíram alguma inspiração original para a série dos quadrinhos *Superman: For All Seasons*, de Jeph Loeb e Tim Sale. Loeb escreveu um episódio que introduziu a kryptonita vermelha na mitologia do programa e passou a integrar a equipe como supervisor de produção.

Durante a segunda temporada, *Smallville* se tornou o programa mais visto da WB. Christopher Reeve apareceu como um cientista preso a uma cadeira de rodas, um homem que conta ao Superman sobre sua origem kryptoniana. Em um movimento que levou a série a deixar seu carimbo no mito estabelecido, Clark é procurado pela inteligência artificial sem corpo de Jor-El (cuja voz desdenhosa e imperial é de Terence Stamp), que passaria o resto da série como um guia espiritual particularmente sarcástico, que sempre intimidaria Clark sobre seu "destino".

A terceira temporada foi marcada por uma ênfase maior em histórias de ficção científica e controle da mente, com participações especiais de Perry White (Michael McKean) e vários outros personagens dos quadrinhos. Os redatores ofereciam aos espectadores famintos por um pouco do velho Superman uma visão incitante dele no episódio "Hereafter", que envolve um garoto que consegue ver a morte das pessoas ao tocá-las. Ao tocar Clark, ele se surpreende por não ver sua morte, mas um pedaço de tecido vermelho tremulando no céu da noite. Não era um voo nem uma roupa justa, sim, mas era o suficiente para chamar a atenção.

Com a apresentação de Erica Durance como Lois Lane na quarta temporada, o tom do programa ficou mais leve. Clark e Lois sentem uma antipatia imediata um pelo outro, enquanto Lana é deixada de lado com um novo namorado e uma linha de história de feitiçaria. A temporada acaba com uma segunda chuva de meteoros atingindo Smallville, disfarçando a chegada do maléfico Brainiac.

Para a quinta temporada, a WB mudou *Smallville* de quarta para quinta-feira, para não bater de frente com o megasucesso *Lost* da ABC. Clark se muda para Metrópolis e frequenta a faculdade, e vários outros personagens da DC Comics entram no universo da série, incluindo Aquaman (um forte Alan Ritchson, cujo figurino laranja e verde era explicado com astúcia por ser astro da equipe de natação da Universidade de Miami), o Ciborgue meio humano, meio máquina, e o tirano kryptoniano Zod. Para marcar o 100º episódio da série, um elemento-chave acontece para promover o crescimento de Clark Kent e sua transformação no homem que ele será, quando Jonathan Kent morre de infarto.

Na sexta temporada, WB e UPN se fundem e viram CW. A história viu um influxo de elementos e personagens da DC Comics, vilões da Zona Fantasma, Jimmy Olsen, Arqueiro Verde e o Caçador de Marte. Um episódio chamado "Justice" mostra uma reunião de heróis da DC, e, por normas da FFC, uma cena em câmera lenta desses mesmos heróis andando em direção ao espectador enquanto alguma coisa explode atrás deles.

Na sétima temporada, Bizarro aparece, assim como a Supergirl (com o nome Kara Zor-El), enquanto Clark aprende mais sobre sua herança e seu destino. Lex continua por seu caminho escuro, que ganha velocidade considerável ao matar o próprio pai.

Na oitava temporada, os criadores Gough e Millar deixaram o programa (mais tarde eles processariam a Warner Bros., afirmando que subvalorizou o programa em suas vendas para mercados estrangeiros). Na ausência deles, a regra "no tights, no flights" foi mantida, mas o programa se concentrou na alegria agregada à sua mitologia de super-herói. Isso significava se afastar das velhas linhas de história: o Luthor de Michael Rosenbaum está supostamente morto, e a Lana de Kristin Kreuk deixa a cidade para ir atrás do próprio destino, abrindo espaço para o relacionamento Clark-Lois desabrochar enquanto os dois trabalham no *Planeta Diário*. O escritor de quadrinhos Geoff Johns introduziu a Legião de Super-Heróis na mistura. Clark adota uma identidade secreta que usará na luta contra o crime, e essa identidade é apelidada de "Borrão", um nome que, apesar de todas as notas evocativas do efeito Doppler, não faz o sangue correr mais depressa. A temporada acaba com Clark dando a impressão de aceitar seu frio lado kryptoniano.

A nona temporada reduz o elenco regular, mas alarga consideravelmente a tela em torno dele, admitindo heróis da era de ouro, como Gavião Negro e Senhor Destino (no episódio de duas partes "Absolute Justice", escrito por Geoff Johns, que voltou), Zod, um batalhão inteiro de kryptonianos, uma agência de espionagem chamada Checkmate e até uma passagem dos velhos gêmeos de *Superamigos*, Zan e Jayna. O romance de Lois e Clark se aprofunda.

A décima e última temporada de *Smallville* mergulha Clark no passado, e o mostra hesitante em aceitar seu destino. Uma força sinistra, uma nuvem CGI de escuridão e corvos (?) chamada Darkseid, está corrompendo a mente dos terráqueos, fazendo-os perder a confiança em Clark e em seus colegas heróis. Clark se vê no futuro e enfrenta algumas criações do Quarto Mundo de Jack Kirby, e seu passado volta para atormentá-lo: o pai adotivo, uma versão de Lionel Luthor no universo alternativo, e até, inevitavelmente, o retorno de Lex Luthor, que não está morto, para trocar uma última rodada de olhares homoeróticos ferventes com nosso herói e soltar comentários hilários, como "Bom, isso é o que acontece com as lembranças, Clark. Você não consegue esquecê-las".

A série termina com Clark rasgando a camisa para exibir o S de Superman (tights: presente) e uma versão CGI adolescente, pouco convincente do Superman decolando (flight: presente) para salvar a Terra da destruição pelas mãos de Darkseid.

Visto como um todo, o programa representa uma realização cheia de peculiaridades, mas não menos importante, na história das retratações do Superman. Com 217 episódios, ele não só é o mais longo programa de TV, desenho animado ou *live-action* a mostrar um super-herói em geral e o Homem de Aço em particular, como conseguiu abrir o próprio caminho temático, adicionando os próprios elementos à mitologia duradoura.

E mais: o programa evoluiu durante o curso de seus dez anos de vida. Sua jornada, desde a rejeição direta dos quadrinhos "sem graça" a abraçá-los com tanta força que eles perderam a consciência e caíram no chão babando, não aconteceu sem tropeços, mas foi real. O que começou como uma novela adolescente cafona se tornou uma novela de super-herói cafona.

Isso não diminui suas realizações. Nenhuma outra empreitada expôs mais elementos isolados do Universo DC para tantas pessoas que não os conheciam. Como *Lois e Clark*, *Smallville* encontrou uma nova e interessada plateia ao aparatar o Homem de Aço e seu mundo com tecnologia avançada, permitindo que ela penetrasse em um gênero vizinho e conquistasse seus fãs. Ainda não está definido em que medida os fãs de *Smallville* generalizam seu interesse para outros aspectos do universo do

Superman. Não há evidência de que o programa tenha levado uma fatia significativa de seus espectadores para as lojas de quadrinhos, e é difícil medir seu papel no sucesso de bilheteria de *Superman Returns*.

Mas no meio de tudo isso – bizarrices da semana, tatuagens de bruxa, clones, troca de corpos e muitos, muitos e muitos olhares sonhadores, *Smallville* se segurou. Sim, as tramas eram bobas e seguiam uma fórmula, especialmente no começo, e o diálogo expositivo nunca ganhava intensidade. Se fossem tiradas as palavras "herói" e "destino", por exemplo, das últimas temporadas da série, cada episódio teria vinte minutos a menos. E, sim, os Luthor alegremente vis, pai e filho, encobriam e superavam o imperturbável Clark de Welling, mas a partida deles deu ao ator espaço para se apoderar do personagem.

Não que ele nunca tenha aceitado a intenção original da série, só não possuía o repertório necessário para personificar um superadolescente deslocado, atormentado. (Principalmente no começo; sempre que tinha que expressar "turbilhão emocional", acabava com algo do tipo "deprimido irritante".) Porém, mais tarde, quando Clark se apodera de sua herança kryptoniana e, mais tarde ainda, de (suspiro) seu destino, a perpendicularidade essencial de Welling combinava bem com o arco do personagem. Ele entra nos livros de história (e no *Guiness Book*) como o ator que representou o Homem de Aço pelo maior período contínuo – feito que, provavelmente, não será ultrapassado tão cedo.

Liga da Justiça

Exatamente um mês depois de *Smallville* estrear em 2001, o mais recente superdesenho da Warner Bros. estreou no Cartoon Network. Produzido por Bruce Timm e Paul Dini, a equipe por trás de *Superman: a série animada* e duas séries de sucesso do Batman, *Justice League* (*Liga da Justiça*) começou adotando a abordagem dos "Grandes 7" de Grant Morrison, com Superman como âncora.

O design de personagem do Superman da Liga da Justiça acentuou seu papel de estadista maduro. Suas pernas eram mais finas, a cintura era mais larga e havia linhas cuidadosas no rosto. O conjunto de poderes também foi reduzido, para combinar com os dos colegas do grupo.

Tim Daly não estava disponível, por isso os produtores escalaram George Newbern para dar voz ao Homem de Aço e começaram a produzir o equivalente a uma temporada em histórias de duas partes tratando do histórico de cada herói, tirando proveito do Universo DC imaginado por Timm e Dini. (Michael Rosenbaum de *Smallville* deu voz ao Flash.) Embora o Superman seja só um membro do elenco, o episódio "Hereafter" direcionou o foco de luz para o Homem de Aço concentrando-se no período posterior à sua aparente morte pelas mãos de Homem-Brinquedo.

Depois de duas temporadas, o nome da série foi mudado para *Justice League Unlimited* (*Liga da Justiça sem limites*), e o elenco fez jus ao nome. Os episódios se tornaram mais densos, com uma só linha de história, e mostravam heróis e vilões dos ramos mais profundos do Universo DC.

Liga da Justiça sem limites teve mais duas temporadas, tempo em que homenageou a Legião do Mal, grupo de inimigos dos *Superamigos*, e ofereceu um vislumbre do futuro. O último episódio da série, que foi ao ar dia 13 de maio de 2006, teve seu clímax em um confronto entre o Darkseid de voz grave de Michael Ironside e o Homem de Aço de Newbern que, finalmente, era levado ao limite. A luta, repleta de décadas de história entre os dois personagens, foi satisfatória em aspectos em que o confronto de 1992 entre Apocalipse e Superman não tinha sido.

Nos quadrinhos, Frank Miller seguia sua obra-prima de 1986, *Batman: O Cavaleiro das Trevas*, com *Batman: O Cavaleiro das Trevas II* (novembro 2001/julho 2002), uma coleção muito mais solta, barulhenta e espalhafatosa de loucas bobagens de morcego reunida em um saco de batatas da era de prata. Personagens de todos os cantos do Universo DC apareceram para desastre glorioso de cores berrantes e tons. No meio de tudo isso, em uma das poucas cenas que sobreviveram, um Superman envelhecido e a Mulher Maravilha encontram tempo para um demorado "rala e rola" no ar.

Transições

Com a edição de março de 2003 (nº 134), *Superman: Man of Steel* foi cancelada. Em agosto daquele ano, uma nova revista em quadrinhos, *Superman/Batman*, uma versão contemporânea da antiga *team-up World's Finest*, foi lançada. Escrita por Jeph Loeb e desenhada, inicialmente, por Ed McGuinness, a edição nº 8 (maio de 2004) da série devolveu a antiga e oficial Supergirl, Kara Zor-El, prima do Superman, à comunidade depois de dezoito anos.

Já que reconsiderava decisões tomadas duas décadas atrás, a DC decidiu ser hora de rever mais uma vez, e atualizar, a origem do Homem de Aço para os leitores do século XXI.

E sim, o momento passou. Como Grant Morrison disse na declaração que ele, Millar, Peyer e Waid deram em 1999, havia historicamente um ciclo de quinze anos no qual a origem do Homem de Aço era regularmente atualizada e remanejada. Contudo, a DC deixou de lado essa proposta, optando por mudanças que tinham mais a ver com logística de publicação do que com história. Mas agora era hora de uma reformulação.

Nas mãos do escritor Mark Waid, o que ela conseguiu foi mais uma síntese. Na série de doze números *Superman: Birthright* (agosto de 2003/setembro de 2004), Waid não se desfez do reboot de 1986, mas fez ajustes cuidadosos ao seu tom, sobrepondo os pulsos essenciais da história com explorações cheias de nuances de suas ramificações no mundo real, e integrou elementos-chave de origens anteriores para produzir uma exploração mais profunda, mais ressonante da dinâmica Clark/Superman.

De maneira geral, havia um argumento: Waid decidiu defender que, para ter importância, Superman tinha que atuar.

Em sua proposta, Waid mencionou uma história do episódio de 2 de novembro de 2001 do programa *This American Life* da Public Radio International, sobre um homem que passou a usar em sua vida uma fantasia do Superman costurada à mão.

O repórter, que acompanhou o "Superman" em locais públicos, comentou que ele era aceito com carinho, de maneira geral, por pessoas entre 30 e 40 anos, ou, como ele colocou, "por pessoas que cresceram com o Superman".

> Ah, meu Deus... ouvir a história contada desse jeito e saber que era verdade foi um alerta para mim. Havia gerações inteiras para quem o Superman era tão significativo e importante quanto o Pica-Pau e Marmaduke. [Eles] percebem o mundo como um lugar muito mais perigoso, mais injusto e arruinado do que nós... onde o capitalismo sempre vence, onde os políticos sempre mentem, onde ídolos do esporte usam drogas e batem nas esposas, onde cerquinhas brancas se tornam suspeitas porque escondem coisas sombrias... e para essas pessoas, esse é o mundo que o Superman representa e as circunstâncias que ele defende.

Na América pós-11 de Setembro, Waid escreveu, os heróis não podiam ser meros símbolos que inspiravam outras pessoas. Tinham que assumir uma posição ativa. Tinham que lutar pelos outros. "Foi o que Siegel e Shuster propuseram, e é o que temos que propor aqui."

Superman: Birthright

O que mais intriga em *Superman: Birthright* é que é só incidentalmente a história da superorigem que os leitores passaram a esperar. Sim, começamos, mais uma vez, em Krypton com um Jor-El frustrado e furioso com o Conselho que ignora seus avisos. Mas, já nas páginas de abertura, Waid trabalhava repetindo o relato, procurando novas profundidades para explorar.

Em uma concessão ao público do século XXI, que era adiada há muito tempo, Waid estabeleceu que Jor-El e Lara são parceiros iguais não só na vida, mas em suas empreitadas científicas também. O artista Leinil Francis Yu dispensou o Krypton frio e antisséptico de Byrnes para refazer do planeta natal do Superman uma utopia sensacionalista de ficção científica. O design, porém, não é o cafona retrô-futurista de Shuster, mas algo ousado, novo e alienígena. Os kryptonianos usam capas e macacões justos, e túnicas de cores berrantes que parecem mais modernas que as de Flash Gordon.

O pequeno Kal-El é enviado à Terra embrulhado na bandeira de Krypton, o S conhecido suspenso em um fundo vermelho, azul e amarelo. Em sua teoria, Waid defende que o escudo em S só funciona se representar o planeta perdido de Kal-El. Se for só o brasão da família El, o uso diminui seu significado, fazendo dele o Último Filho da família El, não o de Krypton. ("A questão central do mito do Superman não é 'Sou um El ou um Kent?', mas 'Sou um terráqueo ou um kryptoniano?'") Da mesma forma, se for só um S estilizado que Clark adotou para poder se referir a si mesmo como Superman, "não só deixa de ter impacto, como não faz sentido. Por que Clark sentiria necessidade de algo assim na camisa? Ele é um homem humilde".

Em vez de ir checando com cuidado todos os itens de uma origem do Superman, Waid pulou toda a ladainha de chamado recusado de Joseph Campbell e foi direto da parte em que os Kent encontram a nave para Clark como jovem jornalista na África, porque *Birthright* é menos sobre detalhes dos poderes do Superman e mais sobre sua busca de identidade. É aqui que Waid inverte o que o reboot de Byrne em 1986 fizera, encontrando muito nuance onde antes existiu bem pouco.

Superman, a história propõe, não é a pose, o "manto do herói" que Clark adota, como Byrne afirmou. É quem ele realmente é, o homem que Jonathan Kent o criou para ser: um defensor altruísta que luta pelo que é certo. Portanto, vestir o figurino não é representar, é um alívio, porque assim, pelo menos, ele pode ser quem realmente é sem medo de assustar quem o conhece. (Waid ilustrou essa proposta mostrando um Clark sem a fantasia salvando vidas, o que só provoca medo e desconfiança nas pessoas. Por que, elas se perguntam, ele havia escondido seus poderes? O que mais escondia?)

Como Siegel e Shuster, Waid fez de Clark Kent a mentira, um papel que ele inventa (depois de estudar livros de Stella Adler e Sanford Meisner sobre atuação cênica) para se manter em contato com a humanidade.

Waid introduziu outras mudanças menores: Jonathan Kent se ressente, no início, por Clark assumir seu lado kryptoniano, considerando a decisão como uma rejeição a ele. Martha Kent é ávida consumidora de teorias de conspiração envolvendo OVNIs. A amizade entre o jovem Lex Luthor e o jovem Clark Kent retorna (uma concessão ao sucesso do programa *Smallville* e às histórias da era de prata), mas o adulto Lex é egocêntrico demais para se lembrar dela, e é, novamente, um cientista brilhante.

Mas a mudança que provocou mais ultraje na internet foi a controvérsia de Waid sobre Superman poder enxergar "auras de vida" cercando todas as criaturas vivas, fato que o leva a se tornar vegetariano. Para os fãs antigos que passaram muito tempo certos de que o prato favorito de Clark, como fora estabelecido por anos, era filé *burgundy* com ketchup, isso foi um golpe.

Bom. Um "golpe".

Originalmente, a DC havia pedido a Waid para preparar *Birthright* como uma história independente e não canônica que exporia a origem e a tornaria acessível a novos leitores. Quando o 12° e último número da série foi publicado, porém, a editora informou que *Birthright* devia ser considerada a origem oficial e dogmática do Superman.

E assim ela permaneceria.

Por alguns anos, pelo menos.

Uma história de dois super-homens

Em junho de 2004, novas equipes de criação entraram em campo para as quatro revistas que ainda restavam: *Superman*, *Adventures of Superman*, *Action Comics* e *Superman/Batman*.

A que atraiu mais atenção da crítica e dos fãs foi a equipe formada pelo escritor Brian Azzarello e o artista Jim Lee, que assumiu *Superman* para um arco de doze números que teria o título "For Tomorrow" (*Pelo amanhã*) em nº 204-215 (junho de 2004/junho de 2005).

Azzarello, conhecido pela série de quadrinhos *noir* aclamada pela crítica *100 Bullets*, se associara ao artista popular Jim Lee (figura-chave da cena de super-heróis da década de 1990 da "radical" Image Comics) no arco "Hush" [Silêncio] do Batman. Porém, a sensibilidade sombria, arenosa e encharcada de gim de Azzarello parece mais apropriada ao Batman do que ao Homem de Aço e, embora a história "For Tomorrow" comece com um retrato intrigante de um Superman castigado pela culpa por sua incapacidade de salvar mais gente de um misterioso arrebatamento, ela logo se desenvolve para uma luta física estática entre personagens bidimensionais que usam armaduras com a marca da estética de design "eu amo os anos 1990" – característica de Lee.

Enquanto isso, em uma sequência concorrente em *Adventures of Superman*, o escritor Greg Rucka e o desenhista Matthew Clark capturavam de modo discreto e com habilidade a essência do Homem de Aço. O período da dupla na revista atraiu só uma parte da atenção que Azzarello e Lee mereceram, porque a abordagem de Rucka era mais sutil, e as histórias que ele contava, menores. Porém, logo na primeira página do primeiro número, o escritor conseguiu, sem alarde, transmitir quem é o Superman.

Em um shopping lotado, Superman devolve uma menininha perdida à mãe.

> *Mãe (culpada):* Muito obrigada. Lamento ter incomodado. Deve ter coisas mais importantes para fazer.
>
> *Superman (pausa):* Não, na verdade, não.

Agora dos dois lados

Durante os meses seguintes, Superman apareceu em vários projetos que examinavam eras passadas a partir de novas perspectivas. A série de seis números de Darwyn Cooke, *DC: The New Frontier* [DC: a nova fronteira] (março/dezembro de 2004), imaginava a formação de uma Liga da Justiça da era Eisenhower em um mundo muito iluminado, com mesas em forma de bumerangue e sorrisos brancos. Enquanto isso, na controvertida e apática minissérie *Identity Crisis* [Crise de identidade] (agosto/dezembro de 2004), o escritor Brad Meltzer e o desenhista Rags Morales revelaram que os outros membros da Liga Justiça dos anos 1970 guardavam segredos obscuros do Superman, do Batman e da Mulher Maravilha que envolviam trocas de corpo, limpezas de mente e, numa tentativa arriscada de Meltzer para elevar o padrão da narrativa, estupro.

Na minissérie de cinco números *Lex Luthor: Man of Steel* (março/setembro de 2005), Brian Azzarello teve outra chance com o supermito, dessa vez na companhia do artista Lee Bermejo. Dessa vez, a sensibilidade sombria e taciturna de Azzarello se adequou bem ao sujeito, porque a série é contada do ponto de vista de Lex Luthor. Nos momentos mais fortes da série, Bermejo nos mostra que o ódio de Luthor o cega, como quando Superman olha para ele com tristeza e piedade, e este só lê desgosto e desdém na sua expressão.

Contagem regressiva para *Infinite Crisis*

Nas páginas dos quadrinhos, a DC se preparava para mais um evento cruzado que, mais uma vez, poria em risco toda a criação e ameaçaria desfazer a própria realidade.

Porém, para essa história dar certo, os escritores precisavam antes destruir a confiança e a camaradagem existentes entre os Grandes Três da DC, Superman, Batman e Mulher Maravilha. Em um arco chamado "Sacrifice", que esteve presente em títulos do Superman e da Mulher Maravilha em setembro e outubro de 2005, um velho inimigo da Liga da Justiça chamado Maxwell Lord toma o controle da mente do Superman e o dirige por um caminho destrutivo, chegando a induzi-lo a brutalizar o colega Batman até quase matá-lo. A Mulher Maravilha, sempre a guerreira pragmática, prende Lord com seu Laço da Verdade, momento em que ele informa que a única maneira de libertar Superman é matar o homem que o controla. Sem dizer mais nada, a Mulher Maravilha quebra o pescoço dele, e Superman volta a ser quem era.

O ato afasta os três heróis. Superman fica horrorizado por saber que a Mulher Maravilha matou alguém, a Mulher Maravilha fica aborrecida com o Superman por julgá-la por um gesto que, em teoria, salvou milhões de vidas (ela é uma criatura mitológica, afinal. Ela sabe que monstros existem, e monstros devem ser eliminados). A raiva do Batman, surrado de maneira horrível, e seu ressentimento latente contra as habilidades do Superman ganham força outra vez.

Gerenciamento de *Crisis* no estilo século XXI

Quando *Infinite Crisis* (dezembro de 2005/junho de 2006) começou, ficamos sabendo que, da "dimensão paraíso" onde desapareceram depois de *Crisis on Infinite Earths*, de 1986, Superman e Lois da Terra-2 e Superboy da Terra-Prime estiveram observando os acontecimentos dos últimos vinte anos e não estão satisfeitos.

Para começar, Lois continuou envelhecendo, enquanto o Superman da era de ouro e o Superboy Prime não. Ela está frágil e perto de morrer; os dois permanecem como eram na última vez que os vimos, duas décadas antes. O Superboy Prime fica cada vez mais inquieto enquanto observa o Universo DC contemporâneo, que, para ele, parece um lugar escuro, violento e sombrio cuja inocência foi corrompida. Ele decide devolver ao lugar sua antiga glória.

Nesse ponto, fica evidente para os leitores que *Inifinite Crisis* foi criado como um metacomentário sobre o estado dos quadrinhos do Superman. Para o escritor Geoff Johns, Superboy Prime, que logo se tornaria o vilão da história, representava os leitores que costumavam reclamar de como os quadrinhos não eram mais como na época em que eram crianças.

Para a DC, isso também era um meio conveniente de alteração da realidade para limpar alguns respingos de narrativa da era pós-*Crisis*, um caldo de metaficção. O Superboy começa a derrubar as "paredes" da dimensão paraíso, o que provoca ondas de choque na realidade. Essas ondas de choque desfazem várias mortes importantes e outros acontecimentos posteriores a *Crisis* original de 1986. Finalmente, as paredes desabam e Superboy Prime, convencido de que tem alguma coisa errada na Terra, se dispõe a restaurar os mundos paralelos perdidos durante a *Crisis*, enquanto procura aquele de onde ele veio, uma Terra inocente e perfeita, livre da corrupção vil que ele vê agora.

Mas cada novo universo criado enfraquece ainda mais a trama da realidade, e o "multiverso" restaurado corre risco de colapso total.

Superman e seu companheiro, o Superman da Terra-2 da era de ouro, acabam derrotando o Superboy Prime e o levam para o sol vermelho. Com isso, o Superman de Terra-2 morre, e o Superman perde seus poderes. Superboy Prime é enviado para a prisão galáctica, de onde jura fugir.

Depois de *Infinite Crisis*, as múltiplas Terras criadas foram novamente unificadas, mas a "Nova Terra" resultante não é a que conhecemos. Sua história foi alterada de várias maneiras, que só se tornarão conhecidas nos meses e anos seguintes.

Se o evento *Infinite Crisis* foi criado com a intenção de ser tão devastador quanto o original *Crisis* de 1986, seus efeitos não foram aparentes. Embora Superman, e duas outras versões dele, tenha desempenhado um papel principal, não ficou claro para os leitores como, exatamente, o lugar do Superman na Nova Terra era diferente do que foi antes. Além de informar aos leitores que as "baterias" do Superman acabaram, e que seriam necessários meses para os raios do sol "recarregarem" seus poderes, a DC não revelava mais nada.

Felizmente, em vez de lançar várias edições longas e chatas contando as aventuras de um Homem de Aço sem poderes, a DC decidiu pular as linhas do tempo de toda sua linha de quadrinhos e adiantá-las em doze meses. Assim, os números de junho de 2006 das revistas do Superman, que seguiram a conclusão de maio de 2006 de *Infinite Crisis*, trouxeram Clark Kent "um ano depois", se alegrando com o primeiro sinal do retorno de seus superpoderes, e os cidadãos de Metrópolis se preparando para marcar o aniversário de um ano desde o desaparecimento do Superman.

Quando os quadrinhos começavam suas histórias sobre o retorno do Superman depois de uma longa ausência, um filme caro e ambicioso estrelando o Homem de Aço estava prestes a estrear nos cinemas.

Seu nome, que não era de forma nenhuma uma coincidência: *Superman: o retorno*.

13

ALL-STAR (2006-2012)

Marcos

2006: estreia *All-Star Superman* e *Superman: o retorno*

2007: o filme animado *A morte do Superman* é lançado diretamente em DVD

2009: *Superman: Secret Origin* redefine novamente a superorigem

2010: *Action Comics* nº 1 vendida em leilão por 1,5 milhão de dólares

2011: DC Comics relança seus títulos de super-heróis; Superman ganha um novo visual; *Action Comics* nº 1 vendida em leilão por 2,16 milhões de dólares

Os meses que precederam o lançamento da volta do Superman às telonas com um grande orçamento foram um tempo de inquietação para sua encarnação nos quadrinhos. Mudanças eram a ordem do dia. Um novo editor, Matt Idelson, assumiu os títulos do Superman nas edições de março. Mas outro grande evento envolvendo toda a companhia chegava ao fim depois de reescrever a história do Universo DC (de novo, um pouco mais de história) e deixar o Homem de Aço e seus fãs sem saber que partes de sua origem e história recente eram agora consideradas "canônicas", e quais foram eliminadas por uma combinação de colapso quântico intradimensional modificador de realidade e atuação editorial.

Como se isso não fosse o bastante, com as edições de abril de todos os títulos do Superman passando por uma contração e reformulação radical – e, para os fãs e varejistas, confusa. A revista que foi chamada de

Superman desde seu lançamento em 1939 até o reboot de John Byrne em 1986, quando o título mudou para *Adventures of Superman*, mesmo com a numeração mantida, tornou-se simplesmente *Superman* mais uma vez em maio, com o número nº 650. Para os livros de história, a impressão seria de que o título só foi testado temporariamente, mesmo que por um período de vinte anos, mais ou menos um terço de sua existência.

Isso significava que a revista *Superman*, lançada depois do reboot de John Byrne, duas décadas atrás, era agora supérflua. Ela chegou ao fim em abril de 2006, com o nº 225.

Essas mudanças eram mais que apenas logísticas. Na verdade, constituíam o ciclo de quinze anos de que Morrison, Waid, Millar e Peyer falaram em seu tratado *Superman Now*, e que começava mais uma vez. Com cinco anos de atraso, talvez, e as mudanças seriam mais sutis e abstratas do que de costume, mas não havia como negar que um novo Satya Yuga chegava para empurrar para o lado o *Superman* de John Byrne e tomar seu lugar. Bem a tempo para *Superman: o retorno*.

De repente, havia apenas duas revistas em quadrinhos mensais e contínuas nas prateleiras das lojas. *Superman* e *Action Comics* lançaram uma história interligada chamada "Up Up and Away " [Para o alto e avante], que se estendeu pelas edições de maio e junho de 2006, escrita por Kurt Busiek e Geoff Johns. A história pretendia estabelecer para os leitores quem era esse Homem de Aço da Nova Terra, pós-*Infinite Crisis*, que recuperava seus superpoderes.

Para começar, ele perdera um aprendiz. O personagem do Superboy, ou Conner Kent, ou "Kon-El", ou clone do Superman adolescente que foi apresentado como "o garoto de Metrópolis" depois da sequência de "The Death of Superman" dos anos 1990, morreu no último cataclisma dos quadrinhos. (Quadrinhos sendo quadrinhos, é claro, a morte não seria mantida.)

Ao longo dessa história de oito partes, Busiek e Johns adotaram vários momentos de narrativa que ecoavam diversos elementos que os leitores poderiam reconhecer no filme de Bryan Singer: Superman aparecendo em Metrópolis depois de uma ausência prolongada; Luthor novamente insultado pela humanidade; uma luta culminante com Luthor brandindo um estranho cristal kryptoniano (chamado aqui de pedra-sol) e um Homem de Aço enfraquecido. No fim da sequência, Superman joga o cristal em uma área deserta do Ártico, onde ele cria uma combinação perfeita para a cinemática Fortaleza da Solidão.

A isca seria perfeita, se algum cinéfilo ávido entrasse, por acaso, em uma loja especializada em revistas em quadrinhos depois de assistir ao filme de Singer. Lá, nas duas principais revistas em quadrinhos do Superman, poderia encontrar um Homem de Aço conhecido envolvido em uma luta de vida ou morte com um Lex Luthor ameaçador com jeitão de Kevin Spacey.

Se essa mesma pessoa pegasse, por acaso, as outras revistas mensais do Superman, como a *team-up Batman/Superman*, as afinidades seriam mais difíceis de ver. *Superman/Batman* era um título mais peculiar e insular que publicava arcos longos, bizantinos, cheios de elementos de filmes de ação encaixados em histórias de fundo e personagens obscuros. Aqui a barreira na entrada era bem mais alta.

Se, porém, essa pessoa pegasse uma edição de *All-Star Superman* de Grant Morrison e Frank Quitely, uma minissérie de doze capítulos alegremente alheia à continuidade e desafiadora contando os últimos dias do Homem de Aço, não encontraria ali nada que lembrasse, nem de longe, o Superman sonhador e depressivo de Singer no cinema. A série, que começou a aparecer nos pontos de venda em novembro de 2005, com edições sucessivas publicadas esporadicamente durante os dois anos seguintes, retratava o Superman como um deus sol efervescente, revestido de um brilho da era de prata, e ele representava a síntese e a apoteose de 68 anos de história de quatro cores.

All-Star Superman é, literalmente, maravilhosa e esquisita ao mesmo tempo, um inexplicavelmente contido no outro.

"Um homem vitruviano de capa"

Em *Supergods* de 2011, Grant Morrison colocou, em sua prosa característica, a declaração de princípios ao criar *All-Star Superman* com o artista Frank Quitely:

> Eu me perguntava por que escolhíamos desenvolver em nossas crianças o gosto por estupro, degradação e violência pré-embalado e mediado e heróis assassinos "casca grossa"... Daí *All-Star Superman*: nossa tentativa de criar um antídoto para tudo isso, que

> [posicionou] o Superman como modelo ideal do desenvolvimento humano físico, intelectual e moral que Siegel e Shuster haviam imaginado. Um homem vitruviano de capa, nosso Superman restaurativo tentaria destilar a pura essência da melhor criação da cultura pop: desnudar a alma de um herói indestrutível, tão forte, tão nobre, tão esperto e cheio de recursos que não precisava matar para vencer. Não havia problema que ele não pudesse resolver ou superar. Não podia perder. Nunca nos desapontaria, porque nós o fizemos daquele jeito. Ele se vestia como Clark Kent e sofria o abuso do mundo para nos lembrar de que, embaixo da camisa, esperando, tem sempre uma cor conhecida, um raio estilizado, um coração ardente.

All-Star Superman não corresponderia, não poderia corresponder a ambições tão platonicamente idealizadas, mas ao permitir que Morrison canalizasse as energias xamânicas às quais ele recorreu para a proposta de *Superman Now* representaria a mais ambiciosa e efetiva interpretação de todo o mito (e etos) do Superman já afirmado.

Morrison tinha a tendência de encher sua narrativa com metasignificados alusivos, metonímicos, e *All-Star Superman* não é diferente. Mas aqui, pelo menos, a narrativa em questão – os últimos doze grandes trabalhos do Superman enquanto ele se prepara para a morte – é misericordiosamente clara e assertiva o suficiente para desdenhar do caos escatológico habitual e usá-lo sem ser usado por ele.

All-Star Superman

Morrison e Quitely não escreveram uma história de origem. De fato, abriram mão da superorigem na minissérie logo na primeira página.

"Abrir mão" não captura adequadamente o que escritor e artista fizeram na primeira página. Em apenas quatro quadros, eles ofereceram quatro sinalizações mnemônicas e nos convidaram a preencher o restante da origem nós mesmos, confiantes de que poderíamos. Destilaram a história mais bem conhecida nos quadrinhos e uma das histórias mais reconhecidas em toda literatura até obter sua quintessência: "Planeta condenado. Cientistas desesperados. Última esperança. Casal bondoso."

Oito palavras. Quatro imagens. A primeira página de *All-Star Superman* é tão implacavelmente iconográfica quanto ocorre com a mídia dos quadrinhos.

A história: durante uma missão de resgate na superfície do Sol (orquestrada por Lex Luthor), o corpo do Superman fica supersaturado de energia solar, tanto que suas células começam a explodir, literalmente. Ele desenvolve novos poderes, e seus poderes pré-existentes triplicam.

Mas ele está morrendo.

E resolve concluir algumas tarefas antes de morrer. Revela sua identidade secreta a uma incrédula Lois Lane e a leva à Fortaleza da Solidão, um lugar de extravagantes esplendores da era de prata, tais como robôs do Superman, estátuas de amigos e bolhas de tempo. As questões que seguem são cheias de homenagens às eras de ouro, prata e moderna das super-histórias: o titã grego Atlas e o herói bíblico Sansão aparecem (como em *Action Comics* nº 320, de janeiro de 1965), o Superman se torna mau, Jimmy Olsen passa por uma estranha metamorfose e vira uma criatura tipo Apocalipse, o Mundo Bizarro ataca a Terra, uma dupla de altivos kryptonianos chega para escravizar o mundo... O Superman relata isso tudo, junto com seu testamento e seu último desejo, em um diário gigante (como em "The Key to Fort Superman", de 1958).

Em muitos sentidos, a visão arrojada e abrangente de Morrison proporciona uma repetição dos tempos modernos do impulso narrativo original de Siegel e Shuster. Seu Superman vence com facilidade qualquer coisa colocada em seu caminho – o que, na verdade, era o propósito daquelas histórias iniciais: vê-lo triunfar sem despentear o cabelo. Muitas vezes, aquelas primeiras histórias divertiram ao levar o míssil balístico vermelho e azul para uma briga de facas.

Os tempos mudaram, e as obsessões narrativas de Morrison são ainda mais obscuras e psicotrópicas que as de Siegel, mas o impulso é exatamente o mesmo. Aqui, diz Morrison, está o Superman. Vamos só sentar e observar. Ele é o melhor que existe. Ele não desiste. Ele não se debate. Ele acha um jeito.

Sem a produção do mundo brilhante e de cores primárias de Frank Quitely, porém, *All-Star Superman* ficaria inerte na página, registrando pouco mais que uma astuta mistura de memes de Morrison. Mas, de alguma forma, Quitely consegue a tarefa quase impossível de nos mostrar um Superman que não vimos antes.

Esse Superman é musculoso, mas não como os leitores estavam habituados a vê-lo – esse não é um frequentador de academia. É simplesmente "enorme". Uma montanha mesomórfica de carne com porte de estivador, o que equivale a dizer: um tranco dos grandes.

Quitely também ignora a tradição de desenhar o figurino do Superman como carne colorida, preferindo retratar de forma realista suas texturas e dobras, mais como o velho traje de George Reeves, inclusive no calção vermelho tipo fralda. Era tão decididamente antiquado que parecia novo.

Aracnofobia: o longo caminho de volta à telona

Quando *Superman: o retorno*, de Bryan Singer, finalmente estreou nos cinemas em 21 de junho de 2006 representou a culminação de um esforço de treze anos para levar o Homem de Aço de volta aos cinemas do país.

Tecnicamente, o filme demorou só dois anos do roteiro à tela e, portanto, representava uma conclusão eufônica de uma sequência prolongada, turbulenta e dissonante de tentativas abortadas para recomeçar a franquia.

Em 1993, o reconhecidamente volátil produtor de cinema Jon Peters (*Batman*, *Rain Man*, *Flashdance*, *Caddyshack*) foi escalado pela Warner Bros. para supervisionar um filme do Superman. Embora muitos colegas considerassem cansativa sua abordagem belicosa e arrogante para a resolução de conflitos, o estúdio não podia discutir com o sucesso estrondoso do *Batman* de Tim Burton e tinha certeza de que ele era o homem que levaria à telona suas outras revistas em quadrinhos internacionalmente conhecidas.

Mas Peters não gostava muito do personagem, especialmente de sua encarnação clássica, e por isso resolveu se concentrar na história "The Death of Superman". Ele deu ao seu roteirista, Jonathan Lemkin, duas ordens: (1) A roupa azul e vermelha, as botas, a capa? "Muito brega." Ele não queria ver nada disso no filme; e (2) A imagem de um homem voando? "Que grande merda." Também não queria isso no filme. Assim, sete anos antes de *Smallville*, "no tights, no flights" se tornou um mandamento básico na produção de filmes do Superman.

O roteiro de Lemkin, chamado *Superman Reborn*, se apoiava muito na alegoria de Jesus Cristo. Depois da briga com Apocalipse, Superman engravida psiquicamente Lois Lane quando morre em seus braços. Ela dá à luz a segunda encarnação do Superman, que chega à maturidade em três semanas e salva o mundo. Peters estava entusiasmo. A Warner Bros. recusou.

O roteirista Gregory Poirier foi convidado a propor um roteiro. Seu Superman era carrancudo e introspectivo. Uma cena acontece na sessão de psicoterapia. Poirier o traz de volta do pós-vida enfraquecido e vestido com o "traje de contenção" preto e prateado dos quadrinhos. Ele resolve lutar contra Apocalipse sem seus poderes. Montagem de treinamento de artes marciais. Peters estava entusiasmado. A Warner Bros. recusou.

Em 1996, o cineasta Kevin Smith recusou a oportunidade, depois de debochar do roteiro de Poirier, que ele acreditava ser resultado de um erro fundamental de leitura do personagem, em reuniões com os executivos da Warner Bros. Anos mais tarde, Smith transformaria a experiência de trabalhar com o roteiro do Superman – e lidar com Peters – em um relato cômico repetido em suas aparições no circuito de palestras universitárias.

O roteiro de Poirier pareceu, para Smith, muito "programa do *Batman*, muito exagerado". Em 1996, Peters acrescentou uma terceira ordem relacionada ao roteiro, acima e além das proibições de calções vermelhos e acrobacias aéreas: ele queria ver o Homem de Aço lutar com uma aranha gigante no terceiro ato. ("Por que uma aranha?", perguntou Smith. "Aranhas são os assassinos mais fortes no reino dos insetos", foi a resposta de Peters.) A Warner Bros. insistiu com ele, como insistira com os dois roteiristas anteriores, na necessidade de pensar em termos de merchandising (tradução: brinquedos) durante o processo de desenvolvimento do roteiro.

O roteiro *Superman Lives!* de Smith tinha uma dupla Brainiac-Luthor, um mordomo robô afeminado (pedido de Peters), Apocalipse, ursos polares ("os assassinos mais fortes do reino animal"), e o Erradicador. Para cumprir a proibição de voo, Superman seria retratado somente como um borrão vermelho voador acompanhado do som de uma explosão, uma abordagem usada de forma famosa por Frank Miller em *Batman: O Cavaleiro das Trevas*.

O roteiro foi enviado ao diretor Tim Burton e para Nicolas Cage, que demonstrara forte interesse no papel do Homem de Aço. Entretanto, Burton queria seguir na famosa "direção contrária" adotada por tantos projetos em Hollywood – nesse caso, essa direção levava à reconhecidamente maluca cabine de comando de Burton. Smith estava fora; Burton pediu ao roteirista Wesley Strick para acentuar a condição de isolamento sombrio e o *status* de forasteiro temperamental que era e continua sendo seu métier característico. O Superman de Cage seria torturado, proscrito, incompreendido: Edward Supermãos.

Previsivelmente, o design de produção optou pelo grotesco. Foi criado um supertraje preto adornado com cabos. Atores famosos de Hollywood foram considerados: Jim Carrey para Brainiac. Tim Allen para Luthor.

Com o orçamento aumentando e os meses passando, o roteirista Dan Gilroy foi contratado para fazer mais mudanças, apesar da suspensão das regras que proibiam macacão justo e voo, agora que Tim Burton estava no comando. Gilroy acrescentou uma mochila com jato propulsor para agradar a divisão de merchandising da Warner Bros., e Burton abordou diferentes atores: Kevin Spacey como Luthor, Chris Rock como Jimmy Olsen.

A essa altura, com o orçamento estimado ultrapassando 200 milhões de dólares, a Warner Bros. decidiu que o projeto era inviável e o engavetou. Gilroy tentou eliminar os efeitos mais caros e provocou uma renovação no interesse, mas Burton e Cage seguiram, o que acarretou uma nova rodada de modificações. O roteirista Alex Ford escreveu uma forma correta e franca do personagem, o que não entusiasmou Peters. Keith Giffen, escritor de quadrinhos, propôs um roteiro engraçado no qual o Homem de Aço se associava ao Lobo, caçador de aliens da DC. William Wisher (coescritor de *O Exterminador do Futuro* 2) defendeu uma visão com forte influência de *Matrix* em um tempo em que as influências de *Matrix* parariam em tratamentos para filmes de ação. Houve uma proposta de fazer o filme com computação gráfica. Paul Attanasio [de *Quis Show*] escreveu um tratamento chamado *Superman Destruction* que atraiu a atenção de... Tim Burton.

Finalmente, em 2002, a Warner Bros. procurou Joseph McGinty Nichol (que dirige filmes usando o nome McG), impressionada com sua estética frenética e saturada de cores, e contratou J.J. Abrams para escrever o roteiro. Abrams produziu um roteiro que chamou de *Superman I* (porque era o primeiro de uma trilogia planejada), que se afastou do cânone da revista em quadrinhos de várias maneiras, muitas para atrair os nerds: Jor-El manda o pequeno Kal-El para a Terra para salvá-lo de um levante político, não da destruição do planeta. (Os filmes seguintes localizariam a ação em Krypton.) Lex Luthor é um espião encarregado de monitorar ameaças extraterrestres e que, em segredo (a modificação do terceiro ato!) é kryptoniano. Uma revisão do roteiro vazou e foi postada no site Ain't It Cool News, provocando profundo ressentimento nos fãs.

Enquanto isso, a Warner Bros. havia, simultaneamente, mandado um filme *Batman vs. Superman* para pré-produção, sob a égide do editor Wolfgang Petersen. Escrito por Andrew Kevin Walker de *Seven: os sete crimes capitais*, e depois por Akiva Goldsman, *Batman vs. Superman* recebeu luz verde, e Matt Damon foi sondado para ficar com um dos dois personagens principais.

No fim, porém, uma briga de poder dentro do estúdio acabou provocando a vitória do roteiro de *Superman I* de McG/Abrams, e *Batman vs. Superman* foi engavetado permanentemente, mas não até as circunstâncias forçarem McG a abrir mão de sua chance de dirigi-lo, devido a seu compromisso de filmar a sequência de *As Panteras*. Outros nomes foram cogitados: Steven Soderbergh, David Fincher, Michael Mann, Bryan Singer. Brett Ratner foi brevemente associado ao projeto e conseguiu um acordo com Anthony Hopkins, astro de *Dragão Vermelho* de Ratner, para o papel de Jor-El, mas depois o estúdio começou a conversar com Michael Bay e M. Night Shyamalan (cuja insistência em escrever o roteiro foi motivo para desistência do acordo). As conversas se arrastaram por tanto tempo que McG terminou *As Panteras 2: Detonando* e ficou novamente disponível.

Porém, surgiram mais complicações. A Warner Bros. determinou que as filmagens seriam feitas na Austrália. O pavor de McG de voar, especialmente sobre a água, o levou a pedir ao estúdio a transferência das filmagens para o Canadá, o que custaria quase 30 milhões de dólares a mais. No fim, a questão financeira pesou mais, e o estúdio ofereceu o emprego a Bryan Singer.

Durante esse processo interminável, parecia que todos os atores de Hollywood tiveram seu nome associado ao personagem, incluindo Nicolas Cage, Josh Hartnett, Paul Walker, Jude Law, Ashton Kutcher, Matthew Bomer, Brendan Fraser, Justin Timberlake, Jake Gyllenhaal, Keanu Reeves, Shia LaBeouf, Jason Behr, Henry Cavill e Jared Padalecki. No fim, Brandon Routh, de 25 anos, conquistou o direito ao macacão.

Quando Singer começou o trabalho de pré-produção, a Warner Bros. já tinha investido onze anos e mais de 70 milhões de dólares em tentativas fracassadas de fazer decolar um filme do Superman.

"Não tenha medo disso"

Singer achava que a abordagem que o estúdio fazia do personagem estava errada. Ele propôs um novo tratamento com os parceiros de roteiro Dan Harris e Michael Dougherty.

A origem fora esgotada, ele decidiu. Em vez disso, começou com a ideia do Superman desaparecido, um buraco aberto na psique americana. Em vez de se desculpar por ele, "reinventá-lo" ou adicionar camadas de truques e ironia para desviar a atenção da questão de como um conceito antiquado como o Superman poderia se encaixar no mundo de hoje, ele desconectaria o sujeito da obra, faria disso a questão que provoca a ação. "Se vai fazer o Superman, faça o Superman", disse ele. "Não tenha medo disso."

Singer acreditava que o Superman era um mito americano moderno. Ele ainda era o mesmo herói de sempre, mas o mundo em torno dele mudou. Então, o filme seria sobre isso. Em termos de estilo, ele queria partir da abordagem de Richard Donner, de 1978, e procurou Donner para pedir sua bênção. Também conversou com os produtores de *Smallville* para ter certeza de que o tratamento que planejava não introduziria contradições, e pesquisou diligentemente a fonte das revistas em quadrinhos.

A imagem de Routh em pé, com os punhos nos quadris, os olhos voltados para cima, vestido com o figurino, chegou à internet em 22 de abril de 2005. O figurino provocou consternação entre os fãs radicais, que criticaram detalhes do design da roupa como se fossem juízes técnicos de programas de moda: os vermelhos estavam muito fechados, um tom de vinho intenso que sugeria sangue, o azul era muito elétrico. Eles farejaram a iconografia – por que um S miniatura na fivela do cinto? Por que a insígnia no peito era tão pequena e em alto-relevo? E aquela capa que parecia ser de couro? Os não nerds não se preocupavam com esses detalhes. O macacão era azul, tinha um S, era o Superman. Em vez disso, críticos da cultura pop mainstream e das revistas de fofocas se contentavam com piadas bobas sobre quanto o macacão era justo e como o calção vermelho tipo sunga era pequeno – além do pacote guardado nele.

As filmagens começaram em fevereiro de 2005, com um orçamento projetado em 204 milhões de dólares. Noel Neill e Jack Larson fizeram participações especiais, Neill como uma viúva moribunda e Larson como um simpático bartender. Singer usou uma técnica promocional aplicada com grandes resultados por Peter Jackson durante a produção dos filmes *O Senhor dos Anéis*: lançou diários de produção em vídeo durante a filmagem para provocar comentários e manter os fãs em estado de atenção.

Em julho de 2005, Singer voou do set para San Diego para participar da Comic-Con com milhares de fãs ansiosos. Foi uma experiência muito estressante. O diretor, visivelmente nervoso e sofrendo com o jet-lag, dava respostas honestas enquanto os fãs disparavam perguntas: Superman era Clark Kent, ou Clark Kent era o Superman? O temperamento discreto e vagamente dispéptico de Singer não fez a multidão vibrar, mas ele saiu de lá vivo, tendo cometido só um deslize nervoso ao chamar Superman de "Jor-El", em vez de "Kal-El", o que provocou uma reação de deboche horrorizado na plateia.

Superman: o retorno

O filme funciona como uma espécie de *Superman V*, por bem ou por mal, e começa com a trilha majestosa de John Williams e a voz de Jor-El – Marlon Brando – entregando o filho às estrelas.

Vemos o adulto Clark quando ele retorna de uma odisseia de cinco anos no espaço e aterrissa com estrondo na fazenda dos Kent. Ele cai nos braços da mãe. Singer prolonga a cena dessa superpietá, que é só a primeira de muitas evocações do filme ao imaginário de Cristo. Ele conta à mãe (Eva Marie Saint) que não encontrou nada do que procurava no espaço, só meteoros ("Aquele lugar era um cemitério. Eu sou tudo que restou.") onde antes ficava Krypton.

Ele volta ao *Planeta Diário* e descobre que Lois Lane (Kate Bosworth) seguiu em frente, ganhou um Pulitzer por um editorial chamado "Por que o mundo não precisa do Superman", se comprometeu com outro homem e teve um filho.

Ainda suspirando por Lois, Superman voa até a casa dela e usa a visão de raio X e a superaudição para ouvir a conversa entre ela e o marido. Sofrendo com o que escuta – Lois dizendo que não ama o Homem de Aço –, ele vai embora desolado e se entrega a uma série de superfaçanhas e resgates.

Depois, Lois e seu filho, Jason, são capturados e mantidos no iate de Luthor, onde ele revela seu mais recente plano diabólico de tema imobiliário: misturar cristal kryptoniano e kryptonita, jogar a mistura no oceano e construir um continente novo – o que matará bilhões de pessoas.

A massa de terra começa a crescer, provocando caos em Metrópolis, reação com a qual Superman tenta em vão lidar. Lois e Jason fogem quando o garoto arremessa um piano contra um capanga de Luthor, revelando que é, na verdade, filho do Superman.

Superman questiona Luthor sobre o continente em crescimento e descobre que toda a massa de terra é impregnada de kryptonita. Enfraquecido, ele é espancado brutalmente (alguns dizem que ele foi flagelado) por Luthor e seus capangas. Luthor o fere com um estilhaço de kryptonita ("Um dos soldados lhe furou o lado com uma lança" – João 19,34) e o joga no fundo do mar.

Resgatado por Lois, que remove o estilhaço de seu corpo, Superman voa sobre as nuvens para absorver a luz do sol e recarregar sua força. Com um esforço hercúleo, ele consegue levantar todo o continente cristalino e arremessá-lo no espaço. Terminada a tarefa, porém, ele despenca para a Terra com uma pose de Cristo, e seu corpo em coma é levado para um hospital de Metrópolis.

Lois o visita e sussurra alguma coisa em seu ouvido. Mais tarde, quando uma enfermeira entra no quarto, encontra a cama vazia e a janela aberta. ("E acharam a pedra afastada do sepulcro, mas, quando entraram, não encontraram o corpo." – Lucas 24,2-3)

Superman voa para perto da cama do filho adormecido e repete as palavras que ouvimos de Jor-El no começo do filme ("O filho torna-se o pai e o pai torna-se o filho"). Lois começa a trabalhar em um artigo chamado "Por que o mundo precisa do Superman". Superman decola, olha para a câmera com um sorriso tipo Christopher Reeve e desaparece. Créditos.

Um fracasso muito bem-sucedido

Superman: o retorno estreou em meio a muita comoção, programas de TV especiais, bonecos, colecionáveis, brinquedos no Burger King; a DC produziu um romance relacionado escrito por Marv Wolfman e uma adaptação em quadrinhos escrita por Martin Pasko, desenhada por Matt Haley. Para alcançar a maior audiência possível, o marketing cobriu todas as frentes: a equipe Red Bull de corrida de Fórmula 1 usou macacões do Superman, enquanto a revista voltada para o público gay, *Advocate*, estampou na capa o Superman de Routh e a pergunta: "O quão gay é o Superman?"

O filme, que custou 209 milhões para ser produzido, arrecadou um valor recorde (mais de 84 milhões de dólares) nos cinco primeiros dias, mas teve uma queda brusca de bilheteria na segunda semana, com a estreia de *Piratas do Caribe: o baú da morte* e *O Diabo veste Prada*.

No fim, *Superman: o retorno* arrecadou 391 milhões de bilheteria global e se tornou a sexta maior bilheteria dos Estados Unidos em 2006.

Porém, o estúdio precisava arrecadar pelo menos o dobro do orçamento de um filme tão caro e esperava, na verdade, uma contagem final próxima de 500 milhões. Em outubro de 2006, Singer assinou um acordo com a Warner Bros. para dirigir uma sequência, prometendo reduzir o orçamento e entregar uma história mais cheia de ação. Na imprensa, ele comentava sua planejada sequência para *Star Trek II: The Wrath of Khan*. O trabalho de pré-produção começou para um filme que teria Brainiac e o continente de cristal que o Superman havia jogado no espaço, agora um asteroide que entrava em órbita entre Marte e Júpiter.

Depois de uma prolongada sequência de atrasos, porém, Singer abandonou esse projeto para se dedicar a outros, a Warner Bros. deixou expirar o contrato de Routh e decidiu fazer um reboot da franquia.

A reação da crítica ao filme foi favorável, de maneira geral, mas contida. Muitos perceberam seu tom sombrio, até depressivo (Roger Ebert o chamou de "carrancudo"), o ritmo lento, a grumosa alegoria cristã.

Escritores que trabalharam com o Homem de Aço foram diretos: Kevin Smith se referiu ao filme como "chato" e disse que esse era um "Superman emo chorão". Mark Millar comentou que, se ele tivesse escrito o filme, Superman teria passado os últimos vinte minutos na cama.

O filme tem vários acertos. A sequência no espaço é literalmente espetacular, as superfaçanhas encantam, e Routh projeta um tipo de decência essencial, e, sim, caretice, que combina com o papel. A cena do voo de Lois e Superman marca o fim do relacionamento de forma pungente, cheia de um pesar autêntico e tristeza palpável, e, embora o Luthor de Spacey flerte com o exagero, ele transmite algo que se aproxima da brincadeira.

Mas a cena em que Superman usa seus poderes para ouvir a mulher que ama, uma mulher que tem uma vida nova e plena sem ele, é, ao mesmo tempo, dolorosa, carregada de humanidade e esquisita. Também é verdade que a dívida cinemática do filme com Richard Donner é imensa, tanto que se torna impossível sentir a presença de Singer, o que faz do filme um exercício lúgubre, muitas vezes redundante. O esquema imobiliário de Luthor é muito conhecido, e o pouco de ação que a Kitty de Parker Posey tem imita o inexistente arco narrativo da srta. Teschmacher de Valerie Perrine.

Mas existe um problema muito maior e mais sério na essência de *Superman: o retorno*. Antes mesmo de o filme começar, somos solicitados a aceitar a ideia de que o Superman, o mais altruísta de todos os heróis altruístas, o avatar vivo do altruísmo, nos abandonaria por razões egoístas.

Em outras palavras; você vai acreditar que um homem pode desmoronar.

A *persona* e o conjunto de podres do Homem de Aço evoluíram ao longo de décadas, mas, na essência do personagem, dois princípios não mudaram nada desde *Action Comics* nº 1. Primeiro, ele põe as necessidades dos outros acima das dele e, segundo, ele não desiste. Todo o resto, a roupa, o cacho na testa, o grande S vermelho, é um significante externo, não quem ele é.

Homem-Aranha? Claro. O Homem-Aranha abandonaria Manhattan em um minuto. E abandonou muitas vezes, ao longo dos anos. Superman não. Ele não era capaz disso.

Superman: o retorno quer explorar o que acontece quando um herói nos abandona, mas nunca fornece uma resposta emocionalmente satisfatória para "por que" ele nos abandonou. Sua partida é tratada com um simples ponto na história, o meio que põe o filme em movimento e distancia o herói da humanidade. Não o vemos fazendo a escolha de ir embora, por isso a dor – literal e emocional – que ele sente depois da partida nunca é transmitida com a força que seria adequada. Nós o vemos, por duas horas, ser punido por um crime que não o vimos cometer, e esse crime paira no ar, colocando-se entre nós e a história.

Fazer um drama envolvente a partir de um personagem icônico como o Superman é e sempre será difícil; suas fraquezas são de natureza física, não emocional. Ele existe como um ideal, e ideais não têm base, desejos egoístas e segredos feios a serem explorados por escritores.

Batman cisma. Superman, não. De fato, o máximo que ele pode se aproximar da angústia é pela autorrecriminação. Ele sempre quer fazer mais, salvar todo mundo. As histórias mais memoráveis do Superman em qualquer mídia são aquelas que examinam e exploram essa motivação altruísta e mostram o que acontece quando ele é forçado a enfrentar as próprias limitações. Ao fazer *Superman: o retorno*, porém, Singer e seus roteiristas tentaram subverter esse princípio central e criar uma motivação egoísta na psique de um personagem que a rejeita fundamentalmente.

Não colou.

A festa de Donner

Superman: o retorno nunca se afastou do show estilístico de Donner, e na edição de dezembro de 2006 da *Action Comics* (nº 844), a presença de Donner foi sentida ainda mais diretamente, quando o escritor Geoff Johns (que foi assistente de Donner, anos antes) o convidou para coescrever o roteiro de um arco para a revista em quadrinhos, com arte de Adam Kubert.

"Last Son" [O último filho] introduz os três criminosos kryptonianos dos dois primeiros filmes do Superman na continuidade dos quadrinhos. "Várias versões de general Zod surgiram nos quadrinhos desde 1961, inclusive a de um ditador russo movido a energia solar, mas esse Zod era claramente a versão do filme. Além disso, o arco também introduz uma reviravolta na trama que deve muito ao *Superman: o retorno* de Singer, um menino kryptoniano de 10 anos com superpoderes.

O garoto chega na Terra em um meteoro. Superman recebe com alegria alguém de seu planeta, mas fica preocupado quando o governo demonstra interesse. Ele tira o menino, cujo nome é Lor-Zod, da custódia das autoridades e pede ao Batman para ajudá-lo a criar uma identidade secreta: Chris Kent.

Clark, Lois e Chris vão morar juntos, com o casal considerando adotar o menino, quando os verdadeiros pais dele, general Zod e Ursa, chegam à Terra em naves-meteoros semelhantes, junto com o assistente mudo e carrancudo do general, Non. Zod consegue mandar Superman para a Zona Fantasma, enquanto ele e um exército de fugitivos da prisão kryptoniana dominam a Terra. Superman escapa e consegue a ajuda de Lex Luthor para devolver os prisioneiros à Zona. O menino, que rejeita o nome dado a ele pelos pais cruéis e passa a usar Chris Kent, é forçado a voltar à Zona para garantir que a barreira entre as dimensões permaneça intacta.

A história de cinco números foi castigada por atrasos. O último capítulo só chegou à *Action Comics* anual em julho de 2008, o que causou consideráveis problemas de continuidade dentro e fora do título *Action*. Mas Christopher Kent se tornaria uma figura importante nas linhas de história seguintes e daria aos escritores – e leitores – uma ideia de algo que não é visto desde *Saga of the Super Sons*, algo que só é tocado nos minutos finais de *Superman: o retorno* – Superman como Pai de Aço.

Bajulação em vez de continuidade

Infinite Crisis varreu a antiga continuidade dos quadrinhos, inclusive a superorigem. Um novo título, *Superman: Confidential*, foi lançado em janeiro de 2007 para preencher trechos do passado do Superman. A série, de uma equipe rotativa de escritores e artistas, começou com uma linha de história de Darwyn Cooke e desenho de Tim Sale. Durante seu breve período de vida de catorze edições, *Superman: Confidential* mostrou um jovem Superman ainda descobrindo seus poderes e a kryptonita, e conhecendo outros personagens.

Essas meias medidas não agradaram aos fãs que sentiam falta da rígida continuidade mortífera da era do "número triângulo", quando uma única linha de história se estendia por três, às vezes quatro títulos do Superman; eles foram ficando inquietos. Em fóruns de mensagens e sites, destrinchavam os minúsculos pronunciamentos dos escritores e editores da DC, inclusive do editor executivo Dan DiDio, que se contradiziam sobre o que era considerado "canônico" na continuidade da "Nova Terra".

Birthright de Waid era agora a nova superorigem oficial, ou *Man of Steel* de Byrne ainda é correta? "Sim. Não. Houve pequenas mudanças."

Superman executa ou não aqueles três criminosos da Zona Fantasma? "Espere para ver."

O escritor Kurt Busiek disse aos fãs que o Universo DC pós-*Infinite Crisis* estava em movimento, e que todas as histórias que as pessoas amavam, a origem, a morte, todos os aspectos da coletânea tão valorizados pelos fãs, tudo aconteceu de alguma forma, mas agora existia apenas na paisagem formada de ideias. Os leitores teriam a versão "oficial" de eventos do passado apenas quando algum futuro escritor do Superman escrevesse uma história sobre eles.

Alguns fãs aceitavam essa proposta. Outros abriam os braços para o que consideravam um total abandono da história criada com tanto cuidado e que eles tanto valorizavam e lamentavam a crescente confiança da DC em histórias de um número só, artifícios e eventos cruzados e inchados.

Falando nisso, começaram a surgir boatos de que mais uma "crise" pairava no horizonte, que ameaçava até a continuidade estabelecida recentemente, por mais amorfa e nebulosa que fosse.

Crise final (não, é sério)

Uma minissérie de sete números escrita por Grant Morrison e ilustrada por uma série de diferentes artistas colocava o Darkseid de Jack Kirby contra a humanidade e os heróis que a defendiam. *Final Crisis* [Crise final] começou matando o eterno segundo lugar da DC, J'onn J'onzz, o Caçador de Marte. (Por dois anos, pelo menos.)

O que começou como uma simples supernovela policial se desenvolveu, no banho químico de acetilcolina da imaginação de Morrison, em uma confusão alucinada e difícil de acompanhar de metasímbolos e lógica de sonhos.

Darkseid e seus comandados se infiltram na Terra e possuem o corpo de vários humanos para liberar a Equação Anti-Vida, que destrói a esperança, escraviza a humanidade e refaz o mundo de acordo com a vontade de Darkseid.

Parte desse plano envolve bombardear a redação do *Planeta Diário*, o que deixa Lois em condição crítica. Nos dois números relacionados de *Final Crisis: Superman Beyond 3D* (que eram vendidos com um chamativo par de óculos 3D), Superman viaja para um reino interdimensional onde os 52 universos que surgiram depois de *Infinite Crisis* dois anos antes estão se fundindo. Lá, em meio a um nó de digressões metafísicas e tiques de narrativa impenetráveis típicos de Morrison (dimensões superiores, feitiços que "criam" vida, e assim por diante), Superman encontra um exército de Supermen da realidade alternativa.

Enquanto isso, em uma revista chamada *Final Crisis: Legion of 3 Worlds*, do escritor Geoff Johns e do artista George Perez (que desenhou a original *Crisis on Infinite Earths* 21 anos antes), o vilão Superboy Prime retorna. Na série de três números que cobre vários períodos no tempo, três diferentes Legiões de Super-Heróis se juntam, a original – pré-repetição de 1986, que incluía o Superboy como membro –, a versão narrada nos anos depois de *Crisis* – depois que o reboot de Byrne tirou o Superboy da continuidade –, e uma terceira versão – introduzida recentemente por Mark Waid. Junto com o Superman, e um revivido Conner Kent, o clone do Superboy, eles lutam contra o Superboy Prime. No processo, ficam sabendo que "Prime" era destinado a se tornar um dos clássicos inimigos antigos da Legião, o Senhor do Tempo.

Depois de *Infinite Crisis* e sua trama central – "Superboy Prime ataca uma barreira dimensional e altera a realidade" –, a ideia se tornou uma brincadeira triste entre os leitores. Quando os fãs nos fóruns de mensagens perguntavam sobre uma história confusa no Universo DC, algum engraçadinho respondia: "É porque o Superboy socou uma parede."

Johns, numa referência a seu meme crescente, termina *Final Crisis: Legion of 3 Worlds* mostrando o Superboy Prime matando sua futura versão vilã, um ato que elimina o Senhor do Tempo e ele mesmo. De fato, o golpe manda o Superboy Prime de volta para a Terra-Prime. No final preciso de Johns, vemos este Superboy no porão da casa dos pais, cercado de revistas em quadrinhos (inclusive *Legion of 3 Worlds*), e logando no fórum de mensagens da DC Comics para reclamar, jurando voltar e destruir Conner Kent, o Superboy "impostor". De vilão assassino em massa a troll de fórum na internet – a linha na cabeça de Johns era perigosamente fina.

No sétimo e último número de *Final Crisis*, Superman encontra uma máquina capaz de transformar pensamentos em realidade. Nela, ele encontra a Equação Anti-Vida de Darkseid. Música? "Os mundos do multiverso vibram juntos, Darkseid", diz ele, "e produzem esse... som que é como uma orquestra. Tudo é só vibração, na verdade. E contra-vibrações que as cancelam".

Superman então canta uma melodia de quatro notas que destrói Darkseid e, usando a energia solar estocada em suas células, abastece a "Máquina do Milagre". Com ela, ele invoca versões dele mesmo de todo multiverso, inclusive um supercoelhinho chamado Capitão Cenoura e um Superman cuja identidade secreta é o presidente Barack Obama, tudo para derrotar o verdadeiro arquiteto do plano de Darkseid, um vampiro galáctico chamado Mandraak. Superman volta para perto de Lois e ajuda a deixá-la saudável novamente.

Superpresidente

A fusão do Homem de Aço com Barack Obama foi mais que uma gracinha descartável; Morrison captava alguma coisa no espírito da época. Na corrida para a eleição presidencial dos Estados Unidos em 2008, o artista de quadrinhos Alex Ross pintou um retrato que chamou de "Time for a Change", que retratava Obama abrindo a camisa para mostrar um O estilizado. Dias depois, versões piratas da imagem começaram a aparecer em camisetas em barracas de camelôs por todo o país. Em uma das fotos que mais circularam em e-mails durante a campanha presidencial, o candidato Obama adotava a conhecida pose com os punhos fechados apoiados no quadril, parado na frente da estátua do Superman em Illinois.

Em 16 de outubro de 2008, Obama brincou no 63° jantar anual do memorial da Fundação Alfred E. Smith: "Ao contrário dos boatos que vocês ouviram, eu não nasci em uma manjedoura. Na verdade, nasci em

Krypton, e fui mandado para cá por meu pai, Jor-El, para salvar o planeta Terra." A piada foi recebida por risadinhas polidas.

Quantro anos e mais um reboot do Universo DC mais tarde, Morrison retomaria e exploraria um pouco mais a noção de Obama como Superman em *Action Comics*, embora com um viés: em *Action* nº 9, ele apresentou o Superman da Terra-23, que era, secretamente, Calvin Ellis, o primeiro presidente negro dos Estados Unidos daquela Terra.

O espírito Kan-Dor

Embora a faxina constante de eventos de revistas em quadrinhos, como as intermináveis *Crisis* da DC, cansem, não dá para negar que a reintrodução de elementos há muito estabelecidos da história em uma continuidade recém-relançada oferece aos leitores dispostos a embarcar na viagem uma excitação especializada que é singular dos quadrinhos de super-heróis, uma sensação parecida com pisar em um vasto território coberto de neve que acaba de cair. E nos títulos mensais do Superman ainda havia um vilão clássico que não tinha aparecido com seu novo eu pós-*Infinite Crisis*: Brainiac. Isso mudou em agosto de 2008 com *Action Comics* nº 866, escrita por Geoff Johns, com arte de Gary Frank. Os dois trabalharam juntos antes em uma história de *Action* que trazia de volta à continuidade do Superman à Legião de Super-Heróis. Naquela série, como nessa linha de história, Frank rejeitou o estilo de *cartoon* e hipermusculoso adotado por artistas anteriores, assim como Ed McGuinness.

Em vez disso, Frank voltou ao estilo fotorrealista reminiscente de Neal Adams. Ele foi muito além disso, na verdade, e baseou o visual de seu Superman, desde expressão facial ao caimento da roupa, em Christopher Reeve. Se os Superman de outros artistas parecem vibrar com um poder sobrenatural bruto e musculoso, o de Frank erradia calor e compaixão humanos.

O Brainiac reintroduzido na epônima linha de história *Action Comics* é uma volta deliberada ao "computador vivo" da era de prata, e ele retoma seus velhos truques: encolher cidades e colocá-las em garrafas para proteger suas informações. John acrescenta uma ganância caprichosa ao personagem: depois que Brainiac captura a cidade, ele destrói o planeta de onde ela veio para garantir que só ele terá seus dados.

É essa ganância que o motiva a procurar e atacar o Superman. Na realidade reordenada pós-*Infinite Crisis*, ficamos sabendo que Brainiac encolheu a cidade kryptoniana de Kandor, como antes, mas Superman nunca a devolveu ao tamanho normal. Para esse novo/velho Brainiac, a existência de um kryptoniano fora da garrafa que ele guardou em sua nave espacial não pode ser tolerada.

Na batalha que segue, o computador do mal consegue encolher e engarrafar Metrópolis. Para resgatar a cidade onde vive, Superman embarca na nave de Brainiac e encontra milhares de cidades engarrafadas, inclusive Metrópolis, Kandor e Argo, lugar onde nasceu a Supergirl. Ele detém Brainiac e consegue devolver a cidade ao seu lugar segundos antes de ela voltar ao tamanho normal. Quando ele chega à Fortaleza da Solidão, as cidades kryptonianas unidas começam a crescer, criando "Nova Kandor" na Terra, lar de uns cem mil kryptonianos dotados de superpoderes. Enquanto isso, o vilão Brainiac, sem nenhum remorso, dispara um míssil controlado remotamente contra a fazenda dos Kent.

Jonathan Kent empurra a esposa, Martha, para fora do caminho do míssil, mas a fazenda é destruída pela explosão. Jonathan sofre um infarto e morre antes que Superman possa chegar. (A capa do quarto capítulo da história de Brainiac [*Action* nº 869, novembro de 2006] mostrava, originalmente, Clark e Jonathan Kent debruçados sobre uma cerca da fazenda Kent conversando, cada um com uma cerveja. O editorial da DC decidiu que, mesmo em 2008, o Homem de Aço deveria continuar abstêmio, e trocou as garrafas de cerveja por outras de refrigerante antes de a edição chegar às bancas.)

Novo Krypton

No nº 1 de *Superman: New Krypton Special*, uma revista de um só número publicada em outubro de 2008, a alegria do Homem de Aço ao encontrar outros kryptonianos é rapidamente temperada por duras realidades: os governos da Terra estão preocupados com o potencial da ameaça representada por 100 mil seres com o poder do Superman, e os kryptonianos recusam a oferta do Superman para ajudá-los a se aclimatar à vida na Terra e não entendem por que ele valoriza mais a cultura humana que a deles. Além disso, muitos novos kryptonianos permanecem leais ao aprisionado general Zod.

Na história de dez partes chamada "New Krypton", que marca presença em *Action*, *Superman* e *Supergirl*, os novos kryptonianos perdoam e soltam Zod e os outros prisioneiros da Zona Fantasma, a Supergirl reencontra os pais Zor-El e Alura, e o Superman se vê preso no meio das tensões crescentes entre humanos e kryptonianos. O pai de Lois, general Sam Lane, planeja em segredo o assassinato do líder de Novo Krypton, Zor-El. Alura assume o governo de Novo Krypton e, depois de um violento confronto com a comunidade de heróis da Terra, usa tecnologia kryptoniana para lançar a cidade de Nova Kandor no espaço, onde ela entra em órbita diretamente oposta à da Terra, do outro lado do Sol.

Uma mudança de endereço

A conclusão da linha de história "New Krypton" foi só o começo de um grande experimento no qual entraram todos os títulos da linha Superman. Por mais de um ano, o personagem como o conhecemos não apareceria em nenhuma revista.

Era uma pegadinha, sim – só a mais recente tentativa de escritores e editores da DC de demonstrar o valor de seu principal personagem negando aos leitores o prazer conhecido de sua companhia por um período estendido. Dessa vez, porém, em vez de morrer em razão de uma ameaça criada às pressas, ou ter sua aparência e seu conjunto de poderes modificados por razões misteriosas e narrativamente opacas, escritores e editores trabalharam para embasar com firmeza a partida do Homem de Aço em linhas de história em andamento.

Na minissérie de doze números *World of New Krypton* (março de 2009/março de 2010), o herói decide aceitar a oferta de Alura para viver em Novo Krypton com seu povo, renunciando à Terra. Aparentemente, é claro, a decisão de abandonar a Terra é a mesma que o personagem toma em *Superman: o retorno*, de Bryan Singer, mas se o filme nos deixa especulando sobre os motivos (o que contradiz frontalmente o altruísmo essencial do personagem), os escritores de *World of New Krypton*, Greg Rucka e James Robinson, têm o cuidado de demonstrar que é o altruísmo que provoca a decisão do Superman de partir. Alura libertou o tirano general Zod da Zona Fantasma e o colocou no comando do exército do Novo Krypton. Temendo o caos que Zod poderia desencadear contra a

Terra, e contra o próprio povo, Superman se muda para Novo Krypton e se junta ao exército para ficar de olho em um homem que, ele aprendeu, é perigoso demais para merecer confiança. Ao longo da série, ele (que assume o nome Kal no novo mundo) e Zod trabalham juntos para desmascarar uma conspiração que pretende jogar Terra e Novo Krypton um contra o outro.

Enquanto isso, nas páginas de *Action Comics* e *Superman*, a história "World without Superman" [Mundo sem Superman] (maio de 2009/ março de 2010) faz jus ao nome. *Superman* acompanhou as aventuras de Mon-El, o herói do planeta Daxam que o Homem de Aço encarregou de proteger Metrópolis em sua ausência. Em *Action Comics*, dois kryptonianos, Chris Kent (agora um jovem adulto) e Thara Ak-Var, reviram a Terra procurando agentes kryptonianos de Zod adormecidos.

As linhas de história disparatadas se unem com a minissérie de três números *Last Stand of New Krypton* [A última batalha de Novo Krypton] (março/abril de 2010), que mostra Brainiac tentando encolher e engarrafar a colônia espacial. Depois de mais de um ano usando só um uniforme militar kryptoniano, Superman novamente veste o supertraje vermelho e azul e une forças com Zod para derrotar Brainiac. Encerrada a ameaça do computador vivo, Zod e seu exército atacam a Terra (*War of the Supermen [Guerra dos Supermen]*, junho/julho de 2010) em uma série de cinco números escrita por James Robinson e Sterling Gates, cheia de altas apostas e sucessos de público: Novo Krypton é destruído por uma bomba atômica viva, 73 mil novos kryptonianos morrem no espaço quando Lex Luthor gira o sol vermelho, privando-os de seus poderes, centenas de vidas na Terra são dizimadas pelos 7 mil novos kryptonianos que sobram. Superman consegue mandar Zod e o restante dos new-kryptonianos de volta à Zona Fantasma definitivamente (Chris Kent sacrifica sua liberdade mais uma vez para garantir que seu pai biológico continue preso com Mon-El).

Como antes, Superman, Supergirl e Krypto são os únicos kryptonianos que permanecem na Terra (além do clone do Superman criado na Terra, Superboy).

As linhas de histórias espalhadas de Novo Krypton eram uma tentativa ensaiada de sacudir o *status quo* do Superman, removendo o personagem de suas amarras de super-herói e o limitando, mesmo que brevemente, ao reino da pura ficção científica. Pedir aos leitores para se envolverem com o repentino influxo de novos personagens que eram necessários para contar essas histórias era arriscado, e as tramas se tornaram mais nebulosas e complexas na medida que o ano progredia (o arco "Nightwing and Flamebird" da *Action Comics*, por exemplo, combinou sua malfadada história de amor com uma dose quase letal de fanfarronice kryptoniana), mas foi uma atitude ousada em um gênero que não estava acostumado, e sua gênese e execução permaneceu enraizada na narrativa da história, não nos simples artifícios.

Mesmo que, durante o período prolongado do personagem fora da Terra e do figurino conhecido, os leitores tenham suspirado pelo Superman clássico, uma minissérie de seis números lançada em novembro de 2009 os atenderia.

Origem, tudo de novo

Não havia dúvida: o ciclo seguia acelerado.

Dezessete anos se passaram entre *Man of Steel* de John Byrne e *Superman: Birthright* de Mark Waid. Mas agora, apenas seis anos depois de *Birthright*, os responsáveis pelo personagem decidiam que, mais uma vez, era hora de reinterpretar a origem do Superman "para o século XXI" (o fato de *Superman: Birthright* ter sido publicado em 2003 fazia dessa escolha de palavras infeliz.)

As destruições da realidade de *Crisis* nos três anos anteriores, ou ainda, a tendência irritante do Universo DC de apertar seu botão de reset com frequência cada vez maior, haviam forçado a mão dos criadores nesse sentido. Leitores que se inquietavam sobre quais partes da origem do Superman ainda eram canônicas foram informados de que a antiga equipe de *Action Comics* formada por Geoff Johns e Gary Frank foram escaladas para criar a origem definitiva – não, é sério, dessa vez não é brincadeira.

O que eles produziram foi tudo menos uma revisão radical da supercoletânea existente. Simplesmente abordaram vários pontos conhecidos da história que os escritores repetiam obedientes desde 1938. O que diferenciou *Secret Origin* foi sua perspectiva. Como fizera a série de TV *Smallville*, Johns e Frank levam o leitor para dentro da cabeça do jovem

Clark. Ele mesmo descobre suas histórias junto com o leitor. Isso significa que não foram estabelecidos cortes de Krypton, não havia nenhum discurso engessado do tipo "Eu lhes digo, Krypton está condenado!", nem viagem de nave para a Terra, nem superfaçanhas incríveis no orfanato. Em vez disso, *Secret Origin* começa com um menino do Kansas tentando entender o fato de seu melhor amigo ter quebrado seu braço em um jogo de futebol americano.

Ao deixar de lado os aspectos da origem relacionados a Krypton em favor de uma história que foca no surgimento dos sentimentos de horror de Clark em relação ao que seus poderes podem fazer, *Secret Origin* se torna uma história do Superman com um coração humanista pulsante, secular.

No primeiro número da série, Johns cria um jovem Superman que é algo que já foi um anátema para a DC Comics: um herói relutante. O jovem Clark quer muito pertencer a algum lugar, mas tem que inventar desculpas para não se juntar aos amigos nas bagunças. Quando é beijado por Lana Lang, sua visão de calor se manifesta pela primeira vez e quase põe fogo na escola.

Porém, apesar de todos os quadros que mostram um Clark Kent distante, taciturno – quando os pais adotivos mostram pela primeira vez a aeronave em que ele chegou à Terra, por exemplo, o rapaz rejeita violentamente o cumprimento holográfico gravado pelos pais kryptonianos. Esse não é um "Superman choroso e emo". Johns tem o cuidado de mostrar que atrás da disposição sombria de Clark há o que ele tem de mais essencial: a preocupação com os outros. E quando ele resgata Lana de um tornado tirando-a do caminho do vento, Johns e Frank nos mostram, pela primeira vez, uma alegria sincera em seus traços. Ele é um jovem descobrindo que ama ajudar as pessoas, que tem os meios para ajudá-las e que precisa fazer isso mais vezes.

De maneira reveladora, é Martha Kent quem tem a ideia de uma fantasia (feita, na forma clássica, com os cobertores do bebê Clark) baseada nas visões holográficas de Krypton trazidas pela nave.

> *Martha:* Não sabemos muito sobre o lugar de onde você veio, mas vamos aceitar juntos sua origem.
>
> *Clark (preocupado):* Mas e se for um lugar ruim?

Jonathan: Se ele nos deu você, Clark, não pode ser tão ruim.

A abordagem inverte a de *Birthright* de Waid, que se esforçou para mostrar que o lado kryptoniano de Clark Kent era fundamental para o personagem, e a de Waid inverteu *Man of Steel* de Byrne, que propunha que o Superman era só uma "pose" pública. E essa série inverteu a concepção original de Siegel de Clark Kent como um mero disfarce.

Edições seguintes esclareceram uma ideia que fazia parte do mito do Superman antes mesmo do reboot de John Byrne: a dicotomia Clark/ Superman não era e nunca foi tão clara quanto parecia. A verdade tinha mais nuances. Havia o Superman (o herói), o Clark do *Planeta Diário* (a pose) e uma terceira *persona*, o Clark de Smallville, o eu "verdadeiro": Clark quando ninguém estava olhando.

Os leitores ficaram sabendo que Lex e Clark se conheceram em Smallville, mas (como com o Lex de *Birthright*) o vilão era autocentrado demais para lembrar. A motivação de Lex – inveja da admiração pública conquistada pelo alien Superman – permanece intacta. Clark conhece a Legião de Super-Heróis e passa a se sentir parte de uma comunidade de indivíduos como ele, conhece Lois Lane e se sente muito atraído por ela, e encontra o Parasita e Metallo pela primeira vez.

Superman: Secret Origin não mudou o jogo, mas esclareceu algumas de suas regras, enquanto deixava grandes trechos da história passada do Superman abertos para investigação futura.

"Grounded"

A edição de *Superman* com data de capa de agosto de 2010 foi a nº 700. A equipe por trás da linha de história "New Krypton" a recheou com uma reunião romântica entre Superman e Lois Lane, com um voo noturno sobre Metrópolis inspirado por "Can You Read My Mind?". Na mesma edição, o escritor J. Michael Straczynski e o desenhista Eddy Barrows ofereceram um prólogo de sua planejada história com doze capítulos, cujo título seria "Grounded", e que levaria o Homem de Aço por um passeio violento e inquietante pelos Estados Unidos.

Ao sair de um comitê congressista onde foi interrogado sobre sua lealdade depois dos acontecimentos em "New Krypton", Superman se vê diante de um grupo de repórteres que expõe que ele "perdeu o contato" com a humanidade. De repente, ele leva uma bofetada no rosto de uma mulher chorosa que perdeu o marido para um tumor cerebral inoperável, enquanto o Superman estava fora salvando o planeta. "Podia ter visto tudo isso com sua visão de raio X", fala ela. "Podia ter destruído o tumor com sua visão de calor sem danificar o tecido em torno dele. Mas você não estava lá."

Straczynski está atrás de alguma coisa aqui, sem dúvida. É possível que Superman sinta culpa por não ter salvado uma vida humana, e que essa culpa inspire uma reflexão. Mas a ideia de que ele embarcaria em uma jornada de um ano pelo país para encontrar a "verdadeira América", e que essa cruzada tão inusitada e autoindulgente possa ser provocada, mesmo que em parte, por uma mulher transtornada questionando por que ele perdeu tempo salvando toda a população do planeta da destruição, quando devia, em vez disso, ter praticado a superoncologia gratuita é ridículo.

O que vem a seguir é uma série de histórias individuais de intenção nobre, mas de execução desajeitada, nas quais Superman visita diferentes cidades americanas e se vê diante de uma ou outra questão social. No nº 705 (janeiro de 2011), em que acontece o encontro com uma vítima de abuso na infância, por exemplo, Straczynski se dedica a uma forma especialmente manipuladora de anticlímax. As histórias melhoraram depois que ele deixou a revista, obrigando a DC a contratar o escritor Chris Robinson para dar a toda essa premissa lamentavelmente equivocada um fim misericordioso.

"Superman hipster?"

Na segunda-feira, 25 de outubro de 2010, a revista em quadrinhos *Superman* encontrou o caminho de volta para os principais veículos informativos pela primeira vez em anos. O *New York Post* publicou uma matéria sobre uma graphic novel chamada *Superman: Earth One* [Superman: Terra-1], sobre Clark Kent, então com 20 anos, vestindo moletom com capuz, jeans de cintura baixa e cabelo cortado como o de Justin Bieber. Diversas publicações morderam a isca "estão transformando o Superman em um hipster!". Muitas aproveitaram a oportunidade para fazer piadinhas voltadas ao mundo hipster, coisas como "A Fortaleza da Solidão virará uma cooperativa de Williamsburg?".

O que se perdeu nessa onda foi o que sempre se perde quando a grande mídia decide falar sobre heróis dos quadrinhos: contexto. Poucas matérias se deram o trabalho de comentar que a graphic novel, de J. Michael Straczynski e do artista Shane Davis, não pretendia se tornar parte do tão decantado "cânone".

Dito isso, *Superman: Earth One* era uma história sólida do menino se tornando homem (de aço). Se seus flashbacks com Jonathan Kent fornecendo sabedoria paternal eram sentimentais e simplórios, bom, era essa a intenção. Quanto aos elementos visuais variados (capuz, corte de cabelo) que provocaram a fúria da mídia, eram contribuições de Davis, cuja linha de trabalho é furiosamente detalhada de um jeito que torna a página leve, em vez de pesada, e que sabe como fornecer um Superman renovado e icônico quando a situação pede.

No fim, toda a categorização da mídia sobre um "Hipster de Aço" foi injusta. Porque, afinal, podia ter sido bem pior que um moletom com capuz. Eles podiam ter posto na cabeça dele um chapéu *pork pie*. Ou, não quero nem pensar, um bigodinho esquisito.

Enquanto isso, em *Action Comics*, o escritor Paul Cornell e o desenhista Pete Woods tiravam proveito da sessão de terapia interestadual patética para lançar um bem-humorado e interessante arco focado em Lex Luthor, seu confiável robô de Lois Lane e uma busca por poder que leva o maior inimigo do Superman aos mais distantes recantos dos vilões do Universo DC. Essa história foi publicada em *Action Comics* nº 900 (junho de 2011), que incluía um conto de nove páginas que levava o Homem de Aço de volta aos principais veículos da mídia – mas, dessa vez, de um jeito politizado e muito carregado.

O estilo "nada americano"

A história chamada "The Incident" [O incidente], do corroteirista de *Batman: O Cavaleiro das Trevas*, David S. Goyer, e do artista Miguel Sepulveda, traz o Superman discutindo sua atividade recente com o conselheiro de segurança nacional dos Estados Unidos em Camp David. O oficial exige explicações sobre por que ele voou para Teerã e se solidarizou com milhares de iranianos que protestavam contra seu governo.

Goyer dá ao Homem de Aço falas que poderiam ter sido tiradas da história bem-intencionada, mas desajeitada de Straczynski, "Grounded".

> Como *super-herói*, *protetor* de Metrópolis, já encontrei todo tipo de ameaça que se pode *imaginar*: invasores aliens, déspotas que viajavam no tempo, canalhas com todo tipo de *fantasia* e *truques* que você for capaz de imaginar. Eu sou *bom* quando é preciso lidar com ameaças apocalípticas. Mas as *degradações* diárias que a humanidade sofre? Morrer de *sede*? De *fome*? Pessoas a quem são negados os direitos *humanos básicos*? Nunca fui muito *eficiente* para deter esse tipo de coisa. E *quero* ser. Por isso me *solidarizei*... Foi um ato de *desobediência civil. Resistência não violenta.*

Informado de que suas atitudes criaram um incidente internacional, Superman diz ao oficial que pretende falar na ONU e renunciar à sua cidadania americana.

> Estou cansado de ver minhas *atitudes* serem construídas como instrumentos da *política* americana. "Verdade, justiça e estilo *americano*", isso não é mais *suficiente*. O mundo é muito *pequeno*. *Interligado*. Quando *olho* para você, eu o vejo no *espectro completo*. Consigo ver os microscópicos *demodex mites* que moram nos seus *cílios*. A *verruga* pré-cancerosa na sua bochecha esquerda, que você talvez ache que é *só* uma verruga. O halo de *radiação eletromagnética* vazando do seu smartphone. Sou um *alien*... nasci em *outro mundo*. Eu vejo o *panorama maior*, não posso evitar.

O site Comics Alliance deu a notícia da declaração do Superman, tomando o cuidado de comentar que a posição representava, no máximo, um afastamento da ideia há muito estabelecida de que ele era um cidadão do mundo, tendo recebido cidadania em todos os países das Nações Unidas.

Mesmo assim, a "notícia" foi distorcida pela grande mídia, por veículos como *New York Times* e a revista *Time*, bem como por mídias conservadoras como a *Drudge Report* e *O'Reilly Factor*, que dedicou um segmento à questão da lealdade do Superman. Notavelmente, esses relatórios deixaram de mencionar que Clark Kent continuaria sendo um cidadão americano, ou que a decisão do Superman não tinha a intenção de refutar políticas americanas ou a condução do país (o personagem Capitão América da Marvel desistiu de seu papel patriótico por essas razões na década de 1970.) O então candidato à presidência Mike Huckabee lamentou a decisão do Superman, associando-a ao que considerava uma lamentável tendência dos americanos de se desculparem por serem americanos.

Com o tempo, o ultraje da mídia arrefeceu, como tinha que ser, e o Superman dos quadrinhos voltou às aventuras do super-herói clássico. Em *Action Comics*, foi "semana de volta para casa", com uma linha de história chamada "Reign of the Doomsdays" trazendo de volta a besta pesadona, várias versões dela, na verdade, e o Erradicador de uma batalha envolvendo Superboy, Aço e o Superciborgue.

Foi uma apropriada reunião de despedida de personagens que surgiram na sequência de histórias "The Death of Superman" dezenove anos atrás. Apropriada, porque *Action Comics* encerrou a publicação com sua edição de outubro de 2011 (nº 904), e *Superman* foi cancelada no mesmo mês, no nº 714.

De fato, todos os títulos da DC foram cancelados. Cinquenta e duas revistas em quadrinhos diferentes, inclusive *Action Comics* e *Superman*, recomeçariam no mês seguinte, como novas equipes de criação, nova numeração (começando do zero com 52 primeiras edições simultâneas), e um Universo DC inteiramente novo para contar.

É isso mesmo. Com os números de novembro de 2011, todo o Universo DC passou, novamente, por mais um profundo reboot que alteraria a realidade a partir do zero. Tudo que foi determinado em 1986 e de novo em 2006 e novamente em 2008 era apagado; eles recomeçariam.

A DC chamou tudo isso de "Os novos 52". Tiveram a decência de não chamar de *Crisis*, pelo menos.

Ponto de ignição

O velho Universo DC sumia como havia aparecido: com um amplo evento que abrangia todas as histórias. O resultado geral: as três linhas de quadrinhos da empresa, as principais revistas de super-heróis DC, os quadrinhos Vertigo para o público adulto e uma linha de revistas do criador com continuidade separada chamada *Wildstorm*, se fundiram, e o Universo DC mudou.

Essa não era uma evolução narrativa orgânica, era uma fria decisão corporativa com base em reuniões de marca e discussões de novos públicos-alvo e sinergia de plataformas cruzadas. Mais uma vez, a DC Comics decidiu que sabia por que seus heróis não agradavam aos leitores alheios ao público cada vez menor de fãs radicais: eles não eram acessíveis.

Toda aquela história, todas aquelas histórias, tudo era muito confuso, decidiram. O que faltava era uma tentativa arrojada para conquistar novos leitores apagando completamente a lousa de super-heróis e começando de novo. Ao mesmo tempo, a DC se dispôs a diversificar suas ofertas, trocando capas de quadrinhos e brindes por outros de terror, guerra, faroeste, e assim por diante. E já que seus executivos estavam cuidando disso, fizeram pequenas modificações na lista fixa de pálidos heróis masculinos para torná-los menos parecidos com objetos de estudo de Harold Bloom.

Ao anunciar o reboot, queriam que as ondas do rádio lembrassem aos leitores em potencial que o objetivo da empresa era "remover as barreiras" que impediam as pessoas de ler, ou mesmo conhecer, seus quadrinhos de super-heróis. Eles tinham os pontos do discurso prontos:

- Você diz que não entende décadas de continuidade complicada? Vamos começar do zero.
- Você diz que não conhece esses personagens? De agora em diante, 52 pontos de embarque diferentes.
- Você diz que prefere ler sobre mulheres tridimensionais e pessoas de cor? Conheça a Batwoman! Ela é lésbica! E o Sr. Incrível! Um cara negro!

Em um release para a imprensa, a DC descreveu a Liga da Justiça depois do reboot, a primeira das 52 revistas a ser relançada, que traria Superman, Batman, Mulher Maravilha e outros sendo apresentados uns aos outros como "mais jovens, mais furiosos, mais ousados e mais modernos".

A DC apontava orgulhosa que o Superman que faria parte da *Action Comics* nº 1 de novembro de 2011 seria uma versão "mais jovem e mais taciturna". E se isso não fosse o suficiente para promover o medo existencial entre os fãs radicais e avessos a mudanças, a primeira imagem do Superman de "Os Novos 52" apareceu on-line.

O calção tinha sumido. Deus do Céu, TIRARAM O CALÇÃO VERMELHO DO CARA!

Um cachorro-quente blindado

O figurino do novo Superman, criado pelo coeditor da DC Comics Jim Lee e muito alinhado com a estética de design que construiu sua fama na década de 1990, é, essencialmente, uma armadura azul metálica. A proteção do peito tem uma gola alta de padre; uma nova rede de costuras, ou solda, talvez, descreve arcos confusos sobre o tronco, em volta dos ombros e sobre as coxas. A bota ainda é vermelha, só que parece mais desenhada e com um design exagerado; o emblema no peito está em alto-relevo, lembrando o do figurino de Brandon Routh em *Superman: o retorno*, e ele usa um cinto vermelho estilizado, chamativo, por nenhuma razão discernível, porque não tem mais calção vermelho para segurar. Uma questão mais básica, a de por que um kryptoniano invulnerável usaria uma armadura blindada, não é abordada. (Com o tempo, no nº 7 da relançada *Action Comics*, os leitores descobrem a origem da armadura em "Os Novos 52": ela é o traje formal kryptoniano sensível ao pensamento que Superman encontra na coleção de Brainiac.)

A DC anunciou que dois títulos principais em sua linha "Os Novos 52" do Superman seguiriam diferentes linhas do tempo. *Superman*, com George Perez cuidando da história e da arte, aconteceria no presente, cinco dias depois do Superman ir a público pela primeira vez no Universo DC. *Action Comics*, escrita por Grant Morrison, com arte de Rags Morales, se desenvolveria no passado, pouco depois da primeira aparição do Superman em Metrópolis. (O Superman também faria aparições esporádicas em duas outras revistas, *Supergirl* e *Superboy*.)

Na época, o título *Superman* relançado se mostrou estranho, curiosamente pessimista. Embora Perez desenhasse a revista (edições 1-4, novembro de 2011 a fevereiro de 2012), seu estilo dinâmico resultou em páginas que apareciam cheias demais, e que ele entupiu ainda mais com balões densos de diálogo e exposição. Mesmo depois de ele passar a redação para Dan Jurgens e Keith Giffen (Jurgens acabou assumindo também a arte, depois de um tempo), a revista manteve o tom moroso.

O *Planeta Diário* se fundiu com o Galaxy Broadcasting System para virar o Planet Global Network. Lois Lane comanda o canal PGN e a divisão digital, tem um novo namorado (o casamento Lois e Clark morre com o reboot) e vive dizendo ao repórter Clark Kent, do *Planeta*, que a imprensa escrita está morrendo, e que ele precisa acompanhar o tempo.

Martha e Jonathan Kent morreram no Universo DC dos "Novos 52", e a série *Superman* parece interessada em mostrar o Homem de Aço como um proscrito, um solitário. O povo de Metrópolis se volta prontamente para ele, e as ausências sem explicação de Clark Kent não são mais tratadas com desdém bem-humorado pelos amigos mais próximos, – pelo contrário, provocam neles sentimentos de ressentimento, isolando--o ainda mais.

Na relançada *Action Comics*, porém, Grant Morrison reduziu sua distintiva verborreia junguiana para dar aos leitores uma imagem bem clara de um jovem Superman como um Homem de Aço ainda destemperado.

Action devolve o Superman ao começo literal e figurativo. Ele acabou de chegar em Metrópolis e adotou o heroísmo. Quando a série começa, ele usa só uma camiseta azul bordada com seu emblema, uma capa vermelha e curta que dá a impressão de ser uma toalha de banho, jeans remendado e botas de trabalho. Morales enche seu He-Man de Aço de confiança, e de uma sexualidade musculosa que não pede desculpas, que tem notas de John Byrne e Joe Shuster.

Nas mãos de Morrison, Superman volta ao populismo da era Siegel e Shuster, é um valentão com os valentões, um defensor dos oprimidos. Suas primeiras palavras, na página 1 do primeiro número relançado, depois de invadir uma reunião de empresários ricos e desonestos: "Ratos.

Ratos com dinheiro. E ratos armados. Eu sou seu pior pesadelo." E pouco antes de sair, afugentado pela polícia de Metrópolis: "Sabe qual é o acordo, Metrópolis. Ou trata as pessoas corretamente, ou pode esperar minha visita."

Morrison e Morales também recuperam o brilho dissoluto de seus olhos, aquela efervescência "eu rio na cara do perigo" da era Siegel e Shuster. Esse Superman é um espertinho com um toque de bravata, armado apenas com os poderes que tinha em suas primeiras aventuras, capaz de saltar 200 metros.

Como fez em *All-Star Superman*, Morrison cria uma fusão frenética de todas as eras e encarnações do Superman. Em *All-Star*, porém, a forma de uma narrativa fechada resultou no que parecia ser uma síntese de formas, um meta-Superman. Mas, no formato contínuo e de final aberto de *Action Comics*, essas evocações constantes e sobrepostas do Superman do passado parecem apenas astutas (ele arremessa um bandido sobre a cabeça numa homenagem a Siegel, obrigando-o a repetir com palavras o refrão do tema de *Smallville*, "Somebody! Save me!").

Mas a astúcia, como é usada aqui, funciona. Seu Luthor é um supercientista gorducho, ácido, encharcado de energético, cujo ódio é enriquecido por uma tintura de inveja física com a qual é muito fácil de se identificar. Acima e além de sua desconfiança dos aliens, Lex deseja em segredo ter o queixo e o abdome de aço do Superman.

Morales conferiu uma intrigante credibilidade à distinção Superman/Clark, fazendo Clark alterar completamente sua aparência com um cabelo despenteado, roupas largas para esconder os músculos e óculos de fundo de garrafa e redondo, como o de Harry Potter, que distorcem seus traços.

Com o progresso da série, Morrison trouxe de volta os elementos esperados: Metallo, Brainiac, Kandor, Metrópolis, Jor-El e Lara. Assim, ele reforça os pontos essenciais do personagem (nº 7, maio de 2012: "Todas essas pessoas estão sob minha proteção, entendeu? Cada ser humano!"; nº 8, junho de 2012: "Eu não paro! Eu não desisto!"), enquanto, sem nenhuma cerimônia, elimina outros.

Quando alguém pergunta: "Então, você é o Clark fingindo ser Superman, ou é o contrário?" Clark simplesmente muda de assunto.

EPÍLOGO

HOMEM DO AMANHÃ (2013 E ALÉM)

Em 2008, a Warner Bros., decidida a recomeçar do zero a franquia de filmes do Superman, mais uma vez aceitou propostas de vários escritores e roteiristas de revistas em quadrinhos. Grant Morrison propôs uma ideia semelhante à de seu *All-Star Superman*. Mark Waid sugeriu um filme inspirado em *Birthright*. O diretor Matthew Vaughn trabalhou com Mark Millar para planejar uma trilogia épica. Geoff Johns tinha um roteiro que partia de *Secret Origin*; Brad Meltzer também mandou material.

No fim, a Warner Bros. aceitou um tratamento do roteirista de *Batman: O Cavaleiro das Trevas*, David S. Goyer, produzido por Christopher Nolan. Vários diretores, inclusive Robert Zemeckis, Guillermo del Toro, Darren Aronofsky e Tony Scott foram procurados para assumir o comando do filme, que teria o título *Superman: Man of Steel*. Em outubro de 2010, o estúdio anunciou que Zack Snyder, diretor de *300*, *Watchmen* e *Sucker Punch*, assumiria a direção, que tinha um orçamento estimado de 175 milhões de dólares.

A decisão assinalava tanto para os fãs radicais quanto para os casuais que este filme não teria um ritmo lânguido, sombrio, características da abordagem de Singer. Snyder é um diretor de ação estilizada, dado a sequências de combate operísticas que envolvem cinematografia em câmera lenta e acelerada. Embora muitos fãs da graphic novel *Watchmen* tenham achado a adaptação de Snyder para o cinema em 2009 uma interpretação fiel da desconstrução do super-herói na visão de Alan Moore e Dave Gibbons, o filme homônimo foi criticado por ter ficado muito preso ao material-fonte, o que o deixou sem vida e redundante. Quando o mal recebido *Sucker Punch* chegou aos cinemas em 2011, o diretor havia desenvolvido uma reputação de criar filmes visualmente incríveis, mas emocionalmente inertes que os críticos desprezavam, qualificando-os como videogames da telona.

Mesmo assim, quando os detalhes de elenco e produção começaram a vazar, antecipação e medo se misturaram no coração dos fãs. Henry Cavill – um (pasme!) inglês – ficou com o papel do Superman, vencendo Matthew Bomer na disputa. Amy Adams – uma (horror!) ruiva – foi escalada para ser Lois Lane. Michael Shannon para general Zod; Russell Crowe como Jor-El, Kevin Costner e Diane Lane como os pais adotivos de Clark; Laurence Fishburne como Perry White.

A primeira imagem de Cavill no figurino de Superman chegou à internet em 4 de agosto de 2011 e desencadeou a então previsível e até inevitável cyber-agitação. O macacão de neoprene, sem cinto e sem calção, provocou algumas críticas, mas não dava para dizer que o uber musculoso Cavill não preenchia a roupa de maneira admirável.

Uma semana antes do início do trabalho principal de fotografia (em 1 de agosto de 2011), a Warner Bros. anunciou que o filme, programado para estrear em dezembro de 2012, seria adiado para 2013. Boatos culpavam as costumeiras complicações de script pelo adiamento, mas porta-vozes atribuíram a mudança a uma tentativa de fazer o lançamento coincidir com o aniversário de 75 anos do personagem.*

Superman aos 75 anos

O filme de Snyder vai ter sucesso, ou vai ser um fracasso, ou, mais provável, como *Superman: o retorno* antes dele, vai conseguir um pouco de cada. O Superman vai suportar.

Nos quadrinhos, escritores e artistas continuarão colocando o Homem de Aço em ação, repetindo e reiterando os mesmos pontos de história e

* O *Homem de Aço* foi lançado no dia 12 de julho de 2013, depois deste livro ter sido concluído.

personagens para um público de fãs cada vez menor, enquanto o Universo DC passará por ciclos de eterno retorno cada vez mais rápidos. Ele vai morrer e voltar, afinal, foi ele quem começou a moda. Não importa; Superman vai suportar.

Ele será exposto e imitado, declarado piegas e ultrapassado, desdenhado como uma viagem adolescente e um sonho de consumo fascista. Não importa; Superman vai suportar.

Vai suportar porque é isso que ele faz. É para isso que ele serve. Em seus 75 anos de vida fictícia, ele se tornou maior que os filmes, que os quadrinhos, que os programas de TV e de rádio, os romances, os videogames, os bonecos de ação, as letras de música, as armas de krypto-raio, as cuecas, as fantasias de Halloween, as paródias pornô e os trabalhos acadêmicos.

O que vai durar nele nada tem a ver com seus poderes. Eles vão mudar, vão ficar mais fortes e mais fracos, de acordo com a necessidade das histórias.

O figurino não é o que ele tem de essencial – e também vai mudar. O calção vermelho? Vai voltar. O mesmo vale para a capa e o cacho na testa. O emblema no peito vai continuar evoluindo, refletindo obediente a estética do design da época.

A *persona* do Superman é, talvez, a única coisa mais fluida nele: nas mãos de diferentes escritores, ele será paternalista ou fraternal, engraçadinho ou compenetrado, empático ou frio, conforme exigirem as necessidades da história.

O que vai durar nele é o que ele faz: ajudar os outros, e ele não desiste.

Ele foi o primeiro e o melhor, e, embora um de seus dois criadores tenha nascido em Toronto, ele é abastecido com uma mistura de combustíveis que é unicamente americana: parte realização pessoal, parte ideal nobre, parte espetáculo exibicionista extravagante.

Como nós, ele é uma criatura de forças imensas e fraquezas surpreendentes. Não é o mesmo cara que era no início, mas quem de nós pode dizer que é? Ele já existe há três quartos de século e, de alguma forma, estará aqui por séculos, porque, por mais que sua aparência mude, sempre falará àquela nossa porção mais essencial, mais esperançosa, mais invulnerável.

AGRADECIMENTOS

Fiquei surpreso e lisonjeado quando Eric Nelson da Wiley me mencionou no Twitter perguntando se eu estaria interessado em escrever uma biografia do Superman para ele; lisonjeado porque ele disse coisas gentis sobre meu trabalho na NPR e surpreso porque, até aquele momento, eu usava o Twitter basicamente como recipiente para piadinhas idiotas. (Quando a história do Twitter for escrita, este livro terá que ser mencionado como um exemplo de projeto real que nasceu bem ali com aquela comédia do Shatner.) Paciente, Eric me ajudou a aparar um enorme e discursivo manuscrito e transformá-lo em algo aproveitável, e ele me deixou manter a piada do cachorro-quente de armadura, então, tenho com ele uma enorme dívida de gratidão. Imagino que minha esforçada editora Lisa Burstiner vá lembrar a diferença entre "Mxyztplk" e "Mxyzptlk" até o fim da vida, pobrezinha. Daniel Greenberg e Monika Verma navegaram com habilidade as águas escuras dos meus direitos e porcentagens como velhos marujos, e eu agradeço.

Muita gente me ouviu enquanto eu falava sem parar sobre o livro e seu prazo. É uma alegria poder dizer que essas pessoas me tranquilizaram com sua confiança generosa. Meus colegas da *NPR Pop Culture Happy Hour* Trey Graham, Mike Katzif e Jess Gitner ouviram mais do que mereciam as minhas queixas. Foi mencionando o nome de Stephen Thompson que consegui um agente, por isso agradeço a ele pelo empréstimo, como agradeço também por ter a perspicácia e a previdência de nascer filho da grande e boa Maggie Thompson. Ela sabe mais sobre quadrinhos que Deus, e é muito mais divertida para conversar. Ela me ouviu com simpatia, me acompanhou com um olhar de discernimento e me aconselhou com sabedoria, nessa ordem, quando as três coisas eram muito necessárias.

Se algum dia precisar de alguém ao seu lado para incentivá-lo e garantir que tudo dará certo, duvido que tenha muita gente melhor que a divertida Linda Holmes, que é ótima nisso. Só espero poder retribuir o favor algum dia.

O amigo Chris Klimek sempre esteve disponível para uma ou seis cervejas quando eu precisava de um tempo; ele é um crítico atencioso que conhece e adora o Superman; por isso, boa parte do conhecimento dele veio parar neste livro. Jack Danielson e Dawn Burton dividiram comigo comida, vinho e gargalhadas durante o processo, tudo de que eu precisava para seguir em frente, e sou grato a Laura Gardner por me receber na maravilhosa casa de sua família em Nantucket, onde comecei a trabalhar neste livro. Minha gratidão também para Maura Calsyn, Chris Calsyn, Jen Koide e Jason Miller por me arrancarem de tempos em tempos da minha caverna com sua excelente companhia. Nathan Englander e Chris Adrian tiveram a delicadeza de ouvir meus choramingos sobre a vida de escritor, coisa que os dois conhecem muito melhor do que eu. Muitos escritores que conheço ofereceram seus conhecimentos e agradeço a todos (mesmo àqueles cujos trabalhos não tive tempo de analisar), mas, especialmente, a Craig Shutt, Danny Fingeroth, Tom De Haven e Graeme McMillan. O abrangente livro de Larry Tye sobre o Superman saiu uma semana depois de eu ter entregado o manuscrito, mas eu o mantive à mão durante todo o processo de edição, para usá-lo como um bem informado verificador de fatos. Nem é preciso dizer, mas vou dizer assim mesmo, que tenho uma dívida enorme com muitos escritores, artistas, editores, produtores, cineastas e atores que contaram as aventuras do Superman ao longo dos anos.

Meu irmão e minha cunhada, Chip e Sue Weldon, me incentivaram e me acolheram com carinhosa hospitalidade; minha mãe, Kay Weldon, deu apoio incondicional daquele tipo que faz uma pessoa se sentir invulnerável. A família Nunez de Miami – Faustino Sr., Maria, Addy, Maggie e Fernando – é uma fonte de alegria pela qual agradeço todos os dias. Meu falecido pai, Don Weldon, que me mostrou como um herói é. Principalmente, sou grato a, e por, Faustino Nunez, que suportou com nobreza as imensas pilhas de livros sobre a mesa da sala de jantar durante um ano, e que faz de mim um homem melhor simplesmente por associação.

REFERÊNCIAS BIBLIOGRÁFICAS

Livros

Beaty, Scott. *Superman: The Ultimate Guide to the Man of Steel*. Nova York: DK Publishing, 2002. Um guia atraente e acessível para a supercoletânea na virada do milênio.

Bowers, Scott. *Superman versus the Ku Klux Klan*. Washington, DC: National Geographic, 2012. Uma excelente história da KKK e da operação do programa de rádio *Superman*: "Esforços de tolerância".

Cowsill, Alan, et al. *DC Comics Year by Year: A Visual Chronicle*. Nova York: DK Publishing, 2010. Uma útil, embora promocional, cronologia da produção da DC. Ótima para colocar em contexto mais amplo os acontecimentos nas revistas do Superman.

Daniels, Les. *Superman: The Complete History*. São Francisco: Chronicle Books, 1998. O primeiro guia, e ainda o definitivo, para os primeiros 60 anos do personagem. Um trabalho de raciocínio claro e lindamente projetado.

De Haven, Tom. *It's Superman: A Novel*. Nova York: Ballantine Books, 2006. Ótima leitura. De Haven toma várias expressões dos primeiros anos do Superman e as aprofunda com a atenção de um romancista aos detalhes e personagem.

__________. *Our Hero: Superman on Earth*. New Haven, CT: Yale University Press, 2010. Adoro esse livro. Uma mistura que deu certo entre artigo pessoal e história bem pesquisada do personagem. A prosa de De Haven é engraçada, envolvente e sensata. Ler esse livro foi como dividir uma cerveja com um amigo de pensamento semelhante, porém, mais inteligente.

Dietrich, Brian D. *Krypton Nights: Poems*. Lincoln, NE: Zoo Press, 2002. Tive que tirar do manuscrito a referência a esse livro, mas essa é uma coleção intrigante e muito divertida, vale a pena dar uma olhada.

Dooley, Dennis, e Engle, Gary D. (ed.). *Superman at Fifty! The Persistence of a Legend*. Cleveland, OH: Octavia Press, 1987. Escolhi esse livro em 1987, na loja de presentes de uma exposição do Superman no Museu Smithsonian de História

Americana. Uma sólida coletânea de textos explorando várias facetas do personagem.

Eury, Michael (ed.). *The Krypton Companion*. Raleigh, NC: TwoMorrows Publishing, 2006. Não existe história melhor dos bastidores do Superman da era de prata e começo da era de bronze nos quadrinhos. Eu me baseei muito nas entrevistas de Eury com vários escritores e artistas.

Feiffer, Jules. *The Great Comic Book Heroes*. Nova York: Dial Press, 1965. Aos 8 anos, devorei esse livro quando o peguei em um sebo em 1976. As aventuras da era de ouro reimpressas nele pareciam muito mais violentas e excitantes que as coisas vendidas nas bancas da época, e eu adorei o texto excêntrico, divertidamente honesto de Feiffer. A cópia cheia de orelhas está aqui em cima da mesa, ao lado do laptop em que escrevo. É, provavelmente, o livro que retomei com mais frequência ao longo dos anos.

Fingeroth, Danny. *Disguised as Clark Kent: Jews, Comics, and the Creation of the Superhero*. Nova York: Continuum, 2007. Uma ótima história da indústria dos quadrinhos, Superman e super-heróis em geral e suas conexões com a identidade judia.

__________. *Superman on the Couch: What Superheroes Really Tell Us about Ourselves and Our Society*. Nova York: Continuum, 2004. Um tratado atencioso, envolvente e bem embasado sobre o papel do super-herói na sociedade contemporânea que também é, não à toa, muito divertido de ler.

Fleisher, Michael L. *The Great Superman Book*. Nova York: Warner Books, 1978. Salve Michael L. Fleisher, que fez muito mais que simplesmente relatar os vários vilões e pontos de trama de várias décadas dos quadrinhos do Superman. Recomendo o verbete do Superman nesse maravilhoso livro, que contém informações conquistadas com muito esforço sobre quem é o personagem e como ele se relaciona com o mundo.

Gabilliet, Jean-Paul. *Of Comics and Men: A Cultural History of American Comic Books*. Jackson: University Press of Mississippi, 2005. Um tratado mais acadêmico, mas compulsivamente legível.

Greenberger, Robert, e Pasko, Martin. *The Essential Superman Encyclopedia*. Nova York: Del Rey, 2010. Greenberger e Pasko levam o bastão de Fleisher, abençoados sejam, na catalogação de décadas de informações de quadrinhos reunidas desde que *The Great Superman Book* foi publicado.

Grossman, Gary. *Superman: Serial to Cereal*. Nova York: Popular Library, 1977. Primeira avaliação séria de que tenho conhecimento das aventuras do rádio, da TV e da série no cinema, e ainda é definitiva. Carreguei esse grosso livro azul comigo por um verão inteiro aos 9 anos.

Hajdu, David. *The Ten-Cent Plague: The Great Comic Book Scare and How It Changed America*. Nova York: Picador, 2008. Se existe um exame melhor, mais completo da era Fredric Wertham na cultura pop americana, eu não conheço.

Hayde, Michael J. *Flights of Fantasy: The Unauthorized but True Story of Radio and TV's Adventures of Superman*. Albany, NY: BearManor Media, 2009. As seções do meu livro que tratam da série de rádio e do programa de TV da década de 1950 têm uma grande dívida com essa história abrangente e repleta de fatos, bem como com a de Scivally.

Jacobs, Will, e Jones, Gerard. *The Comic Book Heroes: From the Silver Age to the Present*. Nova York: Crown Publishers, 1985. Uma história divertida e bem escrita dos quadrinhos nas décadas de 1960 e 1970, especialmente boa sobre a ascensão da Marvel.

Jones, Gerard. *Homens do amanhã: geeks*, gângsteres e o nascimento dos gibis. São Paulo: Conrad Editora, 2006. Juro, é a melhor história que existe por aí sobre a indústria dos quadrinhos. Acontece que os caras que criaram os super-heróis, nossos mitos contemporâneos, são ótimos na automitologização também, então, em vez de relatar suas lembranças sem nenhum questionamento, Jones cava fundo e fornece um relato de 360° sobre o que tem sido uma história turva. A imagem que surge de Siegel e Shuster é admirável, cheia de nuances e real.

Kakalios, James. *The Physics of Superheroes*. Nova York: Gotham Books, 2005. Um exame envolvente, abrangente e, em última análise, mortal para o entusiasmo, sobre a impossibilidade das superfaçanhas no mundo real.

Kashner, Sam, e Shoenberger, Nancy. *Hollywood Kryptonite*. Nova York: St. Martin's Press, 1996. Não tenho certeza se compraria esse livro com o relato dos últimos dias de George Reeves, mas ele captura nitidamente um tempo e um lugar.

Knowles, Christopher. *Nossos deuses são super-heróis:* a história secreta dos super-heróis das histórias em quadrinhos. São Paulo: Cultrix, 2008. Eu queria que a prosa superanimada desse livro acalmasse um pouco, porque sua tentativa de explorar as afinidades entre misticismo e o super-herói são interessantes, embora não inteiramente convincentes.

Levitz, Paul. *75 Years of DC Comics: The Art of Modern Mythmaking*. Los Angeles: Taschen, 2010. Um volume gigante (40cm x 30cm, pesando sete quilos) que não pode ser chamado de livro de mesinha de cabeceira, porque é maior que a maioria delas. Um bem valioso, uma história viva, e um livro lindo, lindo. E quando o apocalipse chegar, também será um abrigo impenetrável.

Lowther, George. *The Adventures of Superman*. Bedford, MA: Applewood Books, 1942. As características mais impressionantes nessa primeira romantização do Homem de Aço são as ilustrações simples, mas expressivas de Shuster em caneta e tinta do Superman no começo de cada capítulo.

Lupoff, Richard A., e Thompson, Don. *All in Color for a Dime*. Nova York: Ace Books, 1970. Uma história pioneira da era de ouro dos quadrinhos, cheia de fatos sobre muitos criadores e personagens que se perderam; um dos mais antigos e, provavelmente, o trabalho mais citado que encontrei sobre a história séria dos quadrinhos, e voltou a ser impresso.

Maggin, Elliot. *Superman: Last Son of Krypton*. Nova York: National Periodical Publications, 1978. Decorei esse livro na infância, e ele ajudou a cristalizar a visão de Maggin sobre o Superman como um semideus com um grande destino, pelo menos na minha cabeça.

Mamet, David. *Some Freaks*. Nova York: Penguin Books, 1989. Dê uma olhada na apreciação caracteristicamente irritada, mas surpreendentemente emocionante de Mamet sobre o Superman nessa coleção.

McCulley, Johnston. *Zorro: The Curse of Capistrano*. Lombard, Illinois: Macmay, 2008. O único Zorro que eu conheci na infância foi *Zorro: The Gay Blade*, por isso foi fascinante ler o original. Bem menos Brenda Vaccaro, na verdade. Que pena.

Morrison, Grant. *Superdeuses:* mutantes, alienígenas, vigilantes, justiceiros mascarados e o significado de ser humano na era dos super-heróis. São Paulo Seoman, 2012. Uma fascinante, engraçada e, às vezes, frustrante espiada dentro da cabeça de um homem que escreveu algumas das minhas histórias preferidas das revistas em quadrinhos (Doom Patrol, gente, sério), e cuja visão do Homem de Aço é vigorosamente (e, é preciso dizer, surpreendentemente) clara. Você vai descobrir muito mais sobre sua história psicofarmacêutica do que sua curiosidade pedia, mas é uma grande leitura.

Nobleman, Marc Tyler. *Boys of Steel: The Creators of Superman*. Nova York: Alfred A. Knopf, 2008. Uma fantástica história ilustrada de Siegel e Shuster para crianças.

Petrou, David Michael. *The Making of Superman the Movie*. Nova York: Warner Books, 1978. Para uma criança apaixonada pelo filme de 1978, essa olhada nos bastidores do design, da produção e dos efeitos especiais foi e continua sendo um texto seminal.

Rossen, Jake. *Superman vs. Hollywood: How Fiendish Producers, Devious Directors, and Warring Writers Grounded an American Icon*. Chicago: Chicago Review Press, 2008. Para as seções deste livro que tratam da produção dos filmes, contei muito com Rossen, Scivally e suas fontes, bem como com os vários extras do DVD. Rossen é o mais inclusivo, Scivally, o mais exaustivo.

Rovin, Jeff. *The Encyclopedia of Superheroes*. Nova York: Facts on File Publications, 1985. Sem esse livro maravilhoso e sua sequência sobre os supervilões, ambos adquiridos por mim quando foram publicados pela primeira vez, eu teria passado pela vida sem tomar conhecimento da Cenoura Flamejante. Só por isso, já devo gratidão.

Schwartz, Julius, e Thomsen, and Brian M.. *Man of Two Worlds: My Life in Science Fiction and Comics*. Nova York: HarperCollins, 2000. Histórias interessantes da antiga criação das revistas de entretenimento por uma das figuras mais amadas do meio.

Scivally, Bruce. *Superman on Film, Television, Radio, and Broadway*. Jefferson, NC: McFarland, 2008. Quando eu precisava de qualquer fato sobre quaisquer interações do Homem de Aço fora da mídia dos quadrinhos, era em Scivally que eu ia procurar. O aniversário de Noel Neill? A data em que *Superman III* chegou aos cinemas? Aquela coisa engraçada que o ator do terceiro escalão de *Smallville* disse para o jornal australiano? Ele sabia de tudo. Como comentei antes, os livros de Scivally, Rossen e Hayde se tornaram amigos confiáveis durante os longos meses que passei escrevendo.

Simon, Joe, e Simon, Jim. *The Comic Book Makers*. Lebanon, NJ: The Comic Book Makers, 2003. Uma história direta sobre o nascimento da mídia dos quadrinhos; gosto do livro de Gerard Jones, mas esse sou eu.

Tye, Larry. *Superman: The High-Flying History of America's Most Enduring Hero*. Nova York: Random House, 2012. Um mergulho mais profundo na história do Homem de Aço você não vai encontrar, e o foco são as batalhas legais nos bastidores, tanto quanto o lugar do personagem na cultura pop. Foi lançado uma semana depois de eu ter entregado este manuscrito; usei o material como um verificador rigoroso e crítico de fatos durante todo o processo de edição.

Weinstein, Simcha. *Up, Up, and Oy Vey! How Jewish History, Culture, and Values Shaped the Comic Book Superhero*. Baltimore: Leviathan Press, 2006. Para constar, foi durante a fase inicial de pesquisa para este livro, quando cliquei para comprar *Up, Up, and Oy Vey!* na Amazon, que percebi que não teria muito a acrescentar dedicando muito tempo de pesquisa às raízes judias do Superman. Esse livro fez um excelente trabalho nesse campo, como Fingeroth, e sério, não tinha nada que eu pudesse encontrar e que fosse capaz de superá-los.

Wolk, Douglas. *Reading Comics: How Graphic Novels Work and What They Mean*. Cambridge, MA: Da Capo Press, 2007. Acadêmico, mas nada engessado. É mais como um tratado proclamando que os quadrinhos são um meio artístico viável e até transgressor (e, portanto, não se preocupa terrivelmente com o Superman), mas Wolk é um escritor muito envolvente e sabe o que faz.

Wright, Bradford W. *Comic Book Nation: The Transformation of Youth Culture in America*. Baltimore: Johns Hopkins University Press, 2001. Outra história do início da mídia, mas com uma abordagem sociocultural mais ampla que a de *Men of Tomorrow* de Gerard Jones.

Wylie, Philip. *Gladiator*. Nova York: Manor Books, 1976. Uma prosa exagerada, mas sedutora. Lendo o livro hoje, dá para entender como ele pegava a criança imaginativa pela orelha e não a soltava mais.

Yeffeth, Glenn. *The Man from Krypton: A Closer Look at Superman*. Dallas: Benbella Books, 2005. Uma série de artigos no clima de *Superman at Fifty!*, inclusive alguns textos muito sérios e atenciosos, além de trabalhos que são considerados mais loquazes.

Yoe, Craig. *Secret Identity: The Fetish Art of Superman's Co-Creator Joe Shuster*. Nova York: Abrams ComicsArts, 2008. O historiador de quadrinhos Yoe propõe um ponto muito convincente que um Shuster pós-Superman defendeu fazendo ilustrações atrevidas para revistas atrevidas.

Revistas

Alter Ego. Uma seminal *fanzine* de super-herói da década de 1960, revivida como revista profissional em 1999. Uma fonte de várias entrevistas com criadores.

Amazing Heroes. Revista em quadrinhos de super-heróis publicada por Fantagraphics de 1981 a 1992; a edição de 1 de julho de 1986 contém uma longa e esclarecedora entrevista com John Byrne.

Amazing World of DC Comics. Uma criação estranha. Uma quase *fanzine* publicada pela DC de 1974 a 1978.

Comics Buyer's Guide. Estabelecida em 1971, é o periódico de língua inglesa dedicado aos quadrinhos circulando há mais tempo. Atualmente editado por Maggie Thompson, que, com o falecido marido, Don, ajudou a estabelecer o *fandom* dos quadrinhos como é conhecido hoje. Colunista regular da CBG, Craig "Mr. Silver Age" Shutt me ajudou a pensar em como abordar a era Weisinger.

The Comics Journal. Periódico dedicado a analisar e criticar os quadrinhos; publicava regularmente alguns dos melhores quadrinhos que eram escritos. Agora exclusivamente on-line.

Look. A edição de 27 de fevereiro de 1940 contém o quadrinho de duas páginas que mostra o Superman encerrando a guerra; pode ser lido on-line e é profundamente esquisito.

NEMO: The Classic Comics Library. Outra publicação da Fantagraphics, publicada na década de 1980 e dedicada às tiras de quadrinhos da era de ouro. A edição nº 2 (agosto de 1983) contém uma grande e fascinante entrevista com Siegel e Shuster.

Wizard. A mais bonita (chique) revista em quadrinhos, publicada de 1991 a 2011. Defensora da escola "agressiva"/"radical" de super-heróis, mas trazia alguns textos surpreendentemente bons e inteligentes.

Websites

The Beat, www.comicsbeat.com. Parada indispensável para notícias e análises de quadrinhos.

Blue Tights Network, www.bluetights.net. Site para os fãs seguirem a produção de *Superman: o retorno*; encerrado em 2010, agora existe como página do Facebook.

Bob Holiday's Website, www.supermanbobholiday.com. Muita mídia e informação de e sobre a estrela do musical de 1966 da Broadway.

Comic Book Resources, www.comicbookresources.com. Site de notícias sobre quadrinhos de super-heróis, endereço do blog de Brian Cronin, *Comics Should Be Good*, e sua publicação "Comic Book Legends Revealed", que me direcionou para fontes que me ajudaram a encontrar respostas para diversas questões persistentes.

ComicsAlliance, www.comicsalliance.com. Um site de notícias com uma abordagem marcadamente mais engajada de assuntos de gênero, raça e sexualidade do que a da comunidade dos quadrinhos; muitos escritores engraçados e inteligentes.

Comics Chronicles, www.comichron.com. Uma crônica incrivelmente útil das vendas dos quadrinhos ao longo dos anos.

Comics Journal, www.tcj.com. Ver "Revistas"; endereço on-line da saudosa revista impressa dedicada à análise crítica da mídia dos quadrinhos e seus vários gêneros.

Comics Reporter, www.comicsreporter.com. Excelente site de Tom Spurgeon, com críticas, notícias e entrevistas relacionadas aos quadrinhos.

Confessions of a Superman Fan, www.supermanfan.nu. *Fansite* do Superman inteligente e bem escrito por David Morefield.

Dial B for Blog, www.dialbforblog.com. Site divertido e informativo dedicado aos quadrinhos da era de prata da DC, comandado por um bom escritor que atende pelo nome de "RobbyReed."

Don Markstein's Toonopedia, www.toonopedia.com. Compêndio abrangente de personagens de quadrinhos e desenhos animados.

iFanboy, www.ifanboy.com. Site focado em super-heróis que publica diversos bons escritores.

iO9, www.io9.com. Site de ficção científica que publica quadrinhos regularmente.

Jim Shooter, www.jimshooter.com. Blog pessoal do venerável escritor e editor de quadrinhos.

Kryptonsite, www.kryptonsite.com. Website dedicado a série de TV *Smallville*.

Mike's Amazing World of Comics, www.dcindexes.com. Fonte abrangente de histórias, personagens, capas e outras coisas da DC.

Newsarama, www.newsarama.com. Site de notícias dos quadrinhos.

SequentialTart, www.sequentialtart.com. Site fantástico que foca as mulheres nos quadrinhos, personagens e criadoras.

The SpeedingBullet, www.thespeedingbullet.com. Dedicado às tiras de quadrinhos do Superman.

Superman Is a Dick, www.superdickery.tumblr.com. Coleção de revistas em quadrinhos e capas ilustrando a propensão do Superman da era de prata para ser uma ferramenta na mão dos amigos.

Superman Homepage, www.supermanhomepage.com. Com certeza, o site que consultei com mais frequência enquanto preparava este livro; as entrevistas com escritores, editores e artistas contemporâneos, além de críticas e artigos sobre as grandes linhas de história e aspectos do personagem, foram muito úteis.

Superman Supersite, www.supermansupersite.com. Outra abrangente fonte on-line sobre o Superman.

Superman through the Ages, www.supermanthrutheages.com. Associado ao *Confessions of a Superman Fan*, um site animado e rico em conteúdo relacionado ao conhecimento do Superman.

Coleções de quadrinhos e graphic novels

Byrne, John. *Superman: The Earth Stealers.* Nova York: DC Comics, 1988.

Byrne, John. *Superman: The Man of Steel.* Nova York: DC Comics, 1991.

Davis, Alan. *The Nail.* Nova York: DC Comics, 1998.

Jurgens, Dan, et al. *Death of Superman.* Nova York: DC Comics, 1993.

Jurgens, Dan, et al. *Return of Superman.* Nova York: DC Comics, 1993.

Jurgens, Dan, et al. *World without a Superman.* Nova York: DC Comics, 1993.

Loeb, Jeph. *Superman for All Seasons.* Nova York: DC Comics, 1999.

Millar, Mark. *Superman: Red Son.* Nova York: DC Comics, 2003.

Moore, Alan. *Superman: Whatever Happened to the Man of Tomorrow?* Nova York: DC Comics, 2009.

O'Neil, Dennis. *Superman: Kryptonite Nevermore.* Nova York: DC Comics, 2009.

Waid, Mark. *Kingdom Come.* Nova York: DC Comics, 1997.

Waid, Mark. *Superman: Birthrigh.* Nova York: DC Comics, 2004.

Wolfman, Marv. *Crisis on Infinite Earths.* Nova York: DC Comics, 2000.

Quadrinhos

Todas as informações sobre as edições originais fornecidas no texto principal do livro.

Reimpressões/Antologias

DC's Greatest Imaginary Stories. Nova York: DC Comics, 2005.

The Great Superman Comic Book Collection: Time-Honored Classics. Nova York: DC Comics, 1981.

The Greatest Superman Stories Ever Told, volumes 1 e 2. Nova York: DC Comics, 2004, 2006.

Showcase Presents: Superman, volumes 1–4. Nova York: DC Comics, 2005, 2006, 2007, 2008.

Showcase Presents: Superman Family, volumes 1–3. Nova York: DC Comics, 2006, 2008, 2009.

Showcase Presents: World's Finest, volumes 1–3. Nova York: DC Comics, 2007, 2008, 2010.

Showcase Presents: Legion of Super-Heroes, volumes 1–4. Nova York: DC Comics, 2007, 2008, 2009, 2010.

The Superman Chronicles, volumes 1–8. Nova York: DC Comics, 2006, 2007, 2008, 2009, 2010.

Superman: From the Thirties to the Seventies. Nova York: National Periodical Publications,1971.

Superman in the Forties. Nova York: DC Comics, 2005.

Superman in the Fifties. Nova York: DC Comics, 2002.

Superman in the Sixties. Nova York: DC Comics, 1999.

Superman in the Seventies. Nova York: DC Comics, 2000.

Superman in the Eighties. Nova York: DC Comics, 2006.

Superman: The Adventures of Nightwing and Flamebird. Nova York: DC Comics, 2009.

Superman: The Dailies, volumes 1–2. Nova York: DC Comics, 1999, 2006.

Superman: The Sunday Classics. Nova York: DC Comics, 1998.

1ª edição *Agosto de 2016*
papel de miolo *Pólen Soft 70g/m²*
papel de capa *Cartão Supremo 250g/m²*
tipografia *Electra LT Std*
gráfica *Cromosete*